AF197214

ullstein

ANNA REITNER ist ein Pseudonym. Die Autorin lebt und arbeitet im Süden Deutschlands. Bayern und seine Geschichte haben sie schon immer fasziniert – und die Roseninsel begeisterte sie auf den ersten Blick.

# ANNA REITNER

# Die Rosen insel

Roman

Ullstein

Besuchen Sie uns im Internet:
www.ullstein.de

Originalausgabe im Ullstein Taschenbuch
1. Auflage April 2021
2. Auflage 2021
© Ullstein Buchverlage GmbH, Berlin 2021
Umschlaggestaltung: zero-media.net, München
Titelabbildung: © FinePic®, München (Rosen, Insel,
Sterne); Getty Images, © Ian Laker Photography (Himmel)
Gesetzt aus der Quadraat Pro powered by pepyrus.com
Druck und Bindearbeiten: CPI books GmbH, Leck
ISBN 978-3-548-06336-2

Für meine Eltern, denen ich – neben so vielem anderen – meine
Liebe zu Bayern verdanke.

Du sandtest mir blühende Rosen
einst über den lieblichsten See
mit Zweigen des weißen Jasmines,
gleich duftendem Nachtwinterschnee.

Doch jüngst erst band ich dir ein Sträußchen
aus duftendem weißen Jasmin
sie brachten's wohl über das Wasser,
sie legten aufs Herz es dir hin.

Kaiserin Elisabeth von Österreich, 1886

## Starnberger See, Bayern, Gegenwart

Liv saß auf der kleinen Bank des Ruderboots und genoss den Anblick, der sich ihr bot. Der Starnberger See lag an diesem Nachmittag ruhig in der Herbstsonne, die Bäume am Ufer hatten sich schon verfärbt, leuchteten in Orange, Rot und Gelb und spiegelten sich im Wasser wider. Auf dem See waren bei dem schönen Wetter einige kleine Segelboote unterwegs, die wie weiße Tupfen auf dem Dunkelblau des Wassers schwammen und sich gegen den hellblauen Himmel abhoben. Es war ungewöhnlich warm für die Jahreszeit, ein leichter Wind strich über das Wasser. Ein goldener Oktober, dachte Liv, während sie die Sonnenbrille in die blonden schulterlangen Haare schob. Ihre Jeans und das T-Shirt waren fast zu warm für diesen strahlenden Tag. Ein richtig goldener Oktobertag. Wenn sie ihn nur richtig genießen könnte ...

»Und Sie tun sich das also freiwillig an – eine einsame Insel?«, fragte der junge Mann, der das Boot ruderte, gerade neugierig. Er hatte sich als Johannes vorgestellt und war Segellehrer hier am Starnberger See. Braun gebrannt, unerschütterlich gut gelaunt, mit einer etwas schiefen Nase und strubbeligen blonden Haaren.

Liv nickte nur knapp.

»Für mich wäre das nichts – die ganze Zeit allein. Ich hoffe, Ihnen ist das klar: Auf der Roseninsel gibt es wirklich nur Bäume, Blumen – und diese alte Villa.«

»Das gefällt mir gerade daran; ich will meine Ruhe haben.« Liv sah stirnrunzelnd zurück zum Ufer. »Ich dachte, die Insel liegt weiter draußen im See. Man kann ja beinahe hinüberschwimmen.«

Johannes grinste. »Keine Sorge – es ist verboten, zur Insel zu schwimmen, und bald ist es sowieso zu kalt dazu.«

»Gut.«

Eine Weile schwiegen sie. Nur die regelmäßigen Ruderschläge waren in der stillen warmen Luft zu hören.

»Sie sind nicht besonders gesellig, stimmt's?«, machte Johannes einen zweiten Anlauf.

Liv antwortete nicht und sah stattdessen wieder hinaus aufs Wasser. Hinter dem See erhoben sich in der Ferne die Alpen, schneebedeckte Gipfel waren zu sehen. Die Landschaft sah aus, als wäre sie einer Postkarte entsprungen. Eigentlich war ich gesellig, dachte sie, bis vor ein paar Wochen. Sie war immer gerne mit ihren Freunden in Berlin abends um die Häuser gezogen, hatte ihre Geburtstage groß gefeiert, hatte mit ihren Freundinnen bei Cocktails und Musik stundenlang irgendwo gesessen, geredet und gelacht. Aber das gab es nun nicht mehr. Seit sieben Wochen sehnte Liv sich nur noch nach Stille. Sie ertrug keine fröhlichen

Abende mehr. Die Vorstellung, auf einer einsamen Insel zu leben, erschien ihr verlockend.

Ein Schwan schwamm nahe am Boot vorbei. Sie betrachtete seine weichen, weißen Federn, seinen orangefarbenen Schnabel. Die schwarzen Knopfaugen schienen sie zu mustern: Was ist los mit dir?

Ich bin auf der Flucht, antwortete sie ihm in Gedanken. So fühlte es sich tatsächlich an. Nachdem sie sieben Wochen lang kaum noch unter Leute gegangen war, hatte sie sich an einem Abend vor zwei Tagen doch wieder einmal überreden lassen auszugehen. Ein schöner Abend in ihrer Lieblingsbar, das hatten ihr die Freunde versprochen, so wie früher. Es wird dir Spaß machen, Liv. Aber es machte ihr keinen Spaß. Die lachenden Gesichter, die Musik, das Gläserklirren – es war in ihrem Kopf zu einem schrillen Crescendo geworden. Irgendwann war sie abrupt aufgestanden. »Ich muss gehen«, hatte sie bloß gemurmelt und war beinahe hinausgerannt. Flucht – sie wollte nur noch weg, raus aus diesem Leben, weg von den Erinnerungen. Zu Hause hatte sie sich in der Dunkelheit ihrer nächtlichen Wohnung vor den Laptop gesetzt und war schließlich – sie wusste gar nicht mehr so recht, wie – in einer ziellosen Suche quer durchs Internet auf diese Stellenanzeige gestoßen, die ihr sofort ins Auge sprang. Vielleicht, weil sie so ungewöhnlich war; vielleicht auch, weil es genau das war, was sie brauchte. »Dringend gesucht! Krankheitsvertretung für Verwalter auf der Roseninsel/Starnberger See. Dauer: vier Wochen. Sehr ruhig und einsam.«

»Sehr ruhig und einsam«, hatte Liv gemurmelt, »das klingt perfekt.«

Von der Insel hatte sie noch nie gehört, aber als sie den Namen bei Google eingab, tauchten Fotos eines idyllischen grünen Fleckens voll Rosen und alter Bäume auf, inmitten von funkelnd blauem Wasser. Früh am nächsten Morgen, noch bevor sie es sich anders überlegen konnte, hatte sie die angegebene Nummer angerufen. Nach dem Freiton hatte sich eine gemütliche bayrische Männerstimme gemeldet. »Seewirt Feldafing, grüß Gott!«

»Hallo, ist die Stelle auf der Roseninsel schon weg?«

Ihre Frage schien den Mann zu amüsieren. »Na freilich – uns rennen sie hier die Bude ein, um auf einer einsamen Insel zu wohnen«, lautete seine ironische Antwort. »Nein, die Stelle ist noch frei, und ich glaub ja kaum dran, dass wir überhaupt jemanden finden.«

Liv hatte tief Luft geholt. »Ich denke, es wäre genau das Richtige für mich.«

»Ach ja?«, der Mann am anderen Ende klang ungläubig, als könne er sein Glück nicht fassen. »Wann könnten S' denn anfangen?«

»Sofort, wenn Sie wollen.«

»Sehr gut. Dann kommen S' her, so schnell Sie können. Und wie in der Anzeige steht – mindestens vier Wochen müssen Sie bleiben.«

Liv stutzte. »Wollen Sie denn gar nichts über mich wissen, bevor Sie mich herbestellen?«

Der Mann lachte. »Fräulein, ehrlich gesagt: Mir ist's gleich, ob S' die Kaiserin von China oder Müllfrau sind. Sie

schickt der Himmel. Also: Kommen S' einfach hier runter.«
Er wollte schon auflegen. Im Hintergrund waren Küchenge-
räusche zu hören. »Ach so, eines noch: Melden Sie sich nach
der Ankunft bei mir, im *Seewirt*. Das Gasthaus können S' gar
nicht verfehlen. Ist nämlich das einzige in Sichtweite der Insel. Pfiat Eahna!«

»Ja, ähm … Pfiat Eahna«, versuchte Liv seinen bayrischen Gruß nachzuahmen. Als sie aufgelegt hatte, lächelte
sie zum ersten Mal seit vielen Wochen. Dann straffte sie die
Schultern. Es waren noch ein paar Hürden zu nehmen, bevor sie auf ihre einsame Insel reisen konnte.


»Du willst was?«, Christoph starrte sie ungläubig an. Er saß
auf seinem ledernen Chefsessel im Oberarztbüro und wurde
von Sekunde zu Sekunde fassungsloser. »Das kann nicht
dein Ernst sein.«

»Doch, ich will Urlaub nehmen«, hatte Liv entschlossen
wiederholt. »Und zwar ab heute.«

»Und wie stellst du dir das vor? Ich habe hier nicht belie-
big viele Ärzte, durch die ich dich ersetzen kann. Das geht
nicht.«

Liv hatte damit gerechnet, dass es ein zäher Kampf werden würde. »Christoph, du weißt selber, dass ich im letzten
Jahr praktisch rund um die Uhr gearbeitet habe. Ich habe
noch so viele Urlaubstage, die ich nicht genommen habe,
und nun will ich sie eben nehmen.«

Er sah sie stirnrunzelnd an. »Liv, sei ehrlich, ist es wegen …?«

Ihr Gesicht verschloss sich. »Es ist einfach, weil ich Urlaub haben möchte. Mehr nicht. Ich muss hier mal raus.«

Er ließ nicht locker. »Oder ist es wegen mir? Kommst du doch nicht damit klar, dass wir weiter zusammenarbeiten?«

Liv hätte am liebsten aufgelacht, aber sie beschränkte sich darauf, den Kopf zu schütteln. »Quatsch. Das hat mit uns gar nichts zu tun.«

Sie konnte Christoph förmlich ansehen, wie ihre Antwort sein Ego kränkte. Typisch Mann, dachte sie. Sie glauben immer, dass man ihnen ewig nachweint. Laut sagte sie: »Christoph, mach es bitte nicht komplizierter, als es ist.«

Er lehnte sich in seinem protzigen Sessel zurück. Der Urlaub stand ihr zu – sie wussten es beide. »Wann kommst du wieder?«

»In vier Wochen.«

»Wie bitte?«, nun schrie er wirklich fast. Sie konnte sehen, wie die Ader auf seiner Stirn wieder anschwoll. »Vier Wochen? Ich gebe dir ein paar Tage, länger kann ich dich nicht entbehren. Du weißt selber, wie knapp wir gerade mit Personal sind.«

Liv wusste es. Aber sie wusste auch, dass sie fliehen musste, einfach alles einmal für ein paar Wochen hinter sich lassen. Sie musste hart bleiben. Statt einer Antwort legte sie ihm also ihren Urlaubsantrag vor. »Vier Wochen«, sagte sie. »Es ist schon alles ausgefüllt.« Bevor er noch etwas sagen konnte, drehte sie sich einfach um und ging.

»Liv!«, brüllte Christoph ihr nach, aber sie blieb nicht stehen.

Als sie durch die langen Krankenhausflure der altehrwürdigen Berliner Charité entlang in Richtung Ausgang ging, atmete sie erleichtert durch. Sie fischte ihr Handy aus der Jackentasche und sah auf die Uhr. Es blieb nicht mehr viel Zeit – gerade noch genug, um mit dem Fahrrad zurück zu ihrer Wohnung zu fahren, zu packen, ihren Eltern eine Abschiedsnachricht auf den Anrufbeantworter zu sprechen und zum Hauptbahnhof zu eilen. Gerade noch rechtzeitig erwischte sie den Zug in Richtung Süden. Als sich die Türen zischend hinter ihr schlossen und der Zug anfuhr, wurde ihr erst richtig bewusst, was sie da tat. Es war verrückt – aber nun war sie auf dem Weg zu ihrer einsamen Insel.

Das Wirtshaus am Seeufer, von dem der Mann am Telefon gesprochen hatte, war tatsächlich leicht zu finden. Der *Seewirt* war ein alter bayrischer Gasthof wie aus dem Bilderbuch. Stolz stand er dort am See, mit lang gezogenem Dach, Holzbalkonen und üppigen roten und weißen Geranien in den Blumenkästen. Vor dem Haus gab es einen kleinen, gemütlichen Biergarten und ein paar knorrige Obstbäume. In diesem besonders warmen Herbst waren am Abend noch viele Tische draußen besetzt, als Liv nach einer langen Fahrt mit dem Zug und anschließend mit der Bummelbahn endlich ankam und mit ihrer schweren Reisetasche über der Schulter auf das Gasthaus zusteuerte.

Auch das Innere des *Seewirts* empfing sie typisch bayrisch – viel Holz, ein paar Geweihe an den Wänden, Stühle mit ausgesägtem Herzen in der Lehne und bäuerlich karierten Tischdecken. Zwei Kellnerinnen im Dirndl trugen Bierkrüge und Teller mit Knödeln und Haxen herum. Alles an diesem Haus strahlte eine urige Behaglichkeit aus. Liv blieb zunächst unschlüssig in der Tür stehen, dann hielt sie eine der Kellnerinnen an. »Entschuldigung, ich soll mich beim Seewirt melden. Ich bin die Vertretung für die Roseninsel.«

Das Gesicht der Frau erhellte sich sofort. »Aaah, Sie san das«, rief sie freudig aus. »Moment, ich hol den Chef.«

Der Seewirt stellte sich als großer Mann mit Kugelbauch und Bart heraus. Er drückte Liv fest die Hand und bemühte sich merklich ihr zuliebe um Hochdeutsch, das er allerdings immer noch mit viel bayrischem Akzent sprach.

»So, Sie san also das Fräulein Dahl, das auf unsere Insel aufpassen will?«, er musterte sie ein wenig skeptisch. Liv, blond und jung, mit ihrem zierlichen Körper, schien ihm offensichtlich wenig geeignet zu sein, um allein eine Insel mit Garten und Park zu verwalten. All diese Gedanken waren ihm unschwer anzusehen. Er räusperte sich. »Sie san ja jünger als gedacht«, sagte er schließlich. »Und Sie kommen also aus Berlin?«

Liv nickte.

Sein Blick wurde noch skeptischer – ein Großstadtgeschöpf in der bayrischen Natur. Aber er hatte keine Wahl. Niemand wollte spontan ein paar Wochen ganz allein auf einer bayrischen Insel leben, niemand außer dieser zarten jungen Frau mit den veilchenblauen Augen.

»Schön«, sagte er also betont munter und klatschte in die großen, schwieligen Hände. »Dann freuen wir uns, dass Sie hier sind und uns aus der Patsche helfen, wo unser Inselverwalter leider im Krankenhaus liegt.« Er lächelte Liv freundlich zu. »Ich würde vorschlagen, Sie schlafen heute Nacht hier im Gasthaus, und morgen kann Sie mein Sohn rüber zur Insel bringen.« Er überreichte ihr einen Schlüssel, an dem ein grob geschnitzter Holzanhänger mit der Zahl Fünf baumelte. »Bittschön – Ihr Zimmer. Unter uns – eines unserer schönsten«, er zwinkerte. »Bringen S' nur schnell Ihr Zeug rauf und kommen S' dann wieder runter. Ich lass Ihnen derweil eine Brotzeit herrichten. Sie haben ja sicher Hunger.«

»Danke.«

»Sie sehen übrigens auch aus, als sollten S' dringend mal was essen«, hörte sie ihn noch murmeln, während er fortging.

Nachdem Liv ihr Zimmer bezogen hatte, ging sie wieder in die Gaststube, die sich inzwischen gut gefüllt hatte. Gläserklirren, Stimmen und Lachen füllten den Raum. Am Fenster fand sie tatsächlich einen kleinen Tisch für sie hergerichtet, mit einem Krug Bier und einem Brotzeitteller mit aufgefächerten Rettichscheiben, Käse, Schinken und einem Schüsselchen voll etwas, das Liv noch nie gesehen hatte. Der Wirt persönlich kam an ihrem Tisch und stellte schwungvoll einen Korb mit knusprigem Brot und Brezn ab.

»Ich hoffe, Sie mögen echtes bayrisches Weißbier?«

Liv sah zu dem Krug; auf dem goldgelben Bier schwamm eine schöne weiße Schaumkrone. »Bestimmt.«

»Wenn Sie es bisher nicht mögen, mögen Sie es bestimmt ab jetzt«, er warf sich so stolz in die Brust, dass Liv schmunzeln musste. »Ich will mich ja nicht selber loben, aber wir haben das beste am ganzen See.«

Liv deutete auf das Schälchen mit der orangefarbenen Creme darin. »Was ist das denn?«, fragte sie.

»Obazda.«

»Wie bitte?«

»Obazda. Käse mit Zwiebeln, Butter und Paprika. Kennen S' das nicht?«

Liv schüttelte den Kopf.

Der Seewirt grinste. »Preißn aus der Hauptstadt – kein Wunder. Probieren S', ich verspreche: Es schmeckt.«

Liv bestrich eine Brotscheibe mit der zart orangefarbenen Masse und biss hinein.

»Lecker.«

Er nickte zufrieden. »Essen S' so viel Sie mögen – es gibt von allem Nachschub.« Er verabschiedete sich und ging an einen anderen Tisch, wo er sich mit den Gästen gut gelaunt in tiefstem Bayrisch unterhielt.

Liv streckte die Beine aus und sah aus dem Fenster. Gerade senkte sich die Abenddämmerung über den See und färbte den Himmel rosa. Vom Fenster aus konnte sie die Insel sehen – die einzige des Sees; ein kleiner dunkler Fleck im abendlichen Wasser, bewachsen mit hohen Bäumen. Sie wirkt so friedlich, dachte Liv. Sie konnte es kaum erwarten, dorthin zu kommen.


»Als Kind hab ich mir immer vorgestellt, das wäre eine Schatzinsel.« Johannes ließ sich von Livs Einsilbigkeit nicht beeindrucken. »Wie in den Abenteuerfilmen, verstehen Sie?«

»Ja, verstehe«, Liv sah dem Schwan nach, der langsam und majestätisch weiterpaddelte.

»Einmal hab ich trotz Verbot versucht hinüberzuschwimmen, aber für einen Sechsjährigen war es dann doch ein bisschen zu weit.« Er hatte ein ansteckendes Lachen.

»Was sind Sie denn von Beruf?«, fragte er dann, als sie immer noch nicht auf die Unterhaltung einging.

»Ich bin Ärztin«, antwortete sie knapp.

»Oh, wow! Ich bin beeindruckt.« Offensichtlich erwartete er nun, dass sie etwas von sich erzählte.

»Macht es Ihnen etwas aus, wenn wir nicht reden?«, fragte Liv steif.

Johannes schien nicht beleidigt zu sein. »Klar. Wenn Ihnen das lieber ist. Wir sind sowieso gleich da.«

Geschickt steuerte er das kleine Ruderboot an den hölzernen Bootssteg der Insel heran, das einzige von außen sichtbare Zeichen, dass auf diesen grünen Flecken mit den herbstlich verfärbten dichten Baumkronen überhaupt Menschen kamen und gingen. Nun, da sie angekommen war, fühlte sich Liv doch ein wenig nervös. Sie hatte das alles überhaupt nicht durchdacht, war einfach losgefahren. Sie wusste nicht einmal, wo sie auf der Insel schlafen würde. Sie wusste nur, dass es dort eine alte Villa gab, die einmal den bayrischen Königen gehört hatte. Aber es war doch sicher unwahrscheinlich, dass der Inselverwalter darin wohnte.

Nachdem sie angelegt hatten, stand Johannes auf dem wackeligen Boot so geübt auf, als wäre es fester Boden. Er gestikulierte wild, indem er mit beiden Armen durch die Luft zum Steg hin fuchtelte und mit den Fingern ein laufendes Männchen darstellte. Liv sah ihn stirnrunzelnd an. »Wie bitte?«

Er grinste. »Tja – ich dachte, ich soll nicht mehr reden.

Sie wissen auch nicht, was Sie wollen, oder? Was ich meinte: Bitte aussteigen, wir sind da.«

»Aha«, Liv hievte sich ihre schwere Reisetasche auf die Schulter. »Sie sind anscheinend ein Scherzkeks.« Sie sprang auf den Steg, wobei sie geflissentlich Johannes' zur Hilfe ausgestreckte Hand übersah. Zu ihrer Überraschung vertäute er das Ruderboot und sprang ebenfalls an Land.

»Oh, Sie brauchen nicht mitzukommen«, wehrte sie ab. »Geben Sie mir einfach die Schlüssel. Die Insel ist ja nicht so groß, dass man sich verlaufen könnte. Ich komme bestimmt zurecht.«

»Keine Chance, schweigsame Fremde.« Er schnitt eine Grimasse. »Ich muss Ihnen doch noch die Wohnung zeigen, den Strom einschalten und sehen, ob das Wasser läuft. Aber keine Sorge, danach gehe ich.« Er streckte die Hand nach ihrer Tasche aus. »Soll ich Ihre Tasche nehmen?«

»Bayrischer Gentleman, oder wie ist das?«, sie schüttelte den Kopf. »Danke, ich schaffe das schon.«

Er zuckte die Achseln. »Okay.« Damit ging er voran, den Steg entlang und dann weiter auf einen Weg zwischen den Bäumen. Schon nach ein paar Schritten hatte ihn das Grün geradezu verschluckt. Liv seufzte. Dann gab sie sich einen Ruck und folgte ihm. Kaum war sie selbst zwischen den Bäumen eingetaucht, fühlte es sich an, als hätte sie den See und alles andere dort draußen völlig hinter sich gelassen. Das Innere der Insel mit den gepflegten Wiesen, dem großzügigen Rosengarten und der alten Villa wirkte wie eine eigene, abgeschlossene grüne Welt. Die hohen Bäume bildeten eine Art schützende Wand zwischen dem Innen und Außen, zwischen der Insel und dem Rest der Welt. Es war wunderschön; ein kleines, verstecktes und überbordend grünes Paradies.

Johannes steuerte auf das einzige Gebäude der Insel neben der Villa zu; ein schlichtes kleines Haus mit rustikal gemauertem Giebel, das am Rand des Rosengartens stand. Es war in einem freundlichen Vanilleton gestrichen. Holz und weiß lackierte Sprossenfenster gaben dem Haus einen gemütlichen, altmodischen Anstrich. »Das war früher das Gärtnerhaus«, erklärte er Liv, während er nach dem Schlüssel kramte und damit die Tür aufschloss. »Heute ist im Erdgeschoss der Museumsshop für die Sommertouristen. Und oben wohnt der Inselverwalter – also zurzeit Sie.« Er stieg ihr voran die schmale Treppe nach oben und öffnete dort die Wohnungstür. »Bitte einzutreten – still und einsam, genau so, wie Sie es mögen.«

Liv überging seine Stichelei. Mit ein wenig Herzklopfen trat sie in ihr neues Reich und sah sich um. Die Wohnung war nicht groß und recht einfach eingerichtet, strahlte aber eine bescheidene Geborgenheit aus. Es war unverkennbar, dass hier ein Gärtner wohnte. In den Bücherregalen reihten sich neben ein paar in die Jahre gekommenen Büchern über bayrische Geschichte vor allem eine unglaubliche Menge Bücher über Gartenpflege aneinander, und an den Wänden hingen hübsche alte Drucke von historischen Rosenpflanzen. Im Wohnzimmer gab es sogar einen gerahmten alten Gartenplan der Insel; der Unterschrift in geschwungenen Buchstaben nach zu urteilen, stammte er aus dem 19. Jahr-

21

hundert. Daneben hing ein Foto, das einen Mann in Gärtnerkleidung stolz strahlend zwischen Rosenbüschen zeigte.

»Ist das dort der wirkliche Verwalter?«, fragte Liv und zeigte darauf.

Johannes nickte. »Ja, das ist Paul. Er liebt seine Rosen. Bestimmt vermisst er die gerade am meisten.«

»Was ist denn passiert, dass er ins Krankenhaus musste?«

»Er ist von der Leiter gefallen, als er den Pavillon drüben am Südufer neu streichen wollte. Wie ich als Laie sagen würde: Er hat sich dabei so ziemlich alles gebrochen, was man sich brechen kann.«

»Autsch.« Liv musterte den Mann auf dem Foto. Er mochte um die sechzig sein, mit schon ergrauten Haaren und einem herzlichen Funkeln in den Augen. Währenddessen war Johannes irgendwo verschwunden. Ein paar Minuten später rauschte Wasser, und die Lichter in der Wohnung flammten auf. »Alles okay«, rief er. »Wasser und Strom haben Sie jedenfalls.«

»Gut, danke.« Liv hatte eines der quadratischen Fenster geöffnet; die warme herbstliche Nachmittagsluft strömte in das Wohnzimmer. Sie musterte den grünen, etwas abgewetzten Ohrensessel, die altmodische kleine Lampe auf dem Tisch, den in die Jahre gekommenen Fernseher. Alles war sauber und ordentlich, wenn es auch ein wenig aus der Zeit gefallen wirkte.

Johannes tauchte wieder auf. »Na, sind Sie mit allem zufrieden?«

Liv nickte. »Ich denke schon.«

»Gut«, Johannes sah sich suchend um. »Irgendwo sollte auch noch eine Liste für Sie liegen mit den Dingen, die in den nächsten Wochen im Garten zu erledigen sind.« Er unterbrach sich. »Sagen Sie, haben Sie eigentlich als Ärztin überhaupt Ahnung vom Gärtnern?«

»Nein«, gab Liv zu und machte sich nun selbst auf die Suche nach der Liste, »aber ich dachte, dass es so schwer wohl nicht sein kann. Wenigstens für ein paar Wochen Vertretung. Und muss man im Herbst nicht ohnehin im Garten kaum noch etwas tun?«

In der kleinen Küche wurde sie fündig. Am Kühlschrank, festgepinnt mit einem Magneten in der Form Bayerns, hing ein eng beschriebenes Blatt Papier mit der Überschrift »Für meine Vertretung«.

»Ich hab's«, Liv nahm es ab und hielt es in Luft. »Danke, ich komme jetzt wirklich zurecht.«

Johannes zögerte noch. »Am Steg liegt Pauls Ruderboot«, sagte er. »Damit kommen Sie von der Insel weg. Soll ich Ihnen nicht vielleicht zeigen, wie das funktioniert?«

»Ich will hier gar nicht weg«, gab sie zurück.

Johannes hob feixend die Hände. »Okay, okay. Ich verstehe schon – ich lasse Ihnen jetzt Ihre Ruhe. Aber ich komme morgen wie verabredet wieder und bringe Ihnen die Lebensmittel, die Sie bestellt haben, und die Post.«

»Okay. Bis morgen.«

Mit einem letzten Blick, den sie nicht richtig deuten konnte, verabschiedete er sich. Liv konnte durch die offenen Fenster hören, wie sich seine Schritte auf dem Kiesweg entfernten. Schließlich war es vollkommen still. Endlich war sie allein.

Liv beschloss, zuerst ihre Reisetasche auszupacken. Sie schleppte sie in das Schlafzimmer am Ende des Flurs. Auch hier war alles schlicht und pragmatisch eingerichtet – ein schmales Bett, ein einfacher Nachttisch, ein Kleiderschrank. Mehr gab es nicht. Liv verstaute Jeans, Pullover und T-Shirts im Schrank, dazu ihre Sportkleidung und eine warme Jacke, die sie für kühlere Tage mitgenommen hatte. Neben dem Schrank reihte sie Sportschuhe und ein Paar Gummistiefel auf.

Ganz zu unterst in der Reisetasche kamen ein Malblock und ihr kleiner Aquarellkasten zum Vorschein. Liv hatte beides in der Hoffnung eingepackt, hier vielleicht wieder einmal zu malen. Seit sieben Wochen hatte sie es nicht über sich gebracht, auch nur einen einzigen Pinselstrich zu tun. Nun verstaute sie Block und Farben in der Nachttischschublade.

Dann sah sie sich zufrieden um. Die erste Arbeit war getan, nun konnte sie sich auf der Insel ein wenig umsehen. Als sie im Sonnenschein vor dem Gärtnerhaus stand, atmete sie tief durch. Zum ersten Mal seit ihrer Ankunft machte sie sich richtig bewusst, dass sie hier wirklich alleine war – der einzige Mensch auf einer einsamen Insel. Der Unterschied zum großen, lauten, quirligen Berlin konnte nicht größer sein.

Wenn ich hier keine Ruhe finde, dachte sie, wo dann?

Der Rosengarten der Insel war ellipsenförmig angelegt. Während Liv über die Kieswege zwischen den Beeten ging, konnte sie die Pracht, die der Garten im Sommer gehabt haben musste, noch erahnen. Zwar waren jetzt, Anfang Oktober, die meisten Rosen schon verblüht, aber ein paar Sorten hielten dem Herbst noch mit samtigen Blüten und zartem Duft stand. Wie unglaublich musste der Garten vor ein paar Monaten noch geduftet haben, als alles blühte?

Das Zentrum des Rosengartens bildete eine Säule, die irisierend in der Sonne glänzte. Als Liv näher kam, stellte sie erstaunt fest, dass sie aus gefärbtem Glas bestand. Auf ihrer Spitze stand die goldene Figur. Liv blinzelte gegen die Sonne zu ihr hinauf; es war ein Mädchen, das einen Vogel auf den Schultern balancierte und ihn fütterte.

In gerader Linie zum Zentrum des Gartens stand die alte Villa. Liv betrachtete sie. Wenn sie ehrlich war, hatte sie sich eine Villa der bayrischen Königsfamilie anders vorgestellt, prächtig, mit Schnörkeln und Marmorsäulen. Nichts davon war zu sehen. Das Haus war hübsch und alt, aber nicht protzig. Die Wände waren in einem zarten Aprikosenton gestrichen; zum Garten hin öffnete sich eine Veranda aus kunstvoll geschnitztem Holz. Die lang gestreckten Fenster im Obergeschoss blitzten in der Sonne. Auf der Südseite gab es eine flache Freitreppe aus hellem Stein und eine ebensolche Terrasse. Elegante große Steinvasen thronten auf deren Balustrade, die wohl von Paul bepflanzt worden waren. Von hier aus bot die Villa ein anderes Bild; es gab mehrere Giebel und einen schmalen Turm, ein Holzbalkon schwebte über dem Eingang. An der äußeren Wand des

Turms war ein Gemälde mit eigenem kleinen Dach angebracht. Es zeigte zwei Frauen mit Blumenkränzen im langen Haar. Sie saßen auf einem Felsen im Wasser, ihre üppigen Körper nur höchst halbherzig mit feinen Tüchern verhüllt. Eine der beiden hielt einen zahmen Seevogel auf der Hand. Schon wieder Frauen und Vögel, dachte Liv – zuerst das Mädchen auf der Säule und jetzt dieses Gemälde. Sie musterte die verschlossenen Türen der Villa. Es juckte sie in den Fingern, Pauls Schlüsselbund zu holen und sich auch im Inneren umzusehen. Andererseits – »nicht gleich alle Highlights am ersten Tag verbraten«, murmelte sie sich selbst zu. Morgen würde sie sich die Villa vornehmen, für heute reichte es, wenn sie die Insel selbst erkundete.

Darum folgte sie nun dem Pfad, der von der Villa weg zwischen Wiesen und Bäume führte. Abseits des Rosengartens erinnerte die Insel an einen alten Park mit Wiesen und hohen Bäumen, Parkbänken und Aussichtspunkten. Ab und zu rankte sich an einem der Bäume eine Kletterrose empor und erinnerte Liv daran, wo sie sich befand. Die Roseninsel machte ihrem Namen alle Ehre.

Mit jedem Schritt tauchte sie weiter in die stille grüne Welt der Insel ein. Die Bäume mit ihrem herbstlich bunten Laub waren über die Jahrhunderte so hoch gewachsen, dass sie an manchen Stellen fast ein Dach über ihr bildeten. Es mischten sich Buchen und Eichen mit exotischen Nadelbäumen, die so gar nicht an Bayern erinnerten. Irgendjemand musste sie einmal mit hierhergebracht haben.

Liv kam zu einem Aussichtspunkt am Wasser. Der Inselpark öffnete sich hier zu einem mehreckigen Pavillon. Von hier aus konnte man wunderbar über den See schauen. Liv erinnerte sich an das, was Johannes über Pauls Unfall erzählt hatte. Er musste hier am Pavillon passiert sein. Tatsächlich sahen einige der Pfeiler, die das Dach trugen, frisch gestrichen aus.

Liv setzte sich auf eine der Parkbänke unter dem Pavillon und sah hinaus aufs Wasser. Drüben, am gegenüberliegenden Ufer des Sees, weit über dem Wasser, zogen sich lang gestreckte flache Hügel, hier und da lag ein Dorf. Die Sonne ging inzwischen langsam unter, der Himmel hatte sich schon zartrot gefärbt. Eine wunderschöne Stimmung lag über dem See. Das Wasser war ganz still, nur ein einziger Angler war noch weit draußen auf seinem Ruderboot unterwegs, seine beinahe regungslose Silhouette mit der emporgereckten Angel hob sich gegen den Abendhimmel ab. Liv beobachtete, wie der Angler seine Angel einholte und erneut auswarf, dann verharrte er wieder. Nach einer Weile war es ihr, als würde sich sein geduldiges Warten auf sie selbst übertragen. So saßen sie beide da – er in seinem Boot auf dem Wasser, sie auf der Parkbank auf ihrer einsamen Insel. Niemand, der ihr über den Weg laufen würde, niemand, der sie zu etwas überreden wollte, niemand, der ihr gut gemeinte Ratschläge gab oder der Ansicht war, dass sie endlich einfach wieder fröhlich sein sollte. Keine Stimmen von draußen, wenn sie nachts bei geöffnetem Fenster im Bett lag, keine Nachbarn, keine Freunde, keine Familie. Liv war wirklich und wahrhaftig allein.

Später, in der Nacht, fand sie keinen Schlaf. Daran war sie

inzwischen gewöhnt; seit sie die Bilder mit sich herumschleppte, sie in ihrem Kopf ständig ungebeten auftauchten, schlief sie schlecht. Auch jetzt lag sie hellwach im Bett, aber trotzdem war etwas anders als sonst. Sie sah in das schlichte, ungewohnte Schlafzimmer, in das das Mondlicht fiel. Schließlich schlug sie die Decke zurück, stand auf und ging zum Fenster. Draußen war alles still und friedlich. Der Mond stand am Himmel, die Nacht war sternenklar, und silbriges Licht hatte den Rosengarten vor dem Fenster vollkommen übergossen. Das Mädchen mit dem Vogel, drüben auf seiner Säule, schien in diesem Licht geradezu lebendig zu sein. Liv öffnete das Fenster. Kühle Nachtluft strömte ins Zimmer, sie hörte das Rauschen und Wispern der Bäume auf der Insel. Diese Nacht sah so ganz anders aus als die Nächte in Berlin. Nirgends gab es am Ufer eine größere Stadt, deren Licht die Nacht heller gemacht hätte. So müssen die Nächte früher ausgesehen haben, dachte Liv, vor hundert Jahren vielleicht. Von Weitem hörte sie das Geräusch von Wasser, das sanft ans Ufer schlug. Sie atmete tief ein. Es war die richtige Entscheidung gewesen, hierherzukommen, dachte sie, absolut richtig. Sie hatte nicht mehr so weitermachen können wie bisher. Und vielleicht, vielleicht verließen sie hier die Bilder endlich.

Sie ließ das Fenster offen, zog die Vorhänge vor und kroch zurück ins Bett. Endlich fand sie in den Schlaf – und zu ihrer Erleichterung war er traumlos.

Als Liv am nächsten Morgen aufwachte, schien die Sonne freundlich durch das geöffnete Fenster. Nachdem sie ein paar Minuten einfach nur dagelegen hatte und langsam wach wurde, raffte sie sich auf und ging barfuß hinüber in die kleine Küche. Sie fand die Dose mit Pauls Kaffeepulver und löffelte eine großzügige Portion davon in die altmodische Filtermaschine. Während das Wasser gurgelnd zu kochen begann, stellte Liv überrascht fest, dass sie Hunger hatte. Gewöhnlich aß sie morgens nichts, dazu hatte sie gar keine Zeit vor der Arbeit. Und ausgerechnet jetzt, wo sie noch nichts im Haus hatte, knurrte ihr plötzlich der Magen. »Verdammt«, murmelte sie. Johannes würde erst mittags mit den bestellten Lebensmitteln kommen. Sie selbst hatte gestern noch ziemlich schroff gesagt, dass ihr das reichen würde, da sie sowieso kaum Appetit hatte. Aber nun hatte sie Hunger – vielleicht lag es an der frischen Seeluft.

Probehalber, aber eigentlich ohne Hoffnung, öffnete sie den Kühlschrank – und riss erstaunt die Augen auf. Dort, im obersten Regal, stand ein frisches Glas Marmelade, daneben ein Päckchen Butter und eine kleine Glasflasche Milch. An der Marmelade klebte ein Notizzettel. »Guten Morgen«, las Liv, »nur für alle Fälle. Johannes. PS: Toast und Toaster gibt es im linken Küchenschrank.«

Liv schüttelte den Kopf. Wann hatte Johannes denn das überhaupt hereingeschmuggelt? Egal, wie er es angestellt hatte, sie war froh darüber. Die Marmelade sah großartig aus, und tatsächlich fand Liv hinter der entsprechenden Schranktür einen etwas in die Jahre gekommenen Toaster und eine nagelneue Packung Frühstückstoast.

Bald saß Liv mit Marmeladentoast und einer großen Tasse Kaffee an Pauls kleinem Gartentisch neben dem Gärtnerhaus. Sie trug dabei immer noch ihren Schlafanzug, die Haare nachlässig zum Knoten gebunden und an den Füßen Flipflops – warum auch nicht, hier gab es niemanden, der sich daran stören konnte. »Hmmmm«, machte sie unwillkürlich, als sie in die erste Toastscheibe biss. Die Marmelade schmeckte und duftete, als sei ein ganzes Erdbeerfeld in das kleine Glas gebannt worden. Sie trug kein Etikett, musste also selbst gemacht sein. Liv kleckste eine große Portion davon auf die zweite Toastscheibe und dachte dabei an die Morgen, die sie in Berlin in der letzten Zeit gehabt hatte – schlechte Morgen, wie gerädert aus schrecklichen Träumen geschreckt, dann nur todmüde einen Kaffee getrunken und los in die Klinik. Die Klinik ... Liv sah auf die Uhr. Es war noch nicht ganz halb neun. In ihrem richtigen Leben wäre sie schon mindestens seit einer Stunde in der Notaufnahme, würde versuchen, den Patienten gerecht zu werden, und sich gleichzeitig fühlen wie auf Watte. Sie hatte in den letzten Wochen völlig neben sich gestanden.

Liv stopfte sich den letzten Bissen in den Mund, streckte die Beine auf den grünen Rasen aus und lehnte den Kopf an die alten rauen Steine der Hauswand. Nicht mehr so viel nachdenken, Liv, sagte sie zu sich selbst, nicht mehr grübeln – du bist doch hier, um Ruhe zu finden.

Nach dem Frühstück trug sie das Geschirr in die kleine Wohnung zurück und wusch es ab, dann duschte sie und zog sich an. Gerade als sie im Flur in ihre Schuhe schlüpfen wollte, klingelte ihr Handy. Es war ein merkwürdiges Geräusch in dieser Stille der Insel; das schrille Klingeln schien die Luft geradezu zu zerreißen. Liv nahm ab.

»Hallo?«

»Liv, ich bin es.« Die Stimme ihrer Schwester Anni war unverkennbar. Sie sprudelte sofort los. »Hör zu – ich habe jetzt endlich eine Idee für Noahs Geburtstagsgeschenk.«

Noah war Annis ältester Sohn und Livs Patenkind.

Liv klemmte sich das Handy zwischen Ohr und Schulter, während sie sich die Schnürsenkel band. »Aha? Und zwar?«

»Er will doch schon so lange ein Piratenbett. Du weißt schon, irgendeines, das aussieht wie ein Schiff – aber das man später, wenn er größer ist, am besten in ein Bett verwandeln kann, das nicht nach Kindergarten aussieht.«

»Mhm«, Liv nahm das Handy wieder in die Hand, richtete sich auf und schnitt sich selbst im Flurspiegel eine Grimasse. Unglaublich, welche Sorgen meine Schwester hat, dachte sie nicht zum ersten Mal. Anni führte ein Bilderbuchfamilienleben mit einer sehr erwachsenen Wohnung in Friedrichshain, zwei Kindern und einer Karriere in einer PR-Agentur, wo sie auch ihren Mann kennengelernt hatte. Ihre beiden Leben waren so unglaublich unterschiedlich, dass Liv sich manchmal wunderte, wie sie überhaupt Schwestern sein konnten.

»Ein Piratenbett also«, wiederholte sie nun.

»Ja. Wie wäre das – wir legen zusammen, wir und du, und dann kriegt er es von uns allen. Ich frage auch noch Mama und Papa, ob sie mitmachen wollen. Aber so wie ich Mama kenne, hat sie sowieso schon fünf Geschenke für ihn.«

Liv grinste. Damit hatte Anni vermutlich recht. »Was willst du denn – das Verwöhnen ist doch praktisch die

Pflicht der Großeltern«, verteidigte sich ihre Mutter jedes Mal stoisch, wenn Anni dieses Thema anschnitt.

»Wo bist du eigentlich?«, fragte ihre Schwester in diesem Moment. »Die Verbindung rauscht so. Die Charité ist wirklich ein Funkloch.«

Liv betrachtete sich immer noch im Spiegel. Ihre Haare hatte sie zu einem praktischen Pferdeschwanz gebunden, und ein paar Sommersprossen verteilten sich um ihre Nase, aber nichts konnte darüber hinwegtäuschen, dass sie blass aussah und abgenommen hatte. Ich sehe aus wie ein Gespenst, dachte sie. Laut sagte sie: »Ich bin in Bayern. Hat dir Mama nichts erzählt?«

»Nein. Sie hat zwar angerufen, aber wir verpassen uns seit Tagen ständig. Noah war diese Woche auf drei Kindergeburtstagen, und Sophie hat seit Neuestem Reitstunden.« »Mit drei?«

»Man soll früh anfangen, habe ich gelesen.« Anni kam zum Thema zurück. »Was willst du denn in Bayern? Machst du Urlaub?«

»Nicht direkt«, antwortete Liv gedehnt. Sie erklärte in kurzen Worten, wo sie war und warum.

»Du spielst Babysitterin für eine Insel?«, fragte ihre Schwester ungläubig, als sie geendet hatte.

»Ja, so könnte man es sagen. Ich musste einfach mal raus.«

Kurz blieb es am anderen Ende der Leitung still, dann fing Anni mit besorgter Stimme an: »Liv, ist das immer noch wegen ... Ich verstehe ja, dass es schrecklich war, aber du musst darüber wegkommen und ...«

Liv ließ sie nicht ausreden. Sie schnitt sich selbst eine Grimasse im Spiegel. »Sorry, ich muss aufhören. Ich hab zu tun. Ach ja, und bei dem Geschenk bin ich dabei.«

Sie legte schnell auf. Dann sah sie sich unschlüssig um. Es war eigentlich nur eine Ausrede gewesen, dass sie zu tun hatte. Allerdings war da noch Pauls Liste am Kühlschrank. Sie konnte genauso gut gleich mit der Arbeit anfangen, es würde sie von allem anderen ablenken.

Mit dem dicht beschriebenen Blatt Papier setzte sie sich im Wohnzimmer auf den alten grünen Ohrensessel.

»Liebe/r Krankheitsvertreter«, las sie in einer etwas unordentlichen Männerhandschrift, »danke, dass Sie auf meine Insel und meine Rosen aufpassen, solange ich weg bin. Ich hoffe, Sie fühlen sich auf der Insel und in meiner Wohnung wohl (kleiner Tipp: Den Stühlen am Esstisch ist nicht immer zu trauen, und mit der Kaffeemaschine muss man geduldig sein).« Liv warf einen Blick hinüber zu dem kleinen Tisch mit den hölzernen Stühlen, die antik und in der Tat etwas wackelig wirkten.

»Die Stille auf der Insel kann am Anfang ein kleiner Schock sein, aber man gewöhnt sich schnell daran. Sie werden sehen, es ist ein wunderbarer Ort. Im Herbst kommen keine Touristen mehr, also gibt es auch nicht mehr so viele Aufgaben. Einige können allerdings nicht warten, bis ich wiederkomme; ich habe sie für Sie aufgelistet. Bei Fragen – schauen Sie ins Bücherregal, das meiste meines Wissens habe ich auch von dort.« Liv sah auf zu dem Regal voller Gartenbücher. Mindestens die Hälfte beschäftigte sich mit Rosen. »Das werde ich wohl müssen«, murmelte sie, »ich habe von Rosen keine Ahnung.« Dann beugte sie sich wieder über Pauls Brief und überflog die Liste.

»Laub rechen«, war der erste Punkt. Liv war erleichtert, das klang nicht kompliziert, genauso wenig wie die Anweisung, jeden Tag in der Villa nach dem Rechten zu sehen, zu lüften und die Veranda sauber zu halten. Bei den Aufgaben im Rosengarten wurde es schwieriger.

»Rosen für den Herbst zurückschneiden«, war hier der erste Punkt, allerdings hatte Paul dahinter fürsorglich einen Buchtitel geschrieben und »Da steht alles drin« dazugekritzelt. Es folgte eine weitere Aufgabenliste für die Rosenbeete, die mit »Rosen winterfest in Jute verpacken« endete. Es gab noch ein PS, das, weil Paul es auf dem letzten verbleibenden Platz auf dem Blatt hatte unterbringen müssen, nur schwer lesbar war.

»Alles, was Sie brauchen, finden Sie in der Gartenkammer hinter dem Haus« entzifferte Liv schließlich, »inklusive meines Gartenkühlschranks, in dem kühles Bier bereitsteht. Bedienen Sie sich.« Dann, noch kleiner, »Falls etwas kaputtgeht – hoffentlich nicht –, hier anrufen.« Eine Festnetznummer mit der Ortsvorwahl von Feldafing, dem Dorf am nahe liegenden Ufer, folgte.

»Eine schöne Zeit auf der Roseninsel« und ein etwas ungelenker Smiley beendeten Pauls Brief.

Livs Augen wanderten wieder zurück zu einem der ersten Punkte. »Villa in Ordnung halten, jeden Tag dort nach dem Rechten sehen.« Damit würde sie anfangen.

Die Villa stand stolz in der Morgensonne, als Liv mit Pauls

Schlüssel in der Hand durch den Rosengarten zu ihr hinüberlief. Sie war wirklich gespannt auf das Haus; schnell nahm sie die paar Stufen hinauf zu der holzgeschnitzten Veranda und stutzte. Von Weitem hatte sie es bisher nicht bemerkt, aber die Wandflächen zur Veranda hin zeigten Bilder in warmen Erdtönen, die an antike römische Wandmalereien erinnerten. Da kniete ein halb nackter Mann vor einem Adler, auf der gegenüberliegenden Seite war eine Frau in einer Toga und mit einem blütenweißen Schwan zu sehen. Über der Tür zogen sich geschnörkelte Girlanden dahin, und kleine Wassermänner hoben den Dreizack, um gegen schlangenartige Ungeheuer zu kämpfen. Dazu passend war der Boden der Veranda mit Mosaikfliesen ausgelegt. Nichts davon hatte Liv in einem Haus auf einer Insel im Starnberger See erwartet. »Merkwürdig«, murmelte sie. »Ich dachte, ich bin hier in Bayern.«

Neugierig steckte sie nun den Schlüssel mit der kunstvoll geschmiedeten Rose ins Schloss, und zu ihrer Überraschung öffneten sich die beiden Flügel der Tür leicht. Liv hatte erwartet, dass eine jahrhundertealte Tür klemmen und ächzen musste, aber diese sprang einfach auf. Der Raum dahinter begrüßte Liv mit kühler, staubiger Luft, die sich nun schnell mit der frischen, warmen vom Rosengarten her hineinströmenden mischte. »Wow.« Beinahe ehrfürchtig trat sie ein. Solche Häuser kannte sie bisher nur als Museum oder als öffentliche Gebäude, irgendwelche Verwaltungen vielleicht, bevölkert von vielen Leuten. Noch nie war sie mit so einer alten, leeren Villa allein gewesen. Sie stand in einem rechteckigen Saal mit altem Parkett und Wänden, die in einem zarten, antik wirkenden Grünblau gestrichen waren. Auch hier gab es Malereien; junge Männer schwebten mit Harfen an den Wänden, es gab wieder Frauen mit Schwänen und kunstvolle Bordüren, die sich golden über die Wände zogen. An der Stirnseite des Raumes war ein Kamin elegant in weißes Porzellan gefasst, das sich in feine Muster verästelte. Liv fühlte sich sofort wohl in diesem Saal. Obwohl er fast vollständig leer war, hatte sie den Eindruck, dass er etwas Lebendiges und Warmes an sich hatte.

Interessiert betrachtete Liv die beiden einzigen Einrichtungsgegenstände, wenn man sie überhaupt so nennen konnte. Sie bestanden aus zwei weißen Büsten auf hohen Sockeln, eine männliche und eine weibliche. Die Frau gefiel Liv besonders gut; sie besaß ein fein modelliertes Gesicht, ihre Haare verschlangen sich zu einer komplizierten Frisur, und sie trug ein fein angedeutetes Gewand, das der Bildhauer in hauchdünnen steinernen Falten über ihre mädchenhaften Schultern hatte fließen lassen. Liv beugte sich so, dass sie der Frau in die steinernen Augen sehen konnte. Hatte sie einmal hier gelebt? Beinahe sah sie sie in einem Prinzessinnenkleid am Fenster stehen und hinaus auf den Garten sehen, während in dem porzellanweißen Kamin ein Feuer prasselte. Oh Gott, Liv, deine Fantasie geht mit dir durch, dachte sie und schüttelte über sich selbst den Kopf.

Sie riss sich von dem Kunstwerk los und ging neugierig weiter, um den Rest der Villa zu entdecken. Vom Gartensaal gelangte sie nun in ein kühles, dämmriges Treppenhaus. Das Haus wirkte hier, als läge es schon im Winterschlaf. Eine geschwungene Wendeltreppe führte von hier ins obere

Stockwerk. Liv stieg gespannt hinauf. Ihre Schritte hallten dabei von den Wänden des leeren Hauses wider, und unwillkürlich begann sie, auf Zehenspitzen zu gehen, als gäbe es in der verlassenen Villa jemanden, den sie stören könnte.

Das erste Zimmer, das Liv oben angekommen betrat, enttäuschte sie ein wenig. Es war so schlicht eingerichtet, dass man kaum glauben mochte, in einer königlichen Villa zu sein. Ein schmales Bett stand dort, die Wände waren schlicht weiß. Vor dem Fenster ein antiker kleiner Schreibtisch, der dazu passende Stuhl etwas schräg, als sei er gerade erst zurückgeschoben worden. Ein Tintenfass stand auf dem Tisch, darin ein weißer Federkiel. Man konnte sich vorstellen, wie hier jemand gesessen und geschrieben hatte. Durch die Fenster fiel helles Tageslicht, gemischt mit dem Grün, Orange und Gelb der alten Bäume im Park, der sich davor ausbreitete.

Dieser Eindruck von stiller, schlichter Bescheidenheit war im Nebenraum sofort verschwunden. Plötzlich fand Liv sich in einem großen Saal wieder und drehte sich staunend um die eigene Achse. War der Saal im Erdgeschoss von zurückhaltender Eleganz gewesen, war dieser hier nun auf merkwürdige Art prächtig. Die Wände und Decken waren zwar aus Holz, aber überall blitzten und glitzerten vergoldete Stellen; ringsum unter der Decke verteilten sich geflügelte Figuren, die stumm auf Liv hinuntersahen und geradezu über den Raum zu wachen schienen. Der Kamin war noch eindrucksvoller. Er war ebenfalls mit Porzellan eingerahmt, aber hier trugen halbnackte männliche Skulpturen den Kaminaufsatz. Ihre Porzellanhaut glänzte elfenbeinfarben im Licht, das durch die Fenster hineinfiel. Im Gegensatz zum ersten Saal war dieser hier nicht leer. In der Mitte des Raums stand ein Glaskasten mit einem Modell der Insel. Liv dachte ihn sich weg. Stattdessen malte sie sich aus, wie dieser Saal wohl gewesen sein mochte, als Bayern noch ein Königreich gewesen war. Bestimmt hatten hier Bälle stattgefunden. Damen in prächtigen Ballkleidern, Männer im Frack und livrierte Diener. Dort in der Ecke vielleicht die Tanzkapelle, die die ganze Nacht hindurch spielte, und in der Mitte der Tanzfläche König und Königin ... Liv hörte geradezu die Musik, das Lachen, das Gläserklirren, als sie an eines der hohen Fenster trat. Sie sah hinaus auf die Insel. Das Leben hier musste doch damals herrlich gewesen sein! Gedankenverloren sah sie zwischen den Baumwipfeln auf den See und bis hinüber zu den hohen Alpen am Horizont. Die Aussicht war wunderschön. Genau so, wie man sich Bayern vorstellte.

Erst als Liv eine Bewegung zwischen den Bäumen wahrnahm, kam sie wieder in der Realität an. Dort war jemand – und er schien schwer an etwas zu schleppen. Es war Johannes. Schon hatte er sie am Fenster entdeckt, stellte seine Last ab und winkte ihr zu. Jetzt schon? Liv riss sich nur widerwillig von ihrem feudalen Aussichtsposten los und ging ihm entgegen.

»Hey, na, wie war Ihre erste Nacht auf der Insel?«, fragte Johannes, als Liv draußen im Sonnenschein ankam. »War es seltsam, so alleine hier?«

»Überhaupt nicht. Ich habe mir die Sterne angesehen.«

»Sind die hier anders als in Berlin?« Wieder fiel ihr seine schiefe Nase auf. Er war nicht im eigentlichen Sinn attraktiv, aber konnte wohl trotzdem anziehend wirken. Wie alt er wohl war? Sie schätzte ihn auf Ende zwanzig; nur wenig jünger als sie selbst.

Laut sagte sie: »Ich glaube, sie sind ein bisschen heller – oder die Nacht ist hier in der bayrischen Provinz einfach dunkler.« Sie deutete auf die Kiste, die er vor sich abgestellt hatte. »Sind das meine Sachen?«

Er nickte. »Ja, tut mir leid, dass ich früher dran bin als abgesprochen. Ich habe später noch einen Segelkurs.« Er nahm die Kiste wieder auf und schleppte sie den Rest des Weges zum Gärtnerhaus; Liv folgte ihm. Ächzend stellte er seine Last dort ab. »Was zum Teufel haben Sie denn da alles bestellt?«, fragte er schnaufend. »Das fühlt sich an, als wäre ein ganzer Elefant drin.«

»Klar, meine Leibspeise«, Liv schnitt eine Grimasse. »Mit einem Zentner Kartoffeln dazu.«

Er musterte ihre schlanke, fast zu schlanke, sportliche Figur. »Ach ja, und wo lassen Sie das alles? Sie sehen aus, als könnten sie mal ein paar Zentner Kartoffeln vertragen.«

Liv ging nicht darauf ein. Stattdessen klappte sie den Deckel der Kiste auf. Prüfend glitt ihr Blick über den Inhalt. Gemüse, Obst, Nudeln, Reis, Mehl – tatsächlich auch ein kleines Netz Kartoffeln, Milch, Eier, Honig und ein paar Tafeln Schokolade. Es war alles da, was sie bestellt hatte.

»Und – vollständig?«

Sie nickte.

»Ach ja …«, er kramte in seiner Jackentasche. »Hier, bevor ich es vergesse – es kam schon Post für Sie an.« Er reichte ihr zwei Briefumschläge und eine Postkarte. »Der Nachsendeantrag scheint also zu funktionieren.«

Liv sah die Post durch. Die Karte kam von einer Freundin, die gerade durch Südamerika reiste. Der erste der beiden Briefe kam von ... Sie stutzte – »Der ist ja von hier.«

»Tja«, er grinste, »hat sich wohl schon rumgesprochen, dass Sie hier sind. Der Bürgermeister heißt Sie bestimmt willkommen.«

»Hm.« Der zweite Brief, das verriet schon der Absendestempel, war eine Einladung zu dem Ärztekongress, an dem sie jedes Jahr teilnahm. Sie legte ihn schnell beiseite.

»Danke«, sagte sie. »Also sehen wir uns dann bei der nächsten Lieferung.«

Johannes grinste. »Schon klar, Sie wollen mich wieder runter von der Insel haben, ich weiß. Aber noch eine Frage: Wie fanden Sie denn die Marmelade?«

Liv wurde rot. Wahrscheinlich hielt er sie für ein Biest, weil sie so abweisend war, obwohl er ihr Frühstück bereitgestellt hatte. »Die war gut, danke.«

»Das hört der Marmeladenkoch gern«, er deutete eine augenzwinkernde Verbeugung an.

»Sie haben die gemacht?«

»Klar. Ich bin Wirtssohn – ich koche alles, was ich zwischen die Finger kriege.« Er lachte. Offensichtlich ließ er sich von ihrer ruppigen Art nicht die Laune verderben. »Wollen Sie wissen, wie ich meine Marmeladenkreation genannt habe?«

Sie sah ihn fragend an.

»Der ›Rubin von Bayern‹.«

Nun musste sie doch lachen. »Ein großer Name für eine Erdbeermarmelade.«

»Nicht für diese.« Es entstand eine Pause.

»Okay«, sagte sie noch einmal. »Dann danke, auch für den ›Rubin von Bayern‹.«

»Soll ich Ihnen nicht lieber noch die Kiste in die Wohnung tragen?« fragte er.

»Nein, kein Problem«, wehrte Liv ab. »Das wird schon gehen.«

Kurz zögerte er, dann nickte er ihr zu. »Dann servus.«

»Ja … servus.«

Er drehte sich um und ging zwischen den Bäumen zurück zum Bootssteg. Ein paar Minuten später hörte sie die gleichmäßigen Ruderschläge auf dem Wasser.

Die Kiste mit den Lebensmitteln stellte sich tatsächlich als sehr schwer heraus. »Kleiner Elefant«, schnaufte Liv, während sie sich damit abmühte, sie die Treppe hinauf in die Gärtnerwohnung zu schleppen, »könnte tatsächlich sein.«

Schließlich gab sie auf und trug den Inhalt der Kiste einzeln nach oben. Nachdem alles in der Küche verstaut war, war es nun Zeit, endlich mit den ersten Gartenarbeiten anzufangen.


In dem kleinen Geräteraum auf der Rückseite des Gärtnerhauses fand Liv, so wie Paul es beschrieben hatte, tatsächlich alles, was sie brauchte. Sauber und aufgeräumt hingen dort Rechen, Schaufeln und Besen verschiedener Größe an

der Wand, in den Regalen waren Rosendünger, Gartensche-
ren, Eimer und andere Dinge verstaut und gewissenhaft be-
schriftet. An einer Wand reihten sich grüne Gießkannen,
und neben dem erwähnten Kühlschrank, auf dem ein selbst
gebasteltes Schild mit der Aufschrift »Pauls Biergarten«
prangte, stand ein professioneller fahrbarer Rasenmäher.
Liv suchte sich einen Rechen mit breiten Zinken und beschloss, zunächst dem Laub, das sich in Pauls Abwesenheit
der letzten Wochen überall auf der Insel auf die Rasenflä-
chen und Wege gelegt hatte, zu Leibe zu rücken – dazu
brauchte sie wenigstens kein Gartenbuch; wie man Laub zu-
sammenrechte, konnte sie sich vorstellen. Sie fand sogar
noch ein Paar passende Handschuhe und eine grüne
Schürze, dieselbe, die Paul auf dem Foto in seiner Wohnung
getragen hatte. Damit fühlte sie sich tatsächlich beinahe wie
eine richtige Gärtnerin, auch wenn die paar Nachmittage im
Berliner Schrebergarten ihrer Tante ihre einzige Erfahrung
in dieser Richtung waren – und damals hatte sie vor allem
Blumen gepflückt und Himbeeren genascht.

Liv begann mit der Wiese neben dem Gärtnerhaus,
rechte dort das Laub zu kleinen Haufen zusammen und trug
es nach und nach Pauls Anweisungen entsprechend zu dem
Kompost hinterm Haus. Die Arbeit wirkte zuerst leicht,
wurde aber bald anstrengend, und Hände und Arme taten
ihr weh. Trotzdem machte es ihr Spaß. Die Vögel zwitscherten in den Bäumen, die Sonnenstrahlen wärmten sie, die
Luft roch nach Erde und Herbst. Wenn mich meine Freunde
so sehen würden, dachte Liv belustigt, sie könnten es bestimmt nicht fassen – und meine Eltern erst recht nicht.

Ihre Eltern waren schon immer echte Großstädter, die mit dem Land nichts anfangen konnten. Beide waren Journalisten, sie waren in der ganzen Welt unterwegs gewesen, vor allem in den großen Metropolen. Liv und Anni waren oft mit ihnen gereist, nach Tokio, Moskau oder in die Straßenschluchten von New York. Liv erinnerte sich noch an die riesigen Hochhäuser dort und an die Donuts, die Anni und sie in rauen Mengen verschlungen hatten. Was ihre Eltern nicht hatten, war ein Garten oder ein grüner Daumen. Das hier – die grüne Idylle in der Gärtnerschürze und das duftende Laub – war weit von allem entfernt, was man in ihrer Familie normalerweise machte.

Als das Gras wieder frei von Laub war und sattgrün leuchtete, trug Liv die letzten Laubhaufen hinüber zum Kompost. Die Gartenhandschuhe hatten sich schnell als unpraktisch herausgestellt, und sie hatte sie ausgezogen. Mit bloßen Händen griff sie nun die herbstlich gefärbten toten Blätter, bald waren ihre Finger schmutzig von Erde und Blattresten, aber das machte ihr nichts aus. Der Geruch nach Laub und Erde war eine wohltuende Abwechslung zu dem von Desinfektionsmitteln, den sie jeden Tag in der Klinik in der Nase hatte.

Als sie mit der ersten fertig war, nahm sie sich die zweite Wiese vor. Liv arbeitete gedankenverloren, die Zeit flog geradezu an ihr vorbei. Plötzlich klingelte ihr Handy, das in ihrer Hosentasche steckte. Sie griff danach und sah auf das Display. »Christoph« stand darauf. Sicher wollte er ihr sagen, dass sie sofort zurückkommen musste, dass er sie auf der Station brauchte, dass ihre Flucht ihm nur Schwierigkeiten bereitete ... Sie drückte ihn weg und arbeitete weiter.

Später räumte Liv Rechen, Schürze und Handschuhe beiseite und sah sich unschlüssig um. Auch wenn sie den ganzen Nachmittag draußen gearbeitet hatte, hatte sie noch keine Lust dazu, hinauf in die Wohnung zu gehen, und so beschloss sie, vor dem Abendessen noch eine Runde um die Insel zu joggen. In Berlin lief sie jeden Tag, soweit es die langen Schichten in der Klinik zuließen. Das Laufen half ihr dabei, abzuschalten, einfach an gar nichts zu denken außer an ihre Schritte auf dem Asphalt und den Herzschlag in ihrer Brust. In den letzten Wochen war sie darum noch mehr gelaufen als sonst. Oft hatte sie sich dabei völlig verausgabt.

Das zumindest würde auf diesem winzigen Fleckchen im See eher schwierig sein, aber wenigstens ein paar Runden würde sie auch hier drehen können. Nachdem Liv Sportsachen, Pulsmesser und Laufschuhe angezogen hatte, entschied sie sich dafür, im Uhrzeigersinn um die Insel zu laufen; am Rosengarten vorbei durch die Wiesen bis zu dem kleinen Lindenrondell im Nordosten der Insel, weiter zum Bootssteg, zum Pavillon im Süden und wieder zurück. Liv dehnte sich zunächst ein wenig, dann begann sie, locker zu laufen, und schließlich zog sie das Tempo an.

Auf dem See waren an diesem Abend ein paar Segelboote unterwegs. Hier und da zogen Wolken über den Abendhimmel. Liv genoss den Ausblick auf das Wasser, während sie lief.

Schneller als erwartet, hatte sie schließlich das Lindenrondell erreicht. Sie blieb stehen; der Blick von dieser Stelle aus über den See war zu schön, um einfach daran vorbeizurennen. Eine Wassergans mit hellbraunem Gefieder und dunklem Hals paddelte in der Nähe des Ufers und gründelte hier und da. Liv beobachtete sie, bis auf einmal die Ruhe von einem schrillen Klingeln unterbrochen wurde. Die Gans hielt inne und schien sie vorwurfsvoll anzusehen, dann streckte sie den langen Hals wieder unter Wasser und das helle Hinterteil in die Höhe. Liv seufzte und griff nach ihrem Handy. Schon wieder Christoph. Sie starrte auf das Display, ohne abzunehmen. Plötzlich wurde Liv von einer unglaublichen Wut erfasst. Sie nahm das immer noch klingelnde Handy, holte weit aus und warf es mit aller Kraft in den See. Mit einem leisen Platschen landete es im Wasser. Das Klingeln hörte auf. Liv sah zu, wie sich an der Stelle, in der ihr Handy versunken war, langsam konzentrische Kreise über die Wasseroberfläche zogen. Sie blinzelte. Oh Gott, was habe ich getan?, durchfuhr es sie. Jetzt bin ich wirklich von allem abgeschnitten. In Pauls Wohnung gab es kein Telefon. Wenn sie nun telefonieren wollte, würde sie das Ruderboot nehmen und hinüber zum *Seewirt* fahren müssen. Die Stelle, an der das Handy versunken war, war nun wieder glatt. Der See hatte es geschluckt und mit ihm auch Berlin – alles das, wovor sie gerade weglief. Sie atmete tief durch. Vielleicht war es ganz gut so.

Die Gans tauchte wieder auf, sah sie noch einmal an und paddelte dann weiter auf den See hinaus. Liv sah ihr nach. Dann drehte sie sich um und nahm ihren Weg wieder auf.

Eine Runde reichte ihr noch lange nicht; sie war gerade erst warm gelaufen, als sie wieder am Gärtnerhaus ankam. Also rannte sie noch eine Runde. Und noch eine. Ihr Puls war gut, sie hörte den Kies unter ihren Laufschuhen knirschen. Auf der Höhe des Bootsstegs sah sie jedes Mal hinüber zum *Seewirt*. Dort saßen auch an diesem Abend viele Leute im Biergarten, ab und zu trug der Wind die ausgelassenen Stimmen und das Gläserklirren bis zur Insel hinüber. Bei ihrer letzten Runde beschloss Liv, das Tempo noch einmal anzuziehen. Sie begann einen Sprint; als wäre sie von Furien gejagt, gnadenlos gegen sich selbst. In ihren Ohren rauschte das Blut, hörte sie das Trommeln ihrer Füße auf der Erde. Keuchend kam sie schließlich wieder vor dem Gärtnerhaus an. Sie stützte die Hände auf die Knie, rang nach Luft und wischte sich den Schweiß von der Stirn. Als ihr Puls sich wieder beruhigt hatte, fühlte sie die herbstliche Abendluft auf der schweißfeuchten Haut. Ja, jetzt hatte sie sich ausgepowert, jetzt war es gut.

Als sie sich wieder aufrichtete, fiel ihr Blick auf die Villa, die still und unbeeindruckt dastand, bereit für die Nacht. Moment, wirklich bereit?, schoss es Liv durch den Kopf. »Villa unbedingt immer nachts abschließen«, das hatte auch auf Pauls Liste gestanden. Liv tastete nach dem Schlüsselbund. Erschrocken stellte sie fest, dass er nicht mehr in ihrer Jackentasche war. Nach kurzem Nachdenken fiel es ihr wieder ein: Sie hatte ihn in dem prächtigen Saal im oberen Stock liegen lassen, dort am Fenster, als sie Johannes hatte kommen sehen. Seufzend setzte sie sich also noch einmal in Bewegung.

Die Räume der Villa wirkten jetzt, in der Dämmerung, ganz anders als am Tag. Die beiden weißen Büsten im Gartensaal sahen Liv im Dämmerlicht mit ihren weißen Augen regungslos entgegen. Die Luft im Raum war kühler geworden, und die Atmosphäre hatte plötzlich etwas Unheimliches an sich – oder bildete sie sich das nur ein? Liv, reiß dich mal zusammen, rief sie sich selbst zur Ordnung. Du bist doch kein kleines Mädchen mehr, das sich im Dunkeln gruselt. Trotzdem – besser, sie beeilte sich. Je schneller sie den Schlüssel hatte, desto schneller kam sie auch wieder hinaus in den rosafarbenen Abend.

Oben im prächtigen Festsaal lag der vergessene Schlüsselbund tatsächlich noch auf dem Fensterbrett. Liv war in ein paar Schritten dort, griff danach und ging dann eilig wieder nach unten. Das Geräusch ihrer Schritte, das auch dieses Mal im Treppenhaus widerhallte, verursachte ihr plötzlich eine Gänsehaut. Sie beeilte sich noch mehr. Genau in diesem Moment übersah sie im Dämmerlicht die ausgetretene Türschwelle zum Gartensaal und stolperte.

»Verd …«, Liv konnte das Wort nicht einmal zu Ende ausrufen, als sie schon das Gleichgewicht verlor. Der Schlüssel fiel ihr aus der Hand, und sie griff stattdessen reflexartig nach irgendetwas, um ihren Sturz noch aufzuhalten. Dabei erwischte sie ausgerechnet die weiße, elegante Frauenbüste, die sie am Morgen noch so bewundert hatte. Liv sah das Unglück wie in Zeitlupe geschehen, ohne noch etwas daran ändern zu können. Die Büste fiel von ihrem Podest, fiel und fiel und kam fast zeitgleich mit Liv auf dem alten Eichenparkettboden auf. Es krachte fürchterlich, weiße Splitter verteilten sich über das dunkle Holz.

»Oh nein«, Liv rappelte sich hoch. »Verflixt – das darf nicht wahr sein.« Ihr Knie brannte. Sie brauchte es nicht anzusehen, um zu wissen, dass es aufgeschlagen war. Aber das kümmerte sie weniger. Die Büste – sie war kaputt; das Kunstwerk, das sie vor ein paar Stunden noch bewundert hatte, lag zerbrochen da. Wie unter Schock hob Liv die einzelnen Scherben auf. Versuchsweise setzte sie ein abgebrochenes Stück Schulter wieder an. Nein, da war nichts zu retten. Die Büste war kaputt.

Erst in diesem Moment fiel ihr Blick auf den Parkettboden. Livs Augen weiteten sich vor Entsetzen; die wahre Bescherung sah sie erst jetzt. Das alte Eichenholz war an der Stelle zersplittert, wo die schwere Büste aufgeschlagen war. Ein richtiges Loch klaffte im Fußboden des Gartensaals. »Oh Gott«, wisperte sie. »Das darf nicht wahr sein! Und das am zweiten Tag …«

Unglücklich ging sie in die Hocke, um das Loch im Parkett genauer zu betrachten, und ignorierte dabei ihr lädiertes Knie. Erst auf den zweiten Blick in diesem dämmrigen Zwielicht fiel ihr auf, was merkwürdig an diesem Loch im Parkett war – darunter war nichts. Dort, wo ein Fundament hätte sein müssen, gähnte nur ein dunkler Hohlraum. Kein Wunder, dass das Holz so leicht gesplittert war … »Eigenartig«, murmelte sie. Nun wünschte sie sich, ihr Handy läge nicht auf dem Grunde des Sees. Das Licht des Displays hätte sie jetzt gut gebrauchen können. Aber auch so, in der Dämmerung, konnte sie erkennen, dass dort unter dem kaputten

Holz in der Tiefe etwas schimmerte – schwach rosa, rot und golden. Plötzlich schlug Livs Herz schneller; ihr schmerzendes Knie und die zerbrochene Büste waren für einen Moment vergessen. Was hatte sie da entdeckt? Es sah aus wie ein geheimes Versteck unter dem alten Fußboden.

Aufgeregt streckte Liv die Hand aus und tastete vorsichtig zwischen dem zersplitterten Holz hindurch zu dem, was dort lag. Ihre Fingerspitzen trafen zunächst etwas, das ihr von heute Nachmittag noch vertraut vorkam – trockene Blätter. Aber es waren nicht die einer Eiche oder Buche, es fühlte sich eher an wie … »Blütenblätter«, flüsterte sie. Vorsichtig holte sie dieses Etwas aus dem zersplitterten Boden. Es war eine Rose – eine perfekte, getrocknete Rose, zartrosa und vollkommen. Liv betrachtete sie erstaunt, es schien ihr wie ein Wunder. Wie lange hatte sie dort gelegen? Und vor allem – warum?

Liv beugte sich noch einmal nach vorn, um den zweiten Gegenstand aus dem dunklen Hohlraum zu holen. Sie tastete; es war ein Buch. Gebunden in blassrotes Leinen, mit aufgeprägten goldenen Ranken. Es war staubig.

Liv wischte über den Einband; der Geruch nach altem Papier, ein bisschen modrig, stieg ihr in die Nase. Sie ließ sich auf den Boden sinken, lehnte sich an die Wand und schlug das Buch auf. Alte Buchstaben sah sie, verblasste Tinte, eine schöne, geschwungene Handschrift. Die Worte schienen sich förmlich auf das Papier zu drängen, als hätte der Schreiber es eilig gehabt. Die alten Worte sprachen zu Liv, die in diesem Moment alles andere um sich herum vergaß.

3. Januar 1913

Ich weiß nicht, wer es sein wird, der eines Tages in vielleicht fünfzig oder hundert oder zweihundert Jahren dieses
Buch in den Händen halten und meine Geschichte lesen wird.
Die Zeit ist eine merkwürdige Sache, sie dehnt sich aus oder
kann sich zusammenziehen, und die Vergangenheit ist niemals ganz vergangen, solange es Spuren von ihr gibt. Ich habe
in den letzten Jahren gelernt, dass wir nicht wissen können,
wer irgendwann einmal das, was wir von uns auf dieser Erde
zurücklassen, finden wird. Und es wird dessen Entscheidung
sein, was er damit tun wird. Ich habe damit Frieden geschlossen. Ich schreibe dies, damit sich jemand an mich erinnert – an
mich, die hätte vergessen werden sollen. Die Mächtigen meiner Zeit haben sich gewünscht, es hätte mich nicht gegeben.
Aber das hat es. Dies ist meine Geschichte – nun, ein Teil davon. Und wer auch immer sie eines Tages lesen wird, wird
seine eigenen Schlüsse daraus ziehen und, so hoffe ich, für einen Moment an mich denken.

## Starnberger See, Bayern, 1889

Magdalena stand im Rosengarten. Es war ein gewittriger, brütend heißer Sommertag, und der Duft nach Rosen, nach den Fliedersträuchern und Lavendelbüschen erfüllte die Luft der Insel. Magdalena legte ihren Kopf in den Nacken und sah hinauf in den Himmel, wo ein großer Vogel seine Kreise zog. Sie dachte darüber nach, was er wohl sah, dort hoch oben, wenn er hinunterschaute auf ihre kleine Welt. Auf diese Insel, auf der sie nun schon seit drei Jahren lebte. Sah er die hübschen Rosen? Die Villa mit ihren dunklen Holzdächern, dem Türmchen und der eleganten Veranda? Sah er auch sie selbst, in ihrem gelben Taftkleid, zu warm für dieses Wetter, aber noch das leichteste, das sie besaß und tragen konnte, ohne mahnende Blicke von ihrer Gesellschaftsdame befürchten zu müssen? Die Baronin von Zeiss hatte sich an diesem Gewitternachmittag, an dem sich die dunklen Wolken über den Alpen sammelten und von fern schon Donner zu hören war, zu einem Mittagsschlaf in ihr Zimmer im oberen Stock der Villa zurückgezogen. Ihr Zimmer lag genau über dem von Magdalena; jeden Morgen und jeden Abend hörte Magdalena das Murmeln der Zeiss, wenn sie

51

ihren Rosenkranz betete, und ihr Schimpfen, wenn das Dienstmädchen wieder einmal ihre Frisur falsch gesteckt oder nicht das richtige Kleid herausgelegt hatte. Elisabeth war diejenige in dieser Schicksalsgemeinschaft der Insel, mit der Magdalena am meisten Mitleid hatte. Die Zeiss und Sepp, der Gärtner, der sich um die Rosen und um die Bäume auf der Insel kümmerte, waren zumindest alt. Es konnte ihnen gleichgültig sein, wo sie ihre letzten Jahre verbrachten, ob hier oder woanders – wahrscheinlich war es hier sogar leichter für sie, in dieser Ruhe und Idylle, in der ein Tag war wie der andere und niemand je störte.

Aber Elisabeth, das Dienstmädchen, war so jung, noch jünger als Magdalena, und musste ihr Leben hier verbringen, herumgescheucht von der Zeiss, die selten zufrieden war, und abgeschnitten von der Welt, so wie Magdalena. Allerdings schien Elisabeth ihr Schicksal leichtzunehmen. Sie war die Art bayrisches Landmädchen, das rosige Wangen und immer gute Laune hatte, die nichts erschüttern konnte und die sich an einem gelungenen Knödel ebenso freuen konnte wie an einer blühenden Rose oder an einem ihrer seltenen freien Sonntagnachmittage, die die Zeiss ihr gnädig gewährte und an denen Magdalena sie glühend darum beneidete, hinüber ans Ufer fahren zu dürfen.

Gerade drang Elisabeths vergnügtes Singen aus dem offenen Küchenfenster des Nebenhauses hinaus in die Gewitterluft. Magdalena sah auf die Rosen um sie herum. Als sie hierhergekommen war, hatte sie kaum einen Blick für sie gehabt, so beschäftigt war sie mit sich selbst gewesen und mit ihrem Unglück, hier sein zu müssen. Aber inzwischen hatte

sie den Sepp so oft auf seinen Runden durch den Rosengarten begleitet, dass sie die einzelnen Pflanzen kannte, als
wären es Freunde. Sie kannte ihre Namen – die rosafarbene
»La Reine Victoria«, deren Blüten fast wie kleine Bälle aussahen, die karminrote »Rose du Roi«, die so stark duftete, dass
Magdalena ihren Duft aus all den anderen heraus erkennen konnte, die »Madame Alfred Carrière« mit ihren großen
cremefarbenen Blüten und dem Geruch, der an teures Par-
füm erinnerte. Magdalena strich sacht über die Blüten einer
neuen Rose, die der Gärtner erst in diesem Jahr gepflanzt
hatte. Magdalena war ganz aufgeregt gewesen deshalb. Wie
traurig, dachte sie, dass ich inzwischen wegen einer neuen
Rose aufgeregt bin. In München war sie es gewesen, wenn
sie mit ihrer Tante und ihren Cousinen auf einen Ball gehen
durfte, wenn sie einen Ausflug machten, wenn sie ein wirklich spannendes Buch las oder wenn der Onkel alle zum
Volksfest einlud, wo sie die Schausteller bestaunten und ihr
kleiner Cousin Toni wieder so viele Bonbons in sich hin-
einstopfte, dass ihm drei Tage danach noch schlecht war.
Nun, nach drei Jahren in ihrem grünen Gefängnis, war das
Spannendste, was Magdalena erlebte, eine neue Rose. Sie
betrachtete die Pflanze. Sie war allerdings wirklich wunderschön, zartrosa und vollkommen. »Souvenir de la Malmaison« hieß sie, Andenken an Malmaison. Magdalena hatte
die Zeiss gefragt, was Malmaison sei. Mit verkniffenem Gesicht hatte die Baronin geantwortet, dass in Malmaison die
französische Kaiserin Josephine gewohnt hatte, die Ehefrau
von Napoleon. »Aber von so einem Menschen sollten Sie
gar nicht reden, Magdalena«, hatte sie schnell hinterherge-

schoben. »Es gehört sich nicht – nicht als Deutsche und erst recht nicht als Bayerin!«

Die Zeiss war stets darauf bedacht, was sich gehörte und was nicht. Es gehörte sich nicht, zu laut zu reden. Es gehörte sich nicht, zu große Schritte zu machen. Es gehörte sich nicht, den Nachmittagskaffee eine halbe Stunde früher als gewöhnlich zu trinken. Es gehörte sich nicht, sich nicht für ihre langweiligen Unterrichtsstunden zu interessieren, die sie Magdalena gab. »Wem soll ich denn die Gedichte einmal aufsagen, die ich auswendig lernen soll?«, hätte Magdalena oft gerne geschrien. »Und wen könnte ich auf dieser winzigen Insel mit zu großen Schritten und zu lautem Reden schockieren? Die Rosen? Die Schwäne? Die Bäume?«

»Seien Sie froh, dass ich es noch nicht aufgegeben habe, aus Ihnen eine wirkliche Dame machen zu wollen, Fräulein Magdalena. Es ist weiß Gott keine leichte Aufgabe.« Diesen Satz hatte sie in den letzten drei Jahren viel zu oft gehört.

Der Tagesablauf auf der Insel war ganz genau festgeschrieben, darauf achtete die Zeiss, weil es angeblich für Magdalenas Gesundheit wichtig war. An allen Wochentagen außer sonntags standen sie um halb sieben auf, im Sommer um sechs, wenn draußen die Vögel anfingen zu singen. Elisabeth musste natürlich schon früher auf den Beinen sein, die Kamine der Villa anheizen und für warmes Wasser sorgen, das sie der Baronin und Magdalena in Krügen auf ihre Zimmer brachte. Um sieben Uhr gab es Frühstück, und ab acht Uhr begann die Zeiss ihren Damenunterricht, den sie Magdalena verordnet hatte. In ihren ewig schwarzen Witwenkleidern mit den altmodischen schwarzen Hauben ging sie dann auf und ab, den Lehrstock fest in der Hand. Sie erinnerte dabei frappierend an eine Krähe mit ihrer hageren Figur, der langen Nase, dem blassen Gesicht in all der schwarzen Seide. Ihre Röcke schleppten, während sie ging, schwer auf dem Boden. Überhaupt schien alles, was die Baronin besaß, schwarz zu sein. Im Sommer hielt sie sich beim Spazierengehen einen schwarzen Sonnenschirm aus Brüsseler Spitze über den Kopf, im Winter trug sie schwarzen Pelz. Ihr Mann, Baron von Zeiss, war schon lange tot. »Aber eine wirkliche Witwe trauert ein Leben lang. So gehört sich das.«

Nach dem, das die Zeiss Unterricht nannte, ließ sie um Punkt ein Uhr das Mittagessen servieren, und anschließend ruhte sie. Es war die einzige Zeit am Tag, die Magdalena für sich hatte, aber was konnte sie hier schon damit anfangen? Manchmal las sie in den betulichen Romanen, den einzigen Büchern, die die Zeiss für ein Mädchen als passend empfand und die so gar nichts mit den Abenteuerbüchern zu tun hatten, die sie sich früher von Toni geborgt hatte. Manchmal nahm sie einen Kanten Brot, ging ans Ufer und fütterte damit die Schwäne. Gerne unterhielt sie sich mit Sepp, während er im Garten arbeitete – auch wenn die Zeiss das nicht gerne sah. Und manchmal saß sie einfach nur so da und versuchte, an nichts zu denken.

Nach der Mittagsruhe setzte sich die Zeiss jeden Tag an das kleine Klavier im Gartensaal und spielte, während Magdalena dazu tanzen sollte. Sie war eine strenge Tanzlehrerin. »Rundere Arme«, korrigierte die Zeiss sie dann mit scharfer Stimme vom Klavier aus, während sie unbeirrt weiterspielte.

»Grazile Füße«, »Anmutigere Bewegungen – wollen Sie auf Ihren Tanzpartner wie ein Trampel wirken? Warum lächeln Sie jetzt plötzlich?«

»Weil, Frau Baronin, ich mich gerade gefragt habe, welchen Tanzpartner ich bitte jemals haben soll«; dieses Gespräch hatten sie erst vor ein paar Tagen geführt. »Es wird wohl niemanden geben, auf den ich wie ein Trampel wirken könnte.«

Die Zeiss war unbeirrt geblieben. »Eine Dame muss ordentlich tanzen können«, sagte sie. »Tssss – nun machen Sie ja schon wieder die Arme nicht rund.«

Nach dem Nachmittagskaffee, den Elisabeth immer pünktlich um vier Uhr zu servieren hatte – im Sommer auf der Veranda, im Winter im für zwei Personen viel zu großen Festsaal im oberen Stock –, folgte noch eine Stunde Gesangsunterricht und dann der tägliche Abendspaziergang rund um die Insel. »Es ist wichtig, sich etwas zu bewegen«, sagte die Zeiss beinahe jeden Tag salbungsvoll, wenn sie aufbrachen. »Nur moderat, eine Dame sollte nie ins Schwitzen kommen. Aber wer rastet, der rostet.«

Der Spaziergang war kurz. Selbst wenn Magdalena nur kleine, damenhafte Schritte machte, konnte sie ihn kaum verlängern. Tausend Schritte, das hatte sie einige Male gezählt, tausend Schritte brauchte sie, um auf den staubigen, ungepflasterten Wegen zwischen den alten Bäumen und durch die von Sepp gepflegten Wiesen einmal um die ganze Insel zu gehen. Diese Spaziergänge deprimierten sie mehr, als dass sie ihr Abwechslung brachten – nicht nur weil die Zeiss als Begleiterin kein Vergnügen war, sondern vor allem weil sie ihr jeden Tag vor Augen führten, wie winzig ihre Welt geworden war. Tausend Schritte lang war sie.

Magdalena träumte sich während dieser Spaziergänge meist weit weg. Sie dachte dann an ihr früheres Leben in München, überlegte, was ihre Freundinnen wohl gerade machten. Ob sie auf Feste gingen, ob sie irgendwo saßen und die Köpfe zusammensteckten und darüber spekulierten, wen sie heiraten wollten und wen auf keinen Fall, ob sie in der Schule etwas lernen durften, das ihren Kopf forderte – etwas, das sie beim Unterricht der Zeiss schmerzlich vermisste. Magdalena hatte keiner von ihnen sagen dürfen, wohin sie ging. Für ihre Freundinnen war sie vor drei Jahren kurz nach Pfingsten einfach verschwunden. Bestimmt hatten sie sie inzwischen vergessen – und selbst wenn nicht, sie hätten ohnehin keinen Kontakt zu ihr aufnehmen können. Die Einzige, die über alles Bescheid wusste und ihr schreiben durfte, war Magdalenas Tante Veronika, bei der sie aufgewachsen war. Tante Vroni schickte treu und regelmäßig Briefe, in denen sie sich Mühe gab, für Magdalena das bunte Leben in München einzufangen, das auch einmal ihres gewesen war. »Stell dir vor«, hatte die Tante im letzten Brief geschrieben, »in München gibt es gerade wieder einmal eine neue Mode. Alle Damen, die etwas auf sich halten, tragen jetzt gefärbte Straußenfedern am Hut. Ich habe natürlich auch schon welche besorgt und trage sie mit Stolz, auch wenn sie schrecklich lang und unpraktisch sind und dem Hut eine Neigung zum Überkippen geben, wenn man ihn nicht ordentlich festzurrt. Wenn du mich sehen würdest, würdest du bestimmt lachen. Oh, und neulich hat eine solche Feder am Hut der Hofrätin Feuer gefangen. Du hättest dabei sein sollen, es war eine helle Aufregung deswegen ...«

Jeden von Tante Vronis Briefen behandelte Magdalena wie eine Kostbarkeit. Sie las sie wieder und wieder, trug sie tagelang mit sich herum. Alles, was die Tante ihr schrieb, malte sie sich genau aus, um die Orte und Menschen nicht zu vergessen. Sie stellte sich die Maximilianstraße vor, auf der die Damen mit ihren Hüten, an denen Straußenfedern wippten, flanierten, sie sah das Durcheinander von Kutschen, Zeitungsjungen, Blumenmädchen, Obstverkäufern vor sich, hörte den Lärm, das Stimmengewirr, roch die Stadtluft von München. Aber alle Bemühungen änderten nichts daran, dass ihre Erinnerungen unschärfer wurden, die Bilder in ihrem Kopf mit den Monaten, die verstrichen, immer blasser. Sosehr sie sich auch anstrengte, manchmal konnte sie sich nicht mehr daran erinnern, wo genau welcher Park, welcher Laden, welche Kirche, welches Kaffeehaus lag und wie es aussah. Die Gerüche, die sie noch in der Nase hatte, waren in den letzten drei Jahren allmählich verweht, die Gesichter der Freundinnen undeutlich geworden. Verzweifelt klammerte sie sich an das, woran sie sich noch erinnern konnte: das große, quirlige Haus in der Prannerstraße, in dem sie mit der Familie ihrer Tante nicht weit entfernt von der Residenz gelebt hatte. Ihr Zimmer dort, das zwischen denen ihrer Cousinen Bertha und Ida gelegen hatte. Das Gefühl, morgens in ihrem Bett aufzuwachen und zu wissen, dass ein Tag vor ihr lag, der Neues mit sich bringen würde, an dem sie Freundinnen besuchen, lernen oder einkaufen gehen konnte, wo draußen der Kohlehändler mit einem Dienstmädchen feilschte, die Bierbrauer sich mit ihren Wägen voller Fässer fluchend einen Weg durch die Straßen bahnten. Ja, sie konnte sich noch genau daran erinnern, wie es war, an so einem Tag aufzuwachen.

Hier auf der Insel wurde sie jeden Morgen von der Stille wach. Diese unglaubliche Stille hatte sie am Anfang ganz nervös gemacht. Man hörte nur das Zwitschern der Vögel, das Beten der Zeiss, das Singen von Elisabeth und ab und an das leise, rhythmische Platschen der Ruder, wenn die Post oder die Lebensmittel ankamen. Sie wurden gut damit versorgt. In der Münchner Residenz achtete man darauf und versäumte keine Lieferung. Wir sind wie gehätschelte Vögel im Käfig, dachte Magdalena, die Leckerbissen von der Hand ihres Besitzers bekommen. Und mein Besitzer ist weit weg. Prinzregent Luitpold war in den drei Jahren, in denen sie nun auf der Insel und er in Bayern an der Macht war, immer beliebter geworden. Die Zeitungen waren voll des Lobes über ihn. Bayern ging es gut, in München waren die Brauhäuser voll, man genoss das Leben und jubelte dem Prinzregenten zu, wenn man ihn irgendwo sah.

Magdalena dachte an den Tag, an dem sie Luitpold zum ersten und einzigen Mal persönlich begegnet war. Es war schon spät gewesen, ein warmer, stickiger Juniabend. Onkel und Tante hatten wie so oft Gäste im Haus. Niemand hatte noch mit Besuch gerechnet, als ein verschüchtertes Dienstmädchen den hohen Gast ankündigte. »Der Onkel seiner Majestät«, hatte sie geflüstert. »Er steht draußen in der Eingangshalle und will nicht hineinkommen. Er sagt, es geht um Magdalena.«

Vroni hatte die Stirn gerunzelt, dann aber genickt.

»Ich muss mit dir reden«, sagte Luitpold knapp in Vronis Richtung, als sie mit Magdalena zusammen vor ihm stand. »Mit dir und dem Mädchen.« Im Halbdunkel des Vestibüls hatte dieser große Mann dagestanden, fest wie ein Fels, mit seinem dichten Vollbart, der schon grau geworden war, und den hellen Augen, die im Dämmerlicht seinen Blick ein wenig wolfsähnlich wirken ließen.

»Was ist denn passiert?«, hatte Tante Vroni gefragt. Magdalena selbst hatte nur stumm dagestanden und gespürt, wie ihr Herz klopfte. Eine dunkle Ahnung hatte sie befallen, die sie nicht greifen konnte.

»Der König ist tot«, sagte Luitpold mit seiner tiefen, vollen Stimme. Das war keine Überraschung; in München hatten es die Spatzen schon den ganzen Tag lang von den Dächern gepfiffen. Im kleinen Königreich Bayern verbreiteten sich Neuigkeiten schnell, und solche umso rascher.

»Ich werde die Regierung übernehmen«, schob Luitpold nach, bevor jemand antworten konnte.

Die Tante hatte ihn angestarrt. »Aber was ist mit …?«

»Otto?« Luitpold lachte auf. »Was soll mit ihm sein? Du weißt doch, in welchem Zustand er ist. Er mag der rechtmäßige König sein, aber er kann unmöglich regieren. Glaub mir, Vroni, es ist das Beste so.« Dann hatte er sich Magdalena zugewandt. Ganz nah war er zu ihr getreten und hatte dann seine Hand unter ihr Kinn gelegt. Seine Finger rochen nach Pfeifentabak und nach Pferd, war es ihr durch den Kopf geschossen.

»Nun zu dir, Mädchen«, hatte er gesagt. »Du siehst ihm sehr ähnlich, deinem Vater.« Die kühlen grauen Augen hatten Magdalenas Gesicht mit der geraden Nase, den dunklen Augen und den gleichmäßigen Zügen gemustert. Nur den sinnlich geschwungenen Mund und die kastanienbraunen, dichten Haare hatte Magdalena von ihrer Mutter, Hofballerina Antonia Gruber, geerbt, die bei ihrer Geburt gestorben war. »Das ist nicht gut, dass du ihm so ähnlich siehst.«

»Luitpold, bitte …« Tante Vroni stellte sich schützend vor ihre Nichte. »Warum bist du hier?«
»Nun ja, du weißt ja, wie in München getratscht wird. Ich glaube nicht, dass wir noch lange geheim halten können, wer sie ist. Oder besser: von wem. Und das ist nicht gut. Bayern braucht Ruhe, endlich einmal keine Gerüchte mehr. Über unsere Familie gab es in den letzten Monaten wirklich genug Getuschel.«

»Was soll das heißen?«

»Das heißt, ich will das Mädchen weghaben aus München. Es ist sicher besser so.« Er strich über Magdalenas Kopf. Die Geste stand in merkwürdigem Gegensatz zu seinen kalten Worten. »Aber ich werde mich gut um dich kümmern, keine Sorge.« Luitpold wandte sich Vroni zu. »Ich habe schon einen hübschen, abgelegenen Platz für sie ausgesucht, wo sie vorerst bleiben kann. Sie reist morgen ab, es ist alles organisiert.«

»Nein!« Tante Vroni schrie auf. »Luitpold, um Himmels willen, tu das nicht! Du kannst doch nicht einfach …«

»Doch, ich kann«, die grauen Wolfsaugen wurden noch eine Spur härter. »Vergiss nicht. Ich bin jetzt der Prinzregent. Und ich muss entscheiden – im Interesse des Landes.«

»Aber du kannst sie doch nicht einfach fortschicken, wegreißen aus allem, was sie kennt.«

Er zuckte nur die Achseln. »Es ist schon beschlossene Sache.« Er lächelte Magdalena zu. »Du wirst es komfortabel haben, ich bin ja kein Unmensch. Und ich habe auch schon eine Gesellschaftsdame für dich eingestellt.«

Magdalena hatte ihn nur angestarrt, unfähig, einen klaren Gedanken zu fassen.

Luitpold ließ den Blick durch die halb offene Tür in den Nachbarraum schweifen, wo die Abendgesellschaft fröhlich weitergefeiert hatte, ohne Notiz von alldem zu nehmen. Gerade brachte Magdalenas Onkel einen gut gelaunten Toast auf irgendetwas aus. Alle lachten, Musik spielte. »Und damit wir uns verstehen …«, sagte er, »kein Wort zu niemandem. Denk dir irgendetwas aus, Vroni, wo das Mädchen hingekommen ist.«


Der Donner grollte nun lauter, das Gewitter war fast da. Über dem See hatten sich dunkle Wolken ausgebreitet, ein Wind kam auf und trieb ein paar Wellen ans Ufer der Insel. Magdalena sah hinauf zu den Wolken. Ein paar schwere, warme Regentropfen fielen auf sie und auf die Rosen. Immer noch war die Luft heiß, der Duft der Rosen, des Grases, des Sommerstaubs auf den Kieswegen, alles wurde durch die Wassertropfen, die nun darauf fielen, noch intensiver. Elisabeth hatte das Fenster in der Küche geschlossen, ihr

Gesang war nicht mehr zu hören. Ein paar Vögel zwitscherten dafür aufgeregt, ein Blitz zuckte über den Himmel. Ein paar Wimpernschläge später krachte der Donner.

»Fräulein Magdalena!«, rief eine strenge Stimme. Magdalena drehte sich um. Auf der Veranda der Villa stand hoch aufgerichtet wie ein schwarzer Fleck die Zeiss. »Kommen Sie schnell – Sie sehen doch, dass es gewittert.«

Magdalena seufzte. Sie blieb noch einen Moment stehen. Ich habe mir das alles nicht ausgesucht, dachte sie. Sie sah auf ihre Hand. An ihrem kleinen Finger steckte ein schmaler, goldener Ring mit einem kleinen roten Stein; das Einzige, was sie von ihrem Vater besaß. Sie konnte sich fast gar nicht an ihn erinnern, obwohl ihre Tante ihr oft erzählt hatte, wie er sie ein paarmal besucht hatte, als sie noch ein kleines Mädchen gewesen war. »Dein Papi liebt dich, Magdalena«, hatte Vroni immer gesagt. »Darum hat er dir auch diesen Ring geschenkt, dass du das immer weißt.« Später hatten diese Besuche aufgehört, als ihr Vater anfing, nicht mehr er selbst zu sein.

Ich habe es mir nicht ausgesucht, dachte Magdalena noch einmal – nicht, dass ich hier bin, nicht, dass ich den rechtmäßigen König von Bayern zum Vater habe, und erst recht nicht, dass er verrückt ist.

Nichts davon habe ich gewollt, und doch muss ich hier leben, mit dieser Krähe, die nach mir ruft, und auf dieser winzigen Insel im See, ganz allein und weg von allem, was mir etwas wert ist.

»Fräulein Magdalena!« Die Krähe schien wütend zu werden.

»Ich komme schon, Baronin von Zeiss«, antwortete Magdalena und ging auf die Veranda zu. Als sie an einem der Beete vorbeiging, roch sie ganz genau den Duft der »Rose du Roi«, der Rose des Königs.

## Starnberger See, Bayern, Gegenwart

Draußen war endgültig die Dämmerung hereingebro-
chen, als Liv sich schließlich vom Parkett der Villa aufraffte
und hinüber zum Gärtnerhaus humpelte. Dort legte sie das
alte Buch und die getrocknete, vollkommene Rose auf den
Tisch im Wohnzimmer und kramte dann aus ihrer Reisetasche ihr Notfallset hervor. Im Badezimmer versorgte sie
ihr aufgeschlagenes Knie mit Jod und einem Verband. Währenddessen war sie in Gedanken noch bei dem, was gerade
passiert war. So etwas gab es doch eigentlich nur in Romanen und Filmen – jemand, der alte Briefe oder ein Tagebuch
fand. Und nun hatte sie selbst so etwas Verborgenes entdeckt; nicht im Film, sondern in der Wirklichkeit. Magdalenas Buch. Es war ein hübscher Name, wenn auch vielleicht
ein bisschen altmodisch. Liv stellte sie sich vor: ein junges
Mädchen im Seidenkleid von der Art, wie es sie heute nur
noch im Theater oder im Museum gab. Sie hatte draußen
im Rosengarten gestanden, so wie Liv, und hatte in dasselbe
Stück Himmel über der Insel gesehen. Nur dass alles schon
über hundert Jahre her war. Ob der Garten und die Insel

noch so aussahen wie damals? Wahrscheinlich; besonders viel schien sich nicht verändert zu haben.

Liv verstaute das Verbandszeug wieder und ging in die kleine Küche. Dort stellte sie einen Topf auf den Herd, goss Milch hinein und drehte die Herdplatte auf. Während die Milch heiß wurde, suchte sie in Pauls Küchenschrank nach einer Tasse. Sie fand eine, auf die in großen Buchstaben »Am Starnberger See dahoam« gedruckt war, und nahm sie. Dann rührte sie einen Löffel Honig in die Milch. Sofort breitete sich in der kleinen Küche der Duft nach dieser süßen Mischung aus, den sie liebte. Sie hatte schon als Kind gerne heiße Milch mit Honig getrunken, vor allem, wenn sie aufgeregt war und sich beruhigen wollte. Und nun war sie aufgeregt – man machte nicht alle Tage so eine Entdeckung in einer alten Villa auf einer einsamen Insel.

Sie goss die dampfende süße Milch in Pauls patriotische Tasse und ging damit hinüber ins Wohnzimmer. Vor dem Fenster lag nun die Oktobernacht; der Raum wurde nur von einer kleinen Tischlampe mit altbackenen Troddeln erleuchtet. Das warme Licht ließ die Schatten der Möbel lang und dunkel werden. Auf dem Tisch lagen immer noch Magdalenas blassrotes altes Buch und die getrocknete Rose. Liv wäre es falsch erschienen, die Blume in der Villa zurückzulassen. Beide hatten so lange vereint dort unten unter dem Holzboden gelegen, dass sie sie jetzt nicht trennen konnte. Liv setzte sich mit ihrer dampfenden Tasse an den Tisch und betrachtete nachdenklich die getrocknete Blume. Sie war wirklich auffällig schön. Was es wohl für eine Sorte war? Liv dachte an das, was Magdalena über die Rosen geschrieben hatte. An diese großartigen Namen der alten Sorten, die sie von dem Gärtner gelernt hatte, und ihre Begeisterung für die verschiedenen Blüten. Für Liv war eine Rose bisher nur eine Rose gewesen.

Einer plötzlichen Eingebung folgend, stand sie auf und griff nach einem dicken Buch im Regal. »Das große Lexikon der europäischen Rosen« stand auf dem Titel »Tausend Sorten in Wort und Bild«. Der Aufmachung nach schien es irgendwann in den Neunzigern gedruckt worden zu sein – wie alles in Pauls Wohnung war es ein wenig in die Jahre gekommen. Liv schlug das Buch auf und suchte neugierig nach den Sorten, von denen Magdalena geschrieben hatte. Die erste, die sie fand, war die Rose »Mme Alfred Carrière«. Die Fotos des Rosenlexikons zeigten unter diesem Namen eine Kletterrose mit weiß-rosa Blüten. »Starke Triebe«, war vermerkt. »Klettert gut.«

»Aha«, murmelte Liv. Sie blätterte weiter. Auch die »La Reine Victoria« fand sie, eine Rose mit rosafarbener, kugeliger Blüte, 1872 gezüchtet und nach der englischen Königin benannt. 1872. Das Jahr, in dem Magdalena draußen im Garten das heraufziehende Sommergewitter beobachtet hatte, war 1889 gewesen; die »La Reine Victoria« war damals also nicht einmal zwanzig Jahre alt gewesen. Eine Rose aus der Zeit, in der Bayern noch einen König, Gesellschaftsdamen und Dienstmädchen gehabt hatte – Magdalenas Zeit.

Livs Finger glitt weiter über das alphabetische Verzeichnis der Rosen. Beim Buchstaben R blieb sie stehen. Die »Rose du Roi« war dort aufgelistet. Liv schlug die angegebene Seite auf und betrachtete die Fotos. Die »Rose des Königs« war eine Sorte mit kräftig pinken Blüten, etwas wilder und verwegener als die anderen. Als Letztes suchte sie nach der Rose mit dem seltsamen Namen »Souvenir de la Malmaison«. Es war eindeutig gewesen, dass diese Rose Magdalenas Liebling war – also war Liv auf diese Rose am neugierigsten. Jedoch musste sie enttäuscht feststellen, dass in Pauls Lexikon ausgerechnet diese Sorte fehlte.

Liv lehnte sich in ihrem Stuhl zurück und nippte an der süßen heißen Milch. Dabei fiel ihr Blick wieder auf die getrocknete, prächtige Rose.

»Bist du es vielleicht?«, fragte sie halblaut. »Bist du diese Rose – Souvenir de la Malmaison?«

Stille antwortete ihr. Liv seufzte und schüttelte den Kopf. »Es wird wirklich Zeit, ins Bett zu gehen«, sagte sie zu der Rose. »Wenn ich schon anfange, mit Blumen zu sprechen.«

Entschlossen beugte sie sich vor und knipste die kleine Tischlampe aus. Der Raum lag im Dunkeln.

In dieser Nacht träumte Liv jedoch nicht von dem Buch, nicht von Rosen oder von kaputtem Parkett. Sie träumte von einer Sommernacht in Berlin, von brennenden Straßenlaternen und viel Rot.

## Starnberger See, Bayern, 1889

»Noch einmal. Die zweite und dritte Strophe sitzen leider noch so gar nicht.« Die Zeiss machte ein ernstes Gesicht, als handele es sich um komplizierteste Mathematik oder lateinische Grammatik. »Und wir wollen doch das Gedicht schön vortragen können, nicht wahr?«

»Wir?«, murmelte Magdalena.

»Wie bitte?« Die Augenbrauen der Zeiss gingen aufgebracht nach oben.

»Nichts – Verzeihung, Baronin.«

Der Lehrstock der Zeiss hob sich wieder in die Luft, Magdalena setzte von Neuem an, und der Stock schwang im Takt der Reime mit: »Ich weiß nicht, was soll es bedeuten/ dass ich so traurig bin/ ein Märchen aus uralten Zeiten/ das kommt mir nicht aus dem Sinn.«

»Gut. Und nun die zweite Strophe.«

»Die Luft ist kühl und es dunkelt/ und ruhig fließet der Rhein/ ...«, Magdalena stockte, »der Berg ...?« Sie sah die Baronin fragend an. Die seufzte ungeduldig. »Nicht doch, mein Kind.« Nun deklamierte sie selbst mit inbrünstiger Stimme: »der Gipfel des Berges funkelt/ im Abendsonnenschein.« Sie schüttelte den Kopf. »Fräulein Magdalena, die ›Loreley‹ ist ein so wunderschönes Gedicht, das zu Herzen geht. Sie sollten sich damit mehr Mühe geben.«

Magdalena rollte die Augen an die Zimmerdecke, als die Baronin einen Augenblick wegsah. Ein Großteil des Unterrichts der Zeiss bestand darin, betuliche, romantische Gedichte auswendig zu lernen. In München war Magdalena auf eine richtige Schule gegangen, eine der ersten, die auch Mädchen Chemie, Geschichte und Mathematik beibrachten. Und sie war gut gewesen. »Dein Kopf kann eben mehr als Hüte tragen, Magdalena«, hatte Vroni manchmal stolz gesagt. »Lerne, so viel du kannst. Du bist klug.«

Aber die Zeiss hielt davon nichts. Seit Magdalena auf der Roseninsel war, sollte sie nur Gedichte auswendig lernen, kitschige Mädchenromane lesen, Blumensträuße binden und vor allem Handarbeiten machen. Ich langweile mich so schrecklich, dachte Magdalena, und ich habe das Gefühl, täglich ein bisschen dümmer zu werden, weil ich meinen Kopf nicht benutze.

»Mein Kind, nicht träumen – Strophe drei bitte.« Die Zeiss hob gerade wieder den Taktstock. Magdalena fügte sich seufzend. »Die schönste Jungfrau sitzet/ dort oben wunderbar./ Ihr goldnes Geschmeide blitzet ...«

Während sie Zeile um Zeile aufsagte, summten draußen die Bienen. Es war ein wunderschöner Sommertag; wie geschaffen dazu, draußen zu sein und etwas zu erleben. Nicht um brav still zu sitzen und Gedichte aufzusagen.

Das Mittagessen im Festsaal war an diesem Tag sehr still.

Magdalena hatte keine Lust, sich zu unterhalten, und die Zeiss, am anderen Ende der für zwei Personen viel zu langen Tafel, war ganz offensichtlich von der Sommerhitze schon jetzt, um die Mittagszeit, zu erschöpft. Sie vertrug den Sommer nicht. Jedes Jahr, wenn es draußen warm wurde, jammerte sie und schimpfte auf die Hitze. Die Kälte allerdings bereitete ihr genauso Schwierigkeiten, sodass sie eigentlich einen Großteil des Jahres damit zubrachte, zu schimpfen und zu jammern. Magdalena konnte sehen, wie sich auf der blasshäutigen Stirn der Baronin feine Schweißperlen bildeten, während sie streng hoch aufgerichtet vor ihrem Teller und mit spitz angewinkelten Ellenbogen ihr kaltes Hühnchen zerteilte. Den halben Sommer lang ließ die Zeiss kaltes Hühnchen servieren oder kalten Braten, fein aufgeschnitten und fächerförmig von Elisabeth angerichtet. Als Nachtisch gab es jeden Tag nur Früchte; die Zeiss war sparsam. Magdalena dachte sehnsüchtig an das Eis, das Tante Vroni manchmal serviert hatte – ein besonders cremiges Kastanieneis mit kandierten Kirschen und Mandellikör. Sie hatte es einmal auch hier vorgeschlagen, aber auf der Insel gab es keinen Eiskeller, und wenn es nach der Zeiss ging, würde das auch so bleiben. »Geeiste Speisen sind nicht gut für den Magen«, hatte sie entsetzt abgewehrt. »Sie wollen sich doch nicht dieser Gefahr aussetzen, Fräulein Magdalena.«

Elisabeth stellte gerade einen fein bemalten, hauchdünnen Dessertteller vor Magdalena ab, auf dem ein aufgeschnittener Pfirsich lag. Er duftete fruchtig und süß. »Aber wir benutzen das Besteck dazu«, sagte die Zeiss sofort und sah über die lange glänzende Tischplatte hinweg Magdalena streng an. Es war das Erste, was sie seit einer ganzen Weile sagte.

»Ja, Frau Baronin.« Magdalena griff nach einer kleinen, kunstvoll verschnörkelten Gabel und einem dazu passenden Messer und begann, den glitschigen Pfirsich zu essen. Sie kam sich albern dabei vor. Bei Tante Vroni aß kein Mensch Obst mit Besteck.

»Elisabeth, schließe bitte die Fenster und Türen. Diese warme Luft macht mir Kopfschmerzen«, sagte die Zeiss, nachdem sie mit Argusaugen beobachtet hatte, wie das Dienstmädchen die abgegessenen Fleischteller abräumte und auf einem Tablett stapelte.

»Gerne, Frau Baronin.« Das Dienstmädchen, in dunklem Kleid und weißer Schürze, die ihre schmale Taille und die runden Hüften betonte, ging hinüber zu den beiden großen Balkontürflügeln, die Luft und Wärme einließen, und schloss sie.

»Es ist wirklich schrecklich heiß«, stöhnte die Baronin und tupfte sich geziert mit der gebügelten und gestärkten Stoffserviette den Mund. »Ich werde mich wohl den ganzen Nachmittag zurückziehen müssen, bis es endlich kühler wird. Mein Kreislauf macht ein solches Wetter nicht mit.« Ihr Blick war bedauernd. »Es tut mir leid, Fräulein Magdalena, aber die Tanzstunde muss für heute entfallen.«

»Wie schade, Frau von Zeiss.« Magdalena versuchte, nicht allzu freudig auszusehen. Die Tanzstunde war zwar der einzige Teil des Zeiss'schen Unterrichts, der ihr ein wenig Freude bereitete, aber noch schöner war die Aussicht auf einen völlig freien, unbewachten Nachmittag. Die Baronin stand auf, nickte ihr steif zu und verschwand. Magdalena stopfte sich das letzte Stück Pfirsich in den Mund und nahm dazu die Finger. Elisabeth räumte auch diesen Teller ab. Ihre Blicke trafen sich in gegenseitigem Einverständnis.

»Das Postschiff kommt bald«, sagte Elisabeth und hob das Tablett mit dem benutzten Geschirr an. »Das müssten dann heute Sie anstatt der Baronin in Empfang nehmen, Fräulein.«

Magdalena nickte. Sie freute sich darauf. Ein bisschen Abwechslung – und vielleicht, wenn sie Glück hatte, ein neuer Brief aus München. »Danke, Elisabeth, ich kümmere mich darum.«

Elisabeth ging. Magdalena stand auf, trat zur Balkontür und öffnete beide Flügel wieder. Die warme Luft wehte in den Saal.

Magdalena beschloss, nach draußen auf die schattige Veranda zu gehen. Die Veranda mit ihren bunten Mosaiken, der Holzbalustrade und den vielen Kletterpflanzen, die sich daran emporrankten, bildete an diesem Nachmittag ein grünes, kühles Zwischenreich zwischen dem Inneren der Villa und dem sonnendurchfluteten Rosengarten. Grillen zirpten auf den Wiesen der Insel, die Sonne hatte ihre größte Kraft des Tages gerade erreicht, und der Himmel wölbte sich wolkenlos blau. Sepp, der alte Gärtner, war trotz der Mittagshitze gerade dabei, die Kieswege zu harken. Das regelmäßige Scharren des Rechens auf dem Kies war neben den Grillen das einzige Geräusch, das in der trägen Sommerluft zu hören war.

»Servus, Sepp!« Magdalena winkte ihm zu und nahm die paar Stufen hinunter in den Rosengarten. Die Hitze dort traf sie wie ein Schlag; sie schien geradezu auf dem Stoff ihres Kleides zu brennen.

Der alte Gärtner hob den Kopf und sah in ihre Richtung. Sein Gesicht war braun gebrannt, faltig und wettergegerbt, die ziemlich große Nase ragte unter der Krempe seines Strohhuts hervor. »Oh, Fräulein Magdalena!« Er lächelte sein freundliches Lächeln. »Guten Tag.« Er klemmte seinen Rechen unter die Achsel und nahm höflich den Hut ab. Dann wischte er sich mit dem Ärmel seines fadenscheinigen Hemdes über die Stirn und setzte den Hut mit Schwung wieder auf. Magdalena lächelte zurück; sie mochten sich. Über die letzten drei Jahre waren sie so etwas wie ungleiche Freunde geworden, auch wenn die Baronin natürlich alles dafür tat, das zu unterbinden.

»Hält die Zeiss Mittagsschlaf?«, fragte Sepp.

Magdalena nickte. »Es ist ihr zu heiß heute.«

Der alte Gärtner hielt sein Gesicht hin zur Sonne, die erbarmungslos vom Himmel brannte. »Es ist August«, sagte er gleichmütig, »da ist es immer heiß. So will es der liebe Gott, und so ist es gut für die Rosen.«

»Wie geht es deinen Schätzchen denn heute?«

Sepp schmunzelte, während er seinen Blick über die gepflegten Beete schweifen ließ. Die Rosen waren wirklich fast so etwas wie seine Kinder, und er hegte und pflegte sie mit Hingabe. »Sie haben ein bisschen Durst, aber solange die Sonne noch so hoch steht, kann ich sie nicht gießen, sonst verbrennen ihre Blätter. Heute Abend kriegen sie wieder was, dann sind sie wieder munter.«

Vom Bootssteg hinter den Bäumen her ertönte plötzlich ein blechernes Tröten.

»Barthel ist da«, sagte Sepp. Barthel war der Postschiffer.

»Oh ja – das ist heute meine Aufgabe.« Magdalena nickte Sepp zu und machte sich auf den Weg hinunter ans Ufer. Er sah ihr nach, wie sie in ihrem ausladenden, aufwendigen Kleid und ihren eleganten seidenen Schuhen den Pfad entlangging und zwischen den Bäumen verschwand.


Der Postschiffer, ein alter Bayer namens Barthel, winkte Magdalena aufgeregt entgegen, als sie am Wasser ankam. Offensichtlich war heute etwas anders als sonst.

»Fräulein Magdalena!«, rief er. »Ich habe eine besondere Sendung für die liebe Frau Baronin dabei. Wo ist sie denn?« Der Postschiffer verehrte die Zeiss, das hatte Magdalena schnell verstanden. Er küsste ihr bei jeder Lieferung besonders überschwänglich die Hand und schlug ihr keinen Wunsch ab. »Eine Ehre, mit einer richtigen Baronin zu sprechen, meine Dame«, sagte er in seinem breiten Bayrisch fast jedes Mal, wenn er an der Roseninsel anlegte, und der Zeiss war anzusehen, wie sehr es ihr schmeichelte. »Tut mir leid, der Baronin ist heute nicht gut«, erwiderte Magdalena. »Das Wetter, es ist ihr zu heiß.«

Barthels Enttäuschung war ihm deutlich anzusehen. »Ach ja, freilich, so eine zarte feine Dame ...«, beeilte er sich trotzdem zu sagen.

»Was ist denn die besondere Sendung?«, fragte Magdalena neugierig und sah auf die Lebensmittel und Barthels Posttasche mit den Briefen darin. Sie konnte nichts Ungewöhnliches entdecken.

»Das hier, Fräulein.« Barthel bückte sich eifrig und hielt dann mit großartiger Geste etwas in die Höhe. »Die Baronin wünschte das schon seit Wochen, und gestern habe ich endlich welche auftreiben können! Die Biester gibt es nämlich hier in Bayern nicht an jeder Straßenecke, müssen Sie wissen.« Er lachte unter seinem schwarzen Schnurrbart und entblößte ein paar Zahnlücken.

Magdalena sah verblüfft auf das, was er mit »Biester« gemeint hatte. Es war ein Pärchen bunter Liebesvögel in einem kunstvoll geschnitzten Vogelkäfig, die leise vor sich hin piepsten. »Oh Barthel, die sind ja wunderschön!«, rief sie begeistert aus. »Schauen Sie sich nur die Farben an.«

»Tja, aber bissig san's«, er hielt zum Beweis einen Finger in die Luft, der mit einem gräulich-schmutzigen Taschentuch umwickelt war. »Der eine hat mich erwischt, als ich ihn in den Käfig gesteckt habe. Freches Ding«; er sah die Vögel kopfschüttelnd an. »Ich versteh' ja nicht, warum sich die Damen so viel aus Vögeln machen. Sonst fliegen die Dinger doch auch in der freien Luft herum, und niemanden interessiert es. Aber ihre Vögelchen im Käfig, die hätscheln die Damen und pfeifen ihnen was vor.« Er strich sich über den Schnurrbart. »Mei, aber der alte Barthel muss es ja auch nicht verstehen. Hauptsache, die Frau Baronin freut sich.« Er drückte Magdalena den Vogelkäfig in die Hand. »Und sie ist wirklich nicht da?« Er sah sich noch einmal hoffnungsvoll um. »Ich hätte ihr die Viecher gerne persönlich überreicht.«

»Nein, wirklich nicht.«

»Sehr schade.« Seinem Lob von einer echten Adeligen beraubt, bückte sich der Postschiffer ohne Begeisterung nach den sonstigen Lieferungen, um sie wie immer zum Gärtnerhaus zu bringen und dort vor Elisabeths Küche abzuliefern.

Magdalena folgte ihm mit dem Vogelkäfig in der Hand.

»Ist in der Post etwas für mich dabei?«, fragte sie.

»Na, heut' nicht, Fräulein. Bald bestimmt wieder.«

Magdalena fühlte einen Stich der Enttäuschung, aber er hielt dieses Mal nicht lange an. Die Vögel, die sie trug, entschädigten sie – immerhin etwas Neues.

Magdalena hielt den Käfig so, dass sie in die schwarzen Knopfaugenpaare der beiden Liebesvögel sehen konnte. Sie waren wunderschön mit ihrem bunten Gefieder. Grün, Orange, Gelb, alles schien ineinanderzufließen; auch ein bisschen Rot gab es an den kleinen Köpfchen. Die Vögel saßen da, krallten sich an der Stange fest, die sich quer durch den Käfig spannte, und zwitscherten aufgeregt.

»Na, würde euch ein Plätzchen draußen gefallen?«, fragte Magdalena sie im Plauderton. »Vielleicht im Schatten, damit es euch nicht zu warm wird?«

Die beiden Vögel sahen sie unverwandt an, als hörten sie tatsächlich zu. Während der Postschiffer seine Lieferung zur Küche brachte und Elisabeth die Waren durchsah, ging Magdalena mit dem Käfig durch den sonnendurchglühten Rosengarten hinüber zur Veranda und stellte ihn dort auf die von Kletterpflanzen umrankte Balustrade. »Na, wie findet ihr es hier? Schattig und grün, ein bisschen wie im Urwald –

das müsste euch doch gefallen!« Sie spitzte die Lippen und pfiff leise, so wie Tante Vroni es immer bei ihren Finken gemacht hatte. Die beiden Liebesvögel reagierten nicht sofort, aber schließlich zwitscherten sie zurück. Magdalena lächelte. Es waren die Vögel der Baronin, aber wenigstens für heute Nachmittag hatte sie sie noch für sich.

»Willkommen auf der Roseninsel«, sagte sie zu ihnen. »Ihr seid auch nicht freiwillig hier, das haben wir gemeinsam.«

Die Vögel piepsten leise und schmiegten sich dann aneinander.

»Tja, ja, ihr habt euch. Das ist wohl das Schöne daran, ein Liebesvogel zu sein.«

Magdalena sah hinaus in den glühenden Rosengarten und auf die glitzernd blaue Glassäule in ihrer Mitte. Die goldene Statue des Mädchens blendete sie beinahe, so hell schien das Gold in der Sonne. »Schaut mal, dort ist auch ein Vogel – ein Papagei, fast wie ihr.«

Aber die Vögel schienen sich nicht für den Papageien zu interessieren. Magdalena seufzte. »Na schön, ihr müsst euch hier erst einfinden. Aber ich mache euch keine Hoffnung – ich bin seit drei Jahren hier, und ich habe mich immer noch nicht eingefunden.«

Erst als es Abend wurde und die Sonne an Kraft verloren hatte, tauchte die Zeiss wieder auf. Als Magdalena das vertraute Geräusch des schweren schwarzen Brokats hörte, der über das Parkett schleppte, sah sie von ihrem Buch auf. Es war eine der süßlichen Mädchengeschichten, die die Zeiss ihr zu lesen erlaubte. Magdalena legte es beiseite.

»Frau Baronin«, Magdalena stand höflich auf und knickste, »haben Sie sich ausgeruht?«

Die Zeiss nickte. »Ja«, seufzte sie, »es geht mir nun zumindest ein wenig besser. Haben Sie heute Nachmittag Barthel empfangen?«

»Natürlich. Und er hatte etwas für Sie dabei.« Magdalena deutete durch die offene Verandatür auf den Vogelkäfig. »Er sagte, Sie hätten sich die Vögel gewünscht?«

»Oh!« Die Zeiss schlug die Hände zusammen. »Wenigstens etwas Schönes an diesem grauenvollen Tag. Ich hatte die Hoffnung schon fast aufgegeben, dass er welche finden würde.« Sie trat freudig nach draußen auf die Veranda; die Wärme schien für einen Moment vergessen. Die schwarze Krähe und die bunten Liebesvögel, dachte Magdalena bei sich, was für ein Aufeinandertreffen. Zu ihrer Überraschung beugte sich die sonst so steife Baronin für einen Moment zu den Tieren hinunter und machte gurrende Geräusche. Magdalena stellte sich in die offene Flügeltür. »Ich wusste gar nicht, dass Sie Papageien mögen.«

Die Zeiss hüstelte wie ertappt, richtete sich zu ihrer üblichen strengen Haltung auf und strich ihren Rock glatt. »Nun, ich finde sie in der Tat recht hübsch«, sagte sie steif. Dann rief sie nach Sepp, der dabei war, jetzt, wo die Sonne nicht mehr so vom Himmel brannte, die Rosen zu gießen. »Sepp! Bring den Vogelkäfig hier oben über der Balustrade an; er kann nicht einfach so herumstehen, sonst kommen womöglich Katzen daran.«

»Ist recht, Frau Baronin«, antwortete Sepp gemütlich. »Allerdings gibt es hier auf der Insel gar keine Katzen.«

»Das kannst du nicht wissen – eines Tages gibt es vielleicht welche.«

»Na, da müsste schon eine besonders dämlich sein, damit sie hier rüberschwimmt.«

»Um Himmels willen«, schnaubte die Baronin entnervt, »tu einfach, was ich dir gesagt habe, Sepp.« Dann wandte sie sich an Magdalena. »Kommen Sie, mein Kind. Wir werden nun unseren Spaziergang machen. Mit der scheußlichen Hitze ist es ja nun endlich etwas besser.«

Während sie zwischen den hohen schattigen Bäumen der Insel entlanggingen, durch deren Kronen man den zart blau-rosa gefärbten Abendhimmel sah, plauderte die Zeiss vor sich hin. Die Papageien hatten sie in gute Laune versetzt. »Ich hatte auch einmal einen Zaunkönig, als ich ein Mädchen war«, sagte sie gerade. »Er war winzig, und er hatte so ein eigenartiges Tschilpen. Ich komme nur nicht mehr auf den Namen …«

Magdalena betrachtete ihre Gesellschaftsdame von der Seite und versuchte, sie sich als junges Mädchen vorzustellen – die Wangen runder und rosig, die Lippen weniger verkniffen, die Haare nicht so streng frisiert. Nein, es gelang ihr nicht. In ihrer Vorstellung war die Zeiss schon immer alt, blass und trug schwarze Kleider mit hohen Krägen, die sich geradezu in ihren Hals zu beißen schienen. Magdalena gab es also auf und sah hinaus auf den See. Das abendliche Rot spiegelte sich im Wasser und ließ es beinahe glühen; ein paar Fischerboote waren noch unterwegs, und von Weitem konnte sie den Raddampfer sehen, der im Sommer auf dem See fuhr und die Ausflügler aus München zu den schönsten Orten entlang des Ufers brachte. Magdalena beneidete sie glühend – nicht um die Dampferfahrt, sondern darum, anschließend in ihr lautes, buntes Leben in der Stadt zurückkehren zu dürfen.

»Ist es nicht wunderbar still hier?«, sagte die Zeiss.

»Doch, sehr still«, antwortete Magdalena. Sie kamen an einen Punkt, von dem aus man das nahe Ufer und das dortige Wirtshaus sehen konnte. Auch hier auf der Insel hatte es einmal eines gegeben, das hatte die Zeiss bei einem der vielen Spaziergänge erzählt. »Ich war dort nur ein einziges Mal, jung verheiratet. Grauenvoll, denken Sie sich nur – es gab dort eine Kegelbahn! Ich bin der Ansicht, man sollte Erwachsene nicht zu so etwas ermutigen. Schon diese angeblich harmlosen Dinge können die Spielsucht fördern.«

»Ich glaube nicht, dass jemand kegelsüchtig werden kann, Frau Baronin«, hatte Magdalena sarkastisch eingeworfen.

»Oh, da haben Sie wohl keine Ahnung, mein liebes Kind.«

Magdalena wünschte sich, es gäbe dieses Gasthaus auf der Insel noch, und auch die Kegelbahn. Dann würden im Sommer die Leute auf die Insel kommen. So saßen sie drüben am anderen Ufer beim *Seewirt*. Manchmal konnte sie ihr Lachen und Reden hören. Auch heute, an diesem schönen Abend, saßen dort reichlich Gäste, und Magdalena versuchte wie immer, einen Blick zu erhaschen.

»Es wird wohl so heiß bleiben. Wir sollten Elisabeth auftragen, dass sie morgen zum Mittagessen eine leichte Beerensuppe zubereitet, was meinen Sie?« Die Zeiss sah Magdalena an. Die sah weiterhin über das Wasser hinüber zum Gasthaus.

»Fräulein Magdalena?«

»Wie bitte?«

»Eine Beerensuppe zum Mittagessen morgen?«

»Natürlich, wenn Sie das möchten.« Dort drüben saßen ein paar junge Burschen. Es waren Studenten; ihre typischen Uniformen und rot-weiß-blauen Mützen waren auch auf diese Entfernung zu erkennen. Die Zeiss hatte sie nun ebenfalls bemerkt und zog Magdalena schnell weiter. »Kommen Sie, mein Kind. Wir wollen doch kein Anschauungsmaterial für ungewaschene Pennäler sein, habe ich recht?«

Magdalena seufzte. Dann folgte sie ihrer Gesellschaftsdame zwischen die alten Bäume. Bald hatte die grüne Wand rund um das Ufer der Insel sie wieder verschluckt.

Nach dem Abendessen, das zu Magdalenas Erleichterung nicht aus einem zweiten kalten Hühnchen, sondern aus einer süßen Zitronencreme bestand, beschlossen sie den Abend wie immer vor dem Kamin des Gartensaals. Magdalena saß auf dem grünen Kanapee, die Baronin in ihrem Sessel aus gemustertem Chintz. Nun, nachdem es draußen endlich abgekühlt war, war es der Zeiss wiederum bald zu kühl geworden, und sie hatte Elisabeth aufgetragen, den Kamin anzufeuern. Zusammen mit den Gaslampen, die an den Wänden brannten und den Gartensaal erleuchteten, wurde nun die Luft mit jeder Minute stickiger. Die Baronin schien

davon jedoch nichts zu bemerken. »An solchen Augustaben-
den wird es schnell kühl«, sagte sie gerade. »Damit ist nicht
zu spaßen, man kann sich leicht eine Erkältung einfangen –
auch im Sommer.«

Nun las sie in ihrer Zeitung, während Magdalena sich
über die verhasste Stickarbeit beugte, die die Zeiss ihr vor
einer Woche schon aufgetragen hatte und die immer noch
nicht fertig war: ein Stück hellgelben Leinenstoffs, auf einen
kreisrunden Stickrahmen gespannt, auf den sie kleine Jas-
minblüten sticken sollte. Gerade begann sie mit einer neuen
cremefarbenen Blütendolde, ähnlich denen, die draußen in
Sepps Garten wuchsen und die in den Sommernächten ihren süßen, schweren Duft verströmten. Die Liebesvögel saßen vor dem Fenster in ihrem Käfig, zwei kleine Schatten
mit runden Köpfchen gegen den glutroten Spätabendhim-
mel.

Die Baronin raschelte mit den Zeitungsblättern. Barthel
brachte jede Woche die neueste Ausgabe auf die Insel, und
die Zeiss war geradezu süchtig danach. Jede Ausgabe las sie
so aufmerksam, als hinge ihr Leben davon ab. Nun schüttelte sie den Kopf. »Hören Sie sich das bloß an! In Paris gab
es einen Blitzeinschlag in diesen scheußlichen Turm.«

Magdalena wusste sofort, von welchem Turm sie sprach.

Die Baronin hatte sich damals, als in der Zeitung eine Il-
lustration von dem neuen Turm zur Pariser Weltausstellung
abgedruckt gewesen war, tagelang darüber aufgeregt. Immer wieder hatte sie von dem Ungetüm gesprochen, das die
schöne französische Hauptstadt verschandeln würde. »Sehen Sie, sogar der liebe Gott hält dieses Ding für einen

Schandfleck«, sagte sie nun befriedigt. »Das sollte diesem Victor Eiffel zu denken geben, ein so hässliches Gebilde zu bauen.«

Magdalena sah von ihrem Stickrahmen auf. »Wenn der liebe Gott wirklich etwas gegen den Turm hätte, dann hätte er wohl doch mehr getan, als nur den Blitz einschlagen zu lassen«, sagte sie und griff nach dem gelben Stickgarn, um sich an die noch winzigeren Blütenstempel zu machen. »Meinen Sie nicht auch, Baronin?«

Die Zeiss sah sie missbilligend über ihre Zeitung hinweg an. »Über solche Dinge scherzt man nicht, mein liebes Kind«, sagte sie. »Und ich nehme außerdem an, Sie waren niemals in Paris. Ich war mit meinem Mann einmal dort, und es war wunderschön. Paris ist die eleganteste Stadt der Welt, und sie braucht sicher kein Eisenungetüm ohne Sinn. Es ist nachgerade eine Sünde!«

Magdalena kämpfte damit, den dünnen Faden in das schmale Nadelöhr zu fädeln, und befeuchtete ihn schließlich entnervt mit dem Mund, was ihr einen zweiten missbilligenden Blick einbrachte. »Erzählen Sie mir von Paris«, bat sie, um davon abzulenken. »Ich würde so gerne einmal dahin reisen.« Es stimmte; sie würde wirklich gerne reisen. Etwas von der Welt sehen, dachte sie, nach Paris, London, durch Italien oder Spanien. Das wäre schön.

»Oh, Paris ist eine prächtige Stadt«, schwärmte die Zeiss. »Elegante Boulevards, cremefarbene Bürgerhäuser und hübsche Plätze überall. Und die Kirchen erst – es war wirklich eine Erhabenheit dort zu spüren, die nicht von dieser Welt ist.«

»Meine Tante war auch einmal in Paris«, sagte Magdalena. »Sie trat dort im Theater auf und hat erzählt, wie elegant und groß alles dort war.«

»Ach, tatsächlich?«, wie immer reagierte die Zeiss nicht begeistert, wenn die Sprache auf Veronika Gruber kam, diese laute, unbekümmerte, stadtbekannte Münchner Schauspielerin, die sich zur Missbilligung der Zeiss einen reichen Münchner Brauereibesitzer geangelt hatte, der sich um den Skandal nicht scherte und sie tatsächlich heiratete. Und das, wo doch jeder wusste, was für zwielichtige Existenzen Schauspielerinnen waren. Lieber wandte sie ihre spitze Nase wieder der Zeitung zu. »Während Sie handarbeiten, werde ich Ihnen aus dem Fortsetzungsroman vorlesen«, sagte sie gnädig. »Der ist doch zurzeit sehr hübsch, finden Sie nicht?«

Die Baronin begann dann, die schwülstige Geschichte einer jungen Frau vorzulesen, die auf einem Ozeandampfer nach Amerika fuhr, um dort ein neues Leben zu beginnen: »Helene stand an der Reling und trank die Meeresluft ein. Unter ihr die Wellen, vor ihr der weite Ozean, wie Gott ihn geschaffen hatte. Wie würde dieses Leben sein, das sie in der Fremde erwartete? Verwandte hatten ihr Wunderdinge geschrieben von Amerika, dem Land der Weite, in dem jeder sein Glück machen konnte. Sie dachte an zu Hause, an das ärmliche Bauernhaus, aus dem sie stammte, an die Mutter, die krank und alt war, an die Geschwister, zwei davon von der Schwindsucht dahingerafft. Sie dachte an all dieses Unglück und daran, dass sie vielleicht, vielleicht in eine goldene Zukunft aufbrach, dass ein gutes Leben auf sie wartete in diesem Land, das sie nicht kannte.« Die Zeiss machte eine gerührte Pause, bevor sie fortfuhr: »Guten Abend, Miss, sagte ein Mann mit englischem Akzent. Ich habe Sie schon öfter hier auf Deck um diese Zeit gesehen. Helene errötete. Ich liebe den Himmel, wenn er so rosafarben ist wie jetzt, in dieser Stunde. Man kann darin das Wunder der Schöpfung so großartig erkennen. Es geht mir zu Herzen. Helene schlug die Augen sittsam nieder. Sie war ein anständiges Mädchen und es nicht gewohnt, mit fremden Männern zu sprechen. Doch es war genau diese Unschuld, die den ehrenvollen jungen Mann anzog. Helenes Kleid war schlicht, und sie trug keinen Schmuck außer einem kleinen Kreuz um den Hals, das einmal ihrer Mutter gehört hatte. Warum spricht er mit mir einfachem Ding, fragte sie sich bescheiden, wo er doch aussieht wie ein wahrer Gentleman. Womöglich, überlegte sie, haben Männer keinen Blick für Kleidung und Tand.«

Die Zeiss ließ die Zeitung erneut sinken. »Das haben sie tatsächlich nicht. Mein Mann hätte keine Krinoline von einem Cul de Paris unterschieden können, und wenn sein Leben davon abhinge. Aber natürlich – er hatte anderes zu denken. Baron von Zeiss war schließlich ein sehr wichtiger Politiker im Landestag, wissen Sie?«

»Ich weiß, Baronin.« Magdalena stach die Nadel erneut in den Stoff und zog den Faden ganz durch. Noch ein Blütenstempel, dann würde sie auf das grüne Garn für den Stiel wechseln können. Der schon lange verstorbene Baron Zeiss war das Lieblingsthema ihrer Gesellschaftsdame, und sie schaffte es an den meisten Abenden, irgendwie dazu überzuleiten.

»Er hat sich aufgeopfert für dieses Land«, sagte die Baronin gerade. »Für Bayern hat er sich aufgeopfert. Und natürlich im Krieg … ja, im Krieg hat er tapfer gegen Preußen gekämpft.«

Magdalena sah überrascht auf. Das war neu. Den Krieg erwähnte die Zeiss gewöhnlich nicht, sie hielt es eigentlich für keine passende Unterhaltung für ein junges Mädchen.

Magdalena beschloss, die Gelegenheit beim Schopf zu packen. »Hat mein Vater damals auch gekämpft?«, fragte sie. Es war gewagt, über Otto sprach die Baronin noch weniger gern als über Tante Vroni. »Ja, das hat er wohl.« Die Antwort klang widerwillig. »Und genauso auch unser verehrter Prinzregent Luitpold, der sich ganz besonders tapfer darin hervorgetan hat, mit großem militärischem Geschick.« Offensichtlich froh, damit wieder auf sichererem Boden zu sein, blieb sie bei Luitpold: »Ja, mein liebes Kind, der Prinzregent war ein glänzender Kommandant der Division, in der auch mein seliger Mann gekämpft hat, und …«

Ihre weiteren Ausführungen gingen an Magdalena vorbei. Sie dachte an ihren Vater und dass er einmal so gesund gewesen war, dass er im Krieg hatte kämpfen können. Er war nicht immer so krank gewesen wie jetzt. Irgendwann war er einmal ein ganz normaler junger Mann gewesen, der sich in die junge Balletttänzerin Antonia Gruber verliebt hatte. »Die beiden waren ganz vernarrt ineinander«, hatte Tante Vroni oft erzählt, »bis über beide Ohren verliebt.« Magdalena hatte sich die kurze, aber stürmische Liebe ihrer

Eltern immer wieder erzählen lassen, bis sie die Geschichte geradezu auswendig konnte. Wie ihr Vater, der gerne ins Ballett ging, die blutjunge Antonia dort kennengelernt hatte, wie er ihr schon beim nächsten Auftritt einen riesigen Strauß roter Rosen überreicht hatte, wie sie heimliche Ausflüge unternahmen und er sie hatte heiraten wollen, obwohl das unmöglich war, denn er war ein Prinz und sie nur eine Tänzerin. Und wie verzweifelt er gewesen war, als sie später bei der Geburt von Magdalena starb. Damals hatte auch seine Krankheit langsam begonnen.

Die Zeiss, endlich am Ende ihrer Lobrede auf Prinzregent Luitpold angelangt, hüstelte. »Nun, Schluss mit solch schweren Dingen. Sehen wir lieber, wie es mit Helene weitergeht.« Sie nahm die Zeitung wieder auf, und für den Rest des Abends hörte Magdalena die salbungsvolle Geschichte von Helene, die in Amerika den jungen Mann heiratete und dort ein sittsames und frommes Leben führte.

Später, als es draußen ganz dunkel war und die Zeiss schon lange schlief, saß Magdalena im Nachthemd auf dem breiten Fensterbrett des Festsaals, in den sie sich heimlich geschlichen hatte, und sah von hier aus über die Insel. Sie lag friedlich da, die Rosen schimmerten in der klaren Sommernacht, der See glitzerte. Auf seinen sanften Wellen ergab das silbrige Mondlicht ein wunderschönes Muster im nachtblauen Wasser. Darüber erstreckte sich ein klarer Augusthimmel mit Tausenden Sternen. Je länger Magdalena in den Himmel sah, desto mehr Sterne schienen es zu werden. Es war spät, nirgends mehr brannte Licht in einem Fenster der einfachen Bauernhäuser am Ufer. Magdalena fühlte sich, als sei sie der einzige Mensch auf der ganzen Welt. Und das bin ich auf eine merkwürdige Weise auch, dachte sie. Die Zeiss, Elisabeth, Sepp, der Postschiffer – sie alle können gehen oder bleiben. Aber nicht ich. Ich muss hier warten, darauf, dass Luitpold mich vielleicht irgendwann wieder zurückkommen lässt.

Magdalena sah zum Mond hinauf. Es war ein fast perfekter Vollmond, groß und hell. Sie stellte sich vor, dass irgendwo in dieser Landschaft, in den Dörfern am See, zu Hause in München oder in einer Hütte in den hohen Bergen, die man am nächtlichen Horizont sah, jemand genau in diesem Moment auch hinauf zum Mond sah und ihn bewunderte. So fühlte sie sich ein bisschen weniger allein. Irgendwann, als der Mond schon weiter nach Osten gewandert war, stand sie schließlich auf und ging zurück in ihr Zimmer.

## Starnberger See, Bayern, Gegenwart

Der nächste Morgen begann in vollkommener Ruhe. Es gab kein Handy mehr, das klingeln konnte, auf dem See waren nur wenige Boote unterwegs, und selbst die Vögel schienen heute keine besondere Lust zu haben, laut zu zwitschern. Im Gegensatz zu den letzten Tagen war heute der Himmel nicht vollkommen blau; ein paar Schönwetterwolken zogen gemächlich dahin. Nach dem Aufwachen vergewisserte sich Liv, dass sie nicht geträumt hatte – nein, dort lagen das alte Buch und die getrocknete Rose, es war wirklich passiert. Am liebsten hätte sie den Tag nur damit verbracht, die Nase in Magdalenas Geschichte zu stecken. Aber da waren Pauls Liste, ihre Gartenpflichten – und das Loch im Parkett der Villa. Mit einigem Grauen dachte Liv an die Festnetznummer auf Pauls Liste, gleich neben dem Vermerk »Hier anrufen, falls etwas kaputtgehen sollte«. Sie hatte nicht erwartet, diese Nummer jemals zu brauchen – und nun klaffte schon nach ihrem zweiten Tag als Inselverwalterin ein Loch im historischen Holzboden. Es würde nicht gerade angenehm werden, das zu beichten. Liv seufzte. Es half alles nichts. Sie würde zum *Seewirt* hinüberrudern und den Handwerker anrufen müssen. Und sie konnte sich schon vorstellen, dass sich die alteingesessenen Feldafinger damit in ihrem Vorurteil bestätigt sehen würden, dass eine Berliner Großstadtpreußin nicht auf bayrisches Kulturgut aufpassen sollte.

Widerwillig machte sie sich eine halbe Stunde später auf den Weg hinunter zum Bootssteg. Das schlichte Ruderboot, das zur Insel gehörte, hatte jemand – wahrscheinlich Paul – mit schwungvollen Pinselstrichen *Roseninsel-Taxi* getauft. Es war mit einem verwitterten dicken Seil am Pfosten des Stegs festgemacht, und Liv brauchte einige Zeit, bis sie den von Wind und Wetter starr gewordenen Knoten gelöst hatte. Schließlich stieg sie ins Boot und griff nach den Rudern. Es waren einfache Holzruder, grob und schwer. Abgesehen von ein paar Paddelrunden mit dem Gummiboot auf dem Berliner Plötzensee hatte sie noch nie gerudert. Probehalber bewegte sie die beiden schweren Ruder. Das Boot bewegte sich in Richtung des offenen Sees. »Falsche Richtung«, murmelte Liv. Sie brachte die Ruder in die richtige Position und begann dann noch einmal von vorn. Tatsächlich glitt das Boot nun immerhin in die gewünschte Richtung zum Ufer hin. Nach einer Weile fand Liv den richtigen Rhythmus, und das *Roseninsel-Taxi* steuerte dem *Seewirt* zu. Liv dachte an die Sportruderer auf der Spree, die dort pfeilschnell dahinschossen. Im Vergleich dazu kam sie nur langsam vom Fleck, und bald taten ihr die Arme weh. Während sie ruderte, wanderten Livs Gedanken weiter durch Berlin. Von der Spree weg durch die Straßen, zu diesem einen dunklen, kalten Frühlingsabend. Es war, als würde sich ihr Leben in ein Davor und ein Danach teilen. Sie sah wieder die nächtliche Straße vor sich, eine hübsche Straße in Charlottenburg, mit renovierten Altstadthäusern und Bäumen, die die Straße säumten, schmiedeeiserne Straßenlaternen ... und dem anderen, vor dem sie floh.

Liv schloss die Augen und versuchte, die Sonnenstrahlen zu fühlen, die ihre Haut wärmten. Du bist hier, sagte sie zu sich selbst, nicht mehr dort. Dann lehnte sie sich verbissen und mit aller Kraft in die Ruder, versuchte, sich nur noch auf die immer gleichen Bewegungen und das sanfte Platschen im Wasser zu konzentrieren.

Erleichtert erreichte sie schließlich das Ufer und versuchte, das Boot so an den Steg des *Seewirts* heranzurudern, dass sie es festbinden und aussteigen konnte. Schnell stellte sie fest, dass das schwieriger war, als es bei Johannes gewirkt hatte. »So klappt das nicht«, murmelte sie durch die zusammengebissenen Zähne und startete einen neuen Versuch. »Sie müssen zwei Ruderschläge nach rechts machen, dann einen wieder zurück und dann gerade nach hinten«, rief plötzlich eine Männerstimme vom Ufer aus. Liv drehte sich um. Natürlich, dachte sie. Johannes stand dort und winkte ihr zu. »Versuchen Sie es!«

Zu ihrer Überraschung klappte es mit seiner Anleitung auf Anhieb. Sie vertäute das Boot und sprang an Land.

»Danke.«

»Kein Problem.« Er lächelte sie an. »Was machen Sie denn hier? Ich dachte, Sie wollten die Insel nicht verlassen.«

Liv verzog das Gesicht. »Ich muss mal telefonieren.«

»Und deshalb rudern Sie hierher? Für jemanden, der nicht oft rudert, ist das nämlich eine ganz schöne Strecke.« Liv rieb sich die schmerzenden Arme. »Was Sie nicht sagen.«

»Haben Sie kein Handy?«

»Das liegt im See.«

Um seinen Mund zuckte es amüsiert, aber er fragte nicht weiter nach. »Das Telefon ist in der Gaststube«, erklärte er stattdessen. »Ist etwas passiert?«

»Ja«, antwortete sie knapp, »ich brauche einen Handwerker.« Sie ging auf das Gasthaus zu. Er folgte ihr. »Wozu denn das?«

»Na ja«, sie hatte keine besondere Lust, ihm die ganze Geschichte auf die Nase zu binden, »im Parkett der Villa ist ein Loch.« Sie verzog den Mund. »Und ja, ich kann mir die Witze im Dorf schon vorstellen, wenn das die Runde macht, dass ich schon am ersten Arbeitstag heiligen bayrischen Holzboden zerstört habe.«

Er grinste. »Die kann ich mir auch vorstellen.«

»Herzlichen Dank.«

»Aber warten Sie, vielleicht kann ich Ihnen die Witze ersparen.«

Sie blieb stehen. »Wie meinen Sie das?«

»Kommen Sie mal mit.«

Er führte Liv durch den Biergarten und zu einem kleinen Schuppen, der unter einem knorrigen Kirschbaum stand. »Hier, unser Familienholzlager, wenn Sie so wollen.« Johannes schob den Riegel zurück und öffnete die quietschende

Schuppentür. Tatsächlich schlug Liv sofort der Geruch von altem Holz entgegen.

»Wir haben den *Seewirt* vor ein paar Jahren selbst renoviert und das alte Holz behalten. Der *Seewirt* ist ungefähr so alt wie die Villa. Falls Sie bei Ihrem Missgeschick nicht aus Versehen den halben Boden der Villa abgedeckt haben, könnten wir hier vielleicht etwas Passendes finden.«

Liv sah sich in dem kleinen Schuppen um. Tatsächlich lagerten in den Regalen und an die Wand gelehnt Holzbretter verschiedener Größe, die erkennbar alt waren. Einige waren wohl einmal Dielen gewesen, es gab außerdem zwei alte Kassettentüren, an denen der Griff noch dran war, dazu Teile, deren ehemalige Bestimmung Liv nicht erraten konnte.

»Na, sieht irgendetwas so ähnlich aus wie das Parkett?«

»Hm«, Liv ließ den Blick schweifen und versuchte, sich genau zu erinnern. Sie zeigte schließlich auf ein Regal, in dem sich mehrere Bretter stapelten; dunkles Holz mit einer schönen Maserung. »Das da vielleicht.«

»Eiche«, Johannes nickte. »Ich war schon lange nicht mehr in der Villa, aber ich glaube, Sie haben recht.« Er nahm den Stapel heraus. »Gut, versuchen wir es damit.«

Liv runzelte die Stirn. »Was versuchen wir denn?«

»Na, das Parkett zu flicken.«

»Sie können so etwas?«

Er grinste. »Sie trauen Segellehrern nicht so viel zu, kann das sein? Ich habe meinem Vater beim Renovieren viel geholfen. Mit alten Holzböden kenne ich mich also tatsächlich ein bisschen aus.«

»Okay«, Liv schüttelte den Kopf. »Wenn Sie meinen ... mir ist alles recht, was diesen peinlichen Anruf überflüssig macht.«

»Verstehe. Also heute Nachmittag in der Villa? Falls ich doch nicht helfen kann, haben wir es immerhin versucht.«

Liv nickte. Sie sah ihn an. Seine Augen waren braun mit bernsteinfarbenen Einsprengseln. »Warum sind Sie eigentlich so nett zu mir?«, fragte sie. »Sie bräuchten mir nicht zu helfen, und ich bin bisher nicht gerade umgänglich gewesen.«

Er zuckte die Achseln. »Stimmt, aber ich handwerke gerne. Außerdem – ich glaube, eigentlich sind Sie gar nicht so übel.«

»Ach ja?«

»Nur so ein Gefühl.« Er zwinkerte.

Liv musste grinsen. »Na schön, dann bis heute Nachmittag.« Gerade wollte sie zurück zum Bootssteg, als Johannes sie zurückhielt. »Moment, warten Sie – heute Morgen kam wieder ein Brief für Sie. Den können Sie ja gleich mitnehmen.«

Er lief zum Gasthaus, verschwand darin und tauchte kurz darauf wieder auf. »Hier.«

Liv sah sofort, von wem der Brief war. Christophs Handschrift und der Stempel der Charité waren unverkennbar. Er war hartnäckig. In dem Brief stand sicher ein ungehaltenes Bombardement, warum sie zurückkommen musste. Aber schon der Gedanke daran schnürte ihr die Luft ab. Sie betrachtete den Absender, dann zerriss sie den Umschlag entschlossen ungeöffnet zu vielen kleinen Schnipseln.

Johannes sah verblüfft auf das Konfetti.

»Ähm, war der von jemandem, den Sie nicht leiden können?«

»Von jemandem, der will, dass ich das hier abbreche«, sagte sie in einem Tonfall, der ihm verriet, besser nicht nachzufragen. Ihr Gesicht hatte sich verschlossen. »Noch mal danke für die Hilfe – bis später.«

Damit ließ sie ihn stehen und sprang in Pauls *Roseninsel-Taxi*.


Am frühen Nachmittag kam Johannes wie versprochen auf die Insel. Er steckte in einem richtigen Handwerker-Blaumann und schleppte neben dem alten Eichenholz und einem Werkzeugkoffer auch noch einen zugedeckten Picknickkorb.

»Hey!«

Liv, die gerade dabei war, die Kieswege vor dem Gärtnerhaus zu rechen, hielt inne. »Wow, Sie sehen ja richtig professionell aus.«

»Danke gleichfalls. Ich hätte Sie fast mit einer Gärtnerin verwechselt.« Er grinste und hob den Korb in die Höhe. »Das hier muss ich kurz in Ihre Küche bringen. Darf ich?

Liv runzelte die Stirn. »Ist das für das Parkett?«

»Nein, das ist eine Überraschung.« Er drückte ihr das Holz und den Werkzeugkoffer in die Hand und verschwand ohne weiteren Kommentar im Haus. Kurz darauf kam er ohne den Korb zurück. Er klatschte in die Hände. »So, dann zeigen Sie mal. Diese kaputte Stelle im Boden kann doch bestimmt nicht so riesig sein.«

Ein paar Minuten später standen sie im Gartensaal der Villa, und Johannes starrte auf das Loch im Parkettboden.

»Ach herrje.«

»Ja«, Liv biss sich auf die Lippe. »Es ist wirklich groß.«

»Und das kommt nur von Ihrem Sturz?«

»Na ja, nicht nur davon«, antwortete Liv gedehnt. »Diese schwere Büste dort drüben ist auch darauf gefallen.« Sie zeigte in eine Ecke des Raums, in die sie am vergangenen Abend noch die zersplitterten Einzelteile der Frauenbüste geschoben hatte.

Johannes ging in die Hocke und strich über die gesplitterten Ränder. »Wie merkwürdig«, murmelte er, »dieser Hohlraum unter dem Holz, finden Sie nicht?« Er tastete in das Versteck. »Er scheint nicht besonders groß zu sein, nur an dieser einen Stelle ... was für ein Zufall, dass es ausgerechnet hier passiert ist. Einen halben Meter weiter drüben, und wahrscheinlich hätte man kaum eine Delle gesehen.«

»Ja ...« Liv behielt für sich, was sie in dem Versteck unter dem Parkett gefunden hatte. »Das wäre schön gewesen.« Johannes richtete sich wieder auf. »Okay, das wird ein bisschen schwieriger, als ich dachte. Ich hoffe, Sie haben handwerkliches Talent, denn dafür brauche ich eine gute Assistentin.«

»Wenn ich Talent habe, weiß ich nichts davon.«

Johannes klappte seinen Werkzeugkasten auf. »Okay, dann finden wir es jetzt heraus.«

Es war kompliziert, und es dauerte lange, aber sie schafften es, und Liv erwies sich als gar nicht so unbegabt. Sie arbeiteten den ganzen Nachmittag konzentriert und meist schweigend, abgesehen von ein paar Absprachen oder Erklärungen von Johannes. Liv stellte überrascht fest, dass dieses Schweigen gar nicht unangenehm war.

»Nicht schlecht, Miss Berlin«, sagte Johannes, als sie die Hälfte geschafft hatten. »Mit ein bisschen Übung könnten Sie vielleicht umschulen zur Parkettlegerin.«

Liv, die gerade mit dem Parkettleim kämpfte, lächelte. »Danke, aber so gerne säge ich auch wieder nicht.« Dann schob sie nach: »Meine Eltern wären bestimmt ganz aus dem Häuschen, wenn sie das hier sehen würden. Bei uns hat keiner etwas fürs Handwerken übrig. Meine Eltern sind Journalisten, und meine Schwester hat mal Wirtschaft studiert.«

Er sah sie interessiert an. Es war das Erste, was sie von sich erzählte. »Und Sie wollten schon immer Ärztin werden?«

Ein Schatten huschte für einen Moment über ihr Gesicht. »Ja, schon seit ich ein Kind war. Ich war immer diejenige, die den Stofftieren Pflaster aufgeklebt und Schokolinsen als Medizin gefüttert hat.«

Er feixte. »Und neben ›Was ich einmal werden will …‹ in die Freundebücher Ihrer Klassenkameraden …«

» … habe ich immer ›Ärztin‹ geschrieben und ein Stethoskop gemalt, genau«, vollendete sie seinen Satz. Dann unterbrach sie sich: »Verdammt, der Leim!«

Sie beugte sich über eine Stelle, an die zu viel Klebstoff geraten war. So entging ihr das Lächeln, das sich auf Johannes' Lippen gebildet hatte.

Schließlich hatten sie es tatsächlich geschafft. An die Wand gelehnt, saßen sie da im Gartensaal und sahen auf die geflickte Parkettstelle.

»Ist wirklich gut geworden«, sagte Liv.

»Ja, man sieht es nur noch, wenn man es weiß«, stimmte Johannes zu. Dann stutzte er und beugte sich vor. »Oh, hier, das Stück ist noch nicht richtig verklebt.«

Liv winkte ab. »Das mache ich später. Jetzt kann ich keinen Leim mehr sehen.« Sie sah ihn an. »Danke, dass Sie mir geholfen haben. Sie haben mich vor einer wirklich peinlichen Beichte bewahrt.«

Er grinste. »Kein Problem.«

Sie schwiegen kurz. Dann fiel Livs Blick wieder auf die zerbrochene Büste. »Was unternehmen wir deswegen?«, fragte sie. »Das kann man wohl nicht mehr kleben.«

»Stimmt ... Sophie müssen wir wirklich zur Reparatur bringen.«

»Sophie?«

Er nickte. »Ja, Sophie. Das war die Verlobte vom Kini. Dem dort drüben«, er zeigte auf die heile männliche Büste. »König Ludwig der Zweite, genannt der Kini.«

Sophie also. Liv war enttäuscht; ein wenig hatte sie gehofft, die Büste könnte vielleicht Magdalena darstellen. Laut sagte sie: »Kennen Sie sich also auch noch mit Geschichte aus? Nicht nur mit altem Holz.«

Johannes lachte. »Na ja, früher in der Schule haben wir ständig Ausflüge auf die Insel gemacht. Und jedes Mal hat man uns die Geschichte von den beiden erzählt.«

Sie sah ihn gespannt an. »Wie geht die Geschichte denn?«

»Hm, sie ist kurz und nicht sehr romantisch. Die beiden waren verlobt, aber es wurde nichts draus.«

»Warum nicht?«

Johannes zuckte die Achseln. »So weit ging die Kinderführung nie. Ich glaube, sie hat später einen anderen geheiratet.«

»Hm.« Liv sah zu den zerbrochenen Teilen, sie sah Sophies feine Nase und einen Teil ihrer aristokratisch gewölbten Stirn. »War die Büste sehr teuer?«

»Quatsch, die ist nur aus Gips. Ich glaube, das Original steht irgendwo in München.«

»Na, Gott sei Dank!« Liv atmete laut aus.

Johannes rappelte sich vom Boden auf. »Ich habe Hunger – Sie zufällig auch?«

»Vielleicht ein wenig. Warum?«

»Weil ich noch ein Ass im Ärmel habe. Es gibt nur einen Haken – Sie müssten meine Gesellschaft noch ein bisschen ertragen. Aber wir könnten uns beim Essen auch anschweigen, ich bin da flexibel. Ich weiß ja, wie sehr Sie Ihre Ruhe mögen.« Er grinste und streckte ihr die Hand entgegen.

Liv zögerte, dann griff sie danach. »Die Neugier siegt«, sagte sie.

»Sehr gut.«


In der kleinen Küche im Gärtnerhaus griff Johannes triumphierend in den Kühlschrank und nahm einen Teller heraus. »I proudly present«, sagte er in spannungsgeladenem Tonfall, »echte Starnberger Seeforellen. Prachtexemplare und von meinem Vater höchstpersönlich gefangen.«

Liv sah staunend auf die beiden glänzenden Fische mit ihrem getupften Muster. »Ich habe zwar keine Ahnung von Forellen, aber die sehen wirklich gut aus.«

»Ja, mein Vater hat ein Händchen dafür. Immerhin stammt er von den königlichen Hoffischern ab.«

»Wirklich?« Königliche Hoffischer, das klang so altertümlich. Es klang nach Magdalenas Zeit.

Johannes nickte. »Früher, bevor der König sie kaufte, haben meine Vorfahren sogar hier auf der Insel gelebt. Allerdings nicht in einer Villa, sondern in einem ziemlich baufälligen Fischerhaus.« Er stellte den Teller mit den Forellen neben den Herd, dann förderte er diverse Zutaten aus seinem mitgebrachten Korb zutage. »Okay, also ich hoffe, Sie mögen gebratene Forellen mit Mandelblättchen und Petersilienkartoffeln?«

Liv nickte. »Klingt gut. Ich würde aber vorher noch gerne duschen. Ich bin voller Holzstaub und Leim.«

»Kein Problem. Ich koche, Sie duschen.« Als sie zögerte, scheuchte er sie geradezu aus der Küche. »Wirklich, vertrauen Sie mir. Denken Sie an die Marmelade, die fanden Sie auch gut.«

»Na schön.« Auf dem Weg ins Badezimmer kam Liv an dem kleinen Spiegel im Flur vorbei. Sie betrachtete sich darin. Der Sägestaub hing in ihren Haaren, Leimflecken verteilten sich überall, sogar in ihrem Gesicht. In der Küche hörte sie Johannes vergnügt pfeifen und mit Geschirr klappern. Wieso hatte sie seine Einladung angenommen? In den letzten Wochen waren ihr Menschen nur auf die Nerven gegangen. Aber Johannes war anders, er störte sie nicht. Gerade wechselte sein Pfeifen zu »Hakuna Matata« aus dem *Dschungelbuch* über. Grinsend setzte Liv ihren Weg ins Badezimmer fort.

Als sie vom Duschen wiederkam, in Jogginghose, T-Shirt und mit einem Handtuchturban auf dem Kopf, roch es in der kleinen Wohnung schon köstlich. Johannes wirbelte durch die Küche, würzte, briet und wendete und summte dabei selbstvergessen vor sich hin.

»Na?« Sie lehnte sich in den Türrahmen.

Er schrak auf, dann grinste er. »Schick, der Turban. Wegen mir hätten Sie sich doch nicht so in Schale werfen müssen.«

»Tja, mein Abendkleid ist leider in der Wäsche.« Sie lugte in die Pfannen und Töpfe. »Das sieht wirklich gut aus.«

»Danke. Ich übe ja auch schon seit langer Zeit. Meine erste Forelle Müllerin habe ich mit acht gebraten. Da haben sich meine Kumpel noch darüber lustig gemacht, dass ich so gerne koche.« Er zwinkerte. »Inzwischen tun sie das nicht mehr. Sie haben eingesehen, dass es bei Frauen ganz schön hilft, wenn man mehr als Spaghetti kann.«

»Ach ja, tut es das?«

»Klar – bei Ihnen natürlich nicht, das weiß ich. Hier bin ich nur geduldeter Gelegenheitskoch.«

Johannes drehte die Hitze unter der Pfanne mit den Forellen aus. »So, ich denke, das Essen ist fertig. Nehmen Sie den Topf mit den Kartoffeln? Wir essen im Wohnzimmer.«

Zu Livs Überraschung war dort der Tisch schon gedeckt;

Kerzen brannten und eine geöffnete Flasche Weißwein stand in einem Kühler bereit. Aus Pauls alter Stereoanlage spielte leise Musik. Johannes rückte ihr mit großer Geste den Stuhl zurecht, dann schenkte er den Wein ein.

»Wow, Sie haben sich ja richtig Mühe gegeben.«

»Nun ja, wir haben ja auch etwas zu feiern.« Er setzte sich ihr gegenüber und hob sein Glas. »Auf das gerettete Parkett.«

»Und wie hätten Sie das hier erklärt, wenn wir es nicht hätten retten können?«

»Damit, dass man sich ja irgendwie trösten muss. Übrigens – wollen wir nicht endlich dieses Sie weglassen? Hier in Bayern duzt man sich.«

»Meinetwegen.« Liv prostet ihm zu. »Liv.«

»Johannes.« Er griff nach dem Besteck und legte ihr eine gebratene Forelle auf den Teller, dazu Petersilienkartoffeln. Anschließend übergoss er alles mit ein wenig Mandelbutter. »Ich hoffe, es schmeckt dir.«

Sie nahm den ersten Bissen. Es schmeckte wunderbar. Seit sieben Wochen hatte sie kaum Appetit, konnte nichts genießen – aber jetzt schloss sie für einen Moment die Augen. »Es ist fantastisch.«

»Gut.« Johannes machte sich nun auch über seine Forelle her. »Sag mal, Liv – woher kommt eigentlich dein Name? Ich kenne außer dir niemanden, der so heißt.«

»Ach.« Liv spießte ein Stück Petersilienkartoffel auf. Sie war genau richtig gekocht, weich und buttrig mit einer leichten Kräuternote. »Meine Eltern sind oft umgezogen. Vor meiner Geburt haben sie eine Weile in Oslo gelebt, und so haben sie meiner Schwester und mir norwegische Namen gegeben.«

»Wie heißt deine Schwester denn?«

»Anni.«

»Das klingt nicht besonders norwegisch.«

Liv schnitt eine Grimasse. »Ihr voller Name ist Ann-Magritt.«

»Okay, ich würde sagen: Da hast du eher das große Los gezogen.« Johannes lachte.

»Finde ich auch.« Liv löffelte sich noch ein wenig mehr Mandelbutter über den Fisch. »Und warum heißt du Johannes?«

»Nach meinem Großvater. Den hat allerdings jeder Hansi genannt.«

»Das klingt eher nach Wellensittich.«

»Stimmt, ich bin froh, dass ich nicht Hansi zwei wurde.«

Das Gespräch floss dahin. Liv bemerkte erstaunt, dass sie sich wohlfühlte. Johannes erzählte lustige Geschichten aus seiner Kindheit am See und im Gasthaus.

Schließlich, sie waren mittlerweile schon beim zweiten Glas Wein und dem Nachtisch angekommen, musterte er sie. »Jetzt weißt du schon eine ganze Menge von mir – aber ich noch fast nichts über dich.«

»Was willst du denn wissen? Vielleicht antworte ich ja.«

»Okay, fangen wir ganz vorne an – Geburtstag?«

»Vierter Mai.«

»Hunde oder lieber Katzen?«

»Hunde. Als ich klein war, hatten wir eine Dogge.«

»Wie hieß die Dogge?«

»Ernest.«

»Wie bitte?«

Liv zuckte die Achseln. »Mein Vater liebt Ernest Heming-way. Er sagt, wenn er einen Wunsch freihätte, wäre es, He-mingways Schreibmaschine zu bekommen und nur noch darauf seine Artikel zu schreiben.«

»Okay. Hm ... lass mal sehen. Lieblingsfilm?«

Liv dachte nach. »Ich habe jedenfalls keinen so oft gese-hen wie ›Notting Hill‹.«

Er grinste. »So romantisch hätte ich dich gar nicht ein-geschätzt.«

»Tja ...«, Liv schenkte sich noch einmal etwas Wein nach und schob das leer gegessene Dessertschälchen von sich.

»Was ist denn dein Lieblingsfilm?«, fragte sie zurück. So-lange die Unterhaltung so oberflächlich war, konnte sie gut damit leben.

»Ich würde sagen: ›Batman‹ und ›Miss Marple‹.«

Liv konnte nicht anders, sie prustete los. »Was für eine Mischung!«

»Tja ...«, ahmte er sie nach.

Sie redeten und redeten, und Liv bemerkte, dass sie mehr lachte, als sie es seit drei Monaten getan hatte. Irgend-wann tat ihr der Bauch schon weh.

»Und, war der Abend für dich erträglich?«, fragte Johan-nes, als er sich schließlich verabschiedete.

»Ja.« Liv nickte. »Er war schön.« Sie meinte es ehrlich.

»Gut. Falls du irgendetwas brauchst oder wieder ein Loch irgendwo reinschlägst – du weißt ja, wo du mich fin-dest.«

Sie nickte noch einmal. Dann, als er schon fast zur Tür hinaus war, hielt sie ihn zurück. »Johannes …«

Er drehte sich um und sah sie fragend an. Sie wunderte sich über sich selbst. »Die Segelboote auf dem See, na ja, die sehen wirklich schön aus, und ich war noch nie segeln. Und du bist Segellehrer, also falls du vielleicht einmal Zeit hast …«

Er lächelte. »Morgen Nachmittag? Das Wetter soll noch mal schön werden.«

Sie nickte. »Gerne.«

»Okay, ich hole dich ab. – Ach, und vergiss nicht, das letzte Stück Parkett zu leimen.«

»Jaja, mach ich. Bis morgen.«

Als sie die Tür hinter ihm schloss, schüttelte sie den Kopf über sich selbst. Was war nur mit ihr los? Sie wollte doch gar keine Gesellschaft, und nun schlug sie selbst einen Segelausflug vor? Aber es stimmte – seit drei Tagen schon beobachtete sie die blütenweißen Segelboote auf dem Wasser und fragte sich, wie es wohl war, so dahinzusegeln. Und wenn ich schon mal hier am See bin …

Später wusch Liv in der Küche das Geschirr ab. Während die Teller im heißen, duftenden Spülwasser einweichten, betrachtete sie ihr Spiegelbild in der nächtlichen Scheibe des Küchenfensters. Es ist seltsam, dachte sie, wie anders man immer in Fensterscheiben aussieht. Nie wirklich klar, immer ein bisschen verschwommen. Sie strich sich die blonden Haare aus dem Gesicht. So fühlte sie sich auch, verschwommen. Nicht klar. Alles war durcheinandergeraten in einer einzigen Nacht. Nein, nicht mehr daran denken. Sie würde segeln gehen, sie würde sich um Pauls Rosen kümmern, sie würde einfach hier sein und alles wegschieben, was sie in Berlin zurückgelassen hatte. Und dann war da noch Magdalena. Warum hatte sie Johannes nichts von dem Buch erzählt? Irgendetwas hatte sie zurückgehalten, so, als ob Magdalena ihr Geheimnis war. Aber es ist ja auch geheimnisvoll, dachte sie. Eine einsame Insel, ein altes Haus und ein verstecktes Buch. Sie war gespannt, was sie noch darin entdecken würde.

Liv drehte sich wieder zum Spülbecken und tauchte die Hände in das heiße Wasser, das nach Pauls Zitronenspülmittel duftete.

# Starnberger See, Bayern, 1889

Liebste Magdalena,

verzeih, dass ich erst jetzt schreibe. Die letzten Wochen hat mich das Theater in Atem gehalten. Ich spiele zurzeit die Maria Stuart in Schillers Stück und es ist furchtbar viel zu lernen. Meine Kostüme sind wunderbar, altmodisch und denen nachempfunden, die man damals wohl als schottische Königin getragen haben mag, mit riesigen Krägen und ausladenden Ärmeln. Du weißt ja, wie sehr ich das Spielen und die Kostüme und überhaupt die Theaterluft liebe.

In München ist alles, wie es immer ist. Der Sommer hängt schwer über der Stadt, es ist heiß, und der Föhn weht, aber das macht uns nichts aus, denn wenn es zu heiß ist, dann gehen wir in den Englischen Garten, oder die Köchin macht uns Eis, und dann geht es wieder. Bertha und Ida haben nun schulfrei und Toni auch. Stell dir vor, er hatte eine Eins im Turnen auf dem Zeugnis – du wunderst dich sicher nicht, du weißt ja, wie er auf jeden Baum klettert wie ein Affe. Er vermisst dich, Magdalena, und wir anderen vermissen dich natürlich auch. Der Toni fragt immer nach dir.

Ich habe wieder einmal nach deinem Vater gesehen, Magdalena, und ich will dir davon berichten. Er ist immer noch auf Schloss Fürstenried, und es hat einige Zeit gedauert, bis ich überhaupt die Erlaubnis bekommen habe, ihn zu besuchen, denn der neue Psychiater ist in diesem Punkt noch strenger als der alte von Gudden, und das will etwas heißen. Von Gudden war natürlich auch immer noch besser als solche Schinder, die es erlauben, dass man die Kranken festbindet oder so etwas, aber ein netter Mensch war er trotzdem nicht, wenn man mich fragt. Und sein Nachfolger ist kaum angenehmer. Ein selbstgefälliger Wicht, der glaubt zu wissen, was für deinen Papi das Beste ist. Aber ich kenne Otto so viel länger als er, und darum pfeife ich natürlich darauf und gehe ihn trotzdem besuchen.

Das Schloss ist hübsch, vor allem jetzt im Sommer. Sie haben es endlich auf Vordermann gebracht, früher war es ja wirklich eine Bruchbude, bevor sie es für deinen Papi hergerichtet haben. Tja, und dein Papi selbst ... ich erschrak, als ich ihn sah, weil er gealtert und dünn geworden ist. Ansonsten scheint es ihm aber nicht wesentlich schlechter zu gehen als bei meinem letzten Besuch. Er erkannte mich, denke ich, auch wenn er nie meinen Namen sagte und recht wenig sprach. Immerhin trank er Kaffee mit mir und war ganz ruhig, was ich ein gutes Zeichen fand, und er redete nur ein wenig wirr. Grashey sagte mir, dass er nur sehr unregelmäßig isst und sehr wenig schläft, aber Freude an Spaziergängen hat. In den letzten Wochen wollte er vor allem in den Wald, um Erdbeeren zu pflücken, offensichtlich bereitet ihm das Vergnügen und stimmt ihn froh, also erlauben sie es ihm, aber er geht nie alleine.

Ach Magdalena, ich wünschte, ich könnte dir Schöneres berichten, vielleicht, dass er gesund wird – aber ich glaube nicht mehr daran. Dein Papi ist schon so lange krank, mein Liebes. Wenn du ihn nur früher erlebt hättest, er war so ein schöner Mann. Die halbe Münchner Weiblichkeit war verrückt nach ihm, und er war dabei so lustig und gesellig. Er ging unglaublich gern zur Jagd, und das Ballett hat er geliebt, das weißt du ja. Er war wirklich ein prächtiger Bursche, und es ist so tragisch, was aus ihm geworden ist. Aber ich tröste mich damit, dass er ein paar gute, wunderbare Jahre hatte, in denen er tanzte und lachte und den Damen den Kopf verdrehte, das ist doch immerhin etwas. Ich frage mich manchmal, ob ich es hätte kommen sehen müssen, wie krank er werden würde. Als er noch in Schloss Nymphenburg wohnte und jeder glaubte, er sei ganz gesund und ein strahlender Prinz, da habe ich ihn schon gekannt, und ich wusste als eine der wenigen, dass er kaum noch Schlaf fand und nachts stundenlang durch den Park spazierte, um endlich müde zu werden. Das geht mir oft durch den Kopf, ob dies nicht das erste Zeichen war. Denn im Jahr darauf war er schon nicht mehr vollkommen er selbst, und es scheint mir im Nachhinein, dass es mit diesen nächtlichen Wanderungen im Park anfing.

Oh mein Liebes, ich hoffe, dass es dir gut geht und dass du nicht ganz und gar traurig bist, das alles über deinen Papi zu lesen. Ich glaubte trotzdem, es dir schreiben zu müssen, damit du überhaupt von ihm hörst. Er hatte dich immer so lieb, und ich glaube, das hat er immer noch, irgendwo tief in sei-

*nem Herzen, wo er sich in seinen lichten Momenten an dich erinnert.*

*Sei schön tapfer, Magdalena, und ich hoffe, wir sehen uns bald wieder. So lange – schreib mir!*

*Es grüßt dich ganz lieb, deine Tante Vroni!*

»Was soll das sein?«, fragte die Zeiss und zeigte auf den Teller mit Fleisch. Wieder einmal saßen Magdalena und die Baronin beim Mittagessen. Es war mittlerweile September geworden.

Elisabeth knickste. »Das sind Kalbsrouladen, Frau Baronin.«

Die Zeiss griff nach ihrer Serviette und schüttelte den Kopf. »Die sind furchtbar trocken. Nimm sie weg, und bring mir etwas anderes.«

Elisabeth knickste noch einmal und nahm den Teller der Zeiss. Die wischte sich mit der Serviette über den spitzen Mund. »Fräulein Magdalena, finden Sie die Rouladen nicht auch viel zu trocken?«, fragte sie dann über die lange, glänzende Tischplatte hinweg.

Magdalena bemühte sich um ein ausdrucksloses Gesicht. Das Fleisch war tatsächlich zäh – aber dies war nun schon der dritte Tag, an dem die Zeiss die arme Elisabeth das Mittagessen wieder abtragen ließ. Auch sonst konnte das Dienstmädchen es ihr in den letzten Tagen einfach nicht recht machen. Mal schimpfte die Zeiss sie für angeblich schlecht gebügelte Leintücher aus, dann dafür, dass der Kaffee nicht die richtige Stärke hatte, dann für Elisabeths Frisur, die nach Meinung der Zeiss nicht so straff gekämmt war, wie sie sein sollte. Außerdem fand sie es nun, wo der Sommer sich gerade langsam verabschiedete, in der Villa abwechselnd zu kalt oder zu warm. Die Tage waren noch sonnig, aber kühler als vor ein paar Wochen, und es hatte schon einige kalte Regenabende gegen. So ließ die Baronin Elisabeth ständig alle Öfen im Haus entweder löschen oder anheizen, und jedes Mal, wenn die Kaminfeuer brannten, hegte sie den Verdacht, sie würden plötzlich mehr rußen als sonst. »Vermutlich nimmst du dummes Ding nasses Holz!«, hatte sie erst am vergangenen Abend wütend gerufen. »Die ganze Luft im Zimmer ist ja beinahe schwarz vor Ruß, siehst du das nicht? Das legt sich auf die Kleider und verdirbt sie.«

Magdalena hatte losgeprustet und eilig das Geräusch mit Husten überspielt. Die Tirade der Zeiss war völlig absurd – und wäre mehr Ruß in der Luft gewesen, hätte er niemals die ohnehin rabenschwarzen Kleider der Zeiss ruiniert.

Nichts passte der Baronin in letzter Zeit. Selbst das Waschwasser, das Elisabeth jeden Morgen in der Früh auf die Zimmer brachte, war heute Morgen der Grund für einen weiteren Ausbruch gewesen. »Willst du mich verbrühen?«, hatte die Zeiss geschrien. »Mein Gesicht ist krebsrot! Es ist ein Wunder, dass es keine Blasen schlägt.«

Nun stand Elisabeth also den Tränen nahe neben dem Mittagstisch. Ihre sonst so rosigen Apfelbäckchen waren über die letzten Tage ständiger Schimpferei blass geworden. »Ich finde die Rouladen sehr gut«, sagte Magdalena darum und bemühte sich redlich, ihren zähen Bissen herunterzuschlucken. »Vielleicht war es nur diese eine misslungene

Roulade, Frau Baronin, und die haben unglücklicherweise Sie bekommen.« Elisabeth sah sie dankbar an.

»Unsinn«, sagte die Zeiss und winkte Elisabeth ungeduldig fort, die mit dem noch halb vollen Teller schleunigst verschwand. Magdalena sah in das verhärmte Gesicht ihrer Gesellschaftsdame. Sie wusste, woher die schlechte Laune der Baronin rührte – jeden Herbst, wenn die Luft feucht wurde, war es dasselbe. »Gichtwetter«, sagte die Baronin dann düster. Ihre Gelenke schwollen an und schmerzten, und Magdalena ahnte, dass ihnen allen schwere Tage bevorstanden. So schlimm wie dieses Mal war es allerdings noch nie gewesen.

»Mein liebes Kind, die Rouladen waren sehr wohl zäh«, zischte die Zeiss jetzt und warf mit ihrer schmerzenden Hand die Serviette auf den Tisch. »Aber wie kann ich von Ihnen auch kulinarisches Feingefühl erwarten? In dem Bierbrauerhaushalt, in dem Sie aufgewachsen sind, galten wahrscheinlich schon Kartoffelknödel und Presssack als Kochkunst.«

Magdalena hätte ihr von den wunderschönen Festen erzählen können, auf denen sich in der Prannerstraße die Tische unter dem besten Essen bogen und wie begehrt die Einladungen zu Tante Vronis Festen in München waren. Aber sie ließ es bleiben. Stattdessen blubberte ein unpassendes Kichern in ihr hoch. Sie sah auf die benutzte Serviette der Zeiss; auf dem gestärkten blütenweißen Stoff konnte sie noch die Soßenflecken erkennen, die der Mund der Zeiss darauf hinterlassen hatte. Wieder einmal dachte sie, wie bizarr es war, dass die Zeiss darauf bestand, jede Mahlzeit hier im Festsaal servieren zu lassen. Die lange, elegante Tafel, die riesigen, königlichen Kronleuchter, die über ihren Köpfen schwebten, die prächtigen Wandverzierungen um sie herum – das Kichern brodelte immer höher, sie musste es aufhalten.

»Ist Ihre Gicht wieder schlimmer geworden, Baronin?«, fragte sie also rasch teilnahmsvoll und versuchte dabei, mit dem Messer ein weiteres Stück Roulade abzutrennen, ohne ihren Kampf mit dem zähen Fleisch erkennen zu lassen. Die Lippen der Baronin kräuselte sich. »Wie freundlich, dass Sie sich nach meinem Befinden erkundigen, mein Kind.« Sie nickte missmutig in Richtung Fenster. Die Wolken über dem See kündigten den nächsten frühherbstlichen Regenguss an. »Sie wissen ja, der Herbst ist das reinste Gift für mich. Nässe macht die Menschen krank. Meine arme Mutter hatte auch immer schrecklich die Gicht, wenn es Herbst wurde.«

Magdalena hatte den Kampf gewonnen und steckte sich erleichtert das Stück Roulade in den Mund. »Das tut mir leid zu hören«, murmelte sie automatisch, nachdem sie den Bissen geschluckt hatte. »Sicher wird es bald wieder besser.« In Wirklichkeit gab es kaum eine Jahreszeit, in der die Baronin nicht irgendeine Befindlichkeit plagte, und kaum eine Wetterlage, die sie nicht missbilligte.

Elisabeth erschien wieder; sie stellte einen Teller mit Tafelspitz und eingekochten grünen Bohnen vor der Baronin ab. »Bitte, Frau Baronin.« Sie knickste. »Guten Appetit.« Ihre Stimme klang unsicher; sie bereitete sich wohl innerlich schon auf den nächsten Ausbruch vor. »Ganz zart, bestimmt«, beteuerte sie auf den prüfenden Blick der Zeiss hin. Die nahm das Besteck zur Hand und schnitt ein kleines Stück Fleisch ab. Sowohl Magdalena als auch Elisabeth verfolgten gespannt, wie es hinter den schmalen Lippen verschwand. Schließlich nickte sie. »Annehmbar«, sagte sie gnädig. »Du kannst gehen.«

Elisabeth floh erleichtert aus dem Saal. Die Baronin aß hoch aufgerichtet, die Ellenbogen dicht am Körper. Das Messer hielt sie so, als wolle sie den Tafelspitz geradezu erstechen. Den Rest des Essens schwiegen sie; nur das Klappern des Bestecks auf Porzellan war in dem zu großen Saal zu hören und hallte von den geschmückten Wänden wider.

Als sich die Baronin zu ihrer üblichen Mittagsruhe zurückgezogen hatte und Elisabeth in der Küche drüben im Gärtnerhaus das Geschirr abwusch, streifte Magdalena ein wenig durch den Garten. Ihr fiel eine Gestalt auf, die weit hinten am westlichen Ufer zwischen den Bäumen entlangging. Sie lächelte, es war eindeutig Sepp. Seit Tagen hatte sie kaum Gelegenheit gehabt, sich mit ihm ein wenig zu unterhalten, und sie beschloss, zu ihm hinüberzugehen.

Die Luft war frisch und herbstlich. Die schweren Regenwolken, die langsam über den See zogen, waren inzwischen näher gekommen, aber noch war es trocken. In den Eichen und Buchen flüsterte der Wind. Bald würden ihre noch grünen Blätter bunt werden und schließlich auf die Wege und Wiesen der Insel fallen, wo Sepp sie mühevoll und gewissenhaft zusammenrechen würde. Wo war er eigentlich? Magdalena sah sich verblüfft um. Er war mit einem Mal zwischen den Bäumen aus ihrem Blick verschwunden; die dicken Stämme versperrten ihr die Sicht. Plötzlich zerriss ein Knall die Luft. Magdalena schrak zusammen und sah sich um. Sie lachte erleichtert auf, als sie endlich am Ufer den alten Gärtner entdeckte, der dort mit seiner Jagdflinte auf Bierflaschen zielte, die er auf dem Kieselstrand aufgereiht haben musste.

»Sepp«, rief sie und lief über die Wiese zu ihm hinüber, »du hast mich vielleicht erschreckt!« Der alte Gärtner drehte sich um. »Oh, Fräulein Magdalena.« Er lächelte. »Ich habe Sie gar nicht kommen sehen. Ich war zu sehr damit beschäftigt, meine zittrigen alten Hände ruhig zu halten.«

Er deutete auf die Flaschen, von denen jede noch heil war. Der Schuss musste fehlgegangen sein. »Sie sehen, es hat nicht geklappt.«

»Oh – dann versuch es doch gleich noch mal. Darf ich dir zusehen?«

Er sah sich um. »Hat die Baronin nichts dagegen?«

»Sie ruht.«

»Na schön. Zusehen kann nicht schaden.« Sepp nahm die Flinte und legte sie wieder an. »Wegen der Baronin mache ich das hier ja überhaupt. Sie sagt, ich muss in Form bleiben, falls ich die Insel und Sie beide einmal verteidigen muss.«

Magdalena blinzelte ungläubig. »Wie bitte?«

Der alte Gärtner schnitt eine Grimasse. »Ja, sie hat mir eingeschärft, dass die Flinte immer griffbereit neben meiner Kammertür zu stehen hat. Geladen und geölt, falls einmal ein böser Bursche kommt.« Er kniff umständlich ein Auge zu und zielte mit dem Gewehr nun auf eine der Flaschen.

Magdalena sah gespannt zu, wie sein Finger sich langsam um den Abzug krümmte. Endlich knallte der Schuss, es roch nach Schießpulver, und der Flasche fehlte dieses Mal wenigstens der Hals.

»Gut gemacht!« Magdalena klatschte in die Hände.

Sepp schmunzelte. »Nett von Ihnen, dass Sie mich loben, aber für die Ansprüche der Baronin reicht das wohl noch nicht.« Er seufzte und senkte die Waffe. »Ich schieße einfach nicht gerne. Es ist laut und ein grausames Geschäft. Seit alle jagen dürfen, rennt halb Bayern sonntags mit dem Gewehr durch den Wald. Aber ich konnte das nie leiden. «

»Warum nicht?«

Sepps faltiges Gesicht legte sich noch mehr in Falten. »Ach Fräulein, mir gefallen die Hirsche und Rehe lebendig besser.«

Magdalena lächelte. »Ja, da hast du recht. Aber das hier sind nur Flaschen.« Sie sah auf die Flinte in seiner Hand. »Was meinst du, dürfte ich auch einmal?«

»Fräulein!« Sepp sah sie entsetzt an. »Ich kann Sie doch nicht schießen lassen – die Baronin würde mich köpfen, wenn's reicht!«

»Ach bitte, Sepp«, bettelte Magdalena. »Ich langweile mich so. Nichts passiert – das wäre wenigstens ein kleines Abenteuer.«

Er zögerte. Verstehen konnte er das Mädchen.

»Und die Baronin schläft. Sie wird bestimmt nichts davon erfahren.«

Magdalenas bittendem Blick konnte Sepp kaum widerstehen.

»Na schön«, stimmte er schließlich zu. »Aber es muss unser Geheimnis bleiben.«

»Versprochen.« Magdalena strahlte.

Der alte Gärtner gab ihr die Waffe in die Hand, erklärte, wie sie funktionierte, und zeigte Magdalena, wie man sie anlegen musste.

»Ist es so richtig?«

»Ja, genau so.« Sepp schüttelte schmunzelnd den Kopf. Der Anblick war ungewöhnlich – ein zartes Mädchen in gebauschten Rüschenröcken und mit sorgfältiger Frisur, wie sie seine derbe Jagdflinte in der Hand hielt.

»Gut, und jetzt dürfen Sie nur noch an das denken, was Sie treffen wollen – an sonst nichts. Entscheiden Sie sich für eine Flasche, und zielen Sie. Sie dürfen nicht nach rechts oder links schauen, nur auf diese eine Flasche.«

Magdalena nickte. Sie kniff ein Auge zu, so wie sie es bei Sepp gesehen hatte, und legte auf die Flasche an, die die Mitte der Reihe bildete. Sie blendete alles um sich herum aus – die Enten auf dem Wasser, das Rauschen der Bäume, die Zeiss, ihre Sorgen, einfach alles. Es gab nur noch sie und ihr Ziel.

»Haben Sie die Flasche im Auge?«

»Ja.«

»Gut, dann drücken Sie ab. Aber seien Sie um Himmels willen vorsichtig; so ein Schuss hat mehr Kraft, als man denkt.«

Magdalena krümmte den Zeigefinger um den Abzug, so wie Sepp es ihr gezeigt hatte, und drückte ihn langsam durch. Schließlich löste sich tatsächlich der Schuss. Der

Knall war ohrenbetäubend, so nah und gewaltig, wie sie es nicht erwartet hatte. Und die Flasche zersprang. »Getroffen!«, jubelte Magdalena. »Hast du das gesehen, Sepp? Ich habe wirklich getroffen!«

»Erstaunlich!« Der alte Gärtner sah beeindruckt auf die braunen Glasscherben, die sich auf den hellen Kieseln des Ufers verteilten. »Wirklich erstaunlich. Gleich beim ersten Mal. Sie sind wohl ein Naturtalent, Fräulein Magdalena!«

Ihre Wangen färbten sich rot vor Stolz, und die braunen Augen leuchteten. »Darf ich noch einmal? Ich muss doch sehen, ob es nur ein Glückstreffer war.«

»Gut, meinetwegen – noch einmal.« Er zeigte ihr, wie man die Flinte frisch durchlud. Magdalena legte die Waffe neu an, zielte und drückte wieder ab. Dieses Mal war sie auf den Knall vorbereitet. Die nächste Flasche zersplitterte – sie hatte wieder getroffen.

»Unglaublich!« Nun klatschte auch Sepp. »Fräulein, Sie könnten ja auf jedem Schützenfest mitmachen.«

Magdalena wollte gerade antworten, als eine sich überschlagende Stimme zwischen den Bäumen gellte.

»Ungeheuerlich!«

Sie hatten beide die Baronin nicht bemerkt, die nun im empörten Laufschritt näher kam. »Einfach ungeheuerlich, was hier vorgeht!«, rief sie. Magdalena ließ erschrocken die Flinte sinken, und sogar Sepp wurde etwas blass. »Es tut mir leid«, flüsterte Magdalena. »Ich dachte wirklich, dass sie schläft.«

Der Gärtner zuckte schicksalsergeben die Achseln, das Donnerwetter war nun unausweichlich.

»Sepp, erkläre mir das hier!« Die Baronin hatte sie nun erreicht; ihr Gesicht war wutverzerrt. »Glauben Sie, das ist eine passende Nachmittagsgestaltung für ein anständiges Mädchen?«

»Frau Baronin, es war meine Idee«, sprang Magdalena ihm eilig bei. »Sepp kann nichts dafür, ich habe ihn überredet.«

Die Zeiss fuhr herum. »Sie? Wofür halten Sie sich denn, mein Kind? Für eine Amazone?« Sie schnaubte. »Eine Waffe – so etwas gehört sich einfach nicht.« Sie riss Magdalena die Flinte aus der Hand und warf sie zu Boden. »Sie kommen jetzt mit mir mit. Sie haben Hausarrest.«

Die Zeiss zerrte Magdalena zornig mit sich fort. Die drehte sich noch einmal um und warf Sepp einen entschuldigenden Blick zu. Er blieb seufzend am Seeufer zurück. »Armes Mädchen«, murmelte er.

Erst als sie die Villa erreicht hatten und die Tür hinter ihnen ins Schloss gefallen war, ließ die Zeiss Magdalena los. Sie musterte sie von Kopf bis Fuß. »Wie sehen Sie überhaupt aus? Ihre Schuhe sind ganz schmutzig geworden, und der Saum erst!« Mit spitzen Fingern hob sie Magdalenas Rock leicht an. »Kleiden Sie sich um. In einer Viertelstunde beginnen wir mit der Tanzstunde.«

Magdalena starrte sie an. »Aber Ihre Gicht, ich dachte ...«

»Die wird mich nicht vom Klavierspielen abhalten«, antwortete die Zeiss schmallippig. Dann rief sie das Dienstmädchen, das eilig auftauchte. Die Zeiss wedelte unbestimmt mit der Hand in Magdalenas Richtung. »Elisabeth, sorgen Sie dafür, dass das Fräulein wieder ordentlich aus-sieht.«

Draußen hatte leise ein sanfter Septemberregen eingesetzt, als Magdalena in einem frischen Kleid und mit sauberen Schuhen den Gartensaal betrat. Die Zeiss saß schon am Kla-vier. Sie musterte Magdalena prüfend und nickte dann nur. »Fangen wir an.«

Sie legte ihre Hände auf die Tastatur, und Magdalena konnte erkennen, dass sie sich Mühe gab, jeden Gicht-schmerz dabei zu verbergen. »Zuerst: der Walzer. Nehmen Sie Tanzhaltung ein, mein Kind.«

Magdalena ging über die weichen, teuren Teppiche, die über dem Eichenparkett des Gartensaals ausgelegt waren, zur Mitte des Raums, stellte sich dort auf und streckte die Arme so aus, als habe sie einen unsichtbaren Tanzpartner. Die Zeiss begann zu spielen. Es war der »Italienische Wal-zer«, ein Stück von Johann Strauss. Die Baronin spielte bei-nahe nur Strauss. Magdalena begann zu tanzen. »Vergessen Sie die Arme nicht«, korrigierte die Zeiss vom Klavier her schon nach ein paar Takten. »Und den Hals. Wie ein Schwan, denken Sie daran.«

Magdalena gab sich Mühe, aber schon nach ein paar Takten unterbrach die Zeiss wieder.

»Nun lächeln Sie doch, mein Kind. Seinen Tanzpartner muss man immer anlächeln, sonst wirkt man verkrampft.«

»Ich habe aber keinen Tanzpartner«, gab Magdalena zurück. »Ich tanze mit der Luft.«

Die Zeiss hob eine Augenbraue. »Das spielt keine Rolle.«

Sie spielte weiter, wechselte zu einem zweiten Musikstück. Dazu nickte sie Magdalena auffordernd zu. Die schloss die Augen. Sie sah nicht mehr die Baronin, nicht mehr den Saal, nicht mehr die regengraue Insel durch die Fenster. Sie tanzte. Ihre Füße flogen über den Boden des Gartensaals, und währenddessen träumte sie sich weit fort. In Gedanken war sie wieder auf einem Ball in München, mit ihren Cousinen Ida und Bertha. Sie erinnerte sich an den schönsten, den sie zusammen besucht hatten, ein halbes Jahr bevor sie aus München weggebracht wurde. Es war der Winterball im Palais Seyssel d'Aix in der Maxvorstadt gewesen. Ein wunderschöner Ballsaal, in der Luft das Parfumgemisch der Damen, Stimmengewirr, die Musik der Tanzkapelle, die unermüdlich gespielt hatte – der Ball der Bälle in der Münchner Wintersaison, und die ganze gute Gesellschaft war da. Auf der Tanzfläche drehten sich die Paare. Richtige Paare, Menschen aus Fleisch und Blut, die sich in die Augen sahen, manche desinteressiert, aber manche auch mit diesem gewissen Funken, den man selbst als Beobachter spüren konnte. Auch Magdalena hatte viel getanzt an diesem Abend. Ihr Partner war für die meisten Tänze ein junger Offizier gewesen, der sich als Wolfgang von Koch vorgestellt hatte. Er hatte eine schneidige Uniform getragen, und sie war stolz gewesen, als er sie zur Tanzfläche führte. Er war zwar kein Mann, mit dem es Funken gegeben hatte, aber trotzdem war es aufregend gewesen, den Abend über mit ihm zu tanzen. In den Pausen hatte Magdalena mit roten Wangen Winterbowle getrunken und mit den Cousinen flüsternd die Köpfe zusammengesteckt. Es war ein herrlicher

Abend gewesen. Sehr spät und noch ganz berauscht von dem Ball hatte sie sich mit ihren Cousinen dann von der Maxvorstadt aus auf den Heimweg gemacht durch die kalte Münchner Winternacht und sich schon auf die nächste Ballsaison gefreut. Sie war jung, sie würde noch auf vielen Bällen tanzen. Aber stattdessen war sie hier auf dieser einsamen Insel und tanzte mit der Luft.

Sie schlug die Augen wieder auf. Draußen regnete es noch immer. Magdalena blieb stehen. Sie wollte nicht mehr tanzen.

»Was ist?«, fragte die Zeiss vom Klavier her ärgerlich. »Ich spiele noch, warum tanzen Sie nicht mehr?«

»Weil es albern ist.« Magdalenas Herz klopfte, aber sie reckte trotzig das Kinn.

»Wie bitte?« Die Klaviermusik brach ab. Die Zeiss stand auf, eine wütende Krähe.

»Ja, es ist albern«, rief Magdalena. »Mit wem soll ich denn jemals tanzen? Wo sind die Männer, die mich hier auf einen Ball ausführen könnten? Ich werde niemals mehr mit jemandem tanzen, ich werde niemals heiraten. Ich sitze hier auf dieser –«, Magdalena legte all ihre Wut in dieses Wort, »verdammten Insel fest.« Die Zeiss schnappte nach Luft. »Und verpasse das Leben.«

Damit stürmte Magdalena aus dem Raum.

## Starnberger See, Bayern, Gegenwart

Liv dachte vor dem Einschlafen über Männer nach. Wann hatte sie zum letzten Mal ein Mann so zum Lachen gebracht wie Johannes? Sie wusste es nicht. Dabei war er gar nicht ihr Typ – überhaupt nicht. Sie fand ihn zu blond, zu jung, zu bayrisch ... nein, er war so gar nicht der Mann, den sie sich vorstellte.

»Du verliebst dich aber auch immer in dieselben«, hatte ihre Freundin Nina einmal gesagt. »Jedes Mal Knall auf Fall und Hals über Kopf in denselben Typen: dunkelhaarig, ein bisschen älter, sehr männlich, sehr selbstbewusst – und am Ende meistens ein Arsch.«

»Ach Quatsch!« Liv hatte sich gerade vor dem Spiegel die Lippen nachgezogen, sie waren auf dem Weg zum Geburtstag einer gemeinsamen Freundin. »Das stimmt doch überhaupt nicht.«

»Gut«, hatte Nina gegrinst, »lass uns doch die Kerle einmal durchgehen. Angefangen mit Florian.«

Liv hatte den Lippenstift zugeschraubt und lachend den

Kopf geschüttelt. »Es ist definitiv ein Nachteil, dass wir uns schon so lange kennen.«

Florian war ihr erster Freund gewesen, noch in der Schule, und sie war hingerissen gewesen, wie er morgens mit Lederjacke auf seinem Mofa zur Schule gekommen war und immer so unglaublich lässig wirkte. Viele Mädchen schwärmten für ihn, aber Liv war schließlich seine Freundin geworden – zumindest sechs Wochen lang, bis er sie für eine Klassenkameradin verlassen hatte und sie sich in ihrem allerersten Liebeskummer vergrub. Das nächste Mal verliebte sie sich Hals über Kopf in Björn – aber auch daraus wurde nichts. Direkt nach dem Abitur trennten sie sich.

»Oh Gott, Simon!«, hatte Nina gerufen, »der war, glaube ich, der Mieseste.«

Simon hatte wie sie beide Medizin studiert und war tatsächlich dunkelhaarig, ein paar Jahre älter, sehr selbstbewusst und einer der Besten in ihrem Jahrgang. Liv war sofort hin und weg gewesen. »Er war doch wirklich nett.«

»Liv, er hat dich betrogen.« Nina rollte die Augen.

»Okay, aber die zwei Jahre davor waren schön.«

Ihre Freundin lachte. »Ach Liv ... gib es schon zu – du hast einfach ein miserables Händchen für Männer. Du verliebst dich auf den ersten Blick in einen und bist dir ganz sicher, dass es der Richtige ist, und am Ende wirst du enttäuscht. Am schlimmsten war es bei Christoph.«

Livs Gedanken wanderten zu dem Tag, an dem sie Doktor Christoph Schwarz zum ersten Mal getroffen hatte. Es war ihr erster Arbeitstag an der Charité gewesen. Sie war aufgeregt und viel zu früh dran gewesen. Die Charité, das alt-ehrwürdige, berühmte Krankenhaus im Herzen von Berlin, mit seinem riesigen Klinikkomplex und den alten, hübschen Backsteingebäuden, hatte sie nach dem Studium wie magisch angezogen. Sie hatte sich beworben und tatsächlich eine Assistenzarztstelle in der Notaufnahme bekommen. An diesem ersten Tag stand sie einen Moment noch vor dem Eingang, betrachtete den Schriftzug über der Tür, die vielen erleuchteten Fenster, hinter denen Ärzte in weißen Kitteln gingen, hinter denen Patienten in ihren Betten lagen und von Krankenschwestern versorgt wurden, und fühlte sich glücklich. Nun war sie auch eine Ärztin, konnte anderen helfen – ihr Traum war wahr geworden. Sie konnte es kaum erwarten. Also holte sie tief Luft, und dann ging sie durch die automatisch aufschwingende Tür.

Die Aufregung war umsonst gewesen, das merkte sie schnell. Die Kollegen, die sie in den ersten Stunden kennenlernte, waren nett, und den ersten Patienten, um die sie sich kümmerte, war leicht zu helfen. Sie nähte eine Platzwunde eines kleinen Jungen, der beim Spielen hingefallen war, röntgte einen gebrochenen Finger und verband einen gestauchten Knöchel. In der Mittagspause gab sie einen kleinen Einstand im Schwesternzimmer, lernte ein paar weitere Kollegen kennen, und dann hörte sie seinen Namen zum ersten Mal. »Hat jemand Christoph gesehen?«, fragte eine der Krankenschwestern.

»Nein. Aber er sollte bald mal kommen. Er hat … nun ja, ihr wisst schon.« Die Schwester zwinkerte verschwörerisch.

»Wer ist Christoph?«, hatte Liv gefragt.

»Doktor Christoph Schwarz ist unser Oberarzt.« Die Schwester klang, als könnte sie es kaum glauben, dass Liv den Namen nicht kannte. »Der jüngste übrigens in der ganzen Charité. Ein Genie.«

»Ein Halbgott in Weiß«, fügte eine andere Kollegin grinsend hinzu. »Du wirst schon sehen.«

Liv hatte bei ihrem Termin im Stationsbüro, bei dem sie ihren Arbeitsvertrag unterschrieben hatte, nur den ältlichen Chefarzt kennengelernt. »Mein Oberarzt rennt auch irgendwo herum, aber den werden Sie schon noch kennenlernen«, hatte er gesagt und ihr die Hand gedrückt. Damals hatte sie sich nichts dabei gedacht, aber jetzt war sie wirklich gespannt.

»Sorry – ich bin zu spät.« In diesem Moment stand der attraktivste Mann in der Tür des Schwesternzimmers, den Liv je gesehen hatte. Er war groß, schlank, sportlich, dunkelhaarig mit Dreitagebart und einer umwerfenden Ausstrahlung. In der Hand hielt er einen Blumenstrauß. »Also, wo ist denn die Neue? Liv – irgendwas?«

In diesem Moment fiel sein Blick auf Liv. »Aha. Ich denke, ich weiß es.« Er streckte ihr die Hand hin und schüttelte sie. »Ich bin Christoph – willkommen im Team.« Er reichte ihr die Blumen. »So, und jetzt muss ich schon wieder los, die Notfälle warten ja nicht. Liv, wir haben bestimmt bald Zeit, uns besser kennenzulernen.« Er war aus dem Raum geeilt; die Blicke aller weiblichen Kolleginnen waren ihm gefolgt.

»Tja, das ist er«, seufzte eine der anderen jungen Ärztinnen, »der McDreamy der Charité, und wir haben ihn – ist das nicht ein Glück?«

Am Abend hatte Liv ihrer Freundin Nina am Telefon von ihrem ersten Tag erzählt. Natürlich hatte sie auch von Christoph berichtet.

»Und er ist wirklich so jung und hübsch?« Nina hatte gelacht. »Na, dann weiß ich schon, wie das ausgeht. Die Assistenzärztin und der Oberarzt, wie im Film.«

»Quatsch«, versuchte Liv abzuwiegeln. »Ich muss doch dort erst einmal richtig anfangen.«

»Ach Liv, du bist doch schon jetzt verliebt, ich höre dir das an der Stimme an.« Leider hatte sie recht. Liv war rettungslos und auf den ersten Blick verknallt.


Die Arbeit im Krankenhaus machte ihr großen Spaß, und die ersten Wochen in der Charité flogen nur so dahin. Liv mochte den Umgang mit den Patienten, die kurzen Kaffeepausen mit den Kollegen, und sie liebte es, dass sie jeden Tag etwas dazulernte. Und dann war da noch Christoph. Er brachte sie vollkommen aus dem Konzept. Immer wieder liefen sie sich über den Weg, hatten ein kurzes Gespräch auf dem Flur, er machte einen Witz oder zwinkerte ihr nur einfach zu. Und er brachte sie damit vollkommen aus dem Konzept. So schlimm hat es mich noch nie erwischt, dachte sie.

Schließlich las sie seinen Namen auf dem Schichtplan neben ihrem. Ein paar Kollegen waren krank und fielen aus, also sprang der Oberarzt mit ein. In Livs Bauch flatterten Schmetterlinge – vielleicht würden sie jetzt einmal mehr Zeit miteinander haben. Aber ihre Nervosität war völlig umsonst; die Schicht quoll geradezu über vor Patienten, sie hatten alle Hände voll zu tun und kamen kaum einmal dazu, ein paar Worte zu wechseln. Etwas enttäuscht, verabschiedete sich Liv am Ende. »Tschüs, Christoph, ich gehe dann.«

Er stand auf. »Moment, wo willst du denn hin?«

»Nach Hause natürlich«, sie deutete auf die Uhr. »Es ist fast fünf Uhr früh.«

Er lächelte sie mit seinem umwerfenden Lächeln an. »Schade, ich dachte, du hättest vielleicht noch Zeit für einen Kaffee.«

Livs Herz schlug schneller. »Na ja«, sagte sie gedehnt, »für einen Kaffee kann ich vielleicht noch bleiben.«

Wenig später saßen sie in der Mitarbeitercafeteria in einem der obersten Stockwerke und sahen auf das Lichtermeer des nächtlichen Berlins. »Hier liegt einem die ganze Stadt zu Füßen«, sagte Christoph und schob ihr einen Kaffeebecher sowie einen Kuchenteller zu. »Findest du nicht?«

»Doch, es ist wunderschön.«

Er lächelte. »Das haben Berlin und du gemeinsam.«

Liv spürte, wie sie rot wurde. Um nicht antworten zu müssen, steckte sie sich eine Gabel voll Kuchen in den Mund. Er schmeckte klebrig und künstlich.

»Okay, Folgendes«, Christoph beugte sich vor, »ich finde, wir sollten ausgehen. Freitagabend, was sagst du?«

Sie hatte den Mund noch voll, so konnte sie nur nicken. Es war unglaublich – das ist es, Liv, dachte sie, ganz bestimmt ist das der Richtige. So hast du ihn dir immer vorgestellt.

»Gut.« Wieder dieses Filmstarlächeln. »Ich hole dich ab, sieben Uhr. Mach dich schick.«

»Moment!« Endlich hatte sie den Kuchenbissen heruntergeschluckt, »du weißt doch gar nicht, wo ich wohne.«

Er zwinkerte. »Personalakte, Baby.«

Den ganzen Donnerstagabend hatte sie damit verbracht, mit Nina zusammen das beste Outfit für Christoph herauszusuchen.

»Und er hat dich einfach eingeladen?«, fragte die und nahm einen Schluck von ihrem Weißwein.

»Ja.«

»Wahnsinn – wie im Film.«

Liv hatte sich im Spiegel angesehen, sie trug ein rotes Cocktailkleid, das Nina ihr mitgebracht hatte. »Ich glaube, das ist es«, sagte sie.

»Gut.« Nina nickte. »Solche Männer wie Christoph muss man ein bisschen beeindrucken. So wie du ihn beschreibst, ist er es gewohnt, dass ihm alles in den Schoß fällt.« Sie trank ihr Glas aus. »Wahrscheinlich solltest du auch hohe Schuhe tragen.«

Auf den höchsten Absätzen, die sie besaß, war Liv an diesem Freitagabend um sieben in Christophs Auto gestiegen, und er hatte sie in ein teures, schickes Restaurant ausgeführt.

»Das rote Kleid steht dir gut«, hatte er gesagt, nachdem sie bestellt hatten. »Auf dich. Und auf mich – ich habe nämlich dafür plädiert, dass wir dich einstellen.«

»Ach wirklich?«

»Ja. Du hast mir schon auf deinem Bewerbungsfoto gefallen. Und wenn man es sich schon aussuchen kann ...« Er grinste und lehnte sich zurück. »Sagen Sie doch mal, Fräulein Dahl ... was sind deine Ziele? Du willst ja nicht für immer Assistenzärztin bleiben, nehme ich an?«

»Ich weiß nicht.« Liv nippte an dem teuren Rotwein, den er bestellt hatte. Sie hatte ihm nicht sagen wollen, dass sie keinen Rotwein mochte. »Ich will einfach eine gute Ärztin sein. Menschen retten, wirklich etwas tun können, verstehst du?«

»Süß.« Er hatte gegrinst.

»Was sind denn deine Ziele?«

»New York, das ist mein nächstes Ziel. Das Sacred Heart Hospital. Ich war schon immer ehrgeizig, ich will nach oben.« Christoph prostete ihr zu. »Auf die Zukunft.«

Nach dem Essen hatte er sie auf die hell erleuchtete Museumsinsel geführt, wo eine Kutsche auf sie gewartet hatte. »Tja, hast du gedacht, ich mache normale Dates?«, hatte er sie gefragt, als sie ihn ungläubig angesehen hatte.

Während sie mit der Kutsche durch das nächtliche Berlin gefahren waren, hatte er sie geküsst. Liv wusste gar nicht, wie ihr geschah – es war wirklich wie im Film.

Eine Zeit lang war alles perfekt gewesen. Mit Christoph war jedes Date wie ein Rausch. Mal führte er sie in die Oper aus, mal organisierte er einen Helikopterflug über Berlin, mal überraschte er sie mit einem Wochenendtrip nach Paris. Es war alles so bombastisch, so perfekt, so atemberaubend mit ihm, und er war so selbstbewusst und charmant, dass Liv kaum bemerkte, dass er eines nie tat – er redete nie wirklich über wichtige Dinge mit ihr. Es war oberflächlich mit ihm, tatsächlich wie ein Hollywoodfilm. Darum waren sie gescheitert, denn seit drei Monaten hätte sie jemanden gebraucht, der über wirklich wichtige, tiefe Dinge mit ihr reden würde, der sich ihre Ängste anhörte, der ihre Gefühle ernst nahm. Christoph war dafür nicht geschaffen. Er war genervt. »Liv, was soll denn dieses ständige Kreisen um diesen einen Abend. Das ist doch albern. Das Leben geht weiter, mach einen Haken dahinter«, hatte er zum Beispiel gesagt. Oder: »Du bist so ein Trauerkloß, du verdirbst den schönen Abend.« Oder er verdrehte einfach nur die Augen. Er nahm sie nicht ernst, er gab ihr keinen Ratschlag, abgesehen davon, es einfach zu vergessen.

Irgendwann, es war im August gewesen, hatten sie bei Christophs Lieblingsitaliener gesessen und gegessen – wobei Liv eher in ihrem Essen herumstocherte.

»Ist etwas mit der Pasta?«, hatte er gefragt.

»Nein, aber ich habe keinen Appetit.«

Da war er in die Luft gegangen. »Großer Gott, Liv, du kannst einem wirklich auf die Nerven gehen! Es macht keinen Spaß mehr mit dir, das muss ich schon sagen.«

»Spaß? Geht es denn nur darum, Spaß zu haben?« Sie hatte ihre Gabel endgültig beiseitegelegt.

»Natürlich. Ich arbeite hart, da darf ich doch außerhalb der Klinik einfach ein bisschen Spaß haben wollen und keine Trauermiene anschauen und Probleme wälzen.«

Sie war aufgestanden.

»Wo gehst du hin?«

»Ich denke, es hat keinen Sinn mehr.« Sie hatte in ihre Tasche gegriffen, ihr Portemonnaie hervorgezogen und ausreichend Geld auf den Tisch gelegt. Plötzlich hatte sie einen Widerwillen, von ihm eingeladen zu werden. »Du warst doch dabei, Christoph. Wie kannst du es dann nicht verstehen?«

Sie war gegangen. Er hatte sie nicht aufgehalten.

Nina hatte recht, sie hatte sich wirklich bisher immer in die Falschen verliebt.

Liv drehte sich seufzend auf die Seite. Sie wollte nicht mehr darüber nachdenken.

## Starnberger See, Bayern, 1889

Ende November fiel der erste Schnee auf die Insel. Er kam an einem Nachmittag und bedeckte bald die Rosen, die Wege und die kahl gewordenen Bäume gleichmäßig mit einer dicken, kalten, blendend weißen Schicht, die alle Geräusche schluckte. Magdalena saß auf dem Kanapee im Gartensaal neben dem prasselnden Kaminfeuer und sah durch das Fenster den dicken Flocken zu, die auf den Rosengarten schwebten und Sepps Lieblinge immer mehr mit kleinen Schneehäubchen versahen. Auf dem niedrigen Tisch mit den geschwungenen Beinen stand eine dampfende Tasse Kaffee. Elisabeth hatte sie gerade serviert. Im Haus war es völlig still. Die Zeiss war auf ihrem Zimmer, um Briefe zu schreiben. Sepp war in seiner Gärtnerkammer, Elisabeth drüben in der Küche beschäftigt. Nur die Liebesvögel, deren Käfig wegen der Kälte inzwischen im Gartensaal hing, zwitscherten ab und zu leise.

Magdalena beobachtete, wie die Flocken auf die Veranda schwebten und von einem aufkommenden Wind gegen die Fensterscheiben getrieben wurden. Erst als im Kamin ein Holzscheit laut knackte, riss sie sich aus ihren Gedanken und wandte sich wieder wenig begeistert dem Buch zu, das sie auf dem Schoß hielt. Bei der letzten Bücherbestellung, die die Zeiss in München aufgegeben hatte, hatte Magdalena versucht, sie zu ein paar Karl-May-Bänden oder wenigstens einer Ausgabe von »Die drei Musketiere« zu überreden. Solche Abenteuerbücher hatte sie sich in München gerne von Toni ausgeliehen und sie verschlungen, sich damit in fremde Länder und in spannende Geschichten geträumt. In der Prannerstraße hatte sich daran keiner gestört. Die Zeiss dagegen hatte sofort abgewehrt. »Das kann doch unmöglich Ihr Ernst sein, mein Kind«, hatte sie gesagt. »Vertrauen Sie mir, ich habe schon die richtigen Bücher für Sie ausgewählt. Passend und zu Herzen gehend.«

Auf Magdalenas Schoß lag darum nun ein betulicher Familienroman, in dem es um eine anständige und vernünftige Familie ging, die bescheiden war und beinahe gar nichts erlebte. Magdalena blätterte sich durch die Seiten, ohne wirklich zu lesen. Seit das Wetter so kalt geworden war, saß sie hier im Haus fest. Die Zeiss hatte die täglichen Spaziergänge gestrichen. Magdalena seufzte. Nachdem sie ein paar weitere Seiten umgeblättert hatte, ohne auch nur ein Wort tatsächlich wahrgenommen zu haben, klappte sie das Buch endlich zu. Sie legte es auf den Beistelltisch und schob es darauf zur am weitesten von ihr entfernten Ecke, bis es beinahe zu Boden fiel. Am liebsten hätte sie es in das Kaminfeuer geworfen, wo es ihrer Meinung nach hingehörte. Aber sie trank nur ihren Kaffee aus, während es draußen langsam dunkel wurde. Die Uhr über dem Kamin schlug fünf.

Die geruhsamen Wintertage auf der Insel fanden bald darauf, es war Anfang Dezember, ein Ende, an einem besonders kalten, klaren Tag. Über Nacht hatten sich Eisblumen an den Fenstern gebildet, das Gras auf den Wiesen glitzerte starr und gefroren, auf dem See waren kaum noch Fischer unterwegs, und der Raddampfer hatte schon vor Wochen seine Fahrten eingestellt. Elisabeth hatte alle Hände voll zu tun, beständig das Holz in die Villa zu schleppen, das Sepp in säuberliche Scheite gehackt und an der Wand des Gärtnerhauses aufgestapelt hatte, damit es immer neues Futter für die unersättlichen Öfen der Villa gab. In der Küche im Gärtnerhaus kochte das Dienstmädchen außerdem literweise Kaffee und Tee für die Baronin und Magdalena, und zu jedem Essen musste es auf Anweisung der Zeiss unbedingt eine heiße Suppe geben. Wie immer im Winter wurden die Vorräte eintöniger; immer nur Mehlspeisen, Fleisch, Kartoffeln oder Eingemachtes. Elisabeth tat, was sie konnte, um den Speiseplan abwechslungsreich zu halten, aber über kurz oder lang gingen auch ihr die Möglichkeiten aus.

An diesem eisigen Tag kam schließlich der Brief. Barthel, der Postschiffer, war trotz der Kälte hinüber zur Insel gefahren, eingehüllt in einen schäbigen alten Wollmantel und mit einem Schnurrbart, in dem die Feuchtigkeit des Atems zu Eistropfen gefroren war. Magdalena hatte mit der Baronin zum Steg hinuntergehen dürfen, denn seit Schnee und Eis lag, ging die Zeiss nicht mehr ohne einen stützenden Arm nach draußen, an dem sie sich festhalten konnte. »Eine Großtante ist einmal bei solchem Eis gestürzt und hatte eine gebrochene Hüfte«, erwähnte sie beinahe täglich, »schrecklich. So etwas möchte ich mir weiß Gott ersparen.«

An diesem Tag war sie also, an Magdalenas Arm gekrallt, hinunter zum Bootssteg gekommen, um Barthel in Empfang zu nehmen. Der verzog, sobald er die Baronin sah, seinen Mund unter dem vereisten Schnurrbart zu einem glücklichen Lächeln. Es war ihm anzusehen, dass er heute etwas Besonderes dabeihatte.

»Barthel, was gibt es?«, fragte Magdalena neugierig. Sein Lächeln wurde noch ein wenig breiter. Mit feierlicher Geste zog er aus seiner Posttasche einen großformatigen Brief aus cremefarbenem dickem Papier und mit blutrotem Siegel. »Post aus München, wirklich und richtig von seiner Königlichen Hoheit, dem Prinzregenten.«

Offensichtlich konnte er es kaum fassen, einen Brief in der Hand zu halten, der auch schon durch die Hände des Prinzregenten gegangen war. Er verbeugte sich tief und überreichte ihn der Baronin, wobei er den Umschlag hielt, als handle es sich um eine zerbrechliche Kostbarkeit.

Die Baronin vergaß auf der Stelle, dass sie sich vor dem vereisten Bootssteg unter ihren Füßen fürchtete, und machte sich aufgeregt von Magdalena los. »Schauen Sie nur, Magdalena!« Ihre Stimme wurde vor Begeisterung beinahe mädchenhaft. »Seine Königliche Hoheit hat uns geschrieben. Ist das nicht wunderbar?«

Sie sah ehrfürchtig auf das blutrote Siegel mit dem bayrischen Wappen, und ihre Finger in den feinen schwarzen Glacéhandschuhen zitterten sichtlich, als sie schließlich noch auf dem Steg das Papier entfaltete. Darin stand nicht viel geschrieben, nur ein paar Sätze in einer etwas unleserlichen, steilen Schrift. Die Baronin las, dann sah sie mit aufgeregt geröteten Wangen auf. »Herrliche Neuigkeiten, mein Kind!«, stieß sie hervor. »Stellen Sie sich vor, er kommt uns besuchen! Bald schon – das ist unglaublich. Eine so große Ehre ...«

Magdalena fühlte, wie ihr Herz schneller schlug. Luitpold wollte sie sehen? Was hatte das zu bedeuten?

»Wann?«, fragte sie schnell. »Wann kommt er, Frau Baronin?«

»Noch vor Weihnachten. Am Siebzehnten nachmittags, sehen Sie – hier steht es.« Sie tippte auf die betreffende Zeile. »Ach herrje, das ist nicht mehr viel Zeit. Wir müssen ihm einen schönen Empfang bereiten, würdig – da ist natürlich sehr viel zu tun.«

Magdalena schwieg. Luitpold, der Mann mit den Wolfsaugen, würde kommen. Der Mann, der sie hier eingesperrt hatte. Sie sah hinauf zu den kahlen Bäumen am Ufer, auf denen die Raben saßen. Ihr war kalt.

Mit diesem Brief begann Elisabeths Martyrium. Sie hatte von nun an keine ruhige Minute mehr. Den ganzen Tag hielt die Zeiss sie auf Trab, immerhin war die Villa für den hohen Gast herzurichten. Den höchsten Mann im bayrischen Königreich, wie die Baronin einige Male bemerkte. »Nein«, widersprach Magdalena einmal, als sie es nicht mehr hören konnte, »das ist mein Vater. Er ist der König.« Sie hatte eigentlich erwartet, dass die Zeiss wütend werden würde, aber sie stutzte nur, schüttelte den Kopf und gab Elisabeth dann eine neue Liste an Aufgaben. Es war, als hätte in den Gedanken der Zeiss gar nichts anderes mehr Platz als dieser bevorstehende Besuch. Alles musste makellos sauber und vorzeigbar sein, glänzen und blitzen. Unter den strengen Augen der Zeiss bohnerte Elisabeth stundenlang auf Knien das Parkett, bis es aussah wie neu und ihre Knie rot gescheuert waren. Danach inspizierte die Baronin eingehend das Ergebnis. »Ich glaube, die Dielen im Festsaal brauchen eine weitere Schicht«, sagte sie schließlich. »Dies ist der Saal, in dem wir mit seiner Königlichen Hoheit speisen werden – der wichtigste Saal, verstehst du, Elisabeth?«

Dem Dienstmädchen war der Schrecken anzusehen. Noch einmal mühsam durch den ganzen großen Saal auf den Knien rutschen, Zentimeter für Zentimeter mit dem stark riechenden Bohnerwachs überziehend – das wollte sie auf keinen Fall.

»Wir haben kaum noch Bohnerwachs«, gab sie schnell zu bedenken. Aber die Baronin machte nur eine wegwerfende Handbewegung. »Keine Sorge, ich habe gestern bereits neues bestellt.« Und tatsächlich brachte Barthel zu Elisabeths Entsetzen zwei Tage später mehrere große Dosen mit.

Je näher der siebzehnte Dezember rückte, desto mehr schien die Zeiss geradezu besessen davon zu sein. Ständig redete sie über Luitpold, und immer waren es Lobgesänge – Magdalena hatte bald die Nase voll davon. Tag für Tag saß die Baronin außerdem über der Speisenfolge für den hohen Besuch, änderte um, strich mal dieses und mal jenes Gericht, zerbrach sich den Kopf darüber, was dem Prinzregenten wohl schmecken könnte. Die Gerichte, die sie aufschrieb, wurden mit jedem Tag exotischer und komplizierter.

»Wie wäre es mit einer Benedictiner-Suppe?«, fragte sie drei Tage vor dem Besuch an einem düsteren Nachmittag mehr sich selbst als Magdalena. »Man könnte Hecht aus dem See dazu nehmen ...«

»Die Fischer sind bei dem Eis und Schnee kaum unterwegs, Frau Baronin.«

Die Zeiss starrte ärgerlich aus dem Fenster. »Da haben Sie recht, dieses erbärmliche Wetter. Es wird mir noch alles verderben.« Sie schüttelte den Kopf und strich die Benedictiner-Suppe wieder von der Liste. »Na schön, dann eben doch die Ochsenschwanzsuppe und als zweiten Gang Kalb in Aspik.« Murmelnd notierte sie beides. »Und als Nachspeise eine Charlotte – nein, lieber eine Buttercremetorte mit Rum. Es schmeckt Herren immer besser, wenn Rum dabei ist.«

Die Menüliste der Zeiss veränderte sich bis zum Besuchstag noch vier Mal, und Elisabeth kochte und backte schließlich so viele verschiedene Gerichte, dass Sepp den Kopf schüttelte, als er am Tag vor dem Besuch einmal in die Küche spähte. »Wer soll denn das alles essen?«, murmelte er. »Will er den ganzen Münchner Hofstaat mitbringen?«

Elisabeth kicherte. Ihre gute Laune war inzwischen zurückgekehrt, seit ihre Knie nicht mehr schmerzten, und sie sang wieder, während sie Kalbfleisch einlegte und Biskuitböden backte und Barthels beständige Lieferungen durch den Schnee in Empfang nahm. Während Elisabeth zu ihrer guten Laune zurückgefunden hatte, wurde Magdalena immer stiller und angespannter. Auch sie dachte kaum noch an etwas anderes als daran, dass Luitpold kommen würde. Sie hatte die Zeiss gefragt, was der Besuch wohl zu bedeuten hatte, aber die hatte nur abgewunken. »Er will sich eben überzeugen, dass es Ihnen gut geht, mein Kind. Das ist doch sehr freundlich von ihm.« Aber Magdalena wurde das Gefühl nicht los, dass sich die Zeiss in Wirklichkeit selbst auch fragte, warum Luitpold mitten im Winter den Weg aus München auf sich nahm.

Magdalena blieb auch am Tag vor dem Besuch in ihre Gedanken versunken, während sie für die Zeiss all ihre Kleider anprobieren sollte, um zu entscheiden, welches für Luitpold das richtige wäre.

»Nein, auf keinen Fall das rote«, sagte die Zeiss gerade. »Das ist viel zu auffällig – nein, das geht nicht.«

Während Magdalena mit Elisabeths Hilfe aus dem roten Kleid wieder heraus- und in ein anderes hineinstieg, dachte sie an den Abend vor drei Jahren, an dem sie Luitpold in Tante Vronis halbdunkler Eingangshalle zum letzten Mal gesehen hatte. Sie erinnerte sich an seinen Geruch – Pfeifentabak und Pferd – an seinen grauen Bart, an die kühle Art, wie er sie gemustert hatte. Damals war sie ein Ärgernis für ihn gewesen, das war unverkennbar. Aber jetzt? Er war drei Jahre an der Macht, vielleicht hatte er seine Meinung endlich geändert. Vielleicht kam er, um sie nach Hause zu holen. Ich hoffe es von ganzem Herzen, dachte Magdalena, bitte, lieber Gott, mach, dass er mich nach Hause zurückholen will. Es wäre mein schönstes Weihnachtsgeschenk! Sie malte sich aus, wie sie an die große Pforte der Prannerstraße klopfen würde. Eines der Dienstmädchen – Maria vielleicht oder auch Line – würde ihr öffnen, und dann würden sie alle herbeistürzen: Tante Vroni, Ida, Bertha, Toni, der Onkel, einfach alle. Sie würden sie umarmen, und die alte dicke Köchin, die immer eine besondere Schwäche für Magdalena gehabt hatte, würde ihr eine heiße Schokolade kochen. Und dann würden sie zusammen so Weihnachten feiern wie früher – mit dem großen Weihnachtsbaum im Salon, flackernden Kerzen, Weihnachtsliedern, süß duftenden Lebkuchen und dem Würzbier, das die Brauerei des Onkels jedes Jahr immer nur an Weihnachten braute. Es gäbe Geschenke, Spiele, Besuche – in der Prannerstraße war Weihnachten immer bunt und laut ...

»Das grüne ist wohl das beste.« Die Stimme der Zeiss riss Magdalena aus ihren Tagträumen. »Grün ist elegant, aber bescheiden. Was meinen Sie?«

»Meinetwegen.« Magdalena kehrte nur widerwillig in die Gegenwart zurück. »Grün ist sicher schön.«

»Gut. Also dann dieses Seidenkleid und dazu die helle Pelzstola. Elisabeth, sorgen Sie dafür, dass morgen beides in bestem Zustand ist.« Die Zeiss dachte kurz nach. »Und für mich das schwarze Brokatkleid und den dazu passenden Mantel.«

In der Nacht vor dem Besuch schlief Magdalena schlecht. Auch die Baronin schien nicht ausgeruht, als sie sich am Morgen des siebzehnten Dezembers am Frühstückstisch ge-

genübersaßen. Magdalena hatte keinen Appetit und nippte nur an einer Tasse Tee.

»Mein Kind, Sie müssen etwas essen.«

»Ich bin nicht hungrig, Frau von Zeiss.«

»Unsinn, das ist nur die Aufregung. Elisabeth, bringen Sie dem Fräulein einen Haferbrei.«

»Nein, danke.« Magdalena ließ sich nicht überreden und gab Elisabeth ihren unbenutzten Teller mit. »Wann genau wird mein Großonkel ankommen?«, fragte sie, als das Dienstmädchen den Raum verlassen hatte.

Sofort schoss die Augenbraue der Zeiss steil in die Höhe. »Sie sollen den Prinzregenten nicht so nennen«, zischte sie.

»Warum nicht? Er ist doch mein Großonkel.«

»Er mag es vom Blut her sein. Aber das Blut zählt nicht viel, wenn das Recht nicht dazukommmt. Der Prinzregent ist für Sie wie für uns alle Seine Königliche Hoheit.« Sie schüttelte unwirsch den Kopf. »Trinken Sie Ihren Tee.«

In diesem Moment kam Elisabeth wieder mit einer geblümten Teekanne in den Raum, Magdalena konnte nicht mehr antworten. Die Zeiss richtete sich straff auf. »Seine Königliche Hoheit kommt um die Mittagszeit«, sagte sie laut.

Luitpold verspätete sich. Die Mittagszeit war schon in den fahlen Dezembernachmittag hinübergeglitten, als immer noch keine Spur von einem königlichen Schiff auf dem See zu sehen war. Magdalena beobachtete mit verstohlener Genugtuung, wie die Zeiss mit jeder Minute, die verstrich, nervöser wurde. Es war natürlich viel zu kalt, um draußen so lange auf den hohen Besuch zu warten, also saßen sie beide im Festsaal im oberen Stock, wo die lange Tafel schon eingedeckt war und die Kronleuchter brannten. Seit Stunden flackerte außerdem der Kamin, inzwischen war es im Raum angenehm warm. Alles sah festlich und bereit aus; Elisabeth hatte ganze Arbeit geleistet. Die Zeiss stand an einem der Fenster, von dem aus man den See überblicken konnte. Schneeschwere Wolken lagen über der Landschaft; die Berge im Hintergrund waren kaum mehr auszumachen.

»Von hier aus werden wir das Schiff rechtzeitig sehen«, sagte die Zeiss nun schon zum wiederholten Mal. »Dann haben wir noch genug Zeit, uns am Steg aufzustellen. Er wird es sicher verstehen, dass wir nicht dort warten konnten bei dieser Kälte.« Aber die Unsicherheit war ihr anzumerken. Magdalena hatte die Zeiss noch nie so erlebt. Normalerweise war sie unerschütterlich in ihrem Selbstbewusstsein und der Überzeugung, alles richtig zu machen. Amüsiert beobachtete Magdalena nun ihre Gesellschaftsdame, die mit ihren starren dürren Schultern im schwarzen Brokatkleid und mit ihrer ewig korrekten Haltung am Fenster stand und angespannt auf den See sah. Sie steht unter Druck, dachte sie. Die Zeiss verehrte den Prinzregenten. Sie wollte unbedingt, dass er zufrieden mit ihr war. Und sie liebte diese Stelle, die sie wenigstens zu einer Randfigur von Luitpolds königlicher Welt machte. Dafür würde sie sicher alles tun, das war Magdalena plötzlich vollkommen klar.

»Ob ihm etwas zugestoßen ist?«, murmelte die Baronin in diesem Moment und bekreuzigte sich mit geübten Fingern. »In anderen Ländern gibt es schließlich auch immer wieder Attentate – warum also nicht in Bayern?!«

»Aber Frau Baronin, wer sollte denn ein Attentat auf Luitpold unternehmen?«

»Eine dumme Frage, mein Kind. Es gibt doch immer Subjekte, die die Ordnung stören wollen.« Die Zeiss wandte sich unwirsch zu ihr um. »Revolutionäre, Studenten, Gesindel – die Zeitungen sind voll davon.«

Magdalena grinste. »Ich glaube kaum, dass der Prinzregent ausgerechnet auf seiner Reise hierher von einem Studenten erschossen oder von einem wütenden Revolutionsmob erschlagen worden ist.«

»Über so etwas sollte man keine Scherze manchen. Man kann nie wissen.« Zur Erleichterung der Zeiss tauchte jedoch kurz darauf ein Schiff auf dem winterschwarzen Wasser des Sees auf. »Er kommt!« In ihrer Stimme schwangen Aufregung und Ehrfurcht mit. »Magdalena, sehen Sie sich das an – was für ein erhebender Anblick.«

Tatsächlich war das Schiff, das Kurs auf die Insel nahm, erkennbar teuer und modern. Es hob sich von den wenigen Nussschalen der Fischer ab, die an diesem eisigen Nachmittag auf dem See der Kälte trotzten. Die bayrische und die deutsche Flagge wehten am Bug des Schiffs. Einen Moment lang sah die Zeiss ihm noch entgegen, dann verfiel sie in Hektik. »Schnell!« Sie scheuchte Magdalena auf. »Worauf warten Sie – wir müssen hinunter zum Steg.« Als Magdalena nicht schnell genug nacheilte, rief sie noch einmal. »So beeilen Sie sich doch!«

Elisabeth sah ihnen am Fuß der Wendeltreppe entgegen.

Ihre Schürze war blütenweiß, das Häubchen saß perfekt auf ihrem strengen Dutt – sie sah aus wie das vollkommene Dienstmädchen. »Kommt er?«, fragte sie nur.

Die Zeiss musterte für einen Moment Elisabeths Erscheinung, nickte dann und griff prüfend nach ihren Händen. »So sauber, wie Dienstmädchenhände eben sein können«, murmelte sie zufrieden, »gut. Denk an alles, was ich dir gesagt habe, Elisabeth.«

Das Dienstmädchen knickste und nahm Aufstellung an der Tür, wo sie zuerst der Zeiss und dann Magdalena ihre Pelzumhänge um die Schultern legte. Dann öffnete sie die Tür. Viel Glück, sagte der Blick, den sie mit Magdalena wechselte. Magdalena erwiderte ihn. Vielleicht habe ich wirklich Glück, dachte sie, und für mich ist dieses Inselgefängnis nun bald Geschichte. Sie konnte nicht verhindern, dass ihr Herz aufgeregt schlug.

»Kommen Sie, was trödeln Sie denn so?« Die Baronin ging ungeduldig voran, den schmalen Weg zum Bootssteg hinab. Magdalena kam ihr nach. Noch nie hatte die Zeiss sich trotz des Schnees so schnell bewegt, stellte sie fest, und noch nie so große, undamenhafte Schritte gemacht. Die Luft war so kalt, dass sie in den Lungen wehtat, während sie schweigend hinunter zum Ufer gingen.

Als sie am Bootssteg ankamen, machte dort gerade ein pickeliger Schiffsjunge das Boot fest. Das dicke Tau, das er dazu benutzte, war steif vom Eis und seine Hände rot gefroren. Schließlich schaffte er es dennoch und klappte den Steg aus. Magdalena nahm ihre Aufstellung neben der Zeiss vor dem Bootssteg ein, mit geradem Rücken und sittsam übereinandergelegten Händen, so wie die Baronin es ihr in den letzten Tagen tausendmal eingebläut hatte. Ihr Mund war trocken, sie spürte, wie ihr Herz schlug. Und dann erschien Luitpold; stolz in aufrecht-militärischer Haltung und mit grauem Bart, der in den letzten drei Jahren noch ein wenig grauer geworden war. Er trug eine Uniform mit roten Aufschlägen und goldenen Abzeichen und strahlte Würde aus. Magdalena erstarrte.

Die Zeiss sank neben ihr in einen tiefen Knicks. »Knicksen Sie«, zischte sie Magdalena zu. »Nun knicksen Sie doch endlich, um Christi willen.« Magdalena sank widerwillig nieder. Von diesem Blickwinkel aus sah sie nur noch ihren eigenen Rocksaum und den der Zeiss sowie die Schuhe des Prinzregenten auf dem verschneiten Steg. Zunächst blieben die blank polierten schwarzen Stiefel vor der Baronin stehen. Offensichtlich bedeutete Luitpold ihr, sich wieder aufzurichten; Magdalena nahm die Bewegung wahr und hörte das Rascheln des schwarzen Brokats. »Meine gute Baronin Zeiss«, sagte er mit weichem bayrischen Akzent. »Es erfreut uns, Sie wohlauf zu sehen.«

»Mich erfreut es noch viel mehr, Eure Königliche Hoheit hier begrüßen zu dürfen«, erwiderte die Zeiss beflissen. »Willkommen auf der Roseninsel.«

Nun klang Luitpold amüsiert. »Aber, aber – es ist wohl eher meine Insel als Ihre, habe ich nicht recht, Baronin? Streng genommen sollte also eher ich Sie hier willkommen heißen.«

Magdalena hatte das Gefühl, das Entsetzen der Baronin

über seine belustigte Zurechtweisung beinahe körperlich spüren zu können. Die Zeiss stotterte schnell eine unterwürfige Antwort, aber die königlichen militärischen Stiefel waren schon weitergeschritten und blieben jetzt vor Magdalenas dunkelgrünem Seidenrock stehen.

»Grüß dich Gott, Mädchen«, sagte die tiefe Stimme. Eine trockene, überraschend warme Hand griff nach ihrer; das Zeichen, endlich wieder aus dem unbequemen Knicks aufstehen zu können. Sie tat es erleichtert. Im nächsten Augenblick begegnete ihr Blick dem aus den hellgrauen Wolfsaugen. Der Prinzregent musterte sie. »Du bist erwachsen geworden in den letzten drei Jahren«, stellte er fest. »Erwachsen und hübsch.«

»Danke, Hoheit«, murmelte Magdalena.

»Offensichtlich bekommt dir die Seeluft und die Ruhe gut.«

Sie antwortete nicht. Luitpolds Blick fiel auf ihre Hand, die er immer noch hielt. Es war die Hand mit dem schmalen goldenen Ring mit dem winzigen Rubin, den ihr Vater ihr als kleines Mädchen geschenkt hatte. Der Prinzregent starrte darauf; sein Blick verriet, dass er den Ring erkannt hatte. Erschrocken zog Magdalena ihre Hand zurück und verbarg sie tief in ihrem Pelzmuff. Sie senkte den Kopf. »Wir freuen uns sehr über Ihren Besuch und hoffen, Sie werden sich hier wohlfühlen und alles zu Ihrer Zufriedenheit finden.« Das war der eingeübte Satz, den ihr die Zeiss wieder und wieder vorgesagt hatte, und nun war sie froh darüber. Die grauen Augen hätten ihr sonst die Sprache verschlagen.

Luitpold parierte mit einer ähnlich nichtssagend-höflichen Antwort, aber sein misstrauischer Blick war geblieben. Zu ihrer Überraschung drehte er sich nun zum Schiff um, und auf seinen Wink hin tauchte auf dem Steg ein zweiter Mann auf. Er missfiel Magdalena auf Anhieb; eine hagere Gestalt mit grauschwarzem Bart und in schlichtem grauem Mantel. Sein Gesicht war von einer ernsten Klarheit, der Blick hinter runden Brillengläsern stechend wach.

»Meine liebe Frau von Zeiss, ich hoffe, Sie sind nicht allzu überrascht, wenn ich Ihnen sage, dass ich einen weiteren Gast mitgebracht habe«, verkündete Luitpold gut gelaunt. »Darf ich vorstellen – dies ist Doktor Hubert von Grashey.«

Der Mann kam über den Steg und begrüßte zuerst die Zeiss und dann Magdalena. Sie hatte das Gefühl, dass er sie ganz besonders eingehend musterte. Ich glaube, der hat in seinem ganzen Leben noch nie gelacht, schoss es ihr durch den Kopf.

»Es ist mir eine Freude, Doktor.« Die Baronin versuchte Haltung zu bewahren, doch Magdalena war sich sicher, dass sie gerade panisch überschlug, ob für den unangemeldeten Herrn von Grashey genug Kalb in Aspik übrig sein würde.

»Gut, nun denn …« Der Prinzregent sah zwischen der Baronin und seinem unbewegt wirkenden Freund hin und her. »Wollen wir mal ins Warme gehen. Es ist ja wirklich eisig heute.«

Die drei setzten sich in Bewegung, die Baronin in der Mitte, flankiert von den beiden Männern. Magdalena folgte mit ein paar Schritten Abstand. Sie musterte die dunklen Rücken der vor ihr Gehenden, vor allem die des unangekündigten Gastes. Sie hatte das unbestimmte Gefühl, dass er nichts Gutes bedeutete.

»Ich muss schon sagen, Frau Baronin«, Luitpold wischte sich zufrieden den Mund mit seiner Serviette ab, »das war wirklich ein ganz wunderbares Kalb. Besseres bekommt man sicher in ganz München nicht.«

Die Baronin wurde rot bei diesem Lob. »Vielen Dank, Eure Hoheit. Wir wissen natürlich, dass Ihr Feineres gewöhnt seid als einfaches Kalbfleisch, aber nun ja ... unser Mädchen hat sein Bestes getan.«

»Na dann, auf Ihr Mädchen!« Der Prinzregent griff gut gelaunt nach seinem Bierglas und prostete in die Runde. »Auf das gute Essen und ein gutes bayrisches Bier an diesem saukalten Tag.«

Herr von Grashey, dem die Zeiss eilig den Platz rechts neben Luitpold hatte eindecken lassen, prostete zurück, ohne eine Miene zu verziehen. Ohne auch nur einen Anflug eines Lächelns sagte er: »Die bayrische Kultur im Ganzen ist, so meine ich, die höchste in diesem Reich, das sich das Deutsche Kaiserreich nennt.«

Luitpold lachte dröhnend. »Nix Kaiserreich. Das will ich gar nicht hören. Bayern ist das, was uns am Herzen liegt – da haben Sie ganz recht, mein lieber Grashey, auch wenn ich es nicht so stocksteif ausdrücken würde wie Sie.«

Der Angesprochene nickte geschmeichelt. Er ist ein richtiger Bückling, dachte Magdalena, einer, der sicher alles sagt, solange er glaubt, dass es dem Prinzregenten gefällt.

»Soll ich das Dessert schon auftragen lassen?«, fragte die

Zeiss eifrig. »Es ist eine schlichte Buttercreme-Rum-Torte, von der ich hoffe, dass sie auch den Geschmack Eurer Königlichen Hoheit treffen wird.«

Noch eine, die Bücklinge machte. Die Zeiss würde wirklich alles für den Prinzregenten tun, dachte Magdalena, einfach alles.

»Wunderbar, das klingt doch prächtig«, polterte Luitpold unterdessen vergnügt. »Und einen schönen Kaffee dazu, wenn ich bitten darf.«

Die Zeiss gab Elisabeth einen unwirschen Wink. Das Mädchen, das die ganze Zeit abwartend am Ende der Tafel gestanden hatte, knickste und verschwand. Luitpold tauschte einen kurzen Blick und ein Nicken mit seinem Begleiter, das Magdalena nicht entging, ebenso wenig wie die leicht veränderte Tonlage des Prinzregenten, als er nun sagte: »Na, der Kaffee wird wohl noch ein bisschen dauern. Mein Arzt sagt, ich soll mir nach dem Essen die Beine vertreten. Sie leisten mir doch dabei Gesellschaft, nicht wahr, Frau Baronin? Es könnte unterhaltsam sein, mein eigenes Haus zu besichtigen – ich war schon lange nicht mehr hier.«

Resolut stand er auf und bot der Zeiss galant den Arm. Die Baronin wirkte kurz überrumpelt, nickte dann aber eifrig. »Natürlich.« Mit hektischen Flecken auf dem Hals nahm sie den angebotenen Arm. Man konnte ihr ansehen, wie erfreut sie über diese Vertraulichkeit war. Wahrscheinlich wird sie sich den Arm eine Woche nicht waschen, grinste Magdalena in sich hinein. Sie erhob sich ebenfalls.

»Oh nein, Mädchen«, Luitpold schüttelte den Kopf. »Du bleibst hier und unterhältst dich mit meinem lieben Doktor

Grashey. Du brauchst keine Angst zu haben, er wird dir nur ein paar Fragen stellen.«

Noch bevor Magdalena reagieren konnte, ging der Prinzregent eilig mit der Baronin im Schlepptau zur Tür hinaus. Sie sank auf ihren Stuhl zurück und schluckte. Der Mann mit dem ernsten Gesicht und den stechenden Augen sah sie unbewegt von seinem Platz aus an.

Stille war eingetreten. Magdalena konnte sogar die Uhr im unteren Stockwerk schlagen hören. Sie fühlte sich unwohl, allein mit diesem merkwürdigen Mann, der sie so unverhohlen musterte. In seinem Blick lag ein Interesse, wie man einen seltenen Käfer oder einen ungewöhnlich geformten Stein betrachtete. Eine ganze Weile saßen sie nur so da, dann räusperte sich der Doktor schließlich und stellte sein Glas beiseite, stand auf und knöpfte sich bedächtig das Jackett zu.

»Kommen Sie, Fräulein, wir wollen die Landschaft vom Fenster aus betrachten.« Magdalena zögerte. Die Art, wie er sie aufforderte, gefiel ihr nicht. Sie hatte etwas Lauerndes an sich. »Ich kenne die Landschaft, ich sehe sie jeden Tag«, erwiderte sie schnell. Ein merkwürdiges Lächeln huschte über das Gesicht des Mannes. »Nun, wenn Sie sie so gut kennen, dann können Sie sie mir sicher erläutern.« Er sah sie auffordernd an; nun war es keine Bitte mehr, das war ein Befehl. Magdalena starrte ihn an. Schließlich erhob sie sich steif und folgte ihm ans Fenster. Dort standen sie beide nebeneinander und sahen hinaus in die fahle, weite Winterlandschaft mit den Alpen im Hintergrund. Der Doktor stellte einige belanglose Fragen nach den Ortschaften am See und zu den Bergen. Magdalena antwortete einsilbig. Sie war sich sicher, dass er nicht wirklich mit ihr über Berge und Dörfer plaudern wollte.

»Sehr interessant«, sagte der Doktor schließlich. »Es ist hübsch hier.«

»Im Sommer ist es schöner.«

»Ja, der Winter kann sich dunkel auf die Seele legen«, stimmte er zu. Wieder dieser forschende Blick.

»Nun, Doktor Grashey«, sagte sie, um von sich abzulenken, »reisen Sie öfter mit dem Prinzregenten?«

Der Mann lächelte ein kühles Lächeln. »Oh, Sie verstehen falsch. Ich bin kein zufälliger Begleiter – im Gegenteil, ich selber habe diesen Besuch bei Seiner Hoheit angeregt.«

Magdalena runzelte die Stirn. »Warum?«

»Nun, ich denke, ich sollte mich wohl noch einmal vorstellen. Ich bin Doktor Grashey, und ich bin Psychiater. Mehr noch – ich bin Leiter der Münchner Irrenanstalt. Und ich habe die Ehre«, an dieser Stelle machte er eine angedeutete Verbeugung, »der behandelnde Psychiater Ihres verehrten Herrn Vaters zu sein.«

Magdalena starrte ihn an. Ihr wurde eiskalt. »Warum sind Sie hier, Doktor Grashey?«, wisperte sie. »Warum wollen Sie mich sehen?«

»Nun, wie gesagt, ich bin Psychiater. Ich darf behaupten, dass ich einer der fortschrittlichsten Irrenärzte auf deutschem Boden bin, vielleicht sogar auf europäischem. Und ich halte mich stets auf dem Stand der neuesten wissenschaftlichen Forschung.«

Magdalena verstand nicht, worauf er hinauswollte. Er bemerkte ihre Verwirrung.

»Lassen Sie mich erklären. Die Forschung ist mittlerweile zur Überzeugung gelangt, dass psychische Störungen vererbt werden. Gerade solche Störungen wie die Ihres Vaters treten in Familien gehäuft auf. Sie werden von Generation zu Generation weitergegeben, liegen den Kindern der Kranken praktisch im Blut, wenn Sie so wollen, Fräulein ...«

Magdalena unterbrach ihn. »Und Sie glauben, dass ich ...?«

»Nun ja, es ist doch eine recht interessante Theorie, nicht wahr? Und ich denke, sie ist richtig. Ich habe mich eingehend mit dem Fall Ihres Vaters beschäftigt, ebenso wie mit dem seines Bruders, unseres verstorbenen Königs. Und ich bin zu dem Schluss gekommen, dass es wohl bei beiden dieselbe Krankheit war, die ihren Geist so grausam trübte.«

»Welche Krankheit ist das?«

»Wir bezeichnen sie als Schizophrenie.« Der Psychiater lächelte freundlich. »Dabei manifestiert sich die Krankheit im zunehmenden Realitätsverlust. Der Kranke lebt nur noch körperlich in unserer Welt, geistig jedoch ist er in einer anderen verloren. Er hört Stimmen, sieht Dinge, die nicht da sind, fühlt sich verfolgt. Dies ist bei Ihrem Herrn Vater geschehen und bei König Ludwig wohl ebenfalls. Auch bei einigen anderen blutsverwandten Familienmitgliedern kann man Auffälligkeiten beobachten, so scheint also die These der Vererbung zu stimmen.«

Magdalena schluckte. Sie wandte sich wieder dem Fenster zu und sah in die verschneite, kalte Landschaft. Kalte Angst hatte sie ergriffen.

Doktor von Grashey räusperte sich. »Lassen Sie mich einige Fragen stellen. Fühlen Sie sich unglücklich?«

»Natürlich. Ich wurde hierhergebracht und muss weit weg von meiner Familie leben.«

»Hm. Und haben Sie manchmal das Gefühl, Sie hören Stimmen, die mit Ihnen schimpfen oder sie anklagen?«

Magdalena lachte auf. »Nur die der Zeiss. Die dafür andauernd.«

Er lachte nicht. »Wie ist es um Ihren Nachtschlaf bestellt?«

»Manchmal besser, manchmal schlechter.«

Er nickte, als hätte sie etwas Wichtiges gesagt.

»Sie glauben also wirklich, dass ich krank werde? Dass ich in diese andere Welt komme, in der mein Vater ist?«, fragte Magdalena.

»Ihre Chancen stehen in jedem Fall gut«, sagte er freundlich und höflich, als würde er über das Wetter plaudern. »Sie tragen das Blut Ihres Vaters in sich. Das habe ich auch dem Prinzregenten gesagt. Wenn ich recht habe, ist es nur eine Frage der Zeit. Bei Ihrem Vater haben sich die ersten Symptome gezeigt, als er nur wenig älter war als Sie. Wir müssen uns also darauf vorbereiten.«

»Was bedeutete das – vorbereiten?«

»Nun, ich habe mich mit dem Prinzregenten besprochen und ihm Empfehlungen gegeben. Sie bleiben auf der Insel unter der Betreuung der Baronin. Doch wenn sich die Krankheit tatsächlich beginnt zu zeigen, dann ist Ihnen ein

Zimmer in meiner Anstalt reserviert. Wir werden uns gut um Sie kümmern, keine Sorge. Der Prinzregent ist sehr fürsorglich, er will sie bestmöglich gepflegt wissen.«

»Gepflegt?« Magdalena wurde plötzlich zornig. Der Zorn löste ihre bleischwere Angst ab, die sie in den vergangenen paar Minuten gefühlt hatte. »Gefangen trifft es wohl besser. Mein Vater ist schon Ihr Gefangener, und ich soll es auch sein.«

»Oh, liebes Fräulein!« Der Psychiater blieb vollkommen ruhig. »Sie sollten sich nicht aufregen – wenn die Nerven zu sehr beansprucht werden, kann das den Krankheitsverlauf beschleunigen.« Er griff nach ihren Schultern. »Ruhig!«

Magdalena wand sich aus dem Griff. »Lassen Sie mich los!«, rief sie. »Lassen Sie mich!« Genau in diesem Moment öffnete sich die Tür, und der Prinzregent und die Baronin standen vor ihnen. Luitpold erfasste die Szene mit einem Blick. »Sie hatten recht, Doktor von Grashey«, sagte er. »Sie ist ja schon völlig hysterisch.« Dann wandte er sich der Baronin zu. »Wie besprochen, meine liebe Frau von Zeiss. Sie informieren mich umgehend und dringlich, sobald sich der Zustand Ihres Schützlings verschlechtert. Bayern kann sich nicht noch eine verrückte Wittelsbacherin leisten, auch wenn es nur eine halbe ist. Sonst kommen die Leute noch auf die Idee, dass ich vielleicht auch ...« Er machte eine eindeutige Bewegung vor dem Gesicht.

Die Zeiss knickste. »Sie können sich auf mich verlassen.«

Magdalena stand sprachlos da.

»So.« Luitpold klatschte in die Hände. »Nun wäre mir wirklich nach einem heißen Kaffee und einem guten Stück

Torte.« Während die anderen mit Appetit ihre Buttercreme-torte aßen, hatte Magdalena das Gefühl, ihr Magen sei voller Blei. München war noch nie weiter weg gewesen als jetzt.

## Starnberger See, Bayern, Gegenwart

Am nächsten Tag war das Wetter besonders schön. Die Sonne strahlte ungewöhnlich warm vom Himmel, und es fühlte sich an, als wäre es noch Sommer. Der perfekte Tag, um segeln zu gehen.

Liv frühstückte und kümmerte sich dann um die Gartenwege zwischen den Rosenbeeten, bis es Zeit war, sich zum Segeln bereit zu machen. Sie duschte und tauschte Gartenschürze und Handschuhe gegen eine Shorts und ein T-Shirt, packte eine Flasche Wasser, zwei Äpfel und eine Packung Butterkekse in ihren kleinen Rucksack und machte sich dann auf den Weg hinunter zum Bootssteg. Sie war ein wenig zu früh dran, aber das Wetter war so schön, und es gab sicher wieder genug Wassergänse, Enten und Haubentaucher zu beobachten, dachte sie. Während sie über die sonnendurchflutete Insel hinunter zum Bootssteg ging, spürte sie plötzlich ein freudiges Gefühl in der Magengrube. Sie hatte es schon eine lange Zeit nicht mehr gespürt.

Zu ihrer Überraschung war Johannes schon da. Er stand auf

einem kleinen Segelboot, das er gerade am Steg der Rosen-insel festmachte.

»Hey«, Liv hob grüßend die Hand, »du bist zu früh.«

»Genau wie du.« Er grinste.

»Stimmt«, sie musterte sein Boot skeptisch. »Bist du dir sicher, dass dieses Miniboot uns überhaupt beide tragen kann?«

Johannes sah sie mit gespielter Empörung an. »Zuerst: Das ist kein Boot, sondern eine Jolle.«

»Aha.«

»Und zweitens: Unterschätze *Susi* nicht. Sie würde sogar mit drei Leuten klarkommen. Zumindest wenn einer der drei ziemlich klein wäre.«

»Susi?«, fragte Liv lauernd.

Johannes deutete auf einen schwungvollen Schriftzug auf der Seite der Jolle. »Ich kann nichts dafür. Den Namen hat ihr der Vorbesitzer gegeben.« Er streckte die Hand aus, um ihr an Bord zu helfen. »Mir ist bisher nur noch kein besserer eingefallen.«

»Ich glaube, fast alles wäre besser als *Susi*.« Liv griff seine Hand und sprang an Bord. Für einen Moment standen sie so dicht nebeneinander, dass sie ihn riechen konnte. Er roch gut. Schnell wandte sie sich ab und verstaute ihren Rucksack. Dann klatschte sie in die Hände. »Okay, ich bin bereit. Fahren wir los?«

»Nicht so schnell. Zuerst einmal das richtige Outfit.« Johannes griff hinter sich und zog eine Kapitänsmütze hervor, die er ihr auf den Kopf setzte. »Wenn schon, denn schon.«

Liv grinste und tippte sich an die Mütze. »Woher hast du die denn?«

»Von meinem Kinderkurs. Deshalb ist sie auch ein bisschen klein.«

»Das geht schon. Also, was muss ich über das Segeln wissen? Tu einfach so, als wäre das ein Kurs, den du gibst.«

»Alles klar, wenn du willst.« Johannes erklärte die Teile des Segelboots, wie man es lenkte, wie man es anhalten konnte und worauf man bei der Windrichtung achten musste. Liv schwirrte bald der Kopf von den vielen neuen Begriffen.

»Okay, also«, sagte er schließlich, »wiederholen wir mal: Was ist Steuerbord und was ist Backbord?«

»Steuerbord ist rechts, Backbord links.«

»Sehr gut.«

»Aber warum kann man nicht einfach links und rechts sagen?«

»Ich weiß nicht – weil man sonst wie eine Landratte klingt?« Er lachte. »Gut, dann fahren wir los. Der Wind steht perfekt, das sollten wir uns nicht entgehen lassen.«

Er machte die *Susi* los, und kurz darauf glitt die weiße Jolle schon über das Wasser.

»Willst du ans Steuer?«, fragte er.

»Kann ich das schon?«

»Probieren wir es einfach aus.«


Nach einer Weile fühlte Liv sich am Steuer von *Susi* richtig wohl. Es machte Spaß, das kleine Boot zu lenken, zu fühlen, wie die Kraft des Windes reichte, um sie über das Wasser zu treiben.

»Wo segeln wir denn hin?«, fragte sie. »Der See ist ja groß.«

»Immer nach Süden, und wenn wir auf der Höhe von Bernried angekommen sind, kreuzen wir rüber zum anderen Ufer.«

Liv genoss den Wind in den Haaren. Das Wasser funkelte in der Nachmittagssonne wie tausend Diamanten, und die Landschaft am Ufer, an der sie vorüberglitten, machte das Bild perfekt. Sie war sanft grün gewellt, hier und da lagen Cafés am See, sie kamen an kleinen Dörfern vorbei und an Badestränden, an denen noch ein paar einzelne Gäste diesen sommerlichen Oktobertag ausnutzten. »Ist das Wasser nicht schon ziemlich kalt?«, fragte Liv.

»Na ja, der See braucht eine Weile, bis er die Wärme des Sommers verliert. Für Unerschrockene geht es also noch.« Tatsächlich sahen sie hier und da noch jemanden im Wasser schwimmen.

»Und, wie mache ich mich bisher?«, fragte Liv, nachdem sie eine kleine Weile gesegelt waren. Johannes schmunzelte. »Sehr gut«, sagte er. »Besser als ich, als ich zum ersten Mal segeln war.«

»Wirklich?«

»Ja, aber damals war ich auch erst drei.«

Liv lachte. »Blödmann.« Sie atmete tief durch. »Es ist wirklich herrlich. Ich kann verstehen, warum du so gerne segelst.«

»Was machst du denn gerne?«, fragte er. »Ich meine, in Berlin?«

Sie drehte sich zu ihm um. Plötzlich war ihre Reserviertheit wieder da. »Ich will nicht über Berlin sprechen«, sagte sie. »Jetzt bin ich hier, und alles andere ist weit weg, okay?«

Er hob die Hände. »Okay, kein Problem.«

Eine Zeit lang segelten sie schweigend. Der Wind blähte die Segel der *Susi*, und sie kamen gut voran.

Außer ihnen waren an diesem schönen Herbsttag noch viele andere Segler unterwegs. Wie weiße Flöckchen verteilten sich die Boote in allen Größen auf dem Wasser. In der Ferne erhoben sich die Berge.

»Also, das sind die Alpen dort drüben, richtig?«, fragte Liv schließlich und durchbrach damit das Schweigen. Sie deutete auf das bläuliche Gebirgsmassiv am Horizont, dessen Gipfel schon schneebedeckt waren.

»Ja. Das dort drüben«, Johannes zeigte über ihre Schulter auf einen der schroffen, hohen Berggipfel, »das ist die Zugspitze. Dann kommen die Stubaier Alpen«, seine Hand rückte etwas weiter nach links, »und dann das Karwendelgebirge.«

»Warst du dort schon einmal wandern?«

»Natürlich. Aber Segeln gefällt mir besser.«

Liv grinste. »Du bist seesüchtig, kann das sein?«

Er lachte. »Vielleicht, ja, ein bisschen. Ich bin hier aufgewachsen, da wird man das wohl automatisch.«

»Was kannst du mir denn über den See erzählen? Gibt es Geschichten darüber?«

Johannes legte die Stirn in Falten. »Ich kenne eigentlich nur eine.«

»Erzähl.«

»Na ja, es soll im See eine riesige Schlange geben, ein Seeungeheuer.«

»Die bayrische Nessie?«

Johannes grinste. »So ungefähr. Allerdings besteht ein Unterschied – die Seeschlange vom Starnberger See hat noch nie jemand gesehen. Sie taucht nicht auf und lässt sich fotografieren wie Nessie, sondern sie schläft tief auf dem Seegrund.«

Liv sah auf das glatte, dunkelblaue Wasser. Als Kind hatte sie Märchen geliebt, nun bekam sie eine wohlige Gänsehaut. »Und wann wacht sie auf?«

»Das weiß keiner«, raunte Johannes zum Spaß, »aber wir am Starnberger See haben es damit auch gar nicht eilig.« Er machte eine dramatische Kunstpause. »Denn die Legende besagt, dass das Ungeheuer, wenn es wach wird, aus dem See heraussteigt und dabei mit dem Wasser die ganze Welt überflutet.«

Liv prustete los. »Dieser See überschwemmt die Welt?«

»Vorsicht – mach keine Witze über meinen See.«

So fuhren sie dahin. Manchmal redeten sie, dann wieder herrschte eine Weile eine entspannte Stille. Liv konnte sich kaum sattsehen an der hübschen Uferlandschaft, am blauen Himmel und den Alpen im Hintergrund. Es kam ihr vor, als sei das hier der schönste Ort der Welt.

Ihre Gedanken wanderten zu Magdalena. Wie anders sie sich hier gefühlt hatte. Für mich ist es mein Fluchtort, dachte sie, wunderschön und weit weg von allem, wovor ich weglaufe. Für Magdalena war es ein Gefängnis und weit weg von allem, was sie liebte. Merkwürdig – derselbe Ort, dieselbe herrliche Landschaft, derselbe glitzernde See und trotzdem etwas völlig anderes.

Schließlich waren sie auf der Höhe von Bernried angelangt. Ein kleiner Segelhafen war dort zu sehen, und ein altes Kloster mit mächtigen Mauern und einem hohen Zwiebelturm, das sich in Ufernähe erhob. Hier wollte Johannes nun über den See kreuzen. Er zeigte Liv, wie sie die kleine Jolle so in den Wind stellte, dass sie die Richtung ändern konnten. Es klappte nicht auf Anhieb, aber schließlich glitten sie gemächlich immer weiter hinaus in Richtung Seemitte. Wie tief das Wasser hier wohl ist?, dachte Liv. Und irgendwo da unten schläft die Starnberger Nessie. Sie musste über sich selbst schmunzeln. Als Kind war sie einmal mit ihren Eltern nach Schottland gefahren und hatte dort sehnsüchtig darauf gewartet, dass das Ungeheuer aus dem Loch Ness auftauchte. Zu ihrem Kummer war alles ruhig geblieben.

Während sie den See überquerten, unterhielten sie sich über dies und das. Johannes fragte nach nichts, das irgendetwas mit Livs Leben in Berlin zu tun hatte. Sie redeten über Bayern, darüber, dass Johannes einmal den *Seewirt* übernehmen wollte, er erzählte lustige Geschichten von seinen Segelkursen, und Liv steuerte ein paar Erzählungen aus ihrer Kindheit bei, in denen sie mit ihren Eltern so viel auf Reisen gewesen war. Sie hatten den See schließlich überquert und fuhren nun wieder am Ufer entlang Richtung Norden.

»Halt!«, unterbrach sich Johannes plötzlich und sprang auf. »Schnell, halt an.«

Liv sah sich beunruhigt um. »Ist etwas passiert? Hat *Susi* ein Leck oder so etwas?«

»Nein, ich hätte nur beinahe etwas vergessen.« Er schmunzelte. »Wir sind nämlich an einer bedeutenden Stelle angelangt. Diese Sehenswürdigkeit wollte ich dir nicht vorenthalten.«

»Sehenswürdigkeit?« Liv sah sich fragend um. »Ich sehe hier nichts Besonderes.«

»Sie ist auch eher unter uns.« Johannes zeigte über die Reling ins Wasser. »Wir sind gerade direkt über der Allmanshausener Steilwand.«

Sie sah ihn verständnislos an.

»Unter uns, auf dem Seegrund, fällt eine Felswand siebzig Meter in die Tiefe.«

»Wirklich?« Liv beugte sich nun ebenfalls über die Reling. Es war merkwürdig, sich vorzustellen, dass irgendwo dort im Dunkelblau eine steile Wand abstürzte.

»Taucher fahren extra von weit her an den Starnberger See, um dort zu tauchen.« In Johannes' Stimme schwang patriotischer Stolz mit. Liv grinste. »Na schön, aber leider sind von hier aus keine zu sehen.«

»Stimmt«, gab er zurück, »aber du wolltest doch etwas über den See wissen. Und das ist eben etwas, das man wissen muss.« Er sah hinauf zu *Susis* Segeln, die sich im Wind gerade perfekt blähten. »Los, wir fahren weiter. Später soll der Wind abflauen, und bis dahin wollen wir noch ein paar Seemeilen vorankommen.«

Sie segelten immer weiter Richtung Norden. Plötzlich stutzte Liv. Sie hatte etwas Merkwürdiges im Wasser entdeckt.

»Sag mal«, sie zeigte auf den Punkt in Ufernähe, »kann es sein, dass dort ein Kreuz im See steht?«

»Ja, das stimmt. Das erinnert an den Kini.«

Liv dachte an die männliche Büste in der Villa, mit dem feingezeichneten, fast etwas weiblichen Gesicht und den welligen Haaren aus Gips. Magdalenas Onkel, wie sie inzwischen wusste. »Ludwig der Zweite?«

»Ja, der ist dort ertrunken, gemeinsam mit seinem Psychiater. Kein Mensch weiß, warum. Es ranken sich natürlich viele Spekulationen darum.«

Liv sah hinüber zum Kreuz. Schon wieder stolperte sie über etwas, das mit Magdalena zu tun hatte. Irgendwie schien die ganze Geschichte des Sees mit ihr und ihrer Familie erfüllt zu sein.

»Hast du Psychiater gesagt?«, hakte sie nach.

Johannes nickte unbekümmert. »Ja, angeblich war der König verrückt, weißt du?«

»Verrückt«, murmelte Liv tonlos, »ja, das ist das richtige Wort.« Allmählich wollte sie dieser Geschichte und dieser Familie auf die Spur kommen, die so viel mit dem alten roten Buch zu tun hatte, das gut verwahrt auf der Roseninsel in ihrem Nachttisch lag. Sie konnte das Gefühl nicht abschütteln, dass sie, seit sie Magdalenas Buch gefunden hatte, irgendwie ein Teil davon war.

Der Wind blieb ihnen glücklicherweise noch eine Weile erhalten. Warm und sanft ließ er Susis Segel flattern und trieb sie immer weiter Richtung Norden am Ufer entlang. Hübsche Gärten und Parks, Villen, Hotels, Bootshäuser und Segelclubs zogen an ihnen vorbei. Schließlich, als der Wind abflaute, beschlossen sie, die Gelegenheit zu einer Pause zu nutzen. Während Susi beinahe im Stillstand dahindümpelte, zauberte Johannes gekühlte Getränke aus Susis scheinbar unerschöpflichem Inneren, während Liv ihren Proviant auspackte.

»Butterkekse?«

Liv grinste. »Die liebe ich. Meine Eltern haben meine Schwester und mich damit auf langen Flügen oder Autofahrten immer bestochen. Willst du einen?«

Johannes zuckte die Achseln. »Klar, warum nicht. Nur weil ich etwa seit dem Kindergarten keinen mehr gegessen habe ...«

Liv gab ihm einen scherzhaften Stüber und hielt ihm dann die Packung hin.

»Und?«, fragte sie, nachdem er hineingebissen hatte.

»Ja, gar nicht so übel.«

Sie setzten sich so auf Susis Heck, dass sie die Beine ins Wasser baumeln lassen konnten. Die Sonne war immer noch warm, das Wasser angenehm kühl. So teilten sie sich die Butterkekse und die Getränke und trieben friedlich vor sich hin. Später legten sie sich hintenüber und dösten nebeneinander. Mit Johannes zusammen zu sein hat etwas merkwürdig Vertrautes, dachte Liv, während sie durch Susis leichtes Schaukeln halb wegdämmerte. Es ist, als würden wir uns schon ewig kennen. Ganz anders als mit Christoph, in dessen Gegenwart sie kaum hatte denken können, für den sie sich vor jedem Treffen unzählige Male umgezogen hatte und bei dem sie jede Nachricht mit ihren Freundinnen stundenlang analysieren musste, ohne am Ende wenigstens wirklich zu wissen, was er gemeint hatte. Mit Johannes Zeit zu verbringen war … mühelos.

Irgendwann, als der Nachmittag goldener geworden war, setzte sich Johannes auf und klatschte in die Hände. »So, genug gefaulenzt und gesonnt«, sagte er in seiner besten Segellehrerstimme, »wir haben noch eine ganz wichtige Lektion nicht gelernt, die jeder Segelschüler lernen muss.«

Liv blinzelte faul in die Sonne. »Ach ja, was denn?«

Er stand auf. »Segelknoten.«

Während er in seinem Rucksack nach etwas suchte, rappelte sich Liv halb auf. »Oh nein!«, murrte sie. »Ich konnte schon als Kind Ewigkeiten nicht Schnürsenkel binden.«

»Und was hast du dann gemacht?«

Sie grinste. »Klettverschlüsse getragen, was sonst?«

Er kam zu ihr zurück und reichte ihr ein Stück Segeltau. »Hier bitte. Klett gibt es beim Segeln nicht.«

Er setzte sich wieder neben sie, die Füße im Wasser. »Ich mache es vor, und du machst es nach, es ist gar nicht so schwer.«

»Na schön«, seufzte Liv. »Aber nichts Kompliziertes.«

»Wir fangen mit einem der leichtesten an – dem Palstekknoten.« Johannes machte es mit seinem Stück Tau vor. Innerhalb weniger Handgriffe saß ein Knoten fest darin. »Und jetzt du.«

Liv lachte. »Du machst wohl Witze, das war viel zu schnell. Los, noch einmal langsam.«

Er löste den Knoten wieder und wiederholte die Handgriffe. Liv versuchte, sie nachzuahmen. Zu ihrer eigenen Überraschung saß tatsächlich bald derselbe Knoten in ihrem Stück Tau. »Geschafft!«, jubelte sie. »Unglaublich, wenn das meine Mutter sehen würde. Sie ist damals wegen der Schnürsenkel fast an mir verzweifelt.«

»Sehr gut«, lobte Johannes, »dann machen wir jetzt einen etwas schwierigeren. Das hier«, er knotete wieder, »ist der Achterknoten.«

»Der Name sagt mir sogar was«, murmelte Liv, während sie versuchte, seine Bewegungen nachzuahmen. Doch als sie triumphierend ihr Stück Tau zuziehen wollte, löste sich alles, was sie geknotet hatte, wieder. Sie sah ratlos darauf. »Irgendwo war wohl ein Fehler«, murmelte sie.

Er lachte. »Kein Problem, das kann mein Kinderkurs auch nicht auf Anhieb!«

»Danke, das tröstet mich«, gab Liv sarkastisch zurück. Sie versuchte es noch einmal, aber das Ergebnis blieb dasselbe. »Okay, dann vielleicht doch lieber Klett-Segeln«, neckte Johannes.

»Hey!« Liv beugte sich lachend nach vorne zum Wasser und spritzte etwas davon in seine Richtung. Sie traf ihn mehr als beabsichtigt. Als er sich die Tropfen aus dem Gesicht wischte, sah sie ihn erschrocken an. »Sorry, das wollte ich nicht.«

»Warum – das war doch ein Spitzentreffer. Na warte!« Er beugte sich nach vorne, und einen Augenblick später trafen die ersten glitzernden Tropfen auch Liv. Sie waren gerade in der ausgelassensten Wasserschlacht, als Liv plötzlich »Oh nein, meine Mütze!« rief und auf die blau-weiße Kapitänsmütze deutete, die im Wasser trieb. Johannes hielt inne. Für einen Moment sahen sie beide wie gebannt der Mütze zu, die da auf den sanften Wellen des Sees schaukelte. Dann zog er sein T-Shirt aus. »Warte, ich rette sie.« Mit einem vollendeten Kopfsprung sprang er ins Wasser. Als er wieder auftauchte, nickte Liv beeindruckt. »Nicht schlecht.«

»Danke, ich habe das Seepferdchen.« Er schwamm ein paar Züge und schnappte nach der Mütze.

»Ist das Wasser kalt?«, rief Liv ihm zu.

»Quatsch, es ist schön. Komm auch rein, wenn du dich traust.«

Sie zögerte. Er schüttelte den Kopf wie ein nasser Hund; die Tropfen stoben glitzernd nach allen Seiten. »Komm schon«, rief er ihr zu. »Nicht zu lange nachdenken. Einfach mal machen!«

Liv sah ihn an. Er hatte recht. Sie grübelte seit Wochen. Vielleicht sollte sie einfach mal tun. Kurz entschlossen stand sie auf Susis schwankendem Heck auf, sah in das Dunkelblau unter ihr und sprang. Die Kälte des Wassers umfing sie vollkommen, als sie eintauchte, und nahm ihr für einen Moment den Atem. Dann fühlte sie ein angenehmes Prickeln auf der Haut und tauchte auf. Die Sonne strahlte, das Wasser blendete sie beinahe. Er hatte recht, es war wirklich schön.

Johannes paddelte neben ihr. Sie sahen sich an. Da war plötzlich etwas zwischen ihnen; Liv konnte es nicht beschreiben. Dann nahm er die nasse Kapitänsmütze und setzte sie ihr mit Schwung auf den Kopf. Der Moment war vorbei.

»Und jetzt?«, fragte sie.

»Wettschwimmen – wer als Erstes dort drüben bei der roten Boje ist.«

Noch bevor Liv reagieren konnte, war er schon losgekrault. »Unfair!« Sie setzte ihm nach. Zu ihrer Befriedigung holte sie ihn ein.

Am Ziel kamen sie beide gleichzeitig an. Keuchend hielten sie sich an der von der Sonne aufgewärmten Boje fest. »Du schwimmst ganz schön gut.« Johannes rang nach Atem.

»Danke – ich hab auch das Seepferdchen.«

Sie grinsten sich an. Plötzlich wurden Johannes Züge ernst.

»Verdammt!«, rief er und drehte sich schnell nach der weißen Jolle um, die in einigen Metern Entfernung trieb.

»Was denn?«

»Wir haben *Susi* nicht geankert.«

»Und was jetzt?«

»Na ja«, er sah sie herausfordernd an, »ich würde sagen, wir brauchen noch einen Sprint, sonst haut sie uns noch ab.«

Übermütig lachend schwammen sie um die Wette zurück zum Boot.


Später, als ihre Kleider von der Sonne wieder getrocknet waren und *Susi* sicher am Steg lag, saßen Liv und Johannes im Biergarten des *Seewirts*. Die Abendsonne versank rot glühend über dem See, und sie hatten einen besonders schönen

Tisch erwischt, direkt neben einem alten knorrigen Zwetschgenbaum.

»Also, wie ist das mit Bayern und Biergärten?«, fragte Liv gerade.

»Biergärten sind bayrisches Kulturgut. Genauso wie Weißwürste und …«

» … Schuhplattler?«, warf Liv ein.

»Nein, Vorsicht, den gibt es auch in Österreich.«

»Tja, und Biergärten gibt es mittlerweile auch in Berlin.«

»Ja, aber die hier in Bayern sind das Original.«

Liv sah sich um. Der Biergarten des *Seewirts* war gut besetzt. Ein paar Tische weiter saß eine ziemlich laute Männerrunde aus offensichtlich alteingesessenen Bayern. Einige von ihnen trugen sogar Lederhosen, die meisten karierte Hemden. »Das ist übrigens der Stammtisch.« Johannes war ihrem Blick gefolgt. »Und von denen können tatsächlich ein paar Schuhplattler.«

Liv lachte. »Also doch.«

In diesem Moment kam eine runde, robuste alte Dame mit gut gelauntem, rosigem Gesicht an ihren Tisch und stellte zwei gut gefüllte Bierkrüge ab. »So, ihr beiden, ein bisschen Erfrischung für euch«, sagte sie.

»Wir haben doch noch gar nichts bestellt.« Liv sah verwundert auf.

»Nein, aber Omas wissen doch, was für ihre Enkel das Beste ist.« Die Frau zwinkerte. Johannes grinste. »Liv, darf ich vorstellen – Rosa, meine Großmutter.«

Die alte Frau gab Liv die Hand. »Und Sie sind die Vertretung von Paul aus Berlin, habe ich recht?«

Liv nickte. Ohne Umstände setzte Rosa sich neben Johannes auf die Bierbank. »Und, wie ist es? Haben Sie sich schon ein bisschen bei uns eingelebt?«

»Ich glaube, es wird langsam … Ihr Enkel hat mir heute immerhin das Segeln beigebracht.«

»Wie schön. Und wie gefällt Ihnen die Insel?«

»Ja, sie ist wirklich hübsch, so verwunschen.«

»Das stimmt.« Rosa strahlte. »Ich habe die Insel auch schon immer geliebt. Meine Großmutter war dort Dienstmädchen, wissen Sie?«

Obwohl sie den Satz beiläufig gesagt hatte, war Liv sofort wie elektrisiert. »Tatsächlich?« Ihre Gedanken rasten. Sie überlegte: Johannes' Oma mochte etwa achtzig sein. Und wiederum ihre Großmutter … war es möglich? Elisabeth?

»Wie hieß denn Ihre Großmutter?«, fragte sie und gab sich Mühe, ihre Aufregung nicht zu zeigen. Aus den Augenwinkeln sah sie, wie Johannes sie irritiert ansah.

»Das war die Oma Liesel«, sagte Rosa ohne Argwohn, »sie war toll. Konnte zupacken, war praktisch – und die Insel hat sie immer ganz besonders gemocht.«

In diesem Moment rief zu Livs Ärger vom Nebentisch die Stammtischrunde. Rosa stand auf. »Na, ihr hört es ja, ich muss weiter. Hier haben noch mehr Leute Durst – prost, und es war schön, Sie kennenzulernen, Liv.«

Liv sah ihr nach. Elisabeth, Oma Liesel … nein, das konnte kein Zufall sein. Sie war es. Ihr Herz klopfte. Das war sie – die direkte Verbindung zu Magdalena. Sie musste unbedingt mehr erfahren. Am liebsten hätte sie Rosa sofort ausgefragt. Aber die verschwand gerade mit einem Tablett geschäftig im Wirtshaus.

»Liv, ist alles in Ordnung?« Johannes sah sie fragend an.

»Wie – oh ja.« Liv riss sich aus ihren Gedanken. »Natürlich. Warum fragst du?«

»Du starrst meine Oma an, als hättest du einen Geist gesehen.«

»Quatsch.« Sie lächelte. »Aber sie ist wirklich nett, deine Oma.«

»Ist sie.« Johannes verzog den Mund. »Aber leider lässt sie sich nicht davon überzeugen, dass sie in ihrem Alter keine Maßkrüge mehr schleppen sollte. Sie hat ihr ganzes Leben lang hier im Wirtshaus gearbeitet, man kann sie einfach nicht davon abhalten. Zumal sie hier wohnt.«

»Sie wohnt hier? Wo denn?« Liv beugte sich interessiert nach vorne. Wieder bedachte Johannes sie mit einem irritierten Blick. »Na ja, im *Seewirt*. Sie wohnt dort unter dem Dach. Wir haben ihr schon oft vorgeschlagen, ins untere Stockwerk zu ziehen, wegen der Treppen, aber auch da ist sie hartnäckig ...«

Liv ließ den Blick hinauf zum Giebel des *Seewirts* wandern. Er war typisch bayrisch mit dunklem Holz verkleidet, und an den kleinen Fenstern hingen Blumenkästen mit üppigen roten Geranien. Es sah gemütlich aus.

»Aber jetzt«, Johannes hob sein Glas, »sollten wir trinken, bevor das Bier kalt wird. Auf deinen ersten Segeltörn.«

»Auf *Susi*!« Liv hob ihr Glas.

Der Abend verflog nur so. Nachdem die Sonne untergegangen war und die blaue Dämmerung sich über den See gelegt hatte, gingen die Lampions des Biergartens an. In dem kleinen Zwetschgenbaum neben ihrem Tisch leuchteten auch welche.

»Wie schön«, seufzte Liv. »Ich könnte ewig hier sitzen.«

»Ist dir nicht kalt?«

»Doch, ein bisschen.«

Johannes zog seine Jacke aus und reichte sie ihr. »Oh, danke.« Er grinste. »Ich habe es dir doch gesagt – bayrische Gentlemen existieren.«

Oma Rosa tauchte wieder an ihrem Tisch auf. Dieses Mal hatte sie zwei Tassen Kaffee und zwei Teller Apfelstrudel auf ihrem Tablett.

»Bitte schön«, sagte sie zufrieden, »ich habe euch gerade noch die letzten beiden Stücke gerettet. Dein unmöglicher Vater hätte sie sonst an den Stammtisch verfüttert, dabei ist es denen doch völlig egal, was sie essen, solange es genug Bier dazu gibt.«

Sie stellte einen der beiden Kuchenteller vor Liv ab.

»Probieren Sie, er schmeckt Ihnen bestimmt – für meinen Apfelstrudel bin ich berühmt.«

Johannes nickte schmunzelnd. »Ist sie. Angeblich kommen sogar Leute extra deswegen von weit her zu uns.«

»Angeblich?«, brauste Rosa auf. »Das ist eine Tatsache.«

Der Apfelstrudel sah tatsächlich perfekt aus. Er war mit Vanilleeis und Schlagsahne angerichtet und duftete süß nach Äpfeln und Zimt. Liv probierte ein wenig davon.

»Und?«

»Der ist wirklich ganz besonders gut.«

»Danke. Sehen Sie, so was kriegen Sie halt in Berlin nicht.«

Liv kam eine Idee, wie sie mehr über Rosas Großmutter erfahren könnte. Es war die Gelegenheit.

»Könnten Sie mir das denn vielleicht beibringen?«, fragte sie schnell. »Ich meine, das Apfelstrudelbacken?«

Rosa sah sie verblüfft an, dann nickte sie. »Na klar – wenn Sie wollen. Ich backe immer freitags. Kommen Sie also einfach morgen Nachmittag, und ich weihe Sie in meine Geheimnisse ein.«

Hoffentlich nicht nur in die Backgeheimnisse, dachte Liv im Stillen. Laut sagte sie: »Super, ich werde ganz bestimmt da sein.«

Als Oma Rosa geschäftig weitergeeilt war, schüttelte Johannes den Kopf. »Ich hatte bisher nicht das Gefühl, dass du viel für Kochen und Backen übrig hast.«

Liv zuckte lächelnd die Achseln. »Na ja, wenn ich es schon mit der berühmtesten Apfelstrudelbäckerin vom Starnberger See zu tun habe ... Wer weiß, vielleicht finde ich ja plötzlich Gefallen daran.«

Später, als es vollkommen dunkel geworden war und die Sterne am Himmel funkelten, brachte Johannes Liv zur Insel hinüber. Am Bootssteg verabschiedeten sie sich.

»Sehen wir uns wieder?«, fragte er.

»Klar.«

»Gut. Morgen und übermorgen habe ich Segelkurse, aber dann?«

Liv nickte. Sie sahen sich an. Für einen Moment wirkte

es, als wollte er sie küssen. Aber dann umarmte er sie nur. Und Liv wusste zu ihrer eigenen Überraschung nicht, ob sie erleichtert oder enttäuscht darüber war.

»Dann gute Nacht«, sagte er und stieg wieder in das Ruderboot.

»Ja, gute Nacht.« Liv zog seine Jacke um sich, die er ihr geliehen hatte. »Und danke für das Segeln.«

Als sie zurück zum Gärtnerhaus ging, schien der Mond fast taghell.

# Starnberger See, Bayern, 1890

Alles war weiß – der Gang, die Wände, die Türen, einfach alles war weiß gestrichen. Und es gab viele Türen, zu beiden Seiten des Ganges, jede sah aus wie die andere. Nur die Geräusche dahinter unterschieden sich. Mal war es ein Schreien, dann ein Wimmern, ein wirres Singen oder ein Lachen, das einem das Blut in den Adern gefrieren ließ. Eine Frau im Schwesternkleid schob einen Mann durch den Gang. Seine Augen waren ohne Ausdruck, starr und teilnahmslos blickte er in seinem Rollstuhl geradeaus. Aber das war es nicht, was Magdalena erschütterte – es waren die Gurte, die ihn an diesem Stuhl festschnallten. Magdalena sah sich um. Wo war der Ausgang? Sie eilte suchend umher. Wieder ein Gang und noch einer. Da, der Ausgang, endlich hatte sie ihn gefunden. Sie rannte darauf zu. Doch eine Gestalt versperrte ihr plötzlich den Weg. »Oh, mein verehrtes Fräulein, wohin des Weges? Das ist die falsche Richtung.«

Der Mann trug dieses Mal keinen grauen Anzug, sondern einen weißen Kittel, aber es war zweifellos Grashey. »Willkommen in unserer Anstalt, wir werden uns gut um Sie kümmern.« Er winkte einer weiteren Krankenschwester.

Auch sie schob einen Rollstuhl, aber er war leer. Die Gurte baumelten noch unbenutzt. Magdalena versuchte zu fliehen, aber der Psychiater hielt sie fest.

»Einen Moment, wir geben Ihnen nur etwas zur Beruhigung«, Grashey zog etwas aus seinem Kittel.

»Nein!« Sie riss sich los und rannte davon. Hinter ihr kam Doktor von Grashey und danach eine ganze Menge Krankenschwestern. Er hatte sie gleich, er streckte schon die Hand aus, sie hatte keine Chance …

»Nein!«

Magdalena saß schweißgebadet in ihrem Bett. Das letzte Wort musste sie im Traum laut gerufen haben. Nur langsam beruhigte sich ihr Atem. Sie war nicht in der Anstalt. Sie war auf der Roseninsel, in ihrem Zimmer. In dem Zimmer im Erdgeschoss, das ihr die Zeiss bei ihrem Einzug zugewiesen hatte. Ein rechteckiger Raum mit einem eleganten französischen Nussholztisch, einem Schrank, einer Kommode und ein paar alten Porzellanfiguren auf dem Buchregal, auf dem sonst nur die Bibel stand. Sie sah im Dunkeln die Umrisse der Figuren – die Ballerina, den Tiger, die Schäferin. Durch die zwei Fenster fiel das Mondlicht, hundertfach verstärkt durch den Schnee, der immer noch die Insel bedeckte. Es war ein paar Tage nach Weihnachten. Der Wind heulte um die Mauern des Zimmers, die von außen an diesem Teil der Villa mit Efeu umrankt waren, und rüttelte an der Tür, die einst von diesem Zimmer hinaus in den Park geführt hatte, die aber seit Magdalenas Einzug verriegelt war. Eine Ranke des Efeus, das an der Außenwand emporkletterte, ragte vor die Fensterscheibe und warf mithilfe des silbrigen Mondlichts einen eigenartigen Schatten auf den blank gebohnerten Dielenboden.

Magdalena ließ sich wieder in ihr Kissen zurückfallen. Es war die dritte Nacht, in der sie von der Anstalt und von Grashey geträumt hatte. Manchmal kam auch ihr Vater in ihren Träumen vor oder zumindest ein Mann, von dem sie glaubte, dass er es war. Sie hatte kaum Erinnerungen an ihn, aber in ihrem Träumen war er ein junger, groß gewachsener Mann mit dunklen Haaren und Augen, die ihren glichen.

Magdalena drehte sich zur Seite. Sie versuchte, wieder in den Schlaf zu finden. Aber sie fand ihn nicht; den Rest der Nacht lag sie wach und grübelte.

Als der Morgen dämmerte und es im Zimmer hell genug geworden war, setzte sie sich noch im Nachthemd an den kleinen Nussholztisch, nahm einen Briefbogen aus der Schublade, schraubte ihren Füllfederhalter auf und begann eilig zu schreiben.

*Liebe Tante Vroni,*

*es ist noch früh, aber ich muss dir schreiben. Zuerst einmal vielen Dank für dein Weihnachtspaket. Es war wunderbar, und alles roch und schmeckte genauso wie früher, als ich noch bei euch daheim war. Ich teile mir jetzt jeden Lebkuchen und jedes Sahnebonbon ganz genau ein, damit ich so lange es geht etwas davon habe. Unser Weihnachten hier auf der Insel war still und fad, abgesehen von dem Festessen, das Elisabeth gemacht hat, und dem Holzfigürchen, das Sepp für mich geschnitzt hat. Er hat mir einen kleinen Dackel geschnitzt, ganz so wie der Xandi daheim, von dem ich ihm erzählt habe. Es ist* zu süß, ich wollte, ich könnte es dir zeigen. Sogar die langen Schlappohren hat Sepp hinbekommen. Von der Zeiss habe ich auch ein Geschenk bekommen, allerdings waren es nur Strümpfe, ein Roman und neues Stickgarn.

Wir sind zurzeit fast nur noch im Haus, weil die Kälte so bitter ist. Elisabeths Mutter ist krank, und so hat sie ein paar Tage freibekommen, um sie zu pflegen. Eine Frau aus Feldafing kocht jetzt für uns, dieselbe, die sonst Elisabeth manchmal beim Waschen hilft. Sie ist sehr schweigsam und lässt die Hälfte anbrennen. Sepp hat im Garten wegen des Frosts kaum etwas zu tun.

Ach Vroni, es ist so still hier, dass man taub davon werden könnte. Selbst die Liebesvögel, von denen ich dir geschrieben habe, sind ganz trübsinnig in ihrem Käfig und zwitschern fast gar nicht.


Ach Tantchen, nun will ich dir aber erzählen, warum ich so trübsinnig und still bin. Kurz vor Weihnachten haben wir Besuch bekommen vom Prinzregenten, und er hatte noch einen Freund dabei, den Doktor von Grashey. Du kennst ihn schon, es ist der Arzt von Papi. Vroni, es war ein schrecklicher Tag. Der Doktor glaubt, dass ich dieselbe Krankheit wie Papi habe, und wenn sie ausbricht, soll ich in die Anstalt kommen. Erst habe ich gesagt, dass das unmöglich ist und ich ganz gesund bin. Aber in den letzten stillen Tagen hat mich die Angst beschlichen. Was, wenn der Psychiater recht hat? Wenn ich wirklich so krank werde wie Papi und gar nicht mehr weiß, wer ich bin? Ach Vroni, ich muss es wissen: Wie hat es bei ihm angefangen? Damit ich weiß, falls es bei mir auch anfängt.

181

*Schreib mir bitte bald und alles, was du weißt. Und dann erzähl mir natürlich auch von euch. Immer wenn ein Brief für mich kommt, freue ich mir ein Veilchen ans Knopfloch, wie der Onkel immer sagt. Ich vermisse euch.*

*Deine Magdalena – Bussi, Bussi.*

Sie faltete den Brief zusammen, klebte ihn zu, zog sich an und schob ihn dann in den Ärmel ihres Kleides. Sie wollte nicht warten, bis Barthel das nächste Mal kommen und ihn mitnehmen würde. Sie brauchte so schnell wie möglich eine Antwort. Sonst werde ich noch verrückt, dachte sie und schnitt im nächsten Moment eine Grimasse. Mit dem Brief bei sich ging sie zum Frühstück. Sie wusste schon, wem sie ihn anvertrauen würde.

Den Tag verbrachte Magdalena so wie die anderen in diesem langen, kalten Winter damit, ihre Zeit totzuschlagen. Die Stunden schienen sich unendlich zu dehnen, während sie ihren dunklen Gedanken nachhing.

In der Villa waren die Kamine jetzt, kurz nach Weihnachten, immer noch mit den Girlanden aus Tannenzweigen geschmückt. Der Duft nach Orangen und Nelken lag in der Luft. Elisabeth hatte, bevor sie abreiste, noch in jedem Raum eine mit Nelken gespickte Orange aufgehängt. So lag eine verlängerte weihnachtliche Stimmung über der Villa, die Magdalena jedoch kaum wahrnahm. Die Zeiss las den halben Tag oder schrieb Briefe. Das Einzige, was sich seit dem Besuch des Prinzregenten verändert hatte, war, dass die Baronin sich nun ständig besorgt um Magdalenas Nerven zeigte. Sie fragte sie, wie sie geschlafen hätte, mahnte beständig, alles zu meiden, was sie aufregen könnte, und hatte überhaupt so einen lauernden, prüfenden Blick. Es war offensichtlich, dass der Prinzregent ihr Anweisungen gegeben hatte. Sie wusste, dass er und sein Psychiater glaubten, dass Magdalena über kurz oder lang genauso wahnsinnig werden würde wie ihr Vater. Sie behandelte sie wie ein rohes Ei.

Auch das trug dazu bei, dass Magdalenas Stimmung immer düsterer wurde. An diesem Nachmittag verbrachte sie eine ganze Stunde damit, von den Fenstern des Festsaals hinaus auf den See zu sehen. Die Wasserfläche zwischen Feldafing und der Insel war zum Teil zugefroren, und die Kinder des Dorfs vergnügten sich auf dem Eis. Die wenigsten hatten wirkliche Schlittschuhe, die meisten schlitterten einfach auf ihren gewöhnlichen Stiefeln über die spiegelglatte Fläche, und ihr Lachen und Jauchzen drang bis hinauf zu Magdalena. Ein Mädchen, das ein leuchtend rotes Kopftuch umgebunden hatte, war die begabteste Eisläuferin. Sie drehte Pirouetten, immer schneller und schneller, und die anderen Kinder jubelten ihr zu. Diese kleine Gestalt dort auf dem Eis, die sich glücklich um die eigene Achse drehte, dass die blonden Zöpfe flogen, wirkte so lebendig, dass es beinahe wehtat. Das ganze Leben lag noch vor ihr, und sie strahlte eine Unbekümmertheit aus, die beinahe mit den Händen zu greifen war, die einen mitriss, selbst wenn man nur, wie Magdalena, als Beobachterin von Weitem zusah.

An diesen dunklen Wintertagen ging die Zeiss stets früh zu Bett. Eine halbe Stunde nachdem sie Magdalena eine gute

Nacht gewünscht hatte und ins Obergeschoss auf ihr Zimmer gegangen war, klopfte es an der Verandatür. Magdalena öffnete. Mit einem Schwall eisiger Luft kam Sepp herein. Seine Nase war nur von dem kurzen Weg vom Gärtnerhaus zur Villa rot gefroren und er rieb sich die Hände. »Brrr, ist das kalt. Ich glaube, noch kälter als gestern.« Er schüttelte sich. »Das sind die Raunächte, die zwischen Weihnachten und Dreikönig. Die sind besonders kalt und dunkel.«

Magdalena schloss schnell die Tür wieder hinter ihm. »Unser alter Kutscher in München hat immer behauptet, in den Raunächten würden die Tiere sprechen«, sagte sie.

»Ach ja?«, brummte Sepp gut gelaunt und stellte sich vor den Kamin, in dem das Feuer flackerte. »Und was haben ihm die Gäule erzählt?«

Magdalena grinste. »Das hat er uns nie verraten.«

»Schade.« Der alte Gärtner legte die unterkühlten Hände auf das warme Porzellan des Kaminaufsatzes.

»Ist es in deiner Kammer immer noch so kalt?«, fragte Magdalena besorgt.

»Ziemlich, Fräulein, ja.«

»Ich gebe dir nachher eine meiner Wärmepfannen mit. Die Aushilfe legt mir sowieso immer zu viele ins Bett.«

»Danke, Fräulein.«

Das war ihr Arrangement: Seit Tagen kam Sepp immer, nachdem die Zeiss zu Bett gegangen war, in die Villa. Das Gärtnerhaus war eisig, feucht und kaum zu beheizen mit den beiden kümmerlichen Kohleöfen. Das Dienstmädchen konnte sich wenigstens tagsüber bei der Arbeit im Haus aufwärmen, aber für den Gärtner galt das nicht. Magdalena hatte schon einige Male versucht, die Zeiss zu überreden, Sepp ebenfalls Arbeiten im Haus zu geben, aber sie war hart geblieben. »Ein Gärtner gehört ins Gartenhaus«, hatte sie lediglich gesagt. »Das Personal bleibt unter seinesgleichen, das war schon immer so. Sonst gerät alles durcheinander.«

»Aber Elisabeth ist doch gerade gar nicht da. Er ist im Gärtnerhaus alleine, und draußen gibt es ohnehin nichts zu tun«, hatte Magdalena einen zweiten Anlauf unternommen.

»Das ändert nichts. Außerdem sind Gärtner zäh. Die sind Wind und Wetter gewöhnt.«

Doch Sepp war alt, und Magdalena hörte ihn immer häufiger husten. Sie machte sich Sorgen um ihn. So hatte sie diese heimliche Abmachung mit ihm getroffen, die für beide von Vorteil war – Sepp konnte sich aufwärmen, und Magdalena verbrachte ihre Abende viel lieber mit ihm als mit ihrer Gesellschaftsdame. Mit Sepp musste sie nicht handarbeiten oder sich langweilige Meldungen über Hundeausstellungen oder einen der in der Zeitung abgedruckten süßlichen Fortsetzungsromane anhören. Stattdessen brachte Sepp ihr das Kartenspielen bei und erzählte ihr lustige Geschichten. Auch jetzt zog er einen Stapel abgegriffener Spielkarten aus der Jackentasche. »Wollen wir?«

Magdalena nickte. »Heute gewinne ich, ich habe es im Gefühl.«

»Wir werden sehen.« Sepp lachte sein glucksendes Lachen. »Aber ich muss sagen, ich habe noch nie jemanden gekannt, der so schnell das Kartenspiel begriffen hat wie Sie, Fräulein.« Sie setzten sich, und er begann, im schummrigen Licht der Gaslampen die Karten zu mischen.

»Sepp«, begann Magdalena, während sie ihm dabei zusah, wie die Karten geradezu durch seine geübten Finger rauschten. »Könntest du mir einen Gefallen tun?«

»Freilich. Was für einen denn?«

Sie zog den mittlerweile etwas zerknitterten Brief an ihre Tante aus dem Ärmel ihres Kleides und legte ihn auf den Tisch. »Kannst du diesen Brief in Feldafing morgen zur Post bringen, wenn du Elisabeth abholst? Es eilt, und Barthel kommt zurzeit wegen dem Eis so selten.«

Sepp sah sie erstaunt an. »Natürlich, Fräulein. Ich werd mein Möglichstes tun.« Der Brief verschwand in der Tasche seiner abgetragenen Jacke. Weiter fragte er nicht nach. Er hatte sich in den letzten Jahren auf der Insel angewöhnt, keine Fragen zu stellen.

Das Spiel begann. Die erste Runde verlor Magdalena knapp, aber sie sagte nicht viel dazu. Überhaupt war sie heute schweigsamer als sonst. Während Sepp die Karten einsammelte und zu einem neuen Stapel zurechtklopfte, sah sie nachdenklich in die Flammen des Kamins.

»Fräulein, Sie sind heute so still«, bemerkte der alte Gärtner schließlich, nun doch entgegen seiner Gewohnheit. »Macht Ihnen etwas Kummer?«

Magdalena traten Tränen in die Augen. »Ach, Sepp.«

Er zögerte, dann legte er schließlich seine faltige, schwielige Hand auf ihre junge, glatte mit dem goldenen Ring. »Was ist es, Mädchen? Dürfen Sie es mir sagen?«

Magdalena lächelte traurig. »Sepp, ich werde vielleicht bald sehr krank werden.«

Er sah sie erstaunt an. »Krank? Nein, das glaube ich

nicht. Sie sind doch so jung; Sie haben das ganze Leben noch vor sich.«

Magdalena schüttelte den Kopf. »Vielleicht nicht. Vielleicht habe ich nur noch ein bisschen Zeit, und dann … dann lebe ich zwar, aber man kann es wohl nicht mehr Leben nennen.«

Sepp runzelte die Stirn. Aber er sagte nichts, unterbrach sie nicht.

»Und ich frage mich – nun, ich frage mich, ob ich in dem bisschen Zeit, das ich vielleicht nur noch habe, noch irgendetwas erleben werde.«

»Was wollen Sie denn erleben?«, fragte Sepp.

Magdalena zuckte die Achseln. Dann hob sie den Kopf und sah ihn an. In ihren dunklen, großen Augen standen Tränen. Sie lächelte etwas verlegen. »Ein Wunder«, sagte sie leise, »irgendetwas ganz Wunderbares, Aufregendes, Abenteuerliches. Das sollte man doch erleben – wenigstens ein einziges Mal, bevor es zu spät ist.«

Sepp nickte. »Da haben Sie recht, das sollte man.«

Er musterte sie, wie ihr eine Träne über die Wange rollte. »Wissen Sie«, sagte er schließlich, »ich bin mir ganz sicher, dass sie es erleben werden. Ob Sie krank werden oder noch in hundert Jahren gesund und munter sind, das weiß ich nicht. Aber dass Sie ihr Wunder bekommen werden, das glaube ich fest.«

»Woher willst du das wissen?«

»Nun, nennen Sie mich einen rührseligen alten Mann, aber ich glaube, dass in Erfüllung geht, was man sich von ganzem Herzen wünscht. Und vor allem, wenn man es mit so einem reinen Herzen tut, wie Sie es haben.« Er lächelte ihr zu. Magdalena lächelte zögernd zurück. »Glaubst du wirklich?«

»Ich weiß es.« Er zwinkerte ihr zu. »Warten Sie nur noch ein bisschen.«

Eine Weile saßen sie nur so da und sahen gemeinsam in die Flammen. Im Kamin knackte das Holz. Später teilte Sepp eine neue Runde Karten aus. Draußen trieb der Wind Schneeflocken an die nachtschwarzen Fenster. An diesem Abend gewann Magdalena zum ersten Mal.

# Starnberger See, Bayern, Gegenwart

Liv verbrachte den Vormittag damit, im Garten zu arbeiten, war aber dabei nicht ganz bei der Sache. Die ganze Zeit über wartete sie sehnsüchtig darauf, dass es endlich Nachmittag wurde. Sie war so gespannt auf das, was sie vielleicht von Rosa über Elisabeth erfahren würde. Es erschien ihr immer noch wie ein unglaublicher Zufall, dass Rosas Großmutter das Dienstmädchen sein sollte, das mit Magdalena hier auf der Insel gelebt hatte. In ihrer Fantasie sah sie die junge Elisabeth, in ordentlicher Dienstmädchenkleidung und mit Häubchen, wie sie zwischen der Küche im Gärtnerhaus und der Villa hin- und hereilte, Tabletts und Kannen schleppte, Feuer in den prachtvollen Porzellankaminen der Villa anzündete. Elisabeth hatte die Insel viel bedeutet, hatte Rosa gesagt. Die Zeit hier als verschwiegene Angestellte für eine strenge Baronin und ein geheimnisvolles Mädchen, von dem niemand Notiz nehmen sollte, musste etwas Besonderes für sie gewesen sein. Ob sie Rosa vielleicht später etwas von Magdalena oder der Zeiss erzählt hatte?

Liv duschte und zog sich um. Dann suchte sie im Rosengarten ein paar der letzten Rosenblüten zusammen, pflückte sie und band sie zu einem Strauß. Sie wollte nicht mit leeren Händen zu Rosa kommen. Gespannt machte sie sich auf den Weg.

Zu der Dachwohnung von Oma Rosa musste man über viele knarrende Holztreppen steigen. Als Liv oben angelangt war, war sie voll Bewunderung für die alte Frau, die diesen Weg immer noch bewältigte. Die Tür zur Wohnung war grün gestrichen und mit ein paar aufgemalten Bauernblumen verziert, auf den oberen Türrahmen war mit Kreide die Haussegnung geschrieben. Liv musste lächeln, als sie die Fußmatte bemerkte – ein ausladendes Ding, auf dem »Pfiat di« stand. Weil sie keine Klingel fand, klopfte sie an. Kurze Zeit später öffnete sich die Tür, und Rosa strahlte sie an.

»Hach, das nette Madl vom Johannes! Kommen Sie rein, ich habe schon alles vorbereitet.«

»Danke für die Einladung.« Liv überreichte ihr den Rosenstrauß. Rosa schnupperte daran. »Wie schön – echte Roseninsel-Rosen. Wenn man mich fragt, gibt es keine hübscheren. Es muss an der Erde liegen oder an der Seeluft, dass sie da so gut wachsen.« Sie winkte Liv herein. »Kommen Sie, kommen Sie – ich beiße nicht. Und im Flur können wir schlecht backen.«

Während Liv ihr in die Wohnung folgte, plauderte Rosa weiter über die Blumen in ihrer Hand. »Die letzten Rosen für dieses Jahr. Dieser Herbst ist zwar warm, aber der Winter kommt trotzdem, und dann ist es mit den Rosen vorbei. Aber – wie ich meinen Geranien in den Blumenkästen immer sage – man muss auch mal schlafen, um wieder frisch zu sein.«

»Ähm, ja, da haben Sie recht.« Liv sah sich in der kleinen Wohnung um. Es war eine richtige, behagliche Großmutterwohnung. An den geblümt tapezierten Wänden hingen Familienbilder und ein paar Hirschgeweihe, auf einem kleinen Tisch im Flur stand auf einem Zierdeckchen ein altmodisches Festnetztelefon, daneben ein gerahmtes Foto eines stattlichen Mannes beim Angeln. »Das war Johannes' Großvater«, sagte Rosa, die Livs Blick gefolgt war.

»Er hieß auch Johannes, stimmt's?«

»Ja. In unserer Familie hat man kaum einen Namen aus Zufall.« Sie unterbrach sich. »So, das hier ist die Küche. Der Ort, an dem mein berühmter Apfelstrudel entsteht.«

Rosas Küche passte zum Rest der Wohnung, strahlte Wärme und Gemütlichkeit aus. Es gab einen alten Küchenschrank, ein Erbstück, wie sie sofort erklärte, daneben stand ein großer Tisch, auf dem schon einiges zum Backen zurechtgelegt war. Daneben stand ein etwas altmodischer Herd, und die Fenster waren mit karierten Vorhängen eingerahmt. Aus dem Radio waren alte Schlager zu hören.

»Moment, ich muss mich erst um die Blumen kümmern.« Rosa kramte eine Vase aus dem alten Küchenschrank, füllte sie mit Wasser und stellte Livs Rosenstrauß hinein. »Ach, und dieser Duft«, rief sie schwärmerisch. »Im Sommer fahre ich alle paar Wochen hinüber und gehe dort durch den Garten, nur um an jeder Blüte zu schnuppern.« Sie unterbrach sich. »Entschuldigen Sie, ich muss ja völlig inselbesessen wirken. Aber das bin ich wahrscheinlich tatsächlich. Mich hat die Roseninsel immer wie magisch angezogen.« Sie stellte die Vase mit den Blumen auf die Anrichte, dann klatschte sie in die Hände. »Genug von Blumen, Sie sind ja hier zum Strudelbacken.« Liv nickte halbherzig. Wenn ich ehrlich bin, bin ich nicht unbedingt deswegen hier, dachte sie bei sich.

»Wie viel Backerfahrung haben Sie denn?«, fragte Rosa arglos.

Liv schnitt eine Grimasse. »Na ja, ich kann aus Backmischungen Muffins backen. Und auch die werden nicht immer was.«

Offensichtlich konnte sie damit Johannes' Großmutter nicht erschrecken. Die lachte nur. »Na schön, dann wird das für Sie ja jetzt etwas ganz Neues. Strudel backen ist nicht einfach, aber wir werden es schon schaffen.«

Sie angelte von einem Haken eine bunt geblümte Schürze, die sie Liv entgegenstreckte. »Ohne Schürze kein Backen, sage ich immer.«

Unter Rosas Anweisung mischte Liv am Küchentisch Mehl, Wasser, Öl und ein Ei in einer großen Schüssel. »Einige sagen ja, Strudelteig ist der schwierigste Teig, den es überhaupt gibt«, dozierte die alte Frau dabei gut gelaunt. »Aber das stimmt nicht, wenn man ein paar Dinge beachtet.« Sie reichte Liv eine Flasche. »Zum Beispiel, dass in einen Strudelteig Essig gehört.«

»Essig?« Liv runzelte die Stirn.

»Ja, los, geben Sie einen Schuss davon hinein. Essig ist eine Geheimwaffe. So, und jetzt müssen Sie kneten, richtig feste.« Rosa wedelte mit den Händen. »Kneten Sie, als ob es um Ihr Leben ginge.«

Liv tat ihr Bestes, und bald begann sie zu schwitzen. »Das machen Sie normalerweise ganz allein?«, schnaufte sie.

Dann fiel ihr wieder ein, mit welcher Leichtigkeit Rosa am vergangenen Abend Maßkrüge getragen hatte.

»Klar, ich bin doch eine richtige Wirtstochter.« Rosa kicherte. »Die können zupacken, wissen Sie.«

Sie bedeutete Liv, mit dem Kneten aufzuhören, und prüfte den Teig. »Gut«, sagte sie schließlich zufrieden, »den ersten Schritt haben wir geschafft. Und jetzt«, sie holte den Teig aus der Schüssel, »müssen wir ihn werfen.«

Zu Livs Verblüffung schlug Rosa den Strudelteig beherzt gegen die saubere hölzerne Tischplatte, wieder und wieder.

»Mit Strudelteig darf man nicht zimperlich sein. Wenn man wegen irgendetwas wütend ist, ist das eine wunderbare Gelegenheit, es loszuwerden.« Sie hielt inne. »Ich glaube ja, ich habe einige meiner besten Strudel gebacken, wenn mein Hansi und ich Streit hatten.«

Liv grinste. »Das kann ich mir vorstellen.«

»Nicht, dass wir oft Streit hatten. Oh nein, wir waren sehr glücklich miteinander.« Rosa übergab Liv den Teig. »Los, versuchen Sie es.« Während Liv den Teig gegen das Holz klatschte, fuhr Rosa fort. »Wir waren fünfzig Jahre verheiratet, können Sie sich das vorstellen?«

»Fünfzig Jahre ...« Der Teig in Livs Hand erzeugte ein sattes Klatschen, als sie ihn gegen die Tischplatte schleuderte. »Das ist wirklich lange.«

»Möchten Sie denn mal heiraten?«

Liv antwortete nicht sofort. »Ich weiß es nicht«, sagte sie schließlich und klatschte den Teig von Neuem gegen den Tisch. »Zuerst braucht man dafür wohl den richtigen Mann. Und es ist schwierig, den zu finden.«

»Ach nein, das ist es nicht.« Rosa wischte sich die Hände an ihrer Schürze ab. »Wenn es der Richtige ist, weiß man es, glauben Sie mir. Meistens ganz unerwartet, wenn man gar nicht sucht, und anders, als man es sich vorgestellt hat, aber dann ist es ganz leicht, und man spürt es einfach. So war es auch mit mir und meinem Hansi. – Oh, ich glaube, der Teig ist fertig.«

Liv hielt erleichtert inne und wischte sich mit dem Arm über die Stirn. Sie hätte niemals gedacht, dass Strudelbacken mit einer alten Dame so anstrengend werden würde.

»Sehen Sie, wenn er solche Blasen schlägt, ist er gut.« Rosa griff nach einem frischen Geschirrhandtuch. »Formen Sie ihn nun zu einer Kugel und legen Sie ihn auf das Backbrett.«

Liv rollte den goldgelben elastischen Teig zu einem Ball und tat, was Rosa ihr gesagt hatte. Die breitete liebevoll das Geschirrtuch darüber, als decke sie ein Kind zu. Liv hoffte auf eine Pause, aber sie hatte sich geirrt. »Solange der Teig ruht, kümmern wir uns um die Füllung«, kommandierte Rosa.

Unter ihrer Regie schmolz Liv Butter, schälte und schnitt Äpfel klein und wog Rosinen und Mandeln ab. Währenddessen plauderte die alte Frau über dies und das und lenkte das

Gespräch schließlich auf Johannes. »Er war also mit Ihnen segeln?«

Liv nickte und schüttete die Mandelblättchen zu den Rosinen und Äpfeln.

»Ja, er liebt das Segeln. Und er ist auch wirklich gut darin.« Rosas Großmutterstolz war nicht zu überhören. »Der See ist seine Heimat, es ist genau wie bei seinem Großvater. Den hat es auch dauernd aufs Wasser gezogen.«

Rosa griff in das Gewürzregal und nahm eine Packung Zimt heraus. »Jetzt davon einen halben Teelöffel.« Liv rührte folgsam den Zimt ein. Sofort breitete sich ein weihnachtlicher Duft aus. »Kann ich verstehen«, sagte sie. »Am See zu leben, ist wirklich schön, habe ich inzwischen gemerkt.« Rosa nahm einen weiteren Teelöffel aus der Küchenschublade, tauchte ihn in die Apfelstrudelfüllung und probierte ein wenig davon. Kurz runzelte sie nachdenklich die Stirn. »Perfekt«, verkündete sie dann strahlend, »schmeckt, als hätte ich es gemacht. So, und jetzt kommt der große Moment: Unser Strudel nimmt Form an.« Wieder kam Liv also nicht dazu, das Gespräch auf Elisabeth zu lenken. Denn nun erklärte Rosa ausführlich und detailreich, wie man den elastischen Strudelteig auf einem Küchentuch ausrollte, ohne dass er riss oder zu dick wurde.

»Das Wichtigste ist, dass er dünn ist. Sehr, sehr dünn. Man muss die Zeitung hindurchlesen können, hat meine Mutter immer gesagt, dann ist er richtig.«

Liv gab sich alle Mühe, aber immer wieder riss der Teig. An anderen Stellen geriet er zu dick. Schließlich übernahm Rosa das Wellholz. »Warten Sie, ich helfe Ihnen.« Ihre

Hände und das Wellholz flogen über den Teig; vor Livs Augen wurde er gleichmäßig immer dünner und dünner, bis allmählich tatsächlich das Blümchenmuster des Geschirrtuchs durchschimmerte. Anschließend löffelten sie gemeinsam die Füllung aus Äpfeln, Rosinen und Mandeln auf den Teig und rollten den Strudel auf. Zu guter Letzt kam Eigelb auf die Strudelrolle.

»Und jetzt ...« Rosa hob das Kunstwerk schwungvoll auf ein Backblech, das sie anschließend in ihren in die Jahre gekommenen Backofen schob. »Jetzt haben wir uns aber wirklich eine Pause verdient.«

»Ja bitte«, Liv nickte. Sie hoffte, dass endlich der richtige Moment gekommen war, nach Elisabeth zu fragen.


Liv saß in einem von Oma Rosas butterweichen Sesseln in dem kleinen Wohnzimmer, umgeben von Zierdeckchen und gehäkelten Kissenbezügen, und trank aus einer Tasse mit Veilchenmuster Kaffee.

»Gemütlich haben Sie es hier«, sagte sie.

»Danke.« Rosa schmunzelte. »Aber ich kann mir schon denken, dass es nicht unbedingt den Geschmack einer jungen Berlinerin trifft.« Über ihrem Sessel hing das Hochzeitsbild – sie und Hansi vor über fünfzig Jahren, beide jung und strahlend, Rosa im weißen Brautkleid, Hansi in einer Jaguniform.

»Ja, das war bei unserer Hochzeit. Ein sehr schöner Tag.«

»Wo haben Sie denn geheiratet?«, fragte Liv.

»Ach, in Feldafing auf dem Standesamt. Wissen Sie«,

Rosa beugte sich vor, »viel lieber hätte ich auf der Roseninsel geheiratet, aber das ging damals noch nicht.«

»Warum nicht?«

»Na, die Insel war ja so lange noch in Privatbesitz. Erst als der Staat sie irgendwann kaufte und wiederherrichtete, durften überhaupt Besucher hinüberfahren. Ich war schon längst verheiratet, als ich das erste Mal dort war. Aber dafür hat mein Hansi ab dann zu jedem Hochzeitstag mit mir ein Picknick auf der Insel gemacht. Stellen Sie sich vor, so romantisch war er.«

Liv ergriff ihre Chance. Sie stellte ihre Tasse ab. »Rosa, Sie haben doch erzählt, dass Ihre Großmutter Dienstmädchen auf der Insel war …«

»Oh ja. Wahrscheinlich war ich deswegen immer so fasziniert von dieser Insel. Unglaublich, nicht wahr? Dass es damals noch Dienstmädchen gab … Es kommt einem vor, als müsste das viele hundert Jahre her sein, und doch war meine Großmutter noch eines.«

»Hat sie Ihnen denn von dieser Zeit erzählt?«

Rosa nickte. »Natürlich, es waren sogar meine Lieblingsgeschichten. Als Kind habe ich immer gebettelt: Bitte, Oma Liesel, erzähl mir von der Roseninsel! Wissen Sie, es kam mir immer wie im Märchen vor. Dass dort eine Villa stand, die den Königen gehörte, der wunderschöne Rosengarten, von dem sie erzählt hat … das klingt doch wirklich nach einer Prinzessinnengeschichte.« Sie lächelte. »Ich wollte auch immer das Foto sehen, auf dem sie ihre Dienstmädchenuniform anhat. Das hat mir ganz besonders gut gefallen …«

»Es gibt ein Foto?«, fragte Liv aufgeregt dazwischen.

»Oh ja«, Rosa sah sie etwas verwundert an. »Warten Sie, ich suche es schnell, wenn Sie es sehen möchten.«

»Ja, bitte. Ich, ähm, ich würde gerne einmal eine originale Dienstuniform sehen, wissen Sie?«

»Ach ja? Na, wenn Sie das wollen.« Rosa erhob sich aus ihrem Sessel und ging zu einer niedrigen Kommode, auf der eine Schale Karamellbonbons stand. Sie zog die oberste Schublade auf und suchte eine Weile darin herum. »Ah, hier habe ich es«, sagte sie schließlich und zog ein kleinformatiges Schwarz-Weiß-Foto hervor. »Sehen Sie, es ist natürlich klein und vergilbt, aber man kann es trotzdem noch erkennen – das ist meine Großmutter Liesel, als sie jung war.«

Liv konnte kaum erwarten, das Foto zu sehen. Endlich würde sie ein Gesicht zu einem der Namen in Magdalenas Buch haben. Das Foto war klein und etwas unscharf. Das junge Mädchen darauf war trotzdem zu erkennen. Es hatte dralle Formen, ein offenes, freundliches Gesicht und ein Lächeln, das tatsächlich ein wenig an das von Rosa erinnerte. Ihre Haare waren geflochten, und ein weißes Häubchen saß auf ihrem Kopf, das zu der weißen Schürze und dem dunklen Kleid passte. Sie sah sehr adrett aus. Liv hatte das Gefühl, ein Fenster zur Vergangenheit in der Hand zu halten, zur Geschichte aus Magdalenas rotem Buch. So hatte Elisabeth also ausgesehen, als sie mit Magdalena, der Baronin und Sepp auf der Insel lebte.

»Es ist ungewöhnlich, dass ein Foto von ihr gemacht wurde. Damals machte man kaum welche, weil es sehr teuer war«, plauderte Rosa, während sie sich wieder etwas umständlich in den Sessel setzte. »Sie wollte nie sagen, wie es dazu kam. Sie war da ohnehin ein wenig eigen.«

Liv sah auf. »Wie meinen Sie das?«

»Oh, Oma hat mir von der Villa, den Rosen, den Vögeln und so weiter auf der Insel erzählt, aber nie von den Menschen. Da war sie verschwiegen wie ein Grab. Ich habe auch nie erfahren, wie die Damen hießen, für die sie dort gearbeitet hat – oder wer sie überhaupt eingestellt hat.«

Der Prinzregent selbst, dachte Liv. Er hat sie eingestellt und zum Schweigen verpflichtet. Aber warum hatte sie sich an dieses Schweigen gehalten, als sie längst nicht mehr dort arbeitete? Es musste doch eine Zeit nach Luitpold gegeben haben.

»Sie hat erzählt, wie ihre Pflichten aussahen, wie früh sie aufstehen musste, wie kalt die Dienstmädchenkammer im Winter war«, redete Rosa unterdessen weiter. »Welche Gerichte sie gekocht hatte – sie war eine gute Köchin, wie jeder in unserer Familie. Aber nein, etwas über die Menschen hat sie nie erzählt. Sie hat ein richtiges Geheimnis darum gemacht.« Rosa schmunzelte. »Vielleicht war ich auch deswegen schon als Kind so von der Insel besessen – alles, was geheim ist, zieht einen magisch an, hab ich recht? Ich habe mir als Kind oft gewünscht, einfach hinüberschwimmen zu können oder mit dem Boot hinzupaddeln. Es war damals schon verboten, aber noch nicht so streng. Dafür hat Oma Liesel aufgepasst wie ein Adler, dass es keiner von uns gewagt hat.«

»Ist sie selbst noch manchmal zur Insel gefahren?«

»Nein«, antwortete Rosa nachdenklich, »aber sie hatte

bis an ihr Lebensende diese merkwürdige Verabredung mit ihr.«

»Mit der Insel?«

»Ja – so haben wir es jedenfalls genannt. Es war etwas seltsam. Als Kind dachte ich, dass meine Oma einfach wunderlich wird, aber später habe ich erfahren, dass sie dieses Ritual auch schon als jüngere Frau gepflegt hat.«

Liv versuchte, ihre Spannung nicht zu zeigen. Sie hatte keine Ahnung, was Rosa meinte, aber es klang in jedem Fall interessant.

»Ein Ritual? Was hat sie denn gemacht?«

»Nun ja, am Johannistag, das ist der 21. Juni, der längste Tag im Jahr, da hat sie sich abends immer ans Seeufer gestellt und hat zur Insel rübergesehen.«

Liv sah Rosa verständnislos an. »Warum denn das?«

»Keiner weiß es, sie wollte es nicht sagen. Man durfte sie dabei auch nicht stören. Und sie hatte immer so eine alte Stalllaterne dabei, die sie angezündet hat. So eine, wie sie schon damals kein Mensch mehr benutzte. Die Stalllaterne hatte sie in der Hand, und dann stand sie einfach so da.«

»Das ist wirklich merkwürdig.«

»Nicht wahr? Ich habe sie natürlich immer wieder danach gefragt, aber sie sagte nur: ›Ich erinnere mich. Frag nicht weiter.‹ Mehr war nicht aus ihr herauszubekommen.« Rosa lächelte. »Es war wirklich geheimnisvoll. Natürlich haben das die Leute im Ort mitbekommen. Diese merkwürdigen Johannisabende, die Oma da am See hatte, haben nicht gerade dazu beigetragen, dass im Dorf weniger über die Insel geflüstert wurde. Es gab tausend Gerüchte, eine Menge Geschichten.«

Liv beugte sich interessiert vor. »Welche zum Beispiel?«

Aber bevor Rosa antwortete, schenkte sie sich erst gemächlich Kaffee nach. »Möchten Sie auch noch?«

Liv schüttelte beinahe ungeduldig den Kopf. Rosa gab erst noch ein Stück Würfelzucker und etwas Kaffeesahne in ihre Tasse, bevor sie weitersprach: »Oh, Gespenstergeschichten natürlich. Davon gab es viele über die Insel. Es hieß damals, dass eine weiße Frau dort umgeht. Und meine Mutter sagte immer, dass, als sie selbst noch klein war, manchmal Lichter auf der Insel aufblitzten und man beinahe glauben konnte, dass dort drüben Musik gespielt wurde. Das kann schon zu Gespenstergeschichten führen, finden Sie nicht?« Rosa wartete Livs Erwiderung gar nicht ab; sie war nun richtig in Fahrt gekommen. »Und dann gab es noch die alte Geschichte mit dem Schiff.«

»Dem Schiff?«

»Ja, früher, noch lange bevor ich geboren wurde, kam angeblich ab und zu ein Schiff über den See, das keiner kannte. Es kam nur bei Dunkelheit und ankerte auf der Seite der Insel, die man von diesem Ufer aus gar nicht sehen kann. Als wollte die Besatzung unbedingt nicht gesehen werden.«

»Hat Ihnen das alles Ihre Mutter erzählt?«

»Ja. Meine Mutter war von dem allen überzeugt. Mein Vater nicht, er hat sich immer ein wenig über sie lustig gemacht. Aber sie sagte dann: »Alois, ich habe es mit eigenen

Augen gesehen.« Sie blieb dabei und hat Stein und Bein geschworen, dass es wahr war.«

»Was könnte es mit dem Schiff auf sich gehabt haben?«

Rosa zuckte die Achseln. »Ich weiß es nicht. Mein Vater sagte immer, dass es sicher einfach nur irgendein königlicher Verwalter aus München war, der ab und zu auf der Insel nach dem Rechten schauen musste. Sie war ja damals vollkommen verwildert. Allerdings –« Rosa machte eine Pause. »Warum sollte ein Verwalter immer nur in der Dämmerung kommen, wenn man fast nichts mehr sieht?«

»Stimmt, das ist unlogisch.« Liv nickte. Langsam fühlte sie sich wie in einem Krimi, in ihrem Kopf schwirrten einzelne Teile und Bilder durcheinander. »Hat Ihnen Ihre Mutter sonst noch etwas über die Insel erzählt?«

Rosa zögerte, dann setzte sie ihre Kaffeetasse ab. »Nun ja, eines noch. Aber das ist wirklich etwas unwahrscheinlich. Ich denke, dass da die Fantasie meiner Mutter als Mädchen einen Streich gespielt hat.«

Liv wartete geduldig, bis die alte Dame ihre Tasse wieder aufgenommen und daran genippt hatte.

»Es ist nämlich so, dass meine Oma Liesel ihre Johannisverabredungen schon einhielt, als meine Mutter klein war. Und meine Mutter war sehr neugierig.« Rosa schmunzelte. »Also hat sie sich an so einem Abend hinaus ans Ufer geschlichen, dorthin, wo ihre Mutter mit der Stalllaterne stand, und wollte herausfinden, was es damit auf sich hatte.« Rosa lehnte sich gemütlich zurück, als würde sie es genießen, die Spannung zu steigern. »Sie versteckte sich hinter einem Baum und sah also ihre Mutter dort in der

Sommerdämmerung stehen. Oma Liesel bemerkte sie nicht, sie war zu beschäftigt damit, hinüber zur Insel zu schauen. Mama wollte wissen, was es da wohl zu sehen gab, und schließlich entdeckte sie etwas, dort drüben auf der Insel. Zwischen den alten Bäumen im verwilderten Dickicht, da brannte ein kleines Licht. Sie sah genauer hin, und dann sah sie sie ...« Rosa kostete den Moment aus.

Liv sah sie erwartungsvoll an. »Was denn?«

»Eine Frau, beinahe eine Prinzessin, sagte Mama. Dort drüben zwischen den Bäumen stand sie in einem wunderschönen Kleid und mit langen dunklen Haaren. Sie war ganz ruhig und sah ans Ufer, dorthin, wo Großmutter Liesel stand, und hielt eine Lampe.«

Livs Gedanken rasten. »Und was ist dann passiert?«, fragte sie atemlos.

Rosa zuckte die Achseln. »Nichts. Die Frau hatte Mama wahrscheinlich bemerkt, jedenfalls verschwand sie im nächsten Augenblick. Mama schrie erschrocken auf, und da entdeckte Großmutter sie natürlich, und es gab ein Donnerwetter. Mama hat sich nie wieder getraut, an diesen Abenden hinauszuschleichen, und so wusste sie auch nie sicher, ob das, was sie gesehen hatte, Wirklichkeit war.«

Stille senkte sich über das gemütliche Wohnzimmer. Aus der Küche drang nun der verlockende Duft nach Apfelstrudel, süß, fruchtig und mit ein wenig Zimt. Liv sah Rosa nachdenklich an. »Was glauben Sie, wer das war? Ich meine, die Frau?«

»Tja, wer weiß.« Rosa rang die Hände. »Falls sie überhaupt da war. Meine Mutter hatte eine ziemlich blühende Fantasie.«

Sie sah auf ihre schmale Armbanduhr. »So, ich glaube, wir sollten nach dem Strudel sehen. Nicht, dass er noch schwarz wird über diesen ganzen Gespenstergeschichten.«

Sie stand auf und ging voran in die Küche. Liv folgte ihr langsam; sie war völlig in Gedanken versunken.

Der Apfelstrudel war genau so geworden, wie ein Apfelstrudel sein sollte – mit einer goldgelben Kruste, hauchdünnen Strudelschichten und einer süßen Füllung. Liv und Rosa aßen, sobald er etwas abgekühlt war, großzügige Stücke mit Vanilleeis und Puderzucker und unterhielten sich noch eine Weile. Sie sprachen über dieses und jenes, aber nicht mehr über weiße Frauen oder Elisabeth. Deren Foto lag wieder in Rosas Kommode. Schließlich verabschiedete sich Liv.

»Vielen Dank für den schönen Nachmittag und den Backunterricht.«

»Gerne – kommen Sie bald wieder. Und danke noch mal für die Rosen. Ich freue mich schon darauf, wenn im Frühsommer wieder der ganze Garten auf der Insel blüht. Sie müssen dann unbedingt wiederkommen und ihn sich ansehen.«

Liv lächelte. »Sie lieben den Rosengarten dort drüben wirklich.«

»Ja«, Rosa erwiderte ihr Lächeln. »Ich trage die Rosen ja schon im Namen. Wie ich schon sagte – bei uns in der Familie wurde kein Name zufällig gewählt.«

»Wer hat Ihren ausgesucht?«, fragte Liv, obwohl sie die Antwort schon ahnte.

»Das war Oma Liesel. Auf Wiedersehen, Liv.«

»Auf Wiedersehen.«

# Starnberger See, Bayern, 1890

Meine liebste Magdalena,

vielen Dank für deinen Brief. Ich musste ausgerechnet an dem Tag, an dem er mit der Nachmittagspost ankam, sehr an dich denken, denn ich war mit Ida und Bertha auf dem Viktualienmarkt, und wir kamen am Stand vorbei, an dem dir die Blumenfrau einmal Tulpen geschenkt hat, erinnerst du dich? Du warst damals noch ein kleines Mädchen und bist vor ihrem Stand gestolpert und hingefallen, und da hat sie dir zum Trost einen Strauß rosafarbene Tulpen geschenkt. Nun ja, da habe ich an dich gedacht und wurde ganz sentimental, und dann kam ich nach Hause, und da lag dein Brief. Es war wohl Schicksal. Natürlich antworte ich dir gleich, so wie du mich gebeten hast.

Hier in München ist Weihnachten nun auch vorbei und ebenso das Neujahrsfest. Obwohl es noch tiefster Winter ist, beginnen wir mit den Proben für das neue Stück, das im Frühjahr Premiere feiern wird – die ›Jungfrau von Orleans‹. Ja, lach ruhig – sie haben deine alte Tante tatsächlich mit der Rolle der Jeanne d'Arc besetzt. Aber mir wurde versprochen, dass mit geschickter Schminke selbst ich ein wenig mehr nach rosigem Mädchen und ein bisschen weniger nach garstigem altem Weib aussehen werde. Ansonsten ist es auch hier in der Stadt bitterkalt, und wir sind oft zusammen, haben Gäste oder Hausmusik oder sitzen einfach nur so beim Kaffee zusammen – sogar der Onkel, wenn er sich denn lange genug von seiner Jagd losreißen kann. Obwohl ihn nämlich der Rücken inzwischen ständig zwackt, rennt er sonntags wie eh und je durch den Allacher Forst und schießt ab und an auch tatsächlich einen Hirsch, den die Köchin nur mehr mit Leichenbittermiene in Empfang nimmt, weil ihr allmählich nichts mehr einfällt, was man damit machen könnte.

Die größte Neuigkeit in der Prannerstraße ist aber: Bertha wird heiraten. Ja, es ist beschlossene Sache, und es ging alles sehr schnell. Sie hat auf dem letzten der Weihnachtsbälle – die bei den scheußlichen Wendmayrs, du erinnerst dich – einen gewissen Bernhard von Lengfeld kennengelernt. Er hat sie gleich aufgefordert, und dann ließ er sie tatsächlich überhaupt gar nicht mehr gehen, sondern tanzte jeden einzelnen Tanz mit ihr. Du hättest Bertha sehen müssen, wie sie gestrahlt hat. Am Ende des Abends wurde schon darüber getuschelt, und es war beinahe, als wären sie schon verlobt. Ein paar Tage darauf haben wir ihn zum Essen eingeladen, und danach war es beschlossene Sache, wie dein Onkel sagt, auch wenn die offizielle Verlobung noch bis zu Neujahr gedauert hat.

Er würde dir sicher gefallen als zukünftiger Mann für Bertha, denn er ist freundlich und groß gewachsen, hat dunkle Haare, die allerdings schon ein wenig grau werden, und ist in den besten Jahren, also um einiges älter als deine Cousine, was ihr sicher guttun wird. Er besitzt in Rosenheim ein großes Salzbergwerk, und dort wird er auch mit Bertha wohnen, also geht es für sie fort von München, aber so ist der Lauf der Dinge. Die Hochzeit wird im März sein, wir stecken praktisch schon mitten in den Vorbereitungen, und ach, mein Mädchen, ich bin so traurig, dass du nicht mit uns wirst feiern können.

Von Ida und Toni gibt es dagegen wenig Neues zu berichten. Toni ist ein Lausbub wie immer, und Ida albert sich durch den Tag und macht keine Anstalten, so bald ihrer Schwester ins Erwachsensein folgen zu wollen. Wir überlegen, sie für ein halbes Jahr in ein Pensionat in die Schweiz zu geben. Dort lernt man gut Französisch, was ihr sicher nicht schaden könnte. Aber es ist noch nicht entschieden. Dein Onkel ist viel zu viel damit beschäftigt, zu politisieren und zu granteln, über Bismarck, den Kaiser, ach – über alles. Er zetert, bis ihm die Köchin Kalbsvögerl macht, dann ist er wieder ein paar Stunden besänftigt.

Liebste Magdalena, nun schleiche ich schon die ganze Zeit wie die Katze um den heißen Brei um das herum, was ich dir eigentlich schreiben will, und plaudere und plaudere. Nun also zu dem, was diesen Brief so dringlich macht. Mein liebes Mädchen, ich kann dir nicht sagen, wie traurig ich war, als ich hörte, was Luitpold dir in Aussicht gestellt hat. Die Insel oder die Anstalt, das ist eine fürchterliche Auswahl, und wenn ich schon wüsste, wie ich dir helfen kann, würde ich es tun, aber ich muss wohl noch etwas brüten, bis mir ein genialer Einfall kommt. Sei dir jedoch gewiss, dass du nicht vergessen bist.

Irgendwie, irgendwann wird es einen Ausweg geben, auch wenn wir ihn jetzt noch nicht sehen, mein Liebstes.

Was deine andere Frage angeht. Es macht mich richtig wütend, was dieser Arzt dir gesagt hat und welche Angst er dir einjagt. Da du aber wissen willst, wie die Krankheit bei deinem Papi angefangen hat, will ich es dir auch geradeheraus sagen. Du warst immer zu klug, als dass man dich mit vagen Sätzen hat abspeisen können. Dein Papi war, das weißt du, einmal ein fröhlicher, beliebter, überaus hübscher junger Mann, und als er sich in deine Mutter verliebt hat, war er noch vollkommen richtig im Kopf. Aber es war in der Zeit, in der er in Schloss Nymphenburg wohnte, dass es begann: Er konnte nicht mehr schlafen. Nächtelang wandelte er durch den Park von Nymphenburg, ruhelos und getrieben. Ich kann mich noch an ein Abendessen in seinen Gemächern in diesem prächtigen Schloss erinnern, zu dem er deine Mutter und auch mich eingeladen hatte. Er saß in all dieser Pracht und war bleich und mitgenommen, völlig übernächtigt und fahrig. Er zitterte, wenn er sein Glas nahm. Dann aber war er wieder vollkommen freundlich und lustig. Ich habe später gehört, dass er in dieser Zeit schon Wutanfälle bekommen haben soll, aber das habe ich nie erlebt. Jedenfalls fing es so an. Wir haben damals natürlich noch nicht ahnen können, wie es enden würde.

Ich habe ihn übrigens zu Weihnachten wieder besucht, deinen Papi. Er schien ganz ruhig zu sein an diesem Tag, und ich erzählte ihm von dir und von München und einfach von allem, was mir einfiel, auch wenn er beinahe wirkte, als sei er eingeschlafen. So still saß er da und hörte zu. Schließlich redete ich ihn an, und ich sagte »König Otto« zu ihm. Da sah er mich an und wehrte ab. »Nein, nein«, sagte er, »mein Onkel ist der König.«

Er weiß wohl wirklich nicht, dass er es ist und Luitpold nur der Möchtegern. Dieser sitzt in der Stadt übrigens immer mehr in den Brauhäusern herum. Die Leute lieben es, dass er mit ihnen eine Maß hebt oder ein paar Weißwürscht isst, aber ich denke mir, dass man nicht beides auf einmal tun kann – regieren und an einer Weißwurscht zuzeln. Wo geht es nur hin mit unserem Bayern?, das denke ich bei mir. Einen Möchtegernkönig und einen, der nicht weiß, dass er der echte ist. Und in Berlin einen jungen Kaiser, dem sein Thron zu Kopf steigt. Und was ich mich vor allem frage – wo wird es hingehen mit dir? Glaub mir, dass diese Frage für mich über allem steht.

Ach mein Spatzl, am Ende: Bitte verlier' nicht den Mut. Diese Zeit wird enden. Und irgendwann, das glaube ich bestimmt, wirst du wieder frei sein.

*Es grüßt und umarmt dich fest*
*deine Tante Vroni*

Seit diesem Brief waren einige Wochen vergangen, der Winter wich dem Frühjahr. Als der März kam, verschwand der Frost vollkommen. Das Eis des Sees war getaut, die Dorfkinder spielten wieder auf den Wiesen, und das Mädchen mit dem roten Kopftuch drehte keine Pirouetten mehr. Berthas Hochzeit war vorbei, und Magdalena wartete sehnsüchtig auf einen Brief von Vroni, um wenigstens ein bisschen daran teilhaben zu können. Immer wieder hatte sie in den letzten Tagen an ihre Cousine gedacht, die nun eine Braut war. Ich werde das wohl nie werden, dachte sie. Keine Liebe auf den ersten Blick, wie es bei meinen Eltern gewesen war. Dabei wüsste ich so gerne, wie sich das anfühlt.

Im Gartensaal war es an diesem Abend im späten März zum ersten Mal etwas länger hell gewesen, nun hatte sich aber die Dämmerung über die Insel gesenkt, und das warme Licht der Lampen erleuchtete den Raum. Die Baronin saß in ihrem Sessel und hielt sich die obligatorische Zeitung vor das Gesicht, während Magdalena wieder einmal über einem Stickrahmen schwitzte. Dieses Mal sollte es nach dem Unterrichtsplan der Baronin ein Sinnspruch für ein Kissen sein: »Bescheidenheit und Fleiß – mein Ehr' und Preis«, dazu ein paar gestickte Veilchen. Die ersten drei Wörter waren fertig, das erste Veilchen immerhin schon zu erkennen. Seit einer Woche – einer besonders ereignislosen Woche – arbeitete Magdalena nun schon daran. An diesem Abend wollte sie zumindest das Veilchen fertig bekommen. Die Liebesvögel schickten ab und zu ein Zwitschern in die friedliche Stille des Saals, und das Pendel der Wanduhr schlug eine erneute vergangene halbe Stunde. Elisabeth war gerade damit beschäftigt, auf einer Leiter vor einem der hohen Fenster des Gartensaals zu balancieren und die Vorhänge abzustauben. Von dort aus hatte sie einen guten Ausblick auf den Rosengarten und die Insel, bis hinunter zum Wasser, denn die Bäume hatten noch kaum frisches Laub. Die Zeiss blätterte raschelnd eine Zeitungsseite um, als Elisabeth am Fenster plötzlich aufmerksam wurde. »Frau Baronin ...«, begann sie.

Die Zeiss reagierte nicht, Elisabeth wiederholte die Anrede. »Entschuldigen Sie, Frau Baronin ...« Nun winkte die Zeiss ungeduldig ab; sie war völlig gefesselt von etwas, das sie gerade las. »Nun hören Sie sich das an, Fräulein Magdalena«, rief sie im nächsten Moment aus, »Bismarck hat abgedankt! Das ist doch einfach unglaublich!«

Magdalena sah desinteressiert auf. Seit Wochen schon ging es ständig um Bismarck und um Kaiser Wilhelm, sie konnte es allmählich nicht mehr hören.

Die Baronin dagegen schüttelte entsetzt den Kopf. »Jetzt ist alles verloren. Dieser junge Kaiser ... er weiß nicht, was er tut.«

»Hm«, machte Magdalena nur.

»Alles wird vor die Hunde gehen, wenn man die Alten so unrühmlich fortschickt.« Die Zeiss wurde immer aufgebrachter. »Ach, dieses ganze Kaiserreich war ein Irrtum – aber was will man von Preußen auch erwarten?«

Während die Baronin sich in Rage redete, fuhr Magdalena mit der Fingerspitze über das eben gestickte Veilchen. Solche, ähnlich violett, streckten schon seit ein paar Tagen die Köpfe aus den Wiesen der Insel. Sepp war glücklich, endlich war der Boden getaut, und er konnte wieder im Garten arbeiten. Ihre gemeinsamen Abende am Kamin hatten ein Ende gefunden, und sein Husten war beinahe verschwunden. Es war, als würden alle mit jedem Tag, an dem die Sonne schien und sich die Natur veränderte, aufatmen. Nur ich nicht, dachte Magdalena. Für mich wird sich nichts ändern.

Sie sah auf zu dem Dienstmädchen, das immer noch

aus dem Fenster starrte. Elisabeth war wahrscheinlich auch nicht nur erfreut über den Frühling. Seit Tagen schon scheuchte die Zeiss sie durch das Haus, damit sie den Frühjahrsputz erledigte, und die Listen der Baronin, in ihrer markanten spitzen Handschrift geschrieben, von Dingen, die noch erledigt werden mussten, schienen trotzdem kaum kürzer zu werden.

Auch jetzt hätte Elisabeth eigentlich längst Feierabend gehabt. Stattdessen stand sie auf der Leiter und musste die schweren Vorhänge von Winterstaub und Kaminruß befreien.

»Frau Baronin ...« Elisabeth versuchte es ein drittes Mal und unterbrach damit die Tirade der Zeiss.

»Was ist denn, um Gottes willen?« Endlich drehte sich die Baronin ärgerlich zu dem Dienstmädchen am Fenster um. »Ich habe dir doch alles genau erklärt, was du mit den Vorhängen machen sollst.«

»Ja, Frau Baronin, aber das ist es nicht. Es ist ...« Elisabeth deutete zum Fenster hinaus. »Das sollten Sie sich ansehen. Ich glaube, es kommt jemand.«

Kurz reagierten weder die Baronin noch Magdalena: Es war zu absurd. Niemand kam jemals zur Insel, abgesehen von Barthel, und der war heute Nachmittag da gewesen.

»Was redest du da?«, fragte die Zeiss barsch. »Wir erwarten doch niemanden.«

»Trotzdem – da kommt jemand. Drei Boote.«

Die Zeiss legte nun doch die Zeitung beiseite und erhob sich eilig. Auch Magdalena stand auf und ging ans Fenster. Tatsächlich, dort war jemand auf dem abendlichen See. In der Frühlingsdämmerung waren von der Besatzung nur die Fackeln zu sehen, die sie hielten, um ihren Weg zu finden. Das flackernde Licht schimmerte auf dem nächtlich schwarzen Wasser und gab dem Anblick der Boote, die auf die Insel zuhielten, etwas Märchenhaftes. Alle drei Frauen sahen wie gebannt zu.

»Wer mag das sein?«, fragte Elisabeth schließlich beklommen.

»Hm, es sieht ein wenig aus wie Piraten. Wie in den Geschichten meines kleinen Cousins – Piraten, die auf die Schatzinsel kommen.« Magdalena zwinkerte dem Dienstmädchen zu.

Die Zeiss, deren stocksteifer Rücken Anspannung verriet, fuhr unwirsch herum. »Unsinn«, zischte sie, »das sind sicher nur Störenfriede. Alberne Jungen, die glauben, dass ein königliches Verbot, sich der Insel zu nähern, nichts bedeutet.« Sie straffte sich. »Ich werde diese Frechheit sofort beenden.« Entschlossen öffnete sie die Verandatür. »Sie beide bleiben, wo Sie sind. Vor allem Sie, Magdalena – Sie wissen, Sie dürfen sich nicht aufregen.«

Magdalena und Elisabeth sahen gespannt zu, wie der schwarze Schatten der Zeiss, der sich gegen die blaue Dämmerung scharf abhob, mit schnellen Schritten hinüber zum Gärtnerhaus eilte und dort an die Tür von Sepps Kammer hämmerte. Der Gärtner kam heraus, und kurz darauf begleitete Sepp die Baronin den Pfad entlang in Richtung des Ufers, auf das die Boote zusteuerten. In der Hand hielt er seine Jagdflinte.

»Es ist wirklich merkwürdig«, wisperte Elisabeth, während sie beide gebannt verfolgten, was geschehen würde. »Wir bekommen zu so einer Uhrzeit doch keinen Besuch.«

»Wir bekommen zu keiner Uhrzeit Besuch«, sagte Magdalena sarkastisch. »Aber du hast recht. Ich würde zu gern wissen, was das zu bedeuten hat.«

Inzwischen hatten die Zeiss und Sepp das Ufer erreicht. Sepp wirkte ruhig und gelassen, die Zeiss gestikulierte wild. Offensichtlich rief sie den Menschen in den Booten etwas zu.

»Oh, oh, die Baronin ist ziemlich ungehalten.« Elisabeth kicherte. »Wenn es eine schafft, dass die Piraten vor lauter Angst abdrehen, dann sie.«

Magdalena gab sich Mühe, etwas Genaueres zu erkennen. Aber das diffuse Flackern der brennenden Fackeln und die Dunkelheit machten es kaum möglich. »Was denkst du, wie viele das sind?«, fragte sie, »acht oder neun?«

»Auf jeden Fall sind es lauter Burschen.« Elisabeth kicherte wieder. Tatsächlich war nirgends der Umriss eines Kleides oder eines Damenhutes auszumachen. Elisabeth hatte recht. Acht oder neun Männer also, dachte Magdalena. Ein Schrecken fuhr ihr in die Glieder – was, wenn sie von Luitpold geschickt worden waren? Aber nein, dann würde die Zeiss sie sicher begeistert begrüßen.

Stattdessen wirkte sie völlig außer sich. Schließlich wandte sich der Schatten der Zeiss abrupt um und kam in wütendem undamenhaftem Laufschritt zur Villa zurück. Sepp folgte ihr in einigem Abstand und eher in einem vergnügten Bummeln. Die Boote drehten währenddessen nicht ab; im Gegenteil – sie ruderten das letzte Stück zum Ufer.

Die schemenhaft erkennbaren Männer sprangen ins flache Wasser und zogen die Boote an Land. »Sehen Sie nur, die bleiben«, wisperte Elisabeth, »oh, Fräulein, ist das nicht aufregend?!«

Doch bevor Magdalena antworten konnte, tauchte das wutverzerrte Gesicht der Baronin schon im Rosengarten auf.

»Schnell – tun wir so, als hätten wir sie nicht beobachtet.« Magdalena ging zurück zum Kanapee und setzte sich, Elisabeth stieg wieder auf die Leiter. Als die Zeiss schnaubend den Gartensaal betrat, boten beide ein mustergültiges Bild.

»Ungeheuerlich!« Die Baronin war so aufgebracht, wie Magdalena sie noch nie erlebt hatte. Sie ließ die Flügeltüren krachend hinter sich ins Schloss fallen. »Es ist eine Ungeheuerlichkeit!« Magdalena sah mit unschuldigen großen Augen von ihrem Stickrahmen auf. »Frau Baronin, konnten Sie die Angelegenheit denn nicht klären?«

Die Zeiss antwortete ihr nicht. Stattdessen begann sie, auf und ab zu gehen. Sie kümmerte sich nicht einmal darum, dass ihre Schuhe schmutzig geworden waren und sie nun Frühlingserde auf den Perserteppichen verteilte. »Es ist eine Ungeheuerlichkeit von einem Ausmaß, wie ich es mir nicht hätte träumen können«, wütete sie. »Niemand hat mich benachrichtigt. Das hätte man tun müssen. Es wäre eine Pflicht gewesen. Wie soll ich meiner Aufgabe hier nachkommen, wenn mich niemand benachrichtigt?«

»Worüber denn benachrichtigt, Frau Baronin?«

Endlich blieb die Zeiss stehen. »Das sind Studenten!« Sie

spie das Wort aus, als wäre es etwas Unanständiges. »Studenten aus München, und sie werden hierbleiben. Wochenlang, wenn es nach ihnen geht.«

Magdalena starrte sie überrascht an. Ihr Herz klopfte – das waren nun wirklich einmal aufregende Neuigkeiten. Fremde auf der Insel – Fremde aus München. »Warum denn das? Was tun sie hier?«

»Das weiß ich auch nicht. Sie haben mir lediglich in herablassendem Ton gesagt, dass sie eine Genehmigung von der Universität haben. Einfach respektlos. Und dann kommen sie wie Diebe in der Nacht ... Ich muss dem Prinzregenten schreiben. Seine Königliche Hoheit muss doch wissen, was hier vorgeht. Er würde niemals so eine Ungeheuerlichkeit zulassen ... Zumal wir doch Ihre Nerven schonen müssen, Fräulein, unbedingt Ihre Nerven schonen ... Ich muss ihm schreiben ...« Während die Zeiss noch redete, ging sie grußlos aus dem Raum.

Elisabeth und Magdalena sahen sich an. »Was bedeutet das?«, fragte Elisabeth.

Magdalena sah lächelnd zum Fenster hinaus, wo am Ufer nun auch das letzte der drei Boote an Land gezogen war und die Silhouetten junger Männer im Feuerschein zu erkennen waren, die schwere Gegenstände ausluden. »Das heißt, dass hier etwas passiert, etwas Neues.« Und endlich hatte sie das Gefühl, dass auch sie aufatmete.

Am nächsten Morgen, als Elisabeth an der Zimmertür klopfte und den Krug mit warmem Waschwasser hereinbrachte, setzte sich Magdalena noch schlaftrunken auf und hatte für einen Moment das eigenartige Gefühl, aufgeregt zu sein, ohne sich an den Grund dafür zu erinnern. Dann fielen ihr die Boote, die Fackeln und die Fremden wieder ein. Oder hatte sie nur geträumt?

»Guten Morgen.« Elisabeth knickste und stellte den Krug auf den Waschtisch, nachdem sie ein wenig von dem warmen Wasser schon für Magdalena in die Waschschüssel gegossen hatte. »Haben Sie gut geschlafen, Fräulein Magdalena?«

»Ich weiß nicht recht.« Sie schüttelte den Kopf. »Sag, Elisabeth, diese Studenten, die gestern Abend angekommen sind – du erinnerst dich doch auch, oder?«

»Natürlich, Fräulein. Ich habe sie noch die halbe Nacht reden und lachen gehört, die Fenster in meiner Kammer lassen ja alles durch ...« Während Elisabeth noch redete, ging sie zu Magdalena hinüber, die inzwischen im Nachthemd auf der Bettkante saß, und half ihr, die Haare zu lösen, die nachts immer zu einem dicken Zopf geflochten waren.

Magdalena atmete aus. »Gut, dann ist es also wahr.«

»Oh ja, Fräulein. Heute früh habe ich sie auch schon gesehen, als ich Wasser geholt habe.« Elisabeths flinke Finger lockerten Magdalenas kastanienbraunes Haar, bis es wellig über ihre Schultern floss.

»Und was machen sie?« Magdalena stand auf und ging hinüber zum Waschtisch, wo sie sich einer Katzenwäsche unterzog. »Sie sind am östlichen Ufer, Fräulein«, antwortete Elisabeth, während sie damit begann, einen Kamm durch Magdalenas Haare zu ziehen. »Da, wo alles voller Kiesel und Sand ist. Sie bauen sich ein Lager auf, glaube ich.«

»Und wie ...« Magdalena suchte nach Worten. Sie wollte nicht allzu neugierig wirken, auch wenn sie in Wirklichkeit gerne sofort hingelaufen wäre und sich selbst alles angesehen hätte. »Nun, wie sind sie?«, fragte sie schließlich vage.

»Sie sind jung.« Das Dienstmädchen legte den Kamm beiseite und begann, Magdalenas Haare zu einer komplizierten Frisur zu stecken. »Richtig fesche junge Burschen.« Sie machte eine nachdenkliche Pause. »Nur ein bisschen merkwürdig angezogen sind sie.«

»Was meinst du damit? Wieso merkwürdig?«

Elisabeth zuckte die Achseln. »Ich weiß nicht recht, Fräulein. Die Kleider und die Hüte, solche hab ich noch nie gesehen. Na ja, Sie werden's ja selber sehen, wenn Sie später mit der Frau Baronin zum Spaziergang gehen.«

»Ja, da hast du wohl recht.« Magdalena gab sich Mühe, gelassen zu wirken. In Wirklichkeit fieberte sie dem Spaziergang entgegen. Unbedingt wollte sie die Fremden mit eigenen Augen sehen.

Die Frisur war fertig, Elisabeth knickste. »Welches Kleid möchten Sie heute anziehen, Fräulein?«

»Ach« – es ist mir gleich, wollte Magdalena schon so wie in den letzten Wochen sagen, aber sie unterbrach sich. »Ich, hm, ich denke, ich schaue heute selbst einmal nach, welches ich anziehen könnte.« Sie stand auf und ging hinüber zum Kleiderschrank. Kritisch betrachtete sie die Kleider, die dort ordentlich aufgereiht und von Elisabeth sauber ausgebürstet hingen. Das gelbseidene war ihr inzwischen eigentlich zu kurz geworden, das grüne war zu warm, das kaffeebraune sah für sie im hellen Licht dieses Morgens mit einem Mal zu unscheinbar aus und das graue noch trister. »Ich denke, ich nehme das rosafarbene«, sagte sie schließlich. »Das mit der Spitze an den Ärmeln.«

Elisabeth sah sie verwundert an. »Aber Fräulein, normalerweise sagen Sie immer, dass Ihnen das zu elegant für die Insel ist.«

Magdalena spürte, wie sie rot anlief. »Ja, vielleicht. Aber heute ist mir danach.«

Elisabeth fragte nicht weiter, nahm das Kleid aus dem Schrank und half Magdalena dabei, es anzuziehen.

»Kann ich noch etwas für Sie tun?«

»Nein.« Magdalena nickte ihr zu, überlegte es sich dann jedoch anders. »Halt, warte – bring mir einen Spiegel.«

»Einen Spiegel?« Elisabeth wurde immer verwirrter. Nichts schien an diesem Morgen zu sein wie sonst.

»Ja, einen Spiegel. Einen möglichst großen.«

Achselzuckend ging das Dienstmädchen aus dem Zimmer und kam kurz darauf mit einem ovalen Spiegel zurück, den sie Magdalena vorhielt.

Magdalena betrachtete sich. Sie hatte sich schon seit Langem nicht mehr eingehend im Spiegel angesehen und war nun überrascht von der fraulichen Gestalt, die ihr entgegenblickte. Ich habe mich verändert, dachte sie überrascht, und ich habe es nicht einmal bemerkt. Alles Kindliche war aus ihrem Gesicht verschwunden, es war sinnlicher geworden, mehr Frau als Mädchen. Die dunklen Augen, die sie von ihrem Vater geerbt hatte, blickten ernst, ihre Lippen waren voll, die Wangenknochen prägnanter geworden. Die Frisur, die Elisabeth ihr geflochten hatte, stand ihr gut, das Rosa des Kleides schmeichelte ihrer Haut.

»Ist alles zu Ihrer Zufriedenheit?«, fragte Elisabeth, die immer noch dastand und den Spiegel hielt.

Magdalena nickte. »Ja. Danke, Elisabeth.«

Das Dienstmädchen knickste noch einmal und ließ sie allein.


Der langweilige Unterricht der Zeiss schien sich an diesem Tag noch mehr in die Länge zu ziehen als sonst. Magdalena konnte den Moment, an dem die Baronin sie endlich zum täglichen Spaziergang auffordern würde, kaum erwarten. Während sie den langatmigen Erklärungen der Zeiss lauschte, die ihr das richtige Stecken eines Narzissenstraußes erklärte, sah sie immer wieder zum Fenster hinaus, ständig in der Sorge, es könnten doch noch Wolken aufziehen und Regen den Spaziergang verhindern. Aber zu ihrer Erleichterung blieb es sonnig, und schließlich war es endlich so weit. »Fräulein Magdalena, wir wollen uns nun zum Spaziergang bereit machen.« Die Zeiss warf einen Blick aus dem Fenster. »Und bitte lassen Sie sich nicht irritieren von diesen Studenten. Wir werden sie einfach gar nicht beachten. Sie wissen ja – Aufregung vertragen Sie nicht.« Sie musterte Magdalena plötzlich erstaunt. »Wird es Ihnen in diesem Kleid nicht zu kühl? Sie tragen es doch sonst nicht, und es ist eher ein Sommerkleid.«

»Oh nein, mir ist warm genug – danke.«

Draußen war es tatsächlich warm. Die Märzsonne

schien, im Garten blühten die ersten Blumen, und die Luft roch sanft nach Frühjahr.

»Ein herrlicher Tag«, sagte die Zeiss, nachdem sie einige Meter schweigend gegangen waren.

»Oh ja«, stimmte Magdalena zu.

»Wenn diese Leute nicht hier wären, wäre er noch schöner.« Die Zeiss blickte finster, während sie den Pfad in Richtung Lindenrondell einschlug. »Dieses Hämmern. Ich wusste vom ersten Moment an, dass sie nur Ärger machen würden.«

Tatsächlich hallten regelmäßige Hammerschläge vom Ufer her über die Insel. Sie kamen vom Ostufer, wo das Wasser flach und das Kieselufer breit war. Schließlich waren sie der Stelle so nahe gekommen, dass Magdalena zwischen den Bäumen das Lager erspähen konnte. Elisabeth hatte recht gehabt: Drei große Zelte standen dort am Inselstrand, einfach, aber groß und lang gestreckt. Bei einem der Zelte war der Leinenstoff der Seiten nach oben geklappt worden, sodass das helle Zeltdach beinahe zu schweben schien. Warum, das konnte Magdalena aus der Ferne nicht ausmachen. Ein Lagerfeuer flackerte am steinigen Ufer, ein Kessel hing darüber, und der sanfte Wind, der über die Insel strich, trug einen leichten Duft nach Kaffee zu ihnen. Am Lagerfeuer hockte ein Mann und war damit beschäftigt, Holz nachzulegen. Zwei andere saßen unter dem aufgeklappten Zelt. Magdalena konnte nicht erkennen, was sie genau taten. Die Männer wirkten gut gelaunt. Immer wieder riefen sie einander etwas zu, lachten, alberten herum.

Das Hämmern kam vom Wassersaum her, wo drei der

Studenten damit beschäftigt waren, etwas aus Holzbalken zu zimmern, die sich dort stapelten. Immer wieder hallten die Schläge durch die Luft, einmal auch ein unterdrückter Schmerzensschrei. Offensichtlich hatte sich jemand auf die Finger gehämmert.

Magdalena verstand nun, was Elisabeth mit der fremden Kleidung gemeint hatte. Tatsächlich waren die Männer anders angezogen, als sie es jemals gesehen hatte. Zu groben dunklen Hosen und Stiefeln trugen sie weiße, weite Hemden und helle Jacken. Einer von ihnen dazu auch noch einen merkwürdigen weißen runden Hut. Es hatte etwas Exotisches an sich.

Plötzlich blickte einer der Männer bei den Zelten in ihre Richtung. Er hielt inne. Die Zeiss hatte es nicht bemerkt. Sie plauderte vor sich hin, während sie weiter zwischen den Bäumen entlangschlenderte. Aber Magdalena blieb stehen. Der Mann hatte sie gesehen, da gab es keinen Zweifel. Er stand da, seinen Blick unverwandt auf sie gerichtet. Er war groß und schlank. Seine kurzen Haare leuchteten beinahe kupferfarben in der Sonne, eine ungewöhnliche Farbe. Magdalena stand da wie gebannt. Der Mann hob seine Hand und winkte ihr zu.

»Fräulein?« Die Zeiss war nun auch stehen geblieben. »Fräulein, was ist denn?« Die Baronin folgte ihrem Blick. »Oh, unglaublich – nun sehen Sie doch bloß, wie schamlos dieses Subjekt sie anstarrt!« Die Zeiss schüttelte den Kopf. »Ich sagte Ihnen doch, dass Sie sie gar nicht beachten sollen. Kommen Sie, kommen Sie. Ach herrje, Sie armes Ding sind ja völlig verstört.« Sie griff nach Magdalenas Arm und zog sie weiter. »Ich sage es Ihnen, mit Studenten hat man nur Scherereien. Meine Cousine Karoline, die Unglückliche, hat ein einziges Mal einen Studenten zur Miete aufgenommen, und was sie da erlebt hat …«

Während Magdalena mit halbem Ohr der langatmigen Erzählung der Baronin lauschte, drehte sie sich noch einmal verstohlen um. Der junge Mann mit dem rotblonden Haar stand immer noch dort am Ufer und sah ihr nach.

## Starnberger See, Bayern, Gegenwart

Liv hatte in der Nacht wirr geträumt, von Frauen in Prinzessinnenkleidern, Stalllaternen, von Strudelteig und weichen Omasesseln. In ihren Träumen tauchte Magdalena immer wieder auf, mal im Garten, mal zwischen den Bäumen, mal in der Villa. Auch ein Dienstmädchen mit freundlichem Gesicht und weißem Häubchen eilte durch Livs Träume, genauso wie ein alter Gärtner, der in ihrer Fantasie so ähnlich aussah wie Paul – und dann war da noch der schwarze Schatten der Zeiss.

Als Liv aufwachte, war es heller Morgen, und die Gespenster ihrer Träume verflüchtigten sich schnell. »Oh, oh, Liv«, murmelte sie und rieb sich den Schlaf aus den Augen, »langsam lebst du wirklich mehr in diesem alten Buch als in der Wirklichkeit.« Es stimmte. Magdalenas Geschichte hatte einen eigenartigen Sog entwickelt, der sie immer weiter hineinzog in die Vergangenheit. Umso mehr, seit sie mit Rosa eine lebendige Verbindung zu dieser Vergangenheit gefunden hatte. Alles schien ineinanderzufließen, und Magdalenas eigene Stimme aus dem alten Buch flüsterte durch die Jahrzehnte.

Rosa hatte darauf bestanden, Liv ein ordentliches Stück Apfelstrudel mitzugeben, und sie ließ ihn sich als Frühstück an Pauls kleinem Gartentisch schmecken. Wieder war das Wetter schön, auch wenn heute ein paar Wolken hier und da über den See zogen. Der Spätsommer hielt sich hartnäckig, er schien dem Herbst nicht weichen zu wollen.

Pauls Liste war noch lange nicht abgearbeitet – kein Wunder, es kamen ja ständig Bücher und Strudel und Segeltörns und geheimnisvolle Frauen mit Laternen dazwischen –, und so beschloss Liv, heute wieder einen der Punkte anzugehen, um die sie bisher einen Bogen gemacht hatte: Herbstschnitt der Rosen. Liv hatte noch nie im Leben eine Rose beschnitten, und jetzt, wo sie mit der Gartenschere in der Hand vor den unschuldigen Rosenpflanzen stand, hatte sie beinahe ein schlechtes Gewissen, die immer noch grünen Triebe abzuschneiden.

In der anderen Hand hielt sie ein Buch. »Rosenpflege einfach erklärt«, lautete der Titel. »Das klingt vielversprechend«, murmelte sie und blätterte bis zu dem Punkt »Rosen im Herbst schneiden«.

»Der Herbstschnitt ist für die Rosenpflanze dann wichtig, wenn es sich um ein ausschließliches Rosenbeet handelt und die Rosen recht dicht gepflanzt sind«, las sie. »Beschneiden Sie in diesem Falle die Rosen nicht im Herbst, können Winterschäden entstehen, da durch die Dichte der Pflanze keine ausreichenden Vorkehrungen getroffen werden können. Dies gilt für Strauchrosen genauso wie für Hochstammrosen.«

Gut, dachte Liv, so weit habe ich es immerhin verstanden.

»Die gute Nachricht für Hobbygärtner: Beim Herbstschnitt braucht man nicht akkurat vorzugehen«, fuhr das Buch fort. Liv atmete erleichtert durch. Sie hatte schon Sorge gehabt, Pauls kostbare Rosenpflanzen aus Versehen völlig zu verunstalten.

»Schneiden Sie einfach die Triebe ab, die wild und durcheinanderwachsen. Das Augenmaß reicht.«

»Also gut.« Liv ließ das Buch sinken und sah die Rosenpflanze vor sich an. »Versuchen wir es.«

Zuerst schnitt sie zögerlich, als könnte sie den Rosen wehtun. Dann aber bekam sie langsam ein Gefühl dafür. Bald war sie völlig versunken in die Arbeit. Und während sie arbeitete, kam ihr eine Idee.

Nachdem sie ein Drittel der Rosen bearbeitet hatte, beschloss sie, es für heute mit der Gartenarbeit gut sein zu lassen. Sie aß eine Kleinigkeit zu Mittag und machte sich dann mit dem Ruderboot auf zum Festland. Sie würde heute einen Ausflug machen, einen Ausflug auf Magdalenas Spuren.

Sie fragte sich zum Bahnhof nach Feldafing durch und stand bald davor. Der Bahnhof sah ganz anders aus als die, die sie aus Berlin kannte. Es war ein historisches Gebäude, mit kantigen Formen, einer Fassade aus rotem und weißem Stein, was einen hübschen Kontrast bildete, und hohen Holzflügeltüren. »Hier ist anscheinend alles historisch«, murmelte Liv und studierte den Fahrplan. Schnell fand sie die Linie, die sie suchte. Bis zur Abfahrt war noch etwas Zeit, und so ging sie in das kleine Café am Bahnhof, das

Kuchen und Törtchen verkaufte. Vor allem die kreisrunden kleinen Erdbeertörtchen und die glasurglänzenden Schokoladeneclairs sahen verlockend aus.

»Ja, bitte?« Die Verkäuferin hinter der Theke sah sie an.

»Oh, hm, ich weiß nicht recht – das Erdbeertörtchen oder das Schokoladeneclair«, sagte Liv, »die sehen beide so gut aus, es ist schwer, sich zu entscheiden.«

Sie sah von einem zum anderen. Plötzlich hörte sie Johannes' Stimme in ihrem Kopf. »Nicht so lange nachdenken, einfach mal machen.«

Sie hob den Kopf und sah die Verkäuferin an. »Beide«, sagte sie. »Ich nehme sie beide und bitte zum Mitnehmen.«

»Sehr wohl.« Die Verkäuferin packte beides in eine hübsche Schachtel, die sie Liv über die Theke reichte. Liv bezahlte, dann ging sie beschwingt mit der Schachtel unter dem Arm zurück zum Gleis und wartete auf ihren Zug.

Der Zug war an diesem Herbstnachmittag angenehm leer. Die Touristensaison war vorüber, und um diese Uhrzeit war kaum jemand unterwegs. Liv suchte sich einen Fensterplatz, und der Zug fuhr an. Zunächst kamen sie nach Starnberg, dem Ort, der dem See den Namen gegeben hatte – ein hübsches Städtchen mit einem weiß gestrichenen Renaissanceschloss und einer ebenso weißen Kirche mit Zwiebeltürmchen. Die Bahn fuhr sogar eine kleine Weile am Seeufer entlang, und das Wasser blitzte freundlich zu Liv hinüber.

Nachdem die Bahn Starnberg verlassen hatte, fuhren sie durchs Grüne. Vorbei an Wiesen und Feldern, einem Golfplatz und schließlich durch den Wald. Liv öffnete den Karton mit den Kuchen. Der süße Duft nach Erdbeeren und

Schokolade stieg ihr in die Nase, und sie entschied sich zunächst für das Erdbeertörtchen. Während sie hineinbiss, sah sie aus dem Fenster. Die Bäume des Waldes, durch den sie fuhren, ergaben zusammen mit der Sonne und der Geschwindigkeit des Zuges eine beinahe hypnotisierende Abfolge von Licht und Schatten, und Liv schaffte es eine Zeit lang, einfach an gar nichts zu denken. Schließlich verließ der Zug das Waldstück. »Nächste Station: Gauting«, schallte eine Stimme aus den Lautsprechern, und bald fuhren sie in einen Dorfbahnhof ein. Je näher sie München kamen, desto weniger Wiesen und Wald durchquerten sie und desto öfter hielten sie an Stationen. Stockdorf, Planegg, Gräfelfing – die Aussicht aus dem Zugfenster wurde immer städtischer. Schließlich kam aus den Lautsprechern: »München-Pasing«. Sie waren in der bayrischen Hauptstadt angekommen. Das Bild vor dem Fenster änderte sich. Sie fuhren an breiten Gleisen und Güterbahnstrecken entlang, an Stadthäusern aus den Fünfziger- und Sechzigerjahren, an Geschäften. Der Zug füllte sich von Station zu Station. Schließlich fuhren sie im Münchner Hauptbahnhof ein.

Liv packte ihre Kuchenschachtel in den Rucksack und stieg aus. Der Bahnsteig war gut gefüllt, alles eilte durcheinander. Überrascht bemerkte sie, wie sehr sie sich schon an die Ruhe und Einsamkeit der Insel gewöhnt hatte. Lautsprecherdurchsagen, Stimmengewirr, Gedränge – der Trubel erschlug sie für einen Moment beinahe. Im Gegensatz zu dem kleinen, eleganten Bahnhof in Feldafing war dies hier ein moderner Stadtbahnhof, groß, mit spiegelnden Böden, Ladenzeilen, Kiosken und leuchtenden Anzeigetafeln. Liv sah sich um, schließlich fand sie den richtigen Ausgang.

Liv war noch nie in München gewesen. Aus einem Oktoberfestbesuch, den sie mit Nina immer wieder einmal vorgehabt hatte, war nie etwas geworden. So ging sie nun durch diese für sie völlig neue Stadt zwischen dem Trubel aus Touristen und Münchnern. Hier und da gab es japanische Reisegruppen, die begeistert fotografierten. Liv konnte es verstehen, die Stadt gefiel ihr sofort. Schon der erste Platz, auf den sie gelangte, war wunderschön: In einem Halbrund erhoben sich cremefarbene prächtige Gebäude, ein großer Springbrunnen ließ in der Mitte Fontänen in die Luft schießen, überall wimmelte es von Menschen. Manche fuhren Rad, andere trugen Einkaufstaschen, hielten eine Tüte Eis in der Hand und genossen den warmen Herbsttag. In der Mitte des Platzes hatte sich eine Gruppe um eine Stadtführerin versammelt. Liv hörte im Vorbeigehen zu, was die Frau mit ihrer öffentlichkeitserprobten Stimme laut erklärte. »Dies hier ist der Stachus, einer der bekanntesten Plätze in München. Benannt ist er nach einem Wirt aus dem achtzehnten Jahrhundert. Sie sehen vor allem die wunderschönen Fassaden aus der Gründerzeit ...«

Ihre Stimme wurde langsam leiser. Liv ging weiter. Sie ließ sich durch die Straßen treiben und fand sich schließlich vor dem Marienplatz wieder, wo eine weitere japanische Reisegruppe gerade eifrig das riesige Münchner Rathaus mit seinen Arkaden, Türmchen und Zinnen fotografierte. Liv hielt spontan an einem der kleinen Geschäfte an, die Postkarten und Souvenirs verkauften, und fragte dort nach einer Stadtkarte. Ohne Handy, dachte sie, muss man sich eben altmodisch zurechtfinden. Sie suchte auf der Karte die Orte, die sie besichtigen wollte, und schlenderte dann gemütlich durch die Straßen und Gassen der Altstadt. Sie kam am berühmten Münchner Hofbräuhaus vorbei, an gut besuchten Straßencafés, in denen die Leute gemütlich saßen und ein Bier tranken oder zu ihrem Kaffee einen Kaiserschmarrn bestellten, sie kaufte sogar in einem Laden einen kleinen Kühlschrankmagneten in Form einer Breze. Sie lief durch hübsche kleine Parks und über große Plätze, vorbei an teuren Modeboutiquen neben Delikatessengeschäften und Souvenirläden. Sie besah sich die alten Fassaden der Häuser und fragte sich, wie Magdalenas München wohl ausgesehen hatte. Sie gab sich Mühe, nicht durch das München von heute, sondern durch das vor hundert Jahren zu spazieren und es mit Magdalenas Augen zu sehen. Was hatte Tante Vroni geschrieben? Von den Blumenmädchen und Obstverkäufern auf den Straßen, von den Damen mit den eleganten Hüten, von Kutschen und schnaubenden Pferden. Hier, mitten in der Altstadt, konnte sie sich das alles nun beinahe bildhaft vorstellen. Schließlich kam sie zu ihrem ersten Ziel. »Prannerstraße«, stand auf dem Straßenschild, und Liv bog neugierig ab.

Die Straße, in der Magdalena einmal gewohnt hatte, war eleganter, als Liv es erwartet hatte. Ein Stadthaus mit prächtiger Fassade reihte sich dort an das andere, es gab breite Toreinfahrten und aufwendige Eingangsportale. Liv betrachtete sie fasziniert, während sie langsam die Straße entlangging. In irgendeinem davon hatte Magdalena gewohnt. Sie konnte sich gut die ausgelassenen Feste und Gesellschaften vorstellen, die Tante Vroni hinter einer dieser Fassaden gegeben hatte, das unbeschwerte Leben von Magdalena in der Prannerstraße, gemeinsam mit ihren Cousinen und dem kleinen Cousin – und sie stellte sich vor, wie Luitpold an einem warmen Sommerabend vor einer dieser Toreinfahrten aufgetaucht war, um Magdalenas Schicksal zu verkünden und sie aus diesem sorgenfreien Münchner Stadtleben zu reißen. Vor einem der Häuser blieb Magdalena stehen. Es war besonders prächtig, fast schon ein wenig übertrieben, mit einem Giebel, in dem ein vergoldetes Wappen prangte, und einer Fassade voller Schmuck – Büsten, modellierte Pflanzen und Helme, dazu ein säulengetragener Balkon über dem Eingang. Liv las das Schild neben der Tür; darin war heute eine Bank. Beinahe unglaublich, dass es früher einmal von einer einzigen Familie bewohnt worden war. Dagegen war die Villa auf der Roseninsel tatsächlich beinahe ein schlichtes Haus.

Liv ließ die Prannerstraße hinter sich. »Wo ist das Theater?«, murmelte sie und suchte eine Weile auf der Stadtkarte, bis sie schließlich feststellte, dass es nur einen Katzensprung entfernt war – das Nationaltheater am Beginn der berühmten Maximilianstraße. Kurz darauf stand sie schon davor, ein wuchtiges Gebäude mit Säulen und einer breiten Freitreppe, es wirkte einschüchternd. Dies war also das Theater, in dem Tante Vroni im Sommer 1890 die etwas gealterte Jeanne d'Arc gegeben hatte und in das Magdalena und der Rest der Familie zu ihren Premieren gegangen waren.

Diese Stufen musste Magdalena viele Male hinaufgegangen sein, gespannt, wie das neueste Stück ihrer Tante wohl sein würde, aufgeregt, weil ihr ein Theaterabend bevorstand ... Liv ging kurz entschlossen die Treppe nach oben, zog eine der schweren Türen zum Foyer auf und ging hindurch bis zur Besucherinformation. »Entschuldigen Sie, könnte ich vielleicht einen Spielplan haben?«, fragte sie die Frau, die dort saß.

Die gab ihr ein Faltblatt. Liv überflog das Programm. Zu ihrer Enttäuschung standen darauf nur Opernstücke und Ballettvorführungen. »Madame Butterfly«, »Der Nussknacker« ... Ihr fiel wieder ein, dass Magdalenas Mutter Balletttänzerin gewesen war. Ob sie auch hier in diesem prächtigen, riesigen Theater getanzt hatte?

»Vielen Dank, einen schönen Tag noch«, sagte sie zu der Frau. Die nickte ihr zu. »Und eine Frage noch – die Residenz ist doch dort drüben, richtig?«

Die Frau nickte noch einmal. »Die können Sie gar nicht verfehlen«, schickte sie Liv nach. Sie hatte recht. Die Münchner Residenz war ein riesenhafter, lang gestreckter Gebäudekomplex, fast schmucklos, mit vielen Flügeln und langen Ketten schlichter Fenster. Und hier sollte der Prinzregent regiert haben? Das Gebäude hat etwas Abweisendes an sich, dachte Liv. Oder lag es nur daran, dass von hier aus beschlossen worden war, Magdalena auf die Roseninsel zu verbannen? Hier, mitten im Stadtleben, hatte Luitpold also regiert, während seine Großnichte unglücklich auf der abgeschiedenen Insel leben musste.

Liv hatte genug von der Residenz. Sie schlenderte weiter

durch die Münchner Straßen, über den Odeonsplatz, vorbei am Hofgarten und dann zur Frauenkirche. Schließlich stieg sie in eine der Stadtbahnen und fuhr hinaus aus der Altstadt zu einem weiteren Ort, der mit Magdalena verbunden war.

Bei der Haltestelle »Schloss Nymphenburg« stieg Liv aus. Entlang eines schnurgeraden Wasserkanals führte die Straße direkt auf das Schloss zu. Liv blieb beeindruckt stehen. »Wow!«, wisperte sie. »Das nenne ich mal ein Schloss!«

Hier also hatte Madgalenas Vater einmal gelebt, bevor er krank geworden war. Das Schloss hatte riesige Ausmaße mit seinen lang gestreckten Seitenflügeln. Auf der großzügigen Wasseranlage davor paddelten majestätisch ein paar Schwäne. Die Wände des Schlosses strahlten hell in der Nachmittagssonne, hier und da blitzte es golden. Liv brauchte eine ganze Weile, bis sie den Vorpark durchquert und das Schloss tatsächlich erreicht hatte. Dort suchte sie den Besuchereingang.

»Ja, bitte?« Die Frau hinter dem Museumsschalter sah sie erwartungsvoll an.

»Ich würde gerne das Schloss besichtigen«, sagte Liv und kramte in ihrem Rucksack nach ihrer Geldbörse.

»Nur das Schloss oder auch den Park?« Die Frau sah sie über ihre Brillenränder hinweg an und griff nach einem Prospekt. »Sehen Sie – es gibt einerseits das Schloss und andererseits die große Parkanlage mit den Parkburgen. Das sind zwei verschiedene Eintrittskarten, da müssten Sie sich jetzt entscheiden.«

Der Park, in dem Magdalenas Vater seine nächtlichen

Spaziergänge unternommen hatte, während er langsam krank wurde. »Ähm, den Park bitte auch.«

»Macht fünfzehn Euro.«

Liv legte das Geld auf den Tresen und bekam dafür eine Eintrittskarte, auf die »Gesamtkarte« gedruckt war, und den Plan für den Park.

»Und darf es noch ein Audioguide für Sie sein? Da sind alle wichtigen Dinge über das Schloss erklärt.« Die Frau zeigte auf eine Menge Audiogeräte, die aufgereiht an der Wand hingen. Liv nickte. Sie bekam ein Gerät und dazu ein frisch verpacktes Paar Kopfhörer. »Viel Spaß in Nymphen-burg.«

»Danke.« Liv lächelte ihr zu. »Sie glauben gar nicht, wie gespannt ich auf das Schloss bin.«

In den nächsten anderthalb Stunden wanderte Liv durch die Räume des riesigen Schlosses. Ab und zu hörte sie sich die Erklärungen des Audioguides an. Aber den Großteil der Zeit sah sie sich einfach nur um. Ein Raum war prächtiger, goldener, stuckbesetzter als der andere. Sie hatte das Ge-fühl, dass sie erst jetzt richtig verstand, was Otto gewesen war – der bayrische Prinz, später der König, der in solchen Schlössern aufgewachsen war, der hier in dieser unglaubli-chen Pracht gelebt hatte.

Zu gerne hätte sie gewusst, welche dieser Räume er be-wohnt hatte. Zu ihrem Kummer gab der Audioguide darüber keine Auskunft. Es gab jedenfalls genug Zimmer in diesem Schloss, um sich heillos darin verlaufen zu können. Was hatte man zu Ottos Zeit wohl gemacht, wenn man hier je-manden suchte?, fragte sich Liv im Stillen. Heute würde man sich einfach auf dem Handy anrufen und fragen, in welchem dieser vielen Zimmerfluchten der andere gerade war, aber damals? Wahrscheinlich mussten die armen Diener den halben Tag herumlaufen und Nachrichten überbringen. In dieser Pracht zu leben, als Prinz, der langsam verwirrt wurde, das musste Furcht einflößend gewesen sein. Liv hatte plötzlich das Gefühl, Otto verstehen zu können.

Unversehens gelangte sie in einen Raum, den der Audioguide als Steinernen Saal bezeichnete. Er war so prächtig, dass sie sich beinahe davon erschlagen fühlte. Der Boden war mit Marmor im Schachbrettmuster ausgelegt, die Wände und hohen Fenster waren über und über mit Stuck verziert, und überall blitzte das Blattgold. Ein riesiger Kristallkronleuchter baumelte als Blickfang über allem, aber am beeindruckendsten war die Decke. Ein buntes Fresko zog sich dort über den gesamten Saal. »Der Steinerne Saal ist der prächtige Festsaal von Schloss Nymphenburg«, drang eine freundliche Frauenstimme aus dem Kopfhörer des Audioguides. »Das Deckenfresko ist besonders bemerkenswert und zeigt den Sonnengott Helios in der Mitte, der auf seinem strahlenden Wagen fährt, begleitet von anderen Göttern.«

Liv sah zur Decke, bis ihr schwindlig wurde. Götter an den Decken, überall blitzte und blinkte es, diese überdimensionierten Räume, da musste man ja irgendwann überschnappen.

Ein Zimmer, das sie auf der Liste der für Besucher geöffneten Räume entdeckte, interessierte Liv ganz besonders. »Geburtszimmer von König Ludwig II«, stand dort. Das wollte sie unbedingt sehen – das Zimmer, in dem der Bruder von Magdalenas Vater zur Welt gekommen war. Als sie es schließlich gefunden hatte, war es jedoch ganz anders, als sie es sich vorgestellt hatte. Nirgends gab es überbordenden Stuck oder riesige Fresken, der Raum war beinahe einfach, alle Möbel in dunklem Holz und mit tannengrünem Stoff bezogen. Livs Blick fiel auf ein ziemlich unbequem aussehendes Himmelbett. Hier war also der Kini zur Welt gekommen? Und vielleicht auch Otto?

»Entschuldigung«, sprach sie einen Angestellten an, »wissen Sie zufällig, ob auch Otto hier geboren wurde?«

Der Mann sah sie verständnislos an. »Wer?«

»Otto, der Bruder von König Ludwig.«

Der Mann zuckte die Achseln. »Keine Ahnung, ich weiß nur, dass das das Geburtszimmer vom Ludwig ist.«

»Okay, schade«, sagte Liv enttäuscht. Irgendwie wurde sie das Gefühl nicht los, dass Otto in Vergessenheit geraten war.

Sie verließ das Schloss und trat blinzelnd hinaus in den sonnendurchfluteten Schlosspark. Auf dem weitläufigen Gelände verteilten sich an diesem Nachmittag nur ein paar Besucher, sodass Liv das Gefühl hatte, die Wege und Pfade ganz für sich allein zu haben.

Sie ging durch den Park, bis ihr die Füße wehtaten, und konnte ab und an kaum glauben, überhaupt noch in der Stadt zu sein. Akkurat geschnittene Hecken und wie abgezirkelte Blumenbeete wechselten sich mit Springbrunnen, Teichen, Wasserläufen und Brücken ab. Hier und da gab es eine Skulptur oder einen kleinen Tempel mit weißen Säulen zu sehen, und immer wieder kam sie an kleinen, fantasievollen Bauten vorbei, laut ihrem Besucherplan die Parkburgen, jede zu einem anderen Thema entworfen: mal ein kleines Jagdschloss, mal ein Badehaus, mal eine Art Kirche, die mit Absicht gebaut war wie eine halb verfallene Ruine. Liv verlor sich fast zwischen all dem Grün, bis sie schließlich unerwartet wieder im Gartenparterre vor dem Schloss stand. Auf den schmalen, künstlich angelegten Wasserstraßen fuhren dort als Touristenattraktion Gondeln, als wäre es ein kleines Venedig mitten in der bayrischen Hauptstadt.

»Na, Lust auf eine Gondelfahrt?«, sprach einer der Gondolieri sie an. »Ich mache gleich Feierabend und bin frei. Sie hätten also das seltene Glück, allein zu fahren.«

Liv lächelte. Die Gondeln, die auf dem Wasser dahinglitten, sahen wirklich hübsch aus. »Ja, warum nicht.« Sie stieg ein und setzte sich auf das schmale Sitzbrett.

»Woher kommen Sie?«, fragte der Gondoliere.

»Aus Berlin.«

»Und was machen Sie hier? Urlaub?«

Liv sah auf die Gartenlandschaft, die an ihr vorbeizog. »Nein, ich bin auf Spurensuche.«

»Wessen Spuren suchen Sie?«

Liv sah ihn an. »Kennen Sie König Otto?«

Der Mann legte die Stirn in Falten. »War der nicht verrückt?«

»Aber Sie kennen ihn?«

»Ja, allerdings war mein Großvater auch ein Münchner Heimatforscher. Ich denke, viele werden sich nicht an diesen König erinnern.«

»Er wohnte einmal hier, wussten Sie das?«, fragte Liv. »Hier in Nymphenburg. Und er ist bei Nacht in diesem Park spazieren gegangen.«

»Warum bei Nacht?«

»Er konnte einfach nicht mehr schlafen«, wiederholte Liv die Worte aus Vronis Brief. »Es war wegen seiner Krankheit.«

Der Gondoliere schmunzelte. »Das klingt beinahe, als wären Sie dabei gewesen.«

»Fast«, sagte Liv gedankenverloren und sah auf die getrimmten Hecken des Parks, die Alleen, die Wasserspiele. »Sagen wir, ich kenne jemanden, der dabei gewesen ist.«

Der Mann musterte sie irritiert. Schließlich sagte er: »Ähm, okay. Soll ich Ihnen etwas über den Garten erzählen? Das ist eher so die Standardunterhaltung für diese Gondelfahrten.« Offensichtlich fragte er sich, ob er nicht einen reichlich überspannten Fahrgast hatte. Liv nickte darum schnell. »Klar.«

Während der Gondoliere begann, etwas über die Geschichte des Gartens zu erzählen, über die Bedeutung der Skulpturen und über die Gärtner, die das alles geplant und angelegt hatten, hing Liv ihren Gedanken nach. Sie sah auf die schmalen Wege zwischen den Hecken, auf die verschwiegenen Pfade und die kleinen Bächlein, die vor sich hin plätscherten, und stellte sich vor, es sei Nacht und ein getriebener Prinz liefe hier umher. Einer, dessen kleine Tochter in einer anderen Straße in München saß und auf seinen Besuch wartete.

Livs letzte Station lag etwas weiter außerhalb der Stadt, und sie nahm wieder die Bahn. Von der Haltestelle aus fragte sie sich durch, bis sie schließlich vor einem deutlich bescheideneren Schlösschen als Nymphenburg stand. Es wirkte freundlich, mit weiß-gelb gestrichenen Wänden, einer Kiesauffahrt und gepflegten Blumenrabatten. Ein großes schmiedeeisernes Tor versperrte Liv den Zutritt. »Exerzitienhaus Schloss Fürstenried«, stand auf einem Schild. Liv blieb vor dem Tor stehen und sah durch die Eisenstäbe. Es schien ihr recht passend zu sein, immerhin war dieses kleine Schloss einmal das luxuriöse Gefängnis für einen verrückten König gewesen. Die Sonne tauchte das Schloss in ein fast unwirkliches Licht. Liv dachte an all das, was sie über diesen Ort und Ottos Leben hier in Magdalenas Buch gelesen hatte, sie erinnerte sich an die Spaziergänge des verwirrten Königs mit seinen Aufpassern, daran, dass er so gerne im angrenzenden Wald Erdbeeren gepflückt hatte, daran, dass er kaum schlief, dass die Wände gepolstert worden waren, um seine Anfälle abzufangen. Und natürlich an den Furcht einflößenden Doktor Grashey, der neben dem Kutscher auf dem Kutschbock saß, wenn der König einmal ausfahren wollte.

Das alles war schwer in Einklang zu bringen mit diesem freundlichen Schlösschen im Grünen, das sich vor Liv ausbreitete. »Luitpold lässt sich in Fürstenried niemals blicken«, hatte Vroni geschrieben. »Er behauptet, es wäre zu weit, und er sei zu beschäftigt.«

Es war nicht weit, bestimmt selbst mit einer Kutsche nicht. Der Prinzregent hatte sich nur gedrückt davor, an diesen Ort zu kommen. Er hatte seinen kranken Neffen nicht sehen wollen. Weil er nichts mit Ottos Krankheit anfangen konnte? Oder weil er ein schlechtes Gewissen hatte, ihn hier gefangen und überwacht zu halten? Was für ein unglückliches Leben Otto gehabt haben musste. Ob er gewusst hatte, dass irgendwo weit weg seine Tochter saß und Angst davor hatte, dass ihr dasselbe Schicksal blühte?

Liv schüttelte den Kopf. Nein, sie wollte nicht, dass ihr letzter Gedanke an einem eigentlich so hübschen Ort so düster war. Lieber wollte sie an den Erdbeeren pflückenden König denken, der so gerne von hier aus in den Wald spaziert war.


Auf der Rückfahrt zum See glühte der Himmel beinahe. Der Sonnenuntergang war heute besonders schön. Liv saß auf ihrem Platz, sah aus dem Fenster und biss in ihr Schokoladeneclair. Sie war froh, diesen Ausflug gemacht zu haben. Nun hatte sie die Orte vor Augen, von denen Magdalena erzählte. Aber sie hatte auch ein wenig gehofft, irgendwo eine Spur von ihr zu entdecken. Sie dachte an das, was Magdalena zu Beginn des Buchs geschrieben hatte, auf der allerersten Seite. Sie hatte vergessen werden sollen, die Mächtigen ihrer Zeit hatten gewünscht, es hätte sie nie gegeben ... Hatten sie es letztlich geschafft?

Liv lehnte den Kopf an die Scheibe. Das Abendrot spiegelte sich im ruhigen Starnberger See, und das Schokoladeneclair schmeckte wunderbar.

## Starnberger See, Bayern, 1890

Die Zeiss verzog auf merkwürdige Art das Gesicht, als sie sich zu dem hübschen kleinen Weidenkranz hinunterbeugte, der auf den Tisch lag. »Hier ist Ihnen das Geflecht aber etwas schmal geraten.« Sie tippte auf eine Stelle im Kranz. »Und hier dafür zu dick. Nein, das geht nicht – flechten Sie einen neuen Kranz. Aber genau nach den Vorgaben, die ich Ihnen gegeben habe, mein Kind.« Als sie sich wieder aufrichtete, bemerkte Magdalena einen ungesunden Glanz in den Augen der Baronin.

Magdalena runzelte die Stirn. »Ist Ihnen nicht gut, Frau Baronin? Sind Sie krank?«

»Unsinn.« Die Zeiss straffte ihren Rücken. »Ich werde nie krank.« Sie wischte sich möglichst unauffällig über die Stirn. Ihr Gesicht nahm den altbekannten strengen Ausdruck an. »Ich sehe nicht, dass Sie mit dem Kranzbinden anfangen.«

Magdalena seufzte und griff nach dem Bündel frischer Weidenruten, die Sepp am Morgen geschnitten hatte. Seit Tagen band sie Kränze, die Zeiss schien ganz besessen davon zu sein. Während sie ohne Begeisterung mit einem

neuen Kranz begann, beobachtete sie ihre Gesellschaftsdame, die sich nun auf einem Stuhl niederließ. Irgendetwas
stimmte mit ihr nicht. Sie ist noch blasser als sonst, dachte
Magdalena, und ihre Augen flackern eigenartig. Nun sah die
Zeiss gereizt zu den Fenstern hinüber. »Meine Güte, ist das
hell heute, finden Sie nicht auch? Diese grelle Frühlings-
sonne ...«

Magdalena schüttelte erstaunt den Kopf. Im Raum war
es nicht heller als sonst auch, und die Sonne schien mild.

»Elisabeth«, rief die Zeiss ungeduldig, »mach die Fens-
terläden zu, diese Helligkeit ist ja unerträglich.«

Elisabeth kam und schloss die Läden. Nun saßen Magdalena und die Baronin im Halbdunkeln. Das Sonnenlicht,
das durch die Holzlamellen fiel, zeichnete Muster auf den
Teppichen des Gartensaals. Sie ist heute wirklich merkwürdig, dachte Magdalena. In diesem Moment gab ihr die Zeiss
einen unwirschen Wink. »Während Sie flechten – sagen Sie
mir das Gedicht auf, das wir gestern gelernt haben.«

Magdalena schnitt im Halbdunkeln eine Grimasse.
»Vom Berge was kommt dort um Mitternacht spät«, begann
sie. »Mit Fackeln so prächtig herunter?«

»Ob es wohl ...«, half ihr die Zeiss in ungeduldigem Ton
weiter, während sie ein Spitzentaschentuch aus dem Ärmel
ihres Kleides zog und sich damit über die Stirn tupfte.

»Ob es wohl zum Tanze, zum Feste noch geht? Mir klingen die Lieder so munter.« Magdalenas Finger wanden eine
neue Weidenrute ein, während sie weitersprach. Das
schwülstige Gedicht, das von Geistern an einem See han-
delte und das sie bisher albern gefunden hatte, klang in die-

sem Zwielicht und mit der merkwürdig blassen Baronin mit einem Mal beinahe schauerlich.

»Das, was du da siehst, ist Totengeleit, und was du da hörest, sind Klagen. Dem König, dem Zauberer ...« Sie brach ab. »Frau Baronin, ist Ihnen wirklich gut?«

Die Zeiss hatte nun die Augen fast geschlossen. Auf ihrer Stirn mehrten sich die Schweißperlen, obwohl es im Raum nicht warm war, und ihre Wangen hatten einen fiebrigen Schimmer angenommen. Sie ächzte mit einem Mal auf. »Was ist das nur ... Mir ist so schwindelig. Es schwankt.«

»Baronin, ich denke, Sie sollten sich niederlegen!« Magdalena legte eilig ihren angefangenen Kranz beiseite und winkte Elisabeth heran. Die Zeiss widersprach ausnahmsweise nicht. »Was ist nur mit mir?«, murmelte sie lediglich immer wieder und wieder. »Mir ist so eigenartig.«

Magdalena brachte die Baronin mit Elisabeths Hilfe auf ihr Zimmer und schickte dann das Dienstmädchen los, einen Tee zu kochen. Die Zeiss lag währenddessen murmelnd im Bett. Sie schien kaum noch bei Sinnen. Dann allerdings krächzte sie: »Winden Sie den Kranz fertig, mein Kind«, als Magdalena gerade das Zimmer verlassen wollte. »Und tun Sie es ordentlich, ich werde später danach sehen ... Denken Sie nicht, ich merke nicht ...« Ihre Stimme wurde immer leiser, als würde sie noch im Sprechen eindösen. Noch bevor Magdalena die Tür hinter sich geschlossen hatte, schlief die Baronin.

Die Zeiss sah an diesem Tag nicht mehr nach Magdalenas Kranz. Im Gegenteil, es schien ihr von Stunde zu Stunde schlechter zu gehen. Um die Mittagszeit herum bekam sie Schüttelfrost. »Sie glüht richtig«, berichtete Elisabeth, als sie wieder einmal aus dem Krankenzimmer kam, in der Hand die benutzte Teetasse. »Bibbert wie im tiefsten Winter. Und sie hat sich bei mir bedankt –«, sie grinste, »ganz zahm und freundlich.«

»Das ist nur der Fieberwahn«, brummte Sepp, der gerade damit beschäftigt war, den Kaminschacht im Gartensaal zu säubern; eine der wenigen seiner Aufgaben, für die die Zeiss ihn im Haus duldete. Er verzog das rußig gewordene Gesicht. »Sie hat bestimmt diese Grippe. Kann eigentlich gar nix anderes sein.«

Tatsächlich waren die Zeitungen seit einigen Wochen voll von Berichten über eine besondere Grippe, die angeblich aus Russland kam.

»Ach Sepp, wie sollte man denn auf unserer Insel die Russische Grippe kriegen?« Elisabeth schüttelte den Kopf, und Magdalena pflichtete ihr bei: »Es ist bestimmt nur eine Erkältung.«

Sepp zuckte die Achseln. »Barthel hatte gestern auch Fieber. Bisschen viel Erkältung für solch warme Frühlingstage, finde ich.«

Plötzlich fühlte Magdalena sich beklommen. Sepp, Elisabeth und sie sahen sich an. Diese neuartige Grippe war schwer; in der Zeitung hatten schlimme Dinge davon gestanden.

»Die Russische Grippe«, murmelte Elisabeth und bekreuzigte sich. »Gott schütze uns.«

Magdalena war an diesem Nachmittag zum ersten Mal seit Monaten allein. Seit Grasheys düsterer Voraussage hatte sie keinen Schritt mehr allein machen können – die Zeiss war nicht mehr von ihrer Seite gewichen. Magdalena trank ihren Kaffee auf der Veranda und sah dabei hinaus auf den Garten und die Insel. Die Bäume waren über die letzte Woche schon ein wenig grüner geworden, und die Rosen trieben ihre ersten Knospen aus. Die Luft war still, sodass die Geräusche vom Lager der Studenten mühelos zur Villa drangen. Magdalena hörte Stimmen, ab und an Lachen und immer wieder das nun schon vertraute Hämmern. Seit ihrem letzten Spaziergang, an dem sie den rotblonden Mann zwischen den Bäumen gesehen hatte, hatte die Zeiss sie von der Nordostseite der Insel ferngehalten. Jeden Tag hatte sie eine andere Ausrede erfunden, warum der Spaziergang ins Wasser fiel oder sie nur auf der Südwestseite der Insel, entfernt von dem Lager der Studenten, spazieren gehen konnten. Aber nun lag die Zeiss im Bett.

Magdalena hörte das Hämmern und die Stimmen und traf eine Entscheidung. Als sie den Kaffee ausgetrunken hatte, ließ sie sich von Elisabeth einen leichten Schal bringen.

»Fräulein, was haben Sie vor?«, fragte die verwundert.

»Ich werde ein wenig spazieren gehen.«

»Alleine?« Elisabeth sah unbehaglich drein. Ihr war nicht entgangen, dass die Baronin Magdalena seit Wochen nicht mehr allein aus dem Haus ließ.

»Ja, warum nicht?«, sagte Magdalena in leichtem Ton. »Der Tag ist so schön, und ich muss einfach ein bisschen frische Luft schnappen. Wenn die Baronin fragt, sag ihr einfach, mir sind die Weidenruten für den Kranz ausgegangen.« Sie zwinkerte. Dann drehte sie sich um und öffnete die Tür. Sofort fiel der Frühlingssonnenschein in die kalte, dunkle Eingangshalle. »Keine Sorge – ich bin bald wieder da.«

Als Magdalena das Haus ein paar Schritte hinter sich gelassen hatte, atmete sie tief durch. Das Wetter war wunderschön, sonnig und mild, die Vögel zwitscherten in den Zweigen der Bäume, über allem lag der frühlingsblaue Himmel – es war ein wunderschöner Tag. Und dass die Zeiss nicht neben ihr ging, machte ihn noch schöner.

Magdalena schlug den Weg in Richtung Ostufer ein, am Rosengarten entlang und dann zwischen den Bäumen her bis hinunter zum Wasser. Auf dem See waren ein paar Fischer unterwegs, die Hügel am anderen Ufer waren in den letzten Tagen immer grüner geworden. Ein sanfter Wind fuhr hier am Wasser durch Magdalenas Haare.

Schließlich war sie beinahe am Lager der Studenten angekommen. Es war ihr Ziel gewesen, aber nun, als sie da war, fühlte sie sich plötzlich beklommen. Was sollte sie mit ihnen reden? Sie hatte schon so lange keine Fremden mehr getroffen. Als einer der Männer nun in ihrem Blickfeld auftauchte, verbarg sie sich schnell hinter einem großen alten Baum. Vorsichtig spähte sie aus ihrem Versteck nun zum Lager hinüber. Es hatte sich verändert, seit sie es zum ersten Mal gesehen hatte. Immer noch standen die drei Zelte da, davon eines aufgeklappt, aber es stapelten sich nun einige Kisten vor dem größten Zelt, und es war zu erkennen, was die Männer am Wasser zimmerten – es war eine Art Steg, der schon ein ganzes Stück in den See hinausragte, aber offensichtlich noch nicht fertig war. Bretter lagen am Ufer, und sie waren immer noch zu dritt damit beschäftigt, zu hämmern. Das Lagerfeuer brannte an diesem Nachmittag nicht, der Kessel hing halb gekippt darüber.

»He, ich glaube, ich hab da was«, rief plötzlich einer der Männer, die am Steg arbeiteten, und winkte zu denen hinüber, die unter dem aufgeklappten Zelt saßen. »Georg, schau dir das mal an.« Der Angesprochene stand auf; er war klein und ziemlich untersetzt. In seinen schweren Stiefeln stapfte er über die Uferkiesel hinüber zum Wasser und beugte sich über die Stelle, auf die der andere zeigte.

Kurz herrschte gespannte Stille, dann richtete sich Georg wieder auf. »Ich glaube, das ist gar nichts.«

»Natürlich ist das was.«

Georg schüttelte den Kopf. »Warte, was Carl sagt. Aber ich glaube nicht daran«, sagte er und klopfte ihm lachend auf die Schulter. »Wilhelm, du denkst dauernd, dass du den zweiten Schatz des Priamos gefunden hast, und am Ende ist es nur ein Kiesel.«

»Das stimmt überhaupt nicht«, verteidigte sich Wilhelm, ein schlaksiger junger Kerl mit blonden Haaren. »Erinnerst du dich nicht an Griechenland …? Wer hat da den wichtigsten Fund gemacht?«

»Carl.«

»Na gut, dann eben den zweitwichtigsten. Keiner hat geglaubt, dass es etwas war, aber ich wusste es …«

»Oh nein, nicht schon wieder die Geschichte«, stöhnte

ein Dritter mit dunklem Bart in komischer Verzweiflung. »Wilhelm, wir waren alle selbst dabei. Du musst es uns wirklich nicht schon wieder erzählen.« Dieses Mal lachten alle.

»Macht lieber weiter mit dem Steg, damit wir endlich mit unserer Hauptaufgabe anfangen können.« Georg stapfte in den groben Stiefeln wieder zurück zum Zelt. Magdalena in ihrem Versteck versuchte, sich einen Reim auf das machen, was sie gerade gehört hatte.

»Na, ist es interessant, was Sie sehen?«, hörte sie plötzlich eine Stimme hinter sich. Magdalena fuhr erschrocken zusammen. Als sie sich umdrehte, stand dort der junge Mann mit den kupferfarbenen Haaren und grinste sie an.

»Entschuldigung«, stotterte sie, »ich wollte Sie nicht auskundschaften. Ich kam hier nur zufällig vorbei und ...« Der Blick aus seinen grünen Augen nahm sie gefangen. Sie waren von einer Tiefe, wie sie es noch nie gesehen hatte. Sein Gesicht war markant, mit einer aristokratischen Nase und kantigem Kinn. Auch er trug wie die anderen ein helles Hemd, grobe Hosen und Stiefel.

»Oh nein, bitte«, sagte er mit einer angenehmen, tiefen Stimme. »Ich freue mich, wenn sich jemand für unsere Arbeit interessiert.« Sein Lächeln vertiefte sich. »Und wir kennen uns schon, nicht wahr? Ich habe Sie vor ein paar Tagen drüben auf dem Spazierweg gesehen.«

Magdalena nickte. »Ja ... ich war dort mit meiner Gesellschaftsdame.«

»Und wo haben Sie die heute gelassen?«

»Sie ist krank.«

»Das tut mir leid zu hören.« Während sie diese höflichen Floskeln austauschten, sahen sie einander die ganze Zeit wie gebannt an. Es war etwas zwischen ihnen, vom ersten Moment, eine Spannung, eine beinahe unwiderstehliche Anziehung. Es ist, als gäbe es nur ihn und mich auf der Welt, dachte Magdalena verwirrt. Noch nie hatte sie so etwas gefühlt.

»Oh«, sagte er schließlich, »ich habe mich noch gar nicht vorgestellt.« Er deutete eine Verbeugung an. »Carl von Eich. Und Sie sind …?«

»Magdalena.« Sie durfte ihm nicht mehr sagen.

»Nur Magdalena?«

Sie nickte. »Was …«, sie deutete hinüber zu Lage, »was ist denn Ihre Arbeit?«

»Das ist schwer zu erklären. Möchten Sie es vielleicht sehen?«

Sie zögerte nur für einen Moment, dann nickte sie. »Gerne. Ich interessiere mich für alles, was ich noch nicht kenne.«

Er musterte sie interessiert. »Das ist eine bemerkenswerte Haltung«, sagte er. »Und wir haben sie gemeinsam.«


»Dies hier ist ein archäologisches Ausgrabungslager«, sagte Carl, während sie auf das Ufer zugingen. »Wir wollen hier auf der Insel die bayrische Urzeit erforschen.«

»Was bedeutet das – Urzeit?«

»Die Zeit vor Tausenden Jahren, lange vor dem, was wir Zivilisation nennen, lange vor dem Christentum, bevor die Menschen eine Schrift hatten.«

»Die Menschen brauchen doch eine Schrift«, sagte Magdalena. »Wie sollen Sie sich sonst ausdrücken?«

»Glauben Sie?«, er schmunzelte. »Sie wären überrascht, welche Wege die Menschen vor unseren lateinischen Buchstaben hatten, um etwas festzuhalten. Ich werde es Ihnen zeigen.« Sie hatten das Lager auf dem Kieselufer erreicht.

»Männer, benehmt euch – wir haben Damenbesuch«, rief Carl den anderen zu. Alle sahen auf. Magdalena zögerte unter den vielen neugierigen Blicken. »Kommen Sie, kommen Sie!« Carl winkte ihr zu. »Keine Angst, wir sind vielleicht etwas staubig und besessen von unserer Arbeit, aber sonst sehr nett.« Magdalena nickte den Männern zu, die nun herankamen und von Carl vorgestellt wurden. Der erste war Georg, der aus der Nähe betrachtet ein lustiges rundes Gesicht besaß und dem Spottlust aus den Augen blitzte. Wilhelm war der Blonde, außerdem gab es Friedrich, einen ernsten Mann mit gestutztem Schnurrbart, dazu Richard, untersetzt und freundlich, Achim, Egon, Hans und Gustav. Sie waren alle jung, kaum dreißig und viel zu braun gebrannt dafür, dass der Sommer noch nicht da war. Carl hatte nicht übertrieben, ihre Kleider waren tatsächlich staubig, die Hemden zerknittert, die Stiefel mit lehmiger Erde verschmiert, aber das schien keinen von ihnen zu bekümmern. Magdalena hatte solche Männer noch nie gesehen. Sie waren anders als die Offiziere und Herren im Frack, die sie von Gesellschaften her kannte, anders als die Studenten drüben beim *Seewirt* in ihren Uniformen, anders als die Brauereifreunde ihres Onkels oder als die Schauspieler, die ihr Tante

Vroni im Theater ab und an vorgestellt hatte. Es war wie eine ganz neue Art Mann, die ihr unbekannt war.

»Stimmt es, dass Sie Studenten aus München sind?«, fragte sie deshalb ungläubig.

»Allerdings. Außer Carl, der ist schon fertig und promoviert jetzt bei unserem sehr verehrten Professor Furtwängler«, antwortete Georg mit einem Zwinkern. »Darum ist er auch so etwas wie unser Leiter hier.«

»Professor Furtwängler?« Magdalena hatte den Namen noch nie gehört.

»Ein Archäologe«, sagte Georg.

»Unser Vorbild«, warf der ernste Friedrich ein.

»Er hat uns das hier erlaubt. Wir erstatten ihm regelmäßig Bericht über das, was wir finden.«

»Die Archäologie beschäftigt sich mit dem, was frühere Kulturen hinterlassen haben.«

»Und hier auf der Roseninsel soll es so etwas zu finden geben?«, fragte Magdalena ungläubig.

»Ja, zumindest gab es schon vor ein paar Jahrzehnten einige Hinweise darauf. Und nun wollen wir die Insel professionell untersuchen. Wir glauben, dass hier primitive Völker lebten, die Urbayern, wenn Sie so wollen, verehrtes Fräulein«, Georg warf sich in die Brust.

»Urbayern?«

»Ja.« Richard nickte nun eifrig. »Stellen Sie sich nur vor, Fräulein, hier auf der Insel liegt vielleicht die Wiege der Bayern – und wir entdecken sie.«

Magdalena verstand kein Wort. Was sie aber erkannte,

war, wie begeistert die Männer von ihrer Arbeit hier waren. Es war mitreißend.

»Ich werde es Ihnen zeigen.« Carl nickte ihr zu. »Dort drüben, in unserem Arbeitszelt.«

Sie folgte ihm über die unebenen Kiesel, die unter ihren Seidenschuhen einige Probleme bereiteten, zu dem aufgeklappten Zelt, dessen Dach aus hellem grobem Leinen auf den Zeltpfosten schwebte. Darunter, das erkannte sie erst jetzt, stand ein sehr langer, einfach gezimmerter Holztisch, auf dem in einer Reihe große irdene Schüsseln voll Wasser standen. Dazu gab es Notizbücher, aufgerollte Karten, ein paar Holzkisten, von denen sie nicht erraten konnte, was sie beinhalteten.

»Hier säubern wir die Fundstücke – oder das, was wir dafür halten«, erklärte Carl. »Wir zeichnen sie, beschreiben sie – das nennt man Dokumentation.«

»Aha, aber was verstehen Sie unter Fundstücken?«

»Nun, zum Beispiel das hier.« Carl ging zu einer Schüssel und nahm dort etwas aus dem Wasser. »Egon hat es vor zwei Tagen drüben beim Lindenrondell entdeckt. Es lag einfach zwischen den Steinen. Zuerst dachten wir, es sei nur ein Klumpen Lehm und Kiesel, aber als wir es gewaschen hatten – nun, es ist unser schönster Fund bisher.«

Magdalena betrachtete, was er dort in der Hand hielt. Es war eine Scherbe, bräunlich, wie aus Ton, mit einem eingekerbten Rand. Es sah aus, als habe sie einmal zu einem Krug gehört oder zu einer kleinen Schale.

»Sehen Sie das Muster? Hier die Rauten, und dann das Band aus kleinen Punkten …«

Magdalena beugte sich vor. Ja, das Muster – es war eigenartig. Einerseits wirkte es vertraut, wie etwas, das sie kannte, und andererseits merkwürdig fremd und wild. »Ja, ich sehe es.«

»Möchten Sie sie einmal halten?«

Magdalena nickte und streckte die Hand aus. Carl legte ihr die Scherbe darauf, sie fühlte sich kalt und noch feucht vom Wasser an, in dem sie gelegen hatte.

»Diese Scherbe stammt vermutlich aus der Bronzezeit«, sagte Carl. »Ich glaube, sie ist mindestens dreitausend Jahre alt.«

»Dreitausend?«, Magdalena riss die Augen auf. »Das ist unglaublich viel!«

»Ja, das ist es. Stellen Sie sich vor, wie die Welt aussah, als diese Scherbe entstand. München gab es noch lange nicht, auch keine Bücher, die Menschen jagten mit Pfeil und Bogen ...«

Während er sprach, sah Magdalena auf die Scherbe in ihrer Hand. Magdalena war plötzlich wie elektrisiert. Wie unglaublich, so etwas Uraltes in der Hand zu halten, etwas, das ein anderer Mensch vor Tausenden von Jahren gemacht hatte. Es sprengte beinahe ihre Vorstellungskraft. Mit dem Finger strich sie vorsichtig über das Muster der Scherbe, fühlte seine einzelnen Einkerbungen. Sie waren regelmäßig, kunstvoll. Wer auch immer sie in den Ton geritzt hatte, hatte eine ruhige Hand besessen.

»Das ist ... wunderbar«, sagte sie. »Es ist doch eine merkwürdige Vorstellung – ein Mensch, der vor so langer Zeit das Muster einritzte, und hier bin ich und sehe und fühle es genauso.« Sie sah auf. »Das ist, als würde es uns verbinden.«

Carl hatte sie bei diesen Worten erstaunt angesehen, ebenso wie Georg und Wilhelm, die mittlerweile auch unter das Zeltdach gekommen waren. »Herr im Himmel«, stieß Georg schließlich hervor, »ich glaube, sie ist eine von uns.«

Magdalena lächelte verlegen. Plötzlich war ihr ihr Begeisterungsausbruch unangenehm. Sie ließ die Scherbe wieder ins Wasser der passenden Schüssel gleiten.

»Entschuldigen Sie, ich habe natürlich keine Ahnung von alldem. Und ich gehe jetzt auch besser, das Dienstmädchen bekommt sonst am Ende noch Ärger.«

Carl begleitete sie zurück zum Weg zwischen den Bäumen.

»Das, was Sie vorhin gesagt haben«, sagte er, »das ist genau das, worum es geht. Eine Verbindung zu lang Vergangenem zu finden, diese Menschen, die damals lebten, verstehen zu lernen. Es ist … wie eine verborgene Welt, die doch da ist und die erst zu dem geführt hat, was wir heute sind und wissen. Verstehen Sie?«

Magdalena nickte. »Es ist unglaublich spannend, was Sie hier tun«, sagte sie. »Uralte Dinge entdecken … es kommt mir beinahe vor wie eine Schatzsuche.«

Carl lächelte. »Ja, das ist es auf bestimmte Weise auch.«

Er musterte sie. »Ich habe das Gefühl, wir haben Ihr Interesse geweckt.«

»Oh ja! Das war mit Abstand die interessanteste Stunde, die ich seit drei Jahren verbracht habe.«

Sie sahen sich an. Seine grünen Augen versanken in ihren dunklen; in der Stille zwischen ihnen lag ein Verstehen, das sie nicht erklären konnten, sie aber beide spürten.

»Nun, wenn das so ist«, sagte er plötzlich, »warten Sie hier.«

Er drehte sich um und ging eilig zurück zu den Zelten, verschwand in einem davon und kam kurz darauf mit einem dicken Buch zurück. »Wenn es Sie interessiert, was wir tun und die Archäologie überhaupt – dann lesen Sie das hier. Es hat mich überhaupt dazu gebracht, zu werden, was ich bin.«

Magdalena nahm das Buch. »Was ist das?«

»Die Bibel für Archäologen.« Carl grinste. »Um es blasphemisch auszudrücken. Heinrich Schliemanns Buch über seine Ausgrabungen in Troja. Lesen Sie – ich glaube, Sie werden es mögen.«

Magdalena lächelte. »Danke.«

Er zwinkerte ihr zu. »Und außerdem habe ich dann die Chance, Sie wiederzusehen, wenn Sie es mir zurückgeben.«

Sie spürte, dass sie rot wurde. »Das werde ich«, sagte sie. »Auf Wiedersehen, Carl.

»Auf Wiedersehen, Magdalena.«


Das Fieber der Zeiss war bis zum Abend weiter gestiegen. Als draußen die Sonne sank, ließ sie Magdalena rufen.

»Frau Baronin, wie geht es Ihnen?« Magdalena setzte sich auf den Stuhl, den Elisabeth neben das Bett gestellt hatte. Auf dem Nachttisch der Baronin drängten sich eine Kanne Tee, Honig und etwas von Sepps Kräutertinktur, die er für einfach alles anwendete. Außerdem eine Schüssel mit kaltem Seewasser und sauberen Leinentüchern, mit denen Elisabeth der Baronin unermüdlich kalte Umschläge machte. Eines der nassen Leinentücher hatte sich die Zeiss zudem über die Stirn ausgebreitet.

»Fräulein«, zischte sie nun darunter hervor, »reden Sie nicht so laut. Zu laute Stimmen sind Gift für Kranke.«

»Verzeihung.« Magdalena gab sich Mühe zu flüstern. »Sie haben mich rufen lassen?«

»Ja. Ich möchte, dass mir jemand vorliest. Elisabeth hat es versucht, aber sie liest so erbärmlich stockend vor, dass ich mich frage, was diese Bauernkinder überhaupt in der Volksschule lernen.« Sie deutete mit matter Hand auf den Sekretär in der Zimmerecke. »Dort liegt die Zeitung. Lesen Sie, mein Kind.«

»Natürlich, Frau Baronin.« Magdalena blätterte die Zeitung auf.

»Aber nichts über Krankheiten oder Ähnliches«, kam es vom Bett der Zeiss. »Irgendetwas, das mich ablenkt.«

Magdalena überflog stirnrunzelnd die Schlagzeilen. »Nun ja, in Amerika gab es eine Menge Wirbelstürme«, sagte sie schließlich zögernd.

»Sehr gut.« Die Hand der Zeiss wedelte matt. »Lesen Sie.«

Während Magdalena mit gedämpfter Stimme die Meldungen vorlas, war sie mit den Gedanken immer noch bei den Archäologen drüben am Lager. Diese Begeisterung, die sie dort gefühlt hatte – es war, als wäre sie aus einem langen lähmenden Traum aufgewacht. Sie konnte es kaum erwarten, bis die Zeiss endlich eingeschlafen war. Und immer wieder sah sie Carls grüne Augen vor sich.

Als die Zeiss in den Schlaf gefunden hatte, legte Magdalena die Zeitung beiseite und schlich aus dem Zimmer. Lautlos schloss sie die Tür, immer in der Sorge, die Baronin könnte wieder aufwachen und sie dazu nötigen, weiter langweilige Zeitungsmeldungen über Volksfeste vorzulesen. Aber alles blieb ruhig, die Kranke schlief tief und fest.

»Fräulein, wollen Sie schon zu Bett?«, fragte Elisabeth, als Magdalena an ihr vorbeieilte.

»Ja, es war ein langer Tag.«

»Soll ich Ihnen beim Umkleiden helfen?«

»Oh nein«, Magdalena winkte ab. »Du hast mit der Krankenpflege genug zu tun.« Tatsächlich sah das Dienstmädchen ziemlich erschöpft aus. »Ruh dich lieber ein bisschen aus.«

»Danke, Fräulein.« Elisabeth wirkte erleichtert. »Aber dass Sie mir nicht auch noch krank werden, wenn Sie so früh ins Bett wollen.«

»Nein, keine Sorge. Ich bleibe bestimmt gesund.«

Magdalena wünschte Elisabeth eine gute Nacht und schloss die Tür hinter sich. Dann ging sie zu ihrem kleinen Schreibtisch, zog die Schublade unter der Tischplatte auf und nahm Carls Buch heraus, das sie dort nach ihrer Rückkehr vom Lager versteckt hatte. Sie strich über den Einband. »Trojanische Altertümer«, lautete der aufgeprägte Titel. »Bericht über die Ausgrabungen in Troja.« Schon diese wenigen Worte klangen aufregend, exotisch. Magdalena nahm die Petroleumlampe neben ihrem Bett, trug sie zum Schreibtisch und drehte sie an. Dann setzte sie sich und schlug das Buch beinahe ehrfürchtig auf.

»Das vorliegende Werk ist eine Art von Tagebuch meiner

Ausgrabungen in Troja«, las sie auf der ersten Seite. » ... eine neue Welt für die Archäologie aufgedeckt, dass man bisjetzt noch nie oder nur höchst wenige solcher Sachen gefunden, wie ich sie zu Tausenden ans Licht gebracht, dass mir daher alles fremd und rätselhaft erschien ...«

Fremd und rätselhaft. Es waren beinahe magische Worte für Magdalena. Endlich etwas anderes, etwas Spannendes. Zum ersten Mal seit drei Jahren hielt sie ein Buch in der Hand, das ihr Herz schneller schlagen ließ.

Sie beugte sich über die Seiten. Bis es draußen Nacht geworden und Elisabeth die Lampen in der Villa gelöscht hatte, war Magdalena in ihrem Zimmer schon völlig in die uralte, ferne Stadt eingetaucht, die das Buch Troja nannte.

## Starnberger See, Bayern, Gegenwart

»Aua.« Liv richtete sich stöhnend aus ihrer unbequemen Position auf. Sie hatte nach ihrer Rückkehr aus München noch bis tief in die Nacht in Pauls alten bayrischen Geschichtsbüchern gelesen und musste darüber auf dem wackeligen alten Holzstuhl eingeschlafen sein.

Sie blinzelte und rieb sich den schmerzenden Rücken. Der etwas staubige Geruch der Buchseiten, auf denen sie geschlafen hatte, war ihr noch in der Nase. Die Wanduhr im Wohnzimmer zeigte bereits nach zehn. »Was – schon so spät?«, murmelte sie. Erst allmählich, als sich der verschlafene Nebel in ihrem Kopf lichtete, nahm sie wahr, was sie schon zuvor unterbewusst irritiert hatte. Da waren Geräusche draußen vor dem Fenster, Geräusche, die es eigentlich hier auf der Insel gar nicht geben durfte: Schritte, Stimmen ... Mit einem Schlag war Liv hellwach. Paul hatte es auf seiner Liste dick unterstrichen: »Keine unbefugten Personen auf der Insel erlauben.«

Mit einem Satz war Liv aufgesprungen und beim Fenster. Tatsächlich, dort unten schlenderten vier Männer seelenruhig durch den Rosengarten. »Das gibt's ja wohl nicht!«

Liv band eilig ihren Bademantel zu, rannte in den Flur, schlüpfte unbesehen in das Paar Schuhe, das der Tür am nächsten stand, und eilte die Treppe hinunter, wo sie wütend die Haustür aufriss.

»Hallo?«, rief sie, »Hallo, wer sind Sie? Was soll denn das?«

Die Männer blieben stehen. Halb amüsiert, halb verwundert musterten sie Liv, die über den Kiesweg gestapft kam.

Während sie auf die kleine Gruppe zusteuerte, wurde Liv klar, was sie für einen Anblick bieten musste. Sie trug ihren Schlafanzug, einen Bademantel und an den Füßen Gummistiefel. Ihre Haare waren in einem halbgelösten Dutt, und wahrscheinlich hatte sie auch noch den Abdruck der Buchkante auf ihrer Wange. Egal – sie reckte das Kinn trotzig. Ihren Pflichten musste sie nachkommen. »Die Insel ist geschlossen«, sagte sie und verschränkte die Arme. »Nur im Sommer sind Touristen erlaubt. Ich muss Sie also bitten, wieder zu gehen.«

Die Männer schienen nicht besonders beeindruckt. Einer von ihnen, hager mit halblangen Haaren, der in grüner Funktionskleidung steckte, stieß seine Begleiter an. »Leute, das muss die Vertretung von Paul sein. Die Frau ...« Er schnippte mit den Fingern. »Tut mir leid, ich komme nicht mehr auf den Namen.«

Liv runzelte die Stirn. »Dahl. Liv Dahl.«

»Guten Morgen, Frau Dahl.« Er lächelte. »Das ist ein Missverständnis – wir sind keine Touristen.«

Ein rundlicher Mann mit braunen Locken und in Gum-

mistiefeln mischte sich nun ebenfalls ein. »Ja, wir sind nämlich sozusagen beruflich hier. Moment –« Er kramte in seiner Hosentasche und zog dann ein zerknicktes Blatt Papier
hervor. »Hier, bitte.«

Liv las. »Sie sind vom Naturschutz?«

Der Lockenkopf nickte. »Ja, Arbeitsgruppe Gänsema-
nagement«, sagte er vollkommen ernst.

Liv prustete los. »Wie bitte? Wollen Sie mich auf den
Arm nehmen?«

»Nein, wirklich nicht. Wir sind hier, um die Kanadagänse zu zählen. Das machen wir jedes Jahr im Herbst.«

»Die Kanadagänse?«, wiederholte Liv.

»Das sind diese großen Gänse mit braun-schwarzem Gefieder und einem langen dunklen Hals. Sie sind Ihnen auf
der Insel doch bestimmt auch schon aufgefallen.«

Liv dachte an die Gans, die sie an ihrem zweiten Tag auf
der Insel dabei hatte beobachten können, wie sie ihr Handy
im See versenkte. »Hm«, machte sie vage.

»Jedenfalls sind wir hier, um sie zu zählen. Die Gänse,
meine ich.«

Nun schaltete sich der Hagere ein. »Seit Jahren gibt es
hier am Starnberger See Streit wegen der Kanadagänse, verstehen Sie?«

»Nicht so richtig …« Liv war sich immer noch nicht ganz
sicher, ob die vier sie nicht doch veralberten.

Der Älteste, ein Mann mit einem dichten Schnurrbart
und einem Trachtenhut auf dem Kopf, der ein Jagdgewehr
um die Schulter gehängt hatte, ergriff nun das Wort.
»Schaun S', Fräulein, diese Viecher sind irgendwann hier

eingewandert. Und jetzt fressen sie im Winter den Bauern den Salat von den Feldern – und im Sommer ärgern sie die Badegäste. Sie sind eine Landplage, wenn man mich fragt.«

»Soll das heißen, Sie jagen die Gänse?« Liv deutete auf seine Waffe.

»Ach wo, Fräulein, das würden die Herren Naturschützer doch gar nicht zulassen.« Er schnitt eine Grimasse. »Ich bin nur dabei, falls wir eine kranke finden. Die muss dann ...« Er machte eine unmissverständliche Geste mit Daumen und Zeigefinger.

»Aber keine Sorge.« Der Hagere lächelte ihr zu. »Das kommt selten vor. Wirklich, Sie werden von uns praktisch gar nichts bemerken.« Dann fiel ihm noch etwas ein. »Oh, übrigens, wir sollen Sie schön von Johannes grüßen.«

»Ach ja?« Liv fühlte irritierenderweise ein kleines Glücksgefühl in der Magengrube bei diesem Satz.

»Ja, und er lässt Ihnen ausrichten, er würde heute Abend Ihre neuen Bestellungen vorbeibringen.«

Der Himmel war an diesem Morgen nicht so klar wie bisher. Hohe Schleierwolken zogen über den See, und ein Föhnwind strich durch die Baumkronen. Liv beschloss, diesen diesigen Morgen dazu zu nutzen, die Veranda der Villa auf Vordermann zu bringen. Mit einem Eimer voll heißem Seifenwasser, ein paar Putzlappen und einem Besen machte sie sich an die Arbeit. Die Männer hielten bisher ihr Versprechen – von ihnen war kaum etwas zu bemerken, die meiste Zeit blieben sie zwischen den Bäumen am Wasser verschwunden. Nur ab und an hörte sie ein Schnattern, vermutlich von einer aufgescheuchten Gans.

Liv tauchte einen Lappen in das heiße, duftende Wasser und begann, die hölzerne Balustrade zu säubern. Es dauerte eine Weile, bis sie die geschnitzten Pfeiler und Brüstungen vom Staub befreit hatte. Dann fegte sie die Spinnweben von der Decke der Veranda und wischte am Ende noch die bunten Mosaikfliesen. Schließlich stand sie auf der blitzsauberen, nach Seife duftenden Veranda und betrachtete zufrieden das Ergebnis ihrer Arbeit. Sie erinnerte sich an die Liebesvögel der Baronin. Wo wohl ihr Käfig hier auf der Veranda genau gehangen hatte? In Pauls Wohnung hatte sie an der Wand ein Schwarz-Weiß-Foto der Veranda in früheren Zeiten entdeckt; damals war sie noch über und über mit Kletterpflanzen bewachsen – ein richtig exotischer grüner Vorhang zwischen den Holzpfeilern. Dazu die kleinen Papageien, die zwitscherten ... Es musste im Sommer schön hier auf der Veranda gewesen sein. Sie drehte sich um. Die Flügeltür zum Gartensaal hatte sie weit geöffnet, um Luft in das alte Haus zu lassen. In ihrer Fantasie war es plötzlich Abend, der Saal erleuchtet und die Flügeltüren offen, so wie jetzt. Und dort im hellen Saal tanzten ein wunderschönes Mädchen und ein junger Mann in weißem Hemd und groben Stiefeln selbstvergessen miteinander ...

Während sie noch so tief in Gedanken versunken war, zerriss mit einem Mal ein Schuss die Luft. Liv zuckte zusammen. Der Knall war laut und unerwartet gewesen und schien geradezu in der anschließenden Stille nachzuhallen. Der Jäger hatte offensichtlich seines Amtes gewaltet.

»Arme Gans«, murmelte sie.

Vom Ufer her hörte sie die Stimmen der Männer, sie roch den leichten Geruch von Schießpulver in der Luft. Liv riss sich los, griff nach Eimer und Lappen und ging zurück zum Gärtnerhaus.

Nach dem Mittagessen machte sie sich an eine neue Runde des Rosenschnitts. Inzwischen hatte sie schon beinahe die Hälfte aller Rosenstöcke so behandelt, und sie bekam immer mehr ein Gefühl dafür. Die Arbeit ging ihr leicht von der Hand. Erst als sie bei einer Rosenpflanze ankam, an der sie noch zwei volle Blüten entdeckte, hielt sie inne. Es waren besonders schöne Blüten, voll und cremeweiß, mit einem leicht rosafarbenen Rand an manchen Blättern. Sie erinnerten beinahe an die getrocknete alte Rose aus Magdalenas Versteck, die immer noch in der Gärtnerwohnung lag. Ob es dieselbe Sorte war? Fasziniert strich Liv über die samtigen Blütenblätter. Diese Rose war wirklich ein Kunstwerk. Liv kam eine Idee.


Wenig später saß sie auf einem alten Gartenschemel, den sie in Pauls Gerätekammer gefunden und auf den Kiesweg vor das Beet mit der noch blühenden Rose gestellt hatte. Auf den Knien hielt Liv ihren noch zugeklappten Malblock; neben ihrem Schemel stand das ausgespülte Marmeladenglas von Johannes' »Rubin von Bayern«, gefüllt mit frischem klarem Seewasser, daneben wartete der kleine Aquarellfarbenkasten, den sie schon seit drei Monaten nicht mehr benutzt hatte.

Liv sah zur Rose, dann zum Malblock und wieder zurück. Schließlich atmete sie tief durch und klappte den Block auf. Das unbenutzte, cremeweiße Papier leuchtete ihr verlockend entgegen, als warte es nur darauf, bemalt zu werden. In diesem Moment erinnerte sich Liv an den ersten Malblock, den ihr Vater ihr geschenkt hatte, als sie zum ersten Mal zum Kindermalkurs ging. Sie hatte vor der Glastür zum Kurszimmer gestanden, sieben Jahre alt, und hatte sich die Nase daran platt gedrückt, ohne den Mut aufzubringen, hineinzugehen. Dabei hatte sie selbst darum gebettelt, zu dem Kurs gehen zu dürfen, sie wollte unbedingt malen – aber nun sah sie die vielen fremden Kinder und den Kunstlehrer, einen hochgewachsenen Mann mit dunklen Augenbrauen, der sie damals an Bert aus der Sesamstraße erinnerte.

»Papa, ich glaube, ich trau mich nicht«, hatte sie kleinlaut zu ihrem Vater gesagt, der sie zur Kinderkunstschule gebracht hatte.

»Ach Liv!« Er war vor ihr in die Hocke gegangen. »Weißt du, wie man das nennt, was du jetzt fühlst? Angst vor der eigenen Courage. Das ist ganz normal.« Er hatte etwas hinter seinem Rücken hervorgezaubert. »Schau, was ich für dich habe – einen Malblock. Keinen billigen, sondern einen richtigen mit gutem Papier. Denn wenn man etwas macht, sollte man es richtig machen.« Er hatte ihr zugezwinkert. »So, und jetzt gehst du dort rein und hast einfach Spaß. Mut muss man haben, dann geht alles.«

Tja, dachte sie, Mut. Seit vielen Wochen konnte sie nicht mehr malen. Und sie hatte Angst vor der roten Farbe in der Aquarellpalette. Bloß kein Rot! Also hatte sie ihre Mal-

sachen in die hinterste Ecke ihrer Berliner Wohnung ver-
bannt – und das, obwohl sie das Malen immer geliebt hatte.

Aber nun fühlte sie sich stark genug. Es ging ihr doch
wieder gut, jeden Tag, den sie hier auf der Insel weit weg
von allem war, ging es ihr besser. Kurz entschlossen öffnete
sie nun also auch den Aquarellkasten, tauchte den Pinsel in
das Seewasser im Marmeladenglas und begann dann, ohne
noch einmal zu zögern, zu malen.

Während auf dem Papier in der nächsten Stunde langsam eine zarte Rosenblüte mit rosafarbenen Rändern und
sanften cremefarbenen Blütenblättern Gestalt annahm,
fühlte Liv sich immer freier. Es ging doch, sie malte! Und es
machte ihr genauso viel Spaß wie vorher.

Die üppige Rosenblüte war kein einfaches Motiv. Ihre
Blütenblätter, die auf den ersten Blick alle gleich wirkten,
waren in Wirklichkeit, je länger und genauer Liv sie betrachtete, ganz verschieden. Manche waren größer, manche kleiner, manche waren beinahe schneeweiß, andere eher eier-
schalenfarben oder erinnerten an Schlagsahne. Sie gab sich
Mühe, die einzelnen Nuancen einzufangen. Langsam begann sich die Rose auf dem Papier zu formen. Liv war inzwischen völlig versunken in ihre Arbeit. Sie hörte nicht mehr
die Boote auf dem See, die Stimmen der Gänsezähler am
Ufer, das Zwitschern der Vögel in den Bäumen, sie fühlte
nicht einmal den Alpenföhnwind, der über den Garten der
Insel strich.

»Fräulein!« Liv war gerade bei dem zartgrünen Stiel der Rose
angekommen, als ein tiefer Bass mit bayrischem Akzent sie

aufschreckte. Der Jäger stand im Rosengarten wie aus dem Boden gewachsen und strich über seinen Schnauzbart. »Oh, Fräulein, Sie malen?«

Es war eher eine rhetorische Frage. Liv nickte. »Ja, aber ich habe es schon länger nicht mehr gemacht.«

Er sah ihr über die Schulter. »Warum nicht? Das sieht doch sehr gut aus. Ich habe zwar nicht viel Ahnung davon, aber das ist eindeutig eine sehr gute Rose.«

Liv lächelte. »Danke.«

Der Jäger räusperte sich. »Was ich aber eigentlich sagen wollte: Wir sind mit den Gänsen fertig.«

»Ach ja?« Liv sah von ihrem Malblock auf. »Wie viele sind es denn?«

»Zu viele, wenn man mich fragt«, er schnitt eine Grimasse. »Aber na ja, irgendwo müssen die wohl auch leben.«

»Eine weniger lebt jedenfalls, wenn ich richtig gehört habe.«

»Ja, aber das ist auch besser so. Sie hatte sich den Flügel gebrochen – das war ein Gnadenschuss.«

»Okay.« Liv wusste nicht so richtig, worauf er hinauswollte. »Ähm, dann danke, dass Sie mich gänsemäßig auf dem Laufenden halten.«

Er schmunzelte. »Ach so, Fräulein, die Sache ist die – jedes Mal, wenn wir hierher zum Gänsezählen kommen, trinken wir zum Abschluss mit Paul ein Bier aus seinem Gartenkühlschrank. Und wir haben uns jetzt gefragt … na ja, ob das auch gilt, wenn das Fräulein Dahl Vertretung macht.«

»Klar, bedienen Sie sich.«

»Danke.« Er zog seinen Jägerhut, an dem ein Gamsbart

prangte. »Sagen Sie, wollen Sie nicht mal den Pinsel weglegen und uns Gesellschaft leisten? Nur auf ein Bier? Kommen Sie!«

Liv legte den Block vorsichtig zum Trocknen auf den Schemel und ging dann mit dem Jäger im Schlepptau hinüber zum Gärtnerhaus.

Ein paar Minuten später hatten sich alle bis auf den Lockenkopf auf der Wiese hinter dem Gärtnerhaus versammelt. Der Wolkenhimmel war ein wenig aufgeklart, der Föhn legte sich, und die Männer waren gut gelaunt. Gemeinsam ließen sie die Verschlüsse von Pauls Flaschenbier aufploppen.

»Auf die Kanadagänse«, sagte der Hagere. »So viele haben wir hier noch nie gezählt.«

»Und auf das Fräulein Dahl«, fügte der Jäger hinzu. »Willkommen bei uns am Starnberger See.«

»Danke.« Liv stieß mit ihnen an.

»Also, erzählen S' doch mal ein bisschen von sich.« Der Jäger rempelte sie freundlich an. »Aus Bayern kommen Sie ja nicht, hab ich recht? Zumindest klingen S' nicht danach.«

»Nein, ich wohne eigentlich in Berlin.«

»Soso, aus der Hauptstadt. Das ist freilich was ganz anderes.« Er trank einen Schluck von seinem Bier. Der Hagere nutzte den Moment, um sich ins Gespräch zu mischen. »Und Sie sind Gärtnerin?«, fragte er interessiert.

»Nein, eigentlich bin ich Ärztin.«

»Oho!« Der Jäger riss respektvoll die Augen auf. »Eine richtige Frau Doktor also? Und dazu noch so a junges Dirndl!«

Liv sah ihn verständnislos an. »Ein was?«

Der Hagere lachte. »Ein Dirndl – er meint Frau. Der Rolf ist nicht gerade für Hochdeutsch zu haben.«

Der Angesprochene grummelte. »Hochdeutsch – wär' doch langweilig, wenn jeder gleich reden würde, oder nicht?«

Währenddessen wandte sich der Hagere wieder an Liv. »Das ist schon ungewöhnlich – eine Berliner Ärztin hier auf der Roseninsel als Gärtnervertretung ... Was hat Sie denn hierher verschlagen?«

Liv wurde einer Antwort enthoben; in diesem Moment kam der Lockenkopf in seinen schweren Gummistiefeln über die Wiese. Er trug etwas. Liv erstarrte – es war die tote Gans.

»Hey, ihr habt schon ohne mich angefangen?«, rief er ihnen gut gelaunt schon von Weitem zu. »Ich hoffe, ihr habt noch eine Flasche für mich übrig gelassen?!« Als er das Gärtnerhaus erreicht hatte, legte er ohne viele Umstände die tote Gans ins grüne Gras. Dann griff er nach dem Bier, das ihm der Jäger reichte. »Prost!«

Liv starrte immer noch auf das Tier. Es war groß und prächtig, die Federn schimmerten in Schwarz und einem warmen Braun. Der Bauch war von einem flaumigen Weiß, und in diesem Weiß war ein Blutfleck. Er war nicht groß, aber er schien in dem weißen Flaum zu leuchten, tiefrot. Liv sah wie gebannt darauf. Weiß wie Schnee, dachte sie, rot wie Blut ...

»Frau Dahl? Wollen Sie nicht erzählen ...?« Die Stimme des Hageren schien wie von weit her zu kommen. »Frau

Dahl?« Der Tonfall wurde besorgter. Liv wollte antworten, aber sie konnte nicht. Sie sah nur das Blut in den hellen Federn, den leblosen Körper – blutrot, tot ... Um sie herum fing sich alles an zu drehen.

»He, Fräulein!« Die tiefe Stimme des Jägers von irgendwoher. In ihren Ohren rauschte es. Ihr wurde eiskalt. Und dann – war alles schwarz.


»Fräulein!« Eine Hand klatschte ihr immer wieder nachdrücklich ins Gesicht. »Hallo, Fräulein, kommen S' doch wieder zu sich!«

Liv schlug die Augen auf. Sie sah in vier Gesichter, die sich über sie beugten.

»Na, schaun S', da san Sie ja wieder bei uns.« Der Jäger nickte zufrieden. »Geht's Ihnen gut?«

Liv fühlte das kühle Gras unter sich, sah in den diesigen Himmel.

»Was ist denn passiert?«, murmelte sie.

»Na, Sie san umgekippt. Ganz plötzlich, einfach ohnmächtig geworden.«

Der Hagere beugte sich nun auch vor. »Ist wirklich alles in Ordnung mit Ihnen?«

Liv rappelte sich auf. Die Erinnerung kam zurück. Da war die Gans, die tote Gans, die dort drüben lag ... Ja, das war es gewesen.

»Oh Gott.« Sie rieb sich über das Gesicht.

»Passiert Ihnen das öfter?«

Sie schüttelte den Kopf. »Nein, erst einmal.« Sie erinnerte sich an das andere Mal. Das war vor drei Monaten gewesen, in einer Sommernacht in Berlin, am Ende dieser einen Schicht, die sie niemals hätte antreten dürfen.

»Sagen S', san Sie wegen dem toten Vogel umgekippt?« Der Jäger streckte ihr die Hand hin, um ihr aufzuhelfen. »Ich dachte, Sie san Ärztin.«

Liv stand auf und klopfte sich die Erde von der Jeans. Er hatte recht, sie war wirklich wegen der toten Gans in Ohnmacht gefallen. Ihr Herz krampfte sich zusammen. All die Freude, die sie in den letzten Tagen langsam wieder gespürt hatte, war wie weggeblasen. Sie hatte plötzlich bohrende Kopfschmerzen. »Lassen Sie mich«, murmelte sie, »lassen Sie mich einfach in Ruhe.«

Sie ging, ohne sich noch einmal umzudrehen. Die Männer riefen ihr noch nach, aber Liv reagierte nicht mehr darauf. Als sie an der Stelle vorbeikam, an der noch ihre Malsachen, der Schemel und das halb getrocknete Aquarellbild lagen, blieb sie stehen. Wem machte sie etwas vor? Man konnte nicht fliehen vor dem, was war. Hatte sie wirklich geglaubt, irgendetwas würde sich ändern, weil sie sich Hals über Kopf in Bayern versteckte? Weil sie lieber den Spuren eines Mädchens folgte, das vor hundert Jahren gelebt hatte? Weil sie segeln ging und Apfelstrudel backte? Nein, es hatte sich nichts geändert. Sie konnte nicht davor fliehen, sie nahm es mit, wohin sie auch ging. Die Bilder, diese schrecklichen Bilder – wie konnte das jemals vorbeigehen? Ihre Ohnmacht eben, sie hatte gezeigt, dass nichts vorbei war.

In einem Anfall von verzweifelter Wut trat sie gegen den Schemel. Er fiel um und riss alles andere mit sich. Das Wasser des Marmeladenglases ergoss sich über die halbfertige

Rose, verschmierte das Bild, das sie vorhin noch so hoffnungsvoll gemalt hatte, ließ das zarte Grün und das helle
Rosa zerlaufen. Liv sah unbewegt zu, wie ihr Bild zu kleinen
farbigen Rinnsalen wurde, die im Kies versickerten. Sie tat
nichts, um es zu retten. So, wie sie schon einmal nichts getan hatte. Schließlich ließ sie alles so liegen, wie es war,
ging ins Haus, legte sich in das schmale Bett in der Gärtnerwohnung und zog sich die Decke über den Kopf.

So lag sie immer noch, als Johannes am Abend kam und
draußen nach ihr rief. Sie antwortete nicht, stellte sich einfach tot. Er klopfte. Schließlich ging er wieder; sie konnte
seine Schritte hören.

## Starnberger See, Bayern, 1890

Die Zeiss blieb weiterhin krank. Über die Nacht war ihr Zustand noch schlimmer geworden. Das Fieber war weiter gestiegen, und sie klagte über stechende Kopfschmerzen. Elisabeth kochte seit dem frühen Morgen beständig Kannen voller Tee und brachte Teller mit Brühe, die die Baronin aber meist nicht anrührte. Die frischen Leinentücher wurden knapp, weil die Zeiss stets schnell nach einem neuen Umschlag verlangte. Sepp opferte eine Flasche seines Hustensafts, den er immer im Herbst aus Zwiebeln, Honig und Salbei ansetzte. Magdalena stattete der Baronin jede Stunde einen Höflichkeitsbesuch ab, den Rest der Zeit las sie in Carls Buch. Bis zur Mittagszeit hatte sie es schon zur Hälfte verschlungen.

Am Nachmittag, Magdalena saß wieder lesend im Gartensaal, ließ die Baronin sie rufen. Magdalena betrat das Krankenzimmer; es roch darin nach Kräuteraufguss und scharfer Medizin.

»Fräulein, sind Sie da?«, wisperte die Baronin, als Magdalena neben ihrem Bett stand. Über ihrem Gesicht lag wieder ein frisch mit kaltem Seewasser getränktes Tuch.

Magdalena räusperte sich. »Ja, Frau Baronin, ich bin es. Sie haben mich rufen lassen?«

»Das habe ich – schicken Sie nach einem Arzt.« Die Zeiss stöhnte und drückte das Tuch fester auf ihre Stirn. »Es muss sein.«

Magdalena schwieg verblüfft. Als Sepp einmal krank gewesen war, als Elisabeth sich den Fuß verstaucht hatte, als sie selbst im ersten Winter auf der Roseninsel eine schwere Halsentzündung bekommen hatte, hatte die Baronin es jedes Mal entschieden abgelehnt, einen Arzt zu rufen. »Das wird auch so wieder werden – der Prinzregent hat strenge Anweisung erlassen: Keine Fremden auf der Insel.«

Doch nun schienen ihre Bedenken auf einmal zerstreut.

»Worauf warten Sie, mein Kind? Schicken Sie schon nach dem Arzt.« Die Stimme unter dem Tuch klang unwirsch. »Es eilt, mir geht es schlecht.«

»Aber Sie sagten doch immer: Keine Fremden ...?«

Die Zeiss unterbrach sie. »Jetzt, wo diese schrecklichen Studenten hier sind, wird es auf einen Fremden mehr oder weniger nicht ankommen.«

Als Magdalena schon beinahe bei der Tür war, hielt die Baronin sie noch einmal auf. »Oh, und Fräulein, vielleicht kann er Ihnen ja gleich etwas zur Stärkung der Nerven geben. Sie klingen so geistesabwesend.«


Der Arzt von Feldafing kam noch vor dem Abendessen auf der Insel an; ein untersetzter, geduldiger Mann, dessen Augen hinter seinen kugelrunden Brillengläsern ein wenig an einen Frosch erinnerte.

»Soso, das also sind die geheimnisvollen Damen der Roseninsel«, sagte er gut gelaunt, als er das Krankenzimmer betrat, wo die Zeiss leise stöhnend lag und sich gerade von Elisabeth Tee mit Honig einflößen ließ. Magdalena saß schweigend neben dem Bett; nachdem sie Sepp aufgetragen hatte, hinüber ans Festland zu rudern und den Arzt zu holen, hatte die Baronin darauf bestanden, dass Magdalena ihr Gesellschaft leistete. Seitdem saß sie auf dem unbequemen Stuhl neben dem Bett und las Zeitungsseite um Zeitungsseite vor.

Nun stand sie auf und knickste. Der Arzt nickte ihr zu. »Angenehm, Fräulein.« Die Augen hinter seinen Brillengläsern musterten sie interessiert. »Ich muss sagen, drüben im Dorf sind seit Jahren schon alle ganz verrückt vor Neugier. Sie machen sich gar keine Vorstellungen, welche Gerüchte in Feldafing über die Insel umgehen. Ginge es danach, kann ich schon froh sein, dass Sie keine Sirenen oder Nymphen sind, die mich gefangen nehmen und in ihr Unterwasserreich entführen.« Er lachte über seinen eigenen Scherz.

Die Zeiss verlor die Geduld. Unwirsch zog sie das Tuch von ihrem Gesicht. »Herr Doktor, ich muss Sie wohl nicht an Ihre ärztliche Schweigepflicht erinnern und auch nicht an Ihre Loyalität gegenüber unserem Prinzregenten. Alles, was Sie heute hier sehen, fällt darunter.«

Sein Lächeln erstarb. »Ähm, nein.« Er räusperte sich. »Bestimmt nicht, Madame. Sie können auf meine – ähm, Verschwiegenheit natürlich zählen.«

Im nächsten Moment wurde die Zeiss von einem heftigen Hustenanfall geschüttelt. »Ach du meine Güte, das klingt nicht gut.« Der Arzt wurde nun dienstlich und stellte seinen abgenutzten Lederkoffer ab. »Na, dann wollen wir mal.« In dem Koffer kamen eine Menge Glasfläschchen und medizinische Geräte zum Vorschein.

In den folgenden Minuten horchte er sorgfältig an der Brust der Baronin, sah ihr in den Hals und in die Augen, fragte nach ihrer Temperatur und ihrem Befinden. Alle Antworten hörte er mit ernster Miene an. Schließlich nickte er, wobei seine Augenbrauen sich sorgenvoll zusammenzogen. »Es ist wie befürchtet, Madame – Sie haben die Grippe.«

Die Zeiss sank entsetzt ins Laken zurück. »Die Russische?«, krächzte sie. »Oh Gott, sagen Sie, ist es die Russische?«

»Ich vermute es. Diese Grippe prescht dieser Tage durch ganz Europa, und warum sollte sie Bayern verschonen? Im Dorf liegen noch vier weitere Patienten mit denselben Anzeichen im Bett wie Sie, verehrte Madame.« Mit verstohlenem Blick sah er sich im Zimmer um. »Wenn auch lange nicht so komfortabel, wenn ich das hinzufügen darf.«

Die Zeiss war noch bleicher geworden als ohnehin schon. »Werde ich sterben?«, fragte sie mit Grabesstimme. »Ich weiß, dass mit dieser Grippe nicht zu scherzen ist.«

Der Arzt lächelte; auf seinem runden Gesicht zeigten sich dabei eine Vielzahl von Grübchen. »Da haben Sie recht, Madame, aber bei Ihnen bin ich optimistisch. Ihre Lungen scheinen nicht allzu sehr entzündet, und so sehe ich keinen Grund, warum Sie nicht wieder gesund werden sollten. Zumal Sie offensichtlich die beste Pflege genießen und von robuster Konstitution sind.« Er stand auf und verstaute sein

Stethoskop wieder in seinem Koffer. »Ich werde Ihnen einige Arznei überlassen und dem Dienstmädchen erklären, wie sie mit der Pflege fortfahren soll. In ein paar Tagen werde ich wieder nach Ihnen sehen.« Er zögerte. »Sofern Madame und – ähm – nun ja, der Prinzregent das erlauben?«

Die Zeiss, die schon wieder hustete, nickte matt. »Es ist erlaubt.«

»Gut. Und denken Sie daran, dass die strenge Bettruhe das Wichtigste ist.« Mit diesen Worten verabschiedete er sich.

Magdalena blieb neben dem Krankenlager zurück. Die fieberheiße Hand der Zeiss griff nach ihrer. »Fräulein«, sagte sie, »vielleicht sollten Sie lieber gehen. Die Sorge um mich regt Sie sicher zu sehr auf. Sie müssen immer gut auf Ihre Nerven achtgeben, das wissen Sie, sonst kommt Ihre Krankheit noch schneller zum Ausbruch.«

Magdalena hatte sich keinen Augenblick Sorgen um die Zeiss gemacht. Der Arzt hatte recht – sie war robust und zäh, eine Rossnatur, die nie krank war. Diese Grippe würde ihr wohl auch nichts anhaben, außer ein paar Wochen Bettruhe und den Vorzug, Elisabeth noch mehr herumscheuchen zu können. Aber das alles sagte sie natürlich nicht. Stattdessen knickste sie: »Wie Sie wünschen, Frau von Zeiss.«

Sie floh beinahe aus dem Raum.

»Elisabeth, ich gehe noch kurz nach draußen – spazieren«, rief sie dem Mädchen zu, das ihr gerade mit einem Tablett voll Haferschleimsuppe und Arznei entgegenkam.

»Jetzt noch?« Elisabeth wirkte besorgt. »Aber es wird bald dunkel.«

»Ein wenig ist es noch hell, keine Sorge.«

Ohne sich weiter aufhalten zu lassen, griff Magdalena nach ihrem Hut und setzte ihn sich noch im Laufen auf den Kopf. Im Vorbeigehen prüfte sie eilig ihr Aussehen im Spiegel. Ihre Wangen waren gerötet von der Eile, die Frisur hatte sich seit dem Morgen ein wenig gelöst, aber sie sah immer noch vorzeigbar aus. Einen Augenblick später eilte sie schon in Richtung des Nordostufers.

Carl saß auf einem Hocker vor dem Arbeitszelt und notierte die Erkenntnisse des Tages in sein Ausgrabungsbuch. Die anderen saßen schon um das lodernde Lagerfeuer; die Schnapsflasche kreiste, die Arbeit war für heute zu Ende. Richard rührte in dem Kessel, aus dem der Geruch nach Eintopf aufstieg. Es war ein wunderbarer Abend, aprilhell, zartrosa und nicht zu kühl.

»He, Carl«, rief Georg plötzlich gut gelaunt, »ich glaube, du kriegst noch Damenbesuch. Je später der Abend, desto schöner die Gäste.«

Carl sah auf. Tatsächlich, dort drüben zwischen den Bäumen kam in der Abendsonne eine zarte Gestalt auf das Lager zu. Er sprang auf, legte sein Notizbuch zur Seite und ging Magdalena entgegen.

»Guten Abend.« Er deutete eine Verbeugung an. Magdalena nickte ihm zu. »Guten Abend. Ich wollte Sie nicht bei der Arbeit stören. Ich –« Sie stockte. »Nun, ich habe einen

Abendspaziergang unternommen und dachte, Sie könnten mit mir vielleicht ein wenig über das Buch reden.«

»Sie haben also angefangen, es zu lesen?«

Magdalena lächelte. »Ich bin schon bei der Hälfte. Es ist unglaublich faszinierend, und ich habe so viele Fragen, und ...« Ihr Blick blieb an dem Steg im Wasser hängen. »Oh, Sie sind fertig mit Ihren Bauarbeiten?«

»Ja, der Steg ist fertig. Möchten Sie ihn sehen?«

Er half ihr über die Kieselsteine hinunter zum Wassersaum. »Carl, was ist mit deinen Zeichnungen und Notizen?«, rief Georg lauernd vom Lagerfeuer hinüber.

»Die haben Zeit.«

»Hört, hört!« Die Freunde am Lagerfeuer feixten. Carl beachtete sie gar nicht. »Den Steg haben wir angelegt, um die Überreste von möglichen prähistorischen Siedlungen auf dem Seegrund besser sehen zu können. Vom Ruderboot aus ist es schwierig, weil man mit den Rudern immer wieder Sand aufwirbelt.«

Magdalena starrte ihn an. »Sie meinen – dort im Wasser sind Mauern von uralten Häusern?« Sie dachte an das, was sie über die trojanischen Ausgrabungen gelesen hatte.

»Nein, keine Mauern. Eher Holzpfähle, Palisaden ...« Er reichte ihr die Hand, um ihr auf den Steg zu helfen. »Aus irgendeinem Grund hat sich das Holz dort erhalten.«

Magdalena balancierte auf dem schmalen und ziemlich behelfsmäßig zusammengezimmerten Steg entlang immer weiter hinaus aufs Wasser. Ihre Schuhe und der breite Rock ihres Kleides waren dafür nicht besonders gut geeignet; in diesem Moment beneidete sie die Männer um ihre praktischen Stiefel und Hosen. Vorsichtig tastete sie sich immer weiter nach vorne vor. Carl folgte ihr. »Sehen Sie ins Wasser«, sagte er schließlich, als sie am Ende angelangt waren. »Was sehen Sie?«

Magdalena beugte sich vom Steg aus über das Wasser. Für einen Moment sah sie nur ihr eigenes Gesicht in der Spiegelung des Wassers, dann aber änderte sich ihr Blick, und sie sah hinunter auf den Seegrund. Zuerst erfasste sie nur den hellen Sand am Boden, dann aber erkannte sie es – eine Menge dunkler, beinahe schwarzer Linien, manche gerade und ordentlich, manche kreuz und quer. Dazwischen Reihen von Punkten, wie mit dem Lineal gezogen. Es war wie eine unsichtbare Welt unter der Wasseroberfläche. »Was hat das zu bedeuten?«, flüsterte sie.

»Das sind die Reste einer Siedlung, vielleicht stand sie auf Pfählen, zum Schutz vor wilden Tieren oder vor Feinden. Das wissen wir noch nicht, wir stehen erst am Anfang. Aber ich habe gelesen, dass in der Schweiz schon eine ähnliche Siedlung an einem See gefunden wurde.«

»Das bedeutet, hier auf der Insel war einmal ein Dorf?«

»Ja, wahrscheinlich.«

»Und stammt es auch aus der …« Magdalena versuchte sich an den Begriff zu erinnern. »Aus der Bronzezeit? So wie die Scherbe?«

»Das wissen wir noch nicht, aber ich glaube schon.«

Magdalenas Blick erfasste immer mehr dieser Linien. Was sie am Anfang nur für einen begrenzten Bereich direkt vor dem Steg gehalten hatte, erstreckte sich jetzt, wo sie verstand, worauf sie achten musste, immer weiter. Die Linien und Punkte schienen sich noch weiter hinaus ins Wasser und das halbe Ufer entlang zu erstrecken. Sie beugte sich ein wenig weiter vor. »Und was ist …«, begann sie, dann verlor sie das Gleichgewicht. Für einen Moment kippte sie nach vorne, über die spiegelglatte Wasseroberfläche des abendlichen Sees. Aber im nächsten Moment umfingen sie schon starke Hände. »Ich habe Sie sicher«, sagte Carls schöne Stimme hinter ihr. »Nichts passiert.«

Magdalena spürte seine Nähe. Er war in diesem Augenblick ganz dicht neben ihr, seine Hände auf ihrem Körper schienen beinahe zu brennen, so warm wurde ihr. »Danke.«

Er ließ sie los. Aber dort, wo seine Hände sie umfangen hatten, fühlte sie seine Wärme noch.


Die Männer luden Magdalena ein, sich noch ein wenig zu ihnen ans Feuer zu setzen. Magdalena musste lachen, weil sie so bemüht und eilig einen Stuhl herantrugen und ihr das einzige Porzellangeschirr überließen, das es im Lager gab. Die Männer aßen dagegen alle aus einfachen Blechschüsseln und tranken aus Blechbechern – vieles davon wirkte schon ziemlich in Mitleidenschaft gezogen.

»Blech ist leicht und kann nicht zerbrechen«, sagte Carl. »Wir haben uns alle daran gewöhnt, es ist praktisch, wenn man auf Reisen ist.«

Richard schöpfte Eintopf auf die Teller. Er roch köstlich. Ein Laib Brot machte die Runde, von dem sich einfach jeder ein Stück abriss. Der Unterschied zu den steifen Essen mit der Baronin im Festsaal der Villa, bei denen sogar das Obst mit Silberbesteck geschnitten werden musste, hätte kaum größer sein können. Magdalena fand es herrlich. Es war, als würde sie aufatmen. Während sie aßen, fragte sie die Männer über ihre Reisen aus.

»Wir waren alle zusammen mit dem Professor bei Ausgrabungen in Griechenland«, erzählte Wilhelm. »Drei Monate waren wir dort auf der Akropolis.«

»Was ist die Akropolis?«

»Das ist ein Hügel mitten in Athen, mit antiken Tempeln darauf.«

»Tempel, so weit das Auge reicht«, warf Georg übermütig ein. »Die Propyläen, das Erechtheion, der Niketempel ...«

»Erechtheion«, wiederholte Magdalena, »Niketempel ... das klingt alles so exotisch.«

»Carl ist der, der von uns am weitesten in der Exotik gekommen ist«, sagte Georg.

Carl lächelte. »Stimmt, ich war auf den Dardanellen. Bei den Grabungen von Troja.«

»Sie waren dort?« Magdalena war vollkommen eingenommen. »Sie waren an den Stellen, die das Buch beschreibt? Wie war es dort?«

»Staubig«, sagte er grinsend, »und einfach großartig. Diese hohen Mauern in der kargen Landschaft, die Sonne brennt herunter, und man sieht die großen Steinquader, die vor so langer Zeit einmal die Stadt ergeben haben. Es ist, als würde man durch die Geschichte gehen.«

Magdalena hatte ihm atemlos zugehört. »Oh, ich wünschte, das könnte ich auch alles sehen«, sagte sie, »reisen, Entdeckungen machen –«

» ... morgens Schlangen in den Stiefeln finden«, warf

Georg ein. »Das ist mir nämlich in Griechenland passiert.« Er begann, eine Menge fantastischer Geschichten zu erzählen, die mit jedem Schluck, den er aus der Schnapsflasche nahm, noch ein wenig bunter und fantastischer wurden. Aber Magdalena störte sich nicht daran. Sie hörte die fremdländischen Worte, die Stätten von uralten Völkern mit verfallenen Tempeln und Schätzen beschrieben, die irgendwo im Staub darauf warteten, ausgegraben zu werden. Sie erzählten ihr vom Schatz des Priamos, dem unglaublich kunstvollen Kopfschmuck, den Heinrich Schliemann in Troja gefunden hatte. Und von der geheimnisvollen Goldmaske des Agamemnon, die in Griechenland entdeckt worden war.

»Aber das größte Geheimnis«, stellte Georg irgendwann forsch fest, »sind wohl Sie, Fräulein. Wir wissen von Ihnen nur, wie Sie heißen, und sonst nichts. Da wissen wir ja über diese Pfähle dort unten im Wasser mehr, mit Verlaub.«

Magdalena wusste nicht, was sie antworten sollte. Sie fing den Blick von Carl auf, der ihr zuzwinkerte. »Lass sie in Ruhe, Georg. Man fragt Fräuleins nicht aus, erst recht nicht solche, die deutlich schneller als du die ›Altertümer von Troja‹ lesen. Wenn mich nicht alles täuscht, hast du es immer noch nicht fertig.«

Ein freundschaftlich spöttisches Geplänkel entspann sich, Carl hatte es geschafft, von Magdalena abzulenken. Sie lächelte ihn dankbar an. Hier am Lagerfeuer, dachte sie, könnte ich ewig sitzen – mir die spannenden Geschichten anhören, zusehen, wie die Funken des Lagerfeuers in die blaue Dämmerung stieben, einfach frei sein.

Doch irgendwann musste sie zurück. Bevor es vollkommen dunkel geworden war, verabschiedete sie sich. Carl brachte sie zurück, beinahe bis zum Rosengarten. »Übrigens glaube ich, dass es in der Villa auch eine kleine antike Sammlung gibt«, sagte sie, bevor sie sich verabschiedeten. »Ich habe bisher nie darauf geachtet, es ist eine ziemlich verstaubte Vitrine – aber nun, durch Ihr Buch ... ich glaube, es wären interessante Stücke für Sie.«

»Die würde ich mir gerne einmal ansehen«, sagte Carl. »Wenn es erlaubt ist.«

»Es wird schwierig – aber vielleicht finde ich eine Möglichkeit.«

Sie sahen sich an. Plötzlich war Magdalena befangen. Sie war allein mit ihm, und da war dieser Moment am Steg gewesen, in dem seine Hände sie gehalten hatten und sie all diese Dinge fühlte, die sie verwirrten.

»Sehen wir uns wieder?«, fragte Carl.

Sie nickte. »Meine Gesellschaftsdame wird noch eine Weile krank sein. Ich komme wieder zu Besuch, sobald ich kann.«

»Gut.« Er lächelte. »Gute Nacht, Magdalena.«

»Gute Nacht, Carl.«

Ein letztes Mal spiegelten sich ihre braunen Augen in seinen grünen. Dann drehte sie sich um und ging eilig in der Dämmerung davon.


Der Arzt rückte seine runde Brille zurecht. Er hatte gerade wieder einmal die Baronin untersucht, die immer noch blass und hustend im Bett lag. Nun schwieg er nachdenklich.

»Doktor, was ist mit mir?« Die Zeiss beäugte ihn misstrauisch. »Warum sagen Sie nichts? Sagen Sie die Wahrheit: Hat sich mein Zustand verschlimmert?«

»Nein, Madame.« Der Arzt schüttelte langsam den Kopf. »Aber Ihr Husten verbessert sich einfach nicht, und ich höre immer noch ein Rascheln, wenn ich an Ihrer Lunge horche. Sie erholen sich nicht so, wie ich es mir erhofft hatte.«

Die Baronin sah ihn wütend an. »Sie werden nicht fürs Hoffen bezahlt, Doktor, sondern dafür, dass Sie mich heilen.«

»Natürlich, natürlich – aber Madame, ich fürchte, wir müssen für die Heilung andere Geschütze auffahren.«

»Was meinen Sie damit?«

»Nun, Sie wissen vielleicht, dass Höhenluft bei Lungenkrankheiten ganz erstaunliche Ergebnisse erzielt.«

»Höhenluft?« Die Zeiss sah ihn verständnislos an.

»Ja, Höhenluft. Ich würde eine Kur in den Berchtesgadener Alpen vorschlagen, Madame. Die klare Bergluft wird Ihren Lungen guttun.«

»Niemals.« Die Zeiss setzte sich auf. »Das geht nicht. Ich kann nicht verreisen. Ich habe Pflichten hier auf der Insel. Bedeutende Pflichten, Doktor. Ich bin, nun – unabkömmlich.«

»Oh ja, gewiss, Madame. Aber für diese, ähm, bedeutenden Pflichten müssen Sie doch bester Gesundheit sein, nicht wahr? Wir sollten also alles unternehmen, um Sie möglichst schnell wieder in diesen Zustand zu versetzen, in dem Sie, nun, Ihren bedeutenden Pflichten mit ganzer Kraft nachkommen können.«

Die Baronin bekam einen Hustenanfall, der sie für den

Moment daran hinderte, weiter zu widersprechen. Der Doktor nutzte seine Chance und redete schnell weiter. »Ein Studienfreund von mir ist in Bad Reichenhall mittlerweile ein ganz hervorragender Kurarzt. Ich werde ihm mit Ihrer Erlaubnis schreiben und ihn um einen Platz für Sie bitten. Wie gesagt, ich halte eine Höhenluftkur für unumgänglich.«

Die Zeiss wirkte angegriffen. Ihr habichtsartiger Blick traf Magdalena, die beim Fenster stand und die Szene bisher stumm verfolgt hatte. Nun trat sie vor. »Frau Baronin, bitte sorgen Sie sich nicht. Hier wird alles in bester Ordnung sein, bis Sie wiederkommen. Sepp und Elisabeth sind ja auch noch da. Und ich kann Ihnen versprechen, dass ich … dass alles so bleibt, wie es ist«, schloss Magdalena. Es entsprach der Wahrheit. Sie hatte nicht vor zu fliehen. Seit Carl auf der Insel war, wollte sie nirgends anders sein als hier.

Die Zeiss musterte sie misstrauisch. Schließlich sank sie in ihre Kissen zurück. »Na schön«, sagte sie barsch, »aber ich will das beste Zimmer und eine Vorzugsbehandlung, sagen Sie das Ihrem Kurarzt.«

»Natürlich.« Der Doktor machte eine knappe Verbeugung. »Ich werde alles in die Wege leiten.«

Dann eilte er aus dem Zimmer. Magdalena hatte den Eindruck, dass er kaum schnell genug aus der Villa kommen konnte.

Als er gegangen war, wandte sie sich an die Baronin. »Diese Kur wird Ihnen sicher helfen«, sagte sie.

»Ach, was wissen Sie schon.« Die Baronin nippte an ihrer Teetasse. »Es ist mir gar nicht recht, Sie ausgerechnet jetzt sich selbst zu überlassen. Sie wirken in letzter Zeit verändert. Ihre Nerven sind wohl überreizt, Sie müssen sich unbedingt ausruhen und vor jeder Aufregung in Acht nehmen, wenn Sie nicht Ihrer Krankheit Vorschub leisten wollen.«

Magdalena lächelte. Sie wusste, woran ihre Veränderung lag – es war nicht die Krankheit.

»Natürlich, Frau Baronin, ich werde gut auf mich achtgeben«, sagte sie. Während sie anschließend der Zeiss einen langatmigen Bericht über die für Mai geplante Eröffnung des Volksgartens in Nymphenburg vorlas, konnte sie ihr Glück kaum fassen. Die Roseninsel würde bald für ein paar Wochen ohne die Zeiss sein!


Kurz darauf reiste die Baronin ab. Der Arzt hatte ihr tatsächlich einen Kurplatz zu ihrer Zufriedenheit verschafft, und nachdem sie erfahren hatte, dass der alte König Maximilian auch in Bad Reichenhall zur Kur gewesen war, schien sie fast besänftigt. Barthel, inzwischen selbst wieder einigermaßen gesund, holte sie am Tag ihrer Abreise mit seinem kleinen Postboot ab und stapelte geduldig einen ihrer schweren schwarzen Lederkoffer nach dem anderen hinein, während die Zeiss am Steg letzte Anweisungen gab. Sepp, Elisabeth und Magdalena hatten sich dort aufgestellt, um sie zu verabschieden.

Als Erstes wandte sie sich Sepp zu. »Es ist zwar sicher eine Überforderung und unpassend«, begann sie ungnädig, aber du bist nun einmal für die Zeit, in der ich in Kur bin, der Vorstand dieser Insel und verantwortlich für alles, was hier passiert. Du bist vor allem verantwortlich für das Mädchen, verstehst du das? Du musst darauf achten, dass sie sich schont, du musst dokumentieren, wenn es Auffälligkeiten gibt, und du bist dafür verantwortlich, dass ihr Tagesablauf absolut so bleibt, wie er war.«

Sepp sah sie unbeeindruckt an. »Gut, Frau Baronin«, sagte er nur. »Schöne Reise wünsch' ich.«

Die Zeiss musterte ihn missbilligend für diese karge Antwort, beschloss aber dann offensichtlich, dass sie sich beeilen musste und darum keine Zeit für längere Zurechtweisungen hatte. Die Postkutsche, die sie zum Bahnhof bringen sollte, wartete schon am anderen Ufer auf sie. Darum wandte sie sich rasch Elisabeth zu. »Mädchen, hier die Liste mit allen Aufgaben, die du erledigen musst, bis ich wiederkomme. Der Frühjahrsputz ist schließlich noch lange nicht beendet.« Sie überreichte Elisabeth ein eng beschriebenes Papier, auf dem sich in ihrer markanten spitzen Schrift eine Flut von Aufgaben drängte. »Und achte auf deine Frisur. Ich finde sie heute schon wieder zu locker.«

Damit drehte sie sich zu Magdalena um. »Mein liebes Kind, ich bin in großer Sorge um Ihren Zustand, wenn ich Sie nun allein lassen muss und nicht ständig ein Auge auf Sie haben kann. Versprechen Sie mir, dass Sie ausreichend schlafen und immer zur selben Zeit aufstehen und die Mahlzeiten einnehmen, wie sie es bisher gewohnt sind. Veränderung verwirrt nur den Geist.« Auch für Magdalena hatte sie einen Aufschrieb vorbereitet, lange Anweisungen, bezogen auf Blumengestecke und Handarbeitsaufgaben. »Und schreiben Sie mir regelmäßig.«

»Selbstverständlich, Frau Baronin.« Wahrscheinlich würde ich ihr alles versprechen, dachte Magdalena, wenn sie dafür nur wirklich endlich abfährt. »Ich wünsche Ihnen eine angenehme Kur.«

Ein letzter strenger Blick, dann kletterte die Zeiss mit Barthels Hilfe in das Boot, der sein Glück kaum fassen konnte, heute die edle Dame selbst über den See bringen zu dürfen. Das Boot mit der hoch aufgerichteten dunklen Gestalt der Baronin setzte sich in Bewegung.

»Da fährt sie hin«, murmelte Sepp belustigt, als sie außer Hörweite war, »unsere schwarze Säule der Disziplin.«

Magdalena prustete los, genauso wie Elisabeth. Plötzlich überkam sie ein unglaubliches Gefühl von Freiheit. Täuschte sie sich, oder kam ihr schon jetzt die Insel viel bunter und freundlicher vor?

»Sepp, du hast doch immer einen Bleistift in der Hosentasche«, sagte sie.

»Stimmt.«

»Kann ich ihn borgen?«

Mit dem alten Bleistiftstummel schrieb Magdalena schnell etwas auf die Rückseite des Papiers, auf dem die Zeiss ihre Anweisungen für sie festgehalten hatte. Dann faltete sie es zusammen. Die spitze Schrift der Zeiss war nun außen.

»Schnell, Elisabeth«, sagte sie, »bring das bitte hinüber zum Lager. Sag, dass es von mir ist – dann wird es schon den Weg zum richtigen Empfänger finden.«

Elisabeth stellte keine Fragen und verschwand. Sepp schmunzelte. »Soso«, sagte er nur. Dann ging auch er in Richtung des Rosengartens.

Magdalenas Herz klopfte. Sie konnte den Abend kaum erwarten.

Nach dem Sonnenuntergang lag die Villa in der blauen Frühlingsdämmerung. Magdalena hatte Elisabeth die Außenlampen anzünden lassen. Pünktlich um acht klopfte es an der Eingangstür. Elisabeth öffnete und knickste. »Willkommen, Herr von Eich.«

Carl sah sie überrascht an. Er wunderte sich, dass das Dienstmädchen seinen Namen kannte. Er nickte ihr zu.

»Möchten Sie etwas ablegen?«, fragte Elisabeth. Im selben Moment fiel ihr auf, dass er gar nichts trug, was er hätte ablegen können – keinen Hut, keinen Mantel, nur seine einfache Kleidung und die nicht gerade vollkommen sauberen Stiefel. Carl und Elisabeth sahen gleichzeitig auf seine dreckverschmierten Schuhe.

»Ich könnte sie sauber machen, wenn Sie wollen«, sagte Elisabeth.

»Ach nein, bitte keine Umstände. Die werden sowieso gleich wieder schmutzig.«

In diesem Moment tauchte Magdalena auf der Wendeltreppe auf. »Guten Abend, Carl«, sagte sie.

Er sah auf. Sie trug ein taubenblaues Seidenkleid, das die Farbe ihrer Haare zur Geltung brachte. Carl deutete eine Verbeugung an. »Guten Abend, Magdalena.«

Sie lächelte. »Schön, dass Sie gekommen sind. Die Baronin ist heute verreist, da dachte ich …« Sie brach ab. Die Spannung zwischen ihnen war beinahe mit den Händen zu greifen. Magdalena fühlte, wie ihr die Röte in die Wangen stieg. Elisabeth verschwand.

»Danke für die Einladung«, sagte Carl höflich. »Als Sie sagten, ich könnte vielleicht einmal die Sammlung in der Villa anschauen, hätte ich nicht gedacht, dass es so bald schon klappt.«

Kurz entstand eine Stille. »Kommen Sie doch«, sagte Magdalena dann, »die Vitrine ist oben.«

Er folgte ihr die Wendeltreppe hinauf ins Obergeschoss, und Magdalena führte ihn in den Festsaal. Auch hier brannten die Kronleuchter, ein kleines Feuer flackerte im Kamin; der Abend war kühl.

Carl drehte sich um die eigene Achse und betrachtete die kunstvollen Wände mit ihren Malereien, die vergoldeten Linien der Decke, die im Licht der Leuchter blitzten, die lange Tafel aus glänzendem teurem Holz. »Was für ein schöner Raum.«

»Finden Sie? Sie sollten hier einmal jeden Tag zu zweit mit meiner Gesellschaftsdame essen, jeder an einem Ende der Tafel, und nur das Geräusch des Bestecks auf den Tellern, das von den Wänden hallt.« Magdalena schnitt eine Grimasse.

Er lachte. »Ich verstehe.«

»Hier ist es.« Sie deutete auf eine kleine schmale Glasvitrine in einer Ecke des Saals. »Ich habe nie beachtet, was darin ist, aber jetzt ...«

Sie beide sahen auf die Stücke, die in der Vitrine lagen. Es war eine merkwürdige Sammlung: Scherben, kunstvoll bemalt mit Figuren, zarten Mädchen in antiken Gewändern, merkwürdige Tiere, Mäander und Wellenbänder, die sich über den Ton zogen. Eine Art Maske, aus Stein gehauen, grob, aber dennoch als Männergesicht erkennbar, mit einem geöffneten Mund. Ein schlichtes flaches Gefäß mit Henkel, von der nur ein kleines Stück fehlte, Teile von Mosaiken, etwas, das aussah wie eine Öllampe.

»Und, was denken Sie?«, fragte Magdalena. »Die Baronin sagt, es ist die Sammlung des alten Königs Maximilian gewesen.«

»Sie sind wunderschön.« Carl betrachtete die Stücke sorgfältig. »Aber aus ganz verschiedenen Ländern und Epochen.« Er deutete auf eine Scherbe. »Diese hier sieht griechisch aus, die daneben jedoch eher ... persisch, möglicherweise. Und diese kleine Lampe«, sagte er und zeigte auf das Fläschchenfragment mit dem blauen Hals, »so ähnliche habe ich auf den Dardanellen gesehen.«

»Und diese dort?« Magdalena deutete auf eine lang gestreckte Schale, in einem schimmernden Jadegrün lasiert. »Die finde ich ganz besonders hübsch.«

»Eine griechische Kylix.« Carl betrachtete die Schale. »Darf ich sie einmal herausnehmen?«

»Natürlich.«

Carl öffnete die Vitrine und nahm vorsichtig die Schale heraus. Das Jadegrün schien im Licht der Kronleuchter beinahe zu glänzen. »Sie ist unglaublich gut erhalten.«

»Was ist eine Kylix?«, fragte Magdalena.

»Ein Trinkgefäß. Im alten Griechenland hat man Wein daraus getrunken.«

»Was glauben Sie, wann die Schale gemacht wurde?«

»Vielleicht vor viertausend Jahren?«

»Viertausend«, wiederholte Magdalena fasziniert. »Und trotzdem ist sie noch beinahe ganz, und man könnte noch daraus trinken.«

»Ja. Die Glasur ist noch absolut glatt, nirgends gesplittert oder beschädigt.« Carl reichte Magdalena die Schale. »Fühlen Sie doch einmal.«

Er legte die Schale behutsam in ihre Hände. Dabei berührten sich ihre Finger für einen Moment. Es war nur ein kurzer Augenblick, und trotzdem hatte Magdalena das Gefühl, als ginge ein Blitzschlag durch ihren Körper. Ihre Blicke trafen sich.

»Spüren Sie, wie sich die Schale in die Hände schmiegt? Die Form ist vollkommen symmetrisch. Es ist ein Kunstwerk.« Immer noch sahen sie sich an. Sie konnten die Augen nicht voneinander abwenden, es war wie ein Zauber, der sie zueinanderzog.

»Sie ist«, sagte Magdalena leise, »einfach perfekt.«

»Ja, perfekt.«

Schon längst wussten sie nicht mehr, ob sie noch über die Kylix sprachen oder über etwas ganz anderes. Was ist das nur?, dachte Magdalena verwirrt, all diese Gefühle, dabei kennen wir uns kaum.

»Stell die Schale beiseite.« Carls Stimme klang rau. Magdalena tat es. Und dann zog er sie an sich und küsste sie, schlang seine Arme um sie, hielt sie. Sie spürte seinen Herzschlag. Sie ließ sich fallen in diesen Kuss, immer tiefer und tiefer. Es war, als könnten sie gar nichts dagegen tun. Wie eine Naturgewalt, unwiderstehlich, unveränderlich, in der Welt seit Anbeginn der Zeit und absolut vollkommen.

## Starnberger See, Bayern, Gegenwart

Liv verbrachte dunkle Tage. Sie lag im Bett und sah zur Decke oder setzte sich in den Ohrensessel und blickte stundenlang hinaus in den Garten, ohne wirklich etwas zu sehen. Im Garten harkte sie die Wege und schnitt die restlichen Rosen, aber sie nahm es kaum wahr. Sie wollte niemanden sehen. Als Johannes kam, um ihr neue Lebensmittel zu bringen, blieb sie in der Villa. Vom Fenster im Festsaal aus beobachtete sie, wie er an die Tür des Gärtnerhauses klopfte und ihren Namen rief. Irgendwann ging er wieder; die Kiste mit ihren Bestellungen stellte er vor der Tür ab.

Nachts fand sie keinen Schlaf mehr. In der ersten Nacht lag sie bis zum Morgengrauen da und sah in die Dunkelheit. In der zweiten Nacht konnte sie nicht mehr liegen. Stattdessen zog sie ihren Bademantel über und ging hinunter ins Erdgeschoss des Gärtnerhauses. Sie hatte es noch nie betreten, seit sie auf der Insel war, aber in dieser Nacht knipste sie das Licht für das kleine Inselmuseum an, das im Sommer für die Touristen geöffnet war. Draußen lag die tintenschwarze Oktobernacht.

Das Museum war klein, aber liebevoll gestaltet. Es erzählte die Geschichte der Roseninsel von ihrem Beginn an. Eine Tafel erklärte, wie Gletscher in der Eiszeit den See geformt hatten und so vor unvorstellbar langer Zeit auch die Insel entstanden war. Die nächsten Tafeln und Schaukästen handelten von den ersten Menschen auf der Insel. Liv erkannte einiges aus Magdalenas Buch wieder. Die Pfahlbauten im Wasser vor der Insel, das alte Holz auf dem Seegrund, weshalb die Studenten überhaupt erst auf die Insel gekommen waren. Nun war dem ein halbes Museum gewidmet. In einem Kasten waren alte Scherben mit fremdartigen Mustern ausgestellt. Liv beugte sich darüber, besah sich die Linien und Formen und dachte an Magdalena. Hatte sie diese Scherben einmal in den Händen gehalten? Dort, übermüdet und in der tiefen Nacht im Museum, schienen plötzlich die Grenzen zwischen Vergangenheit und Gegenwart zu verschwimmen.

»Die Pfahlbauten vor der Roseninsel sind heute Weltkulturerbe. Die ersten Archäologen auf der Roseninsel, die sie entdeckten und kartografierten, leisteten damit dem Land Bayern einen unschätzbaren Dienst«, las sie. Sie dachte an das Lager, an die jungen Männer, die davon träumten, etwas Bedeutendes zu entdecken. Und sie hatten es geschafft.

Das Museum erzählte auch von den späteren Jahrhunderten der Insel. Liv erfuhr von einer mittelalterlichen Burg, die es hier einmal gegeben hatte, und von einer Kirche aus derselben Zeit, die an der Stelle des Gärtnerhauses gestanden hatte. Sie las von dem Fischerhaus, das Johannes' Ururgroßvätern einmal gehört hatte, von Obstgärten und Getreidefeldern, dort, wo jetzt die Villa und der Rosengarten lagen.

Als sie durch das ganze Museum, von Schaukasten zu Schaukasten, geschlendert war, stellte Liv sich schließlich an eines der langen Sprossenfenster und sah hinaus in die Nacht. Der Rosengarten lag wie im Schlaf vor ihr, die Kronen der Bäume und die Giebel der Villa hoben sich schwarz gegen den nachtblauen Himmel ab. So viel Geschichte auf diesem kleinen Flecken Grün im Starnberger See, dachte sie, so viele Verwandlungen und Veränderungen über die Zeiten. Diese Insel hatte so viele Menschen und ihr Leben gesehen, ihre Hoffnungen, Träume. Und jetzt meines, dachte Liv. Zumindest einen kleinen Teil davon. Der Mond kam für einen Moment hinter den Wolken zum Vorschein. Er spiegelte sich in den Fenstern der Villa, schien sie zu beleben. Oder – nein, Liv stutzte. War dort eine Bewegung in einem der Fenster im oberen Stock gewesen? Für einen Moment hatte sie den Eindruck gehabt, dort oben im ehemaligen Festsaal würde jemand stehen und zu ihr hinübersehen, so wie sie am Fenster des kleinen Museums stand.

»Quatsch, Liv«, sagte sie laut zu sich selbst. »Jetzt spinnst du wirklich.« Kein Wunder, sie hatte schon zu lange nicht mehr geschlafen; ihre Nerven waren bis zum Zerreißen gespannt. Da sah man schon einmal Gespenster. Die nächste große Wolke verdeckte den Mond wieder, die Villa lag da wie zuvor. Liv knipste das Licht aus und ging nach oben, in ihr Bett, wo sie irgendwann in einen unruhigen Schlaf fand.

Am nächsten Morgen wachte Liv mit Kopfschmerzen auf und beschloss, noch vor dem Frühstück joggen zu gehen. Die frische Luft würde ihr guttun. Als sie jedoch hinaus auf den Kiesweg vor dem Gärtnerhaus trat, war der Morgen nicht frisch. Im Gegenteil, die Luft war schwülwarm, eine merkwürdige Spannung lag darin. Zwar waren die Wolken der Nacht weitergezogen, aber über den Alpengipfeln brauten sich neue zusammen. Liv sah zum Horizont. Wahrscheinlich würde es ein Gewitter geben. Es war schon längst überfällig, immer noch war es zu warm für Oktober.

Liv begann zu laufen. Ihre Füße trugen sie immer weiter und weiter die Inselpfade entlang, und sie fühlte, wie immerhin ihre Kopfschmerzen besser wurden. Als sie an die Stelle im Osten der Insel kam, wo vor hundert Jahren die Archäologen ihr Lager aufgeschlagen hatten, bog sie ab und lief hinunter ans Kieselufer, das sich flach und breit bis zum Wassersaum erstreckte. Die archäologischen Schätze unter der Seeoberfläche konnte man kaum erahnen, doch sie waren dort. Hier irgendwo hatten vor über hundert Jahren die Zelte gestanden, hier hatten die Männer den Steg ins Wasser gebaut, von großen Entdeckungen und wichtigen Funden geträumt.

Das Wasser war ruhig, ein paar Schwalben flogen in tiefen, schnellen Schleifen darüber hinweg. Wenn die Schwalben tief fliegen, gibt es Regen – das hatte Livs Großtante immer gesagt. Die Wolken über dem Karwendelgebirge waren schon wieder eine Spur dunkler geworden. Liv drehte sich um und nahm ihren Weg wieder auf, am Lindenrondell vorbei und dann immer weiter am nordwestlichen Ufer entlang.

Sie achtete darauf, so zwischen den Bäumen zu laufen, dass sie vom *Seewirt* aus nicht zu sehen war.

Sie beschloss, solange es noch trocken war, im Rosengarten zu arbeiten. Inzwischen waren alle Pflanzen beschnitten, nun war es laut Pauls Liste Zeit, die Erde in den Beeten zu lockern und die Rosenstöcke anzuhäufeln, wie es das Gärtnerbuch nannte, also die Wurzeln und den Stamm so mit Erde zu umgeben, dass sie vor dem Winterfrost geschützt waren.

Liv suchte sich eine geeignete Hacke aus Pauls Kammer und begann, die Erde zu bearbeiten. Sie legte all ihre Gefühle, ihre Verzweiflung in die Arbeit, hackte auf die Erde ein, als gäbe es kein Morgen, und bald schwitzte sie. Aber sie hörte nicht auf, wie im Rausch hackte sie und hackte, sie hatte gar nicht gewusst, dass man sich bei der Gartenarbeit so gut abreagieren konnte.

Während Liv sich im Rosengarten verausgabte, wurde die Luft immer gewittriger. Die Wolken waren nun über die Berge gequollen und breiteten sich über den See aus. Immer weniger blaue Flecken blieben übrig. Die ganze Insel wurde unruhig, das Flirren in der Luft, Pflanzen und Tiere schienen die Spannung vor dem Gewitter regelrecht zu spüren. Die Vögel zwitscherten nervös, die Blätter flüsterten in den aufkommenden Windböen, immer wieder schnatterten vom Ufer her aufgeregt die Gänse.

Die Sonne war endgültig hinter den Wolken verschwunden, als Liv Schritte in ihrem Rücken hörte. Sie richtete sich auf und sah sich um. Über den Pfad vom Bootssteg her kam jemand auf sie zu. Es war Johannes. Liv atmete tief durch.

»Das musste ja irgendwann so kommen«, murmelte sie. Sie hatte die ganze Zeit gewusst, dass sie sich nicht ewig vor ihm und allen anderen Menschen würde verstecken können.

»Hey«, rief er ihr zu.

Liv hob grüßend die Hand.

»Gut, du bist da und lebendig.« Er hatte sie erreicht und musterte sie nun etwas ironisch. »Wir dachten schon, du wärst verschüttgegangen oder heimlich abgereist.«

»Nein, ich bin hier. Ich wollte nur mit niemandem reden.«

»Ja, das habe ich gemerkt.«

Sie sahen sich an. Die Anspannung zwischen ihnen war so sehr mit den Händen zu greifen wie die Gewitterstimmung am Himmel über ihnen.

»Wie geht es dir?«, fragte Johannes schließlich.

Sie zuckte die Achseln. »Ich mache die Rosen winterfertig. Erst der Herbstschnitt, dann das Anhäufeln.«

Er sah auf die Beete. »Sieht professionell aus. Du machst dich als Gärtnerin.«

»Danke.« Liv strich sich die Haare aus dem Gesicht. Sie wünschte, er würde gehen. Er erinnerte sie an die Zeit vor ein paar Tagen, die ihr vorkam, als wäre sie eine Ewigkeit her, und in der sie geglaubt hatte, dass doch alles würde gut werden können.

»Oma Rosa hat erzählt, dass du bei ihr warst zum Strudelbacken«, unternahm Johannes einen neuen Anlauf, das Gespräch in Gang zu bringen. »Und dass ihr euch über die Insel unterhalten habt.«

»Stimmt.«

»Sie sagt, der Strudel sei ziemlich gut geworden.« Er grinste. »Das ist ein großes Kompliment.«

Wieder schwiegen sie sich an. Du musst irgendetwas sagen, Liv, dachte sie, irgendetwas. Am besten etwas, das von dir selbst ablenkt. Schließlich sagte sie: »Ich war vor ein paar Tagen in München.«

»Was hast du da gemacht?«

Liv biss sich auf die Lippen. Er wusste nichts von Magdalena, und sie wollte es ihm auch jetzt nicht erklären. Magdalena war ihre Sache. »Ach, nur einen Ausflug. Ich habe mir die Stadt angeschaut, die Residenz, das Schloss Nymphenburg ... Es war schön. Ich bin auch mit der Gondel gefahren.«

Was redeten sie da? Sie benahmen sich wie höfliche Fremde. Wo war die Vertrautheit, die zwischen ihnen gewesen war, dieses Gefühl von Leichtigkeit, das er ihr für ein paar Tage zurückgegeben hatte?

Wieder entstand eine Pause. »Ach ja.« Johannes zog etwas aus seiner Jackentasche. »Hier, das kam heute Morgen für dich an. Ich dachte, du freust dich vielleicht darüber.« Es war ein bunter großer Briefumschlag, auf den mit Farbstiften ein Dinosaurier, Blümchen und eine Katze gemalt waren. Er grinste. »Etwas Hochoffizielles von den Chefärzten der Charité, nehme ich mal an?«

Über Livs Gesicht huschte wenigstens ein kurzes Lächeln. »Das ist von meinem Neffen und meiner Nichte, Noah und Sophie«, sagte sie. »Danke.«

Johannes sah sie eine Weile forschend an. Dann räusperte er sich. »Liv, was ist los?«

Also doch – die Frage, vor der sie sich gefürchtet hatte. Sie spielte auf Zeit. »Was meinst du?«

»Komm schon, du weißt, was ich meine. Du bist wieder genauso verschlossen wie am Anfang. Und der Jäger hat erzählt, dass du letztens zusammengeklappt bist, als du eine tote Gans gesehen hast.«

Liv wandte sich schnell um und begann, wieder auf das Beet einzuhacken, obwohl die Erde dort schon locker genug war.

»Warum erzählt er dir das?«, fragte sie schließlich. »Das geht doch wohl niemanden etwas an.«

»Er hat sich Sorgen um dich gemacht.«

Sie hackte noch kräftiger drauflos. »Das muss er nicht. Um mich muss man sich nicht kümmern. Ich komme schon zurecht.«

»Liv.« Er machte einen Schritt auf sie zu und hielt die Hacke in ihrer Hand fest. »Hör auf. Rede mit mir.«

Sie schüttelte nur den Kopf. In ihren Augen brannten die Tränen, die schon seit drei Monaten einfach nicht kommen wollten.

»Warum denn nicht? Wir … Na ja, ich dachte, wir mögen uns.« Weil sie nicht antwortete, schob er nach: »Okay, vielleicht geht das mit dem Mögen nur mir so. Aber auch dann kannst du mit mir reden.«

»Was bringt schon Reden?« Sie ließ die Hacke fallen und drehte sich zu ihm. »Es ändert nichts. Ich habe doch von Anfang an gesagt, dass ich meine Ruhe haben will.«

»Und was war dann mit dem Essen? Und dem Segeln?« Sie wandte sich ab.

»Was zum Teufel ist passiert?« Langsam wurde auch er ärgerlich. »Ich will wenigstens das wissen.«

»Was passiert ist?« Liv sah auf. In ihren Augen schwammen nun wirklich Tränen. »Ich habe endlich begriffen, dass ich keine Ärztin mehr sein kann. Das ist passiert.«

Sie wischte sich wütend über die Augen und biss die Zähne zusammen. Johannes sah sie verblüfft an. »Aber das ist doch Quatsch«, sagte er, »warum solltest du keine Ärztin mehr sein können? Das ist doch das, was du sein willst, seit du klein bist. Du wolltest schon immer Leute retten, das hast du doch gesagt.«

»Ja, aber ich hätte es wohl nie werden sollen. Und jetzt bin ich endgültig nicht mehr geeignet dafür.« Sie schüttelte den Kopf. »Ich bin ohnmächtig geworden wegen ein paar Blutstropfen in weißen Gänsedaunen, verstehst du?« In diesem Moment kam eine starke Windbö auf und ergriff ihr Haar. Es flatterte honigblond. Das Gewitter hatte sie schon beinahe erreicht, von Fern grollte Donner, aber keiner von beiden achtete darauf.

»Nein. Ich verstehe überhaupt nichts.«

»Du kannst es auch nicht verstehen.« Sie senkte den Blick. »Lass mich einfach in Frieden.«

Ein zweiter Donner, dieses Mal schon etwas näher. Sie sahen beide für einen Moment in den Himmel. Eine dunkelgraue Wolkenwand lag über den Alpen und bewegte sich auf sie zu.

Johannes griff nach ihr, hielt sie an den Schultern. »Liv, großer Gott, es ist wirklich, als wolltest du einfach nicht glücklich sein. Es war doch schön die letzten Tage und …«

Ein Blitz zuckte über den Himmel, der Donner folgte kurz darauf. Das Gewitter hatte schon beinahe die Insel erreicht. Inzwischen bogen sich die Baumkronen der alten Eichen und Buchen um sie herum im stürmischen Wind. Ein bedrohliches Sirren lag in der Luft.

Liv sah ihn an. »Glücklich?«, fragte sie, »das werde ich wohl auch nicht mehr. Ich verdiene es gar nicht.«

Der Donner krachte nun laut über ihnen, der Wind peitschte über den See und die Insel. Pfeilschnell schossen noch immer ein paar Schwalben durch die Luft, angetrieben von dem Sturm, der nun stärker wurde.

»Natürlich verdienst du es. Liv, du bist gut, du willst Menschen helfen, du bist ...« Er schluckte. »Du bist genau die Frau, die ich mir immer vorgestellt habe.«

Sie starrte ihn an, dann riss sie sich mit einem Mal los. »Johannes, hau ab!«, schrie sie in plötzlicher, verzweifelter Wut über den Wind hinweg. Die ersten Tropfen fielen nun warm und schwer auf den Rosengarten. Sofort roch die Luft nach Staub und warmer Nässe. »Mir kann niemand helfen. Such dir jemand anderes.« Liv riss sich los, drehte sich heftig um und ging in die entgegengesetzte Richtung davon, weg vom schützenden Gärtnerhaus über die Wiese und zwischen die Bäume. Das Gewitter und den Regen schien sie gar nicht zu beachten.

»Liv!« Johannes sah ihr nach. Die zarte Gestalt mit dem honigblonden Haar. In diesem Moment zuckte ein greller Blitz direkt über der Insel, heller als die bisherigen, und beinahe zur selben Zeit krachte der Donner ohrenbetäubend. Das Unwetter war nun direkt über der Insel. Plötzlich hörte

Johannes noch ein anderes Geräusch durch Regen und Donner, eines, das er noch nie gehört hatte und das ihm die Haare zu Berge stehen ließ: ein unheimliches Ächzen und Knarren. Im nächsten Moment neigte sich die Krone der höchsten und ältesten Eiche, auf die Liv wie eine Schlafwandlerin zuging. An ihr hatte der Sturm am stärksten gezerrt, und nun gab sie nach. Das Knarren und Krachen wurde immer lauter.

»Liv!«, schrie Johannes aus Leibeskräften. »Liv!«

Sie ging immer weiter, hörte ihn nicht. Es war viel zu laut, das Gewitter toste zu stark. »Liv!« Noch ein paar Wimpernschläge, und der Baum würde endgültig umstürzen. Johannes rannte los durch den Regen, der von Sekunde zu Sekunde stärker prasselte. Noch bevor er Liv erreicht hatte, war er bis auf die Haut durchnässt. Ein letztes Mal rief er ihren Namen. Endlich blieb sie stehen und drehte sich um. Sie bemerkte gar nicht, in welcher Gefahr sie sich befand. »Was?«, schrie sie durch das Toben des Unwetters.

Im selben Moment riss er sie schon zur Seite, und sie fielen beide auf die durchnässte Wiese. Wenige Sekunden später stürzte die riesige alte Eiche mit ohrenbetäubendem Getöse zu Boden und schlug genau dort auf, wo Liv gerade noch gestanden hatte.

Sie starrten beide auf den mächtigen umgestürzten Baum, während der Regen auf sie prasselte. Ein paar Vögel flatterten panisch aus der Baumkrone der Eiche, in die sie sich vor dem Unwetter geflüchtet hatten.

»Du ...«, stotterte Liv, »du hast mich gerettet.«

Er lächelte. »Ich würde es jederzeit wieder tun.«

Liv sah ihn an. Der Regen strömte über sie, und ihre gro-ßen blauen Augen waren mit einem Mal sanft. Johannes er-widerte ihren Blick. Das Gewitter, der Sturm, der Regen, all das bemerkten sie beide gar nicht mehr. »Du hast mich ge-rettet«, wisperte sie noch einmal. Und dann beugte Johan-nes sich einfach vor und küsste sie. Liv schlang ihre Arme um seinen Hals. Endlich konnte sie seine Nähe zulassen, nein, nicht nur zulassen – sie suchte sie. Sie waren klatsch-nass, doch es störte sie nicht. Alles verschmolz miteinander, das Wasser, die Erde, das Gras, die Insel und sie beide. Alles war eins.

# Starnberger See, Bayern, 1890

»Bist du glücklich?« Carl strich Magdalena eine Strähne aus dem Gesicht. Sie saßen am schattigen Ufer zwischen den Bäumen und beobachteten, wie die anderen gerade damit beschäftigt waren, neue Umrisse in den Plan der Unterwassersiedlung einzutragen. An diesem Plan arbeiteten sie nun schon über eine Woche, und er wuchs und wuchs. Immer wieder kamen neu entdeckte Pfeilerüberreste oder Palisaden dazu, die bisher noch nicht eingezeichnet waren.

»Noch drei Pfeiler nach rechts«, rief Achim gerade Gustav zu.

»Und zwei nach vorne.«

»Bist du blind?«, rief Richard dazwischen, der am vordersten Ende des Stegs balancierte. »Das sind mindestens vier oder fünf nach vorne.«

»Niemals – allerhöchstens drei. Ich weiß doch, was ich sehe.«

So ging es schon seit einer ganzen Weile. Währenddessen kochte Egon am Lagerfeuer das Abendessen, und im Arbeitszelt wuschen Georg und Wilhelm die neuesten Funde aus. Es waren viele; in den letzten Tagen waren immer neue

Scherben aufgetaucht. Sie hatten das ganze Ufer danach ab-gesucht. Die Arbeit war in den letzten Tagen vorangekom-men – neue Zeichnungen, neue Beschreibungen, Vergleiche mit schon gemachten Entdeckungen aus der Schweiz und Österreich. Das Wetter war trocken und warm, die Tage lang, obwohl es Magdalena erschien, als vergingen sie wie im Flug, so viel gab es zu tun, zu diskutieren, zu spekulieren und zu lernen, denn sie las sich durch alle Bücher über Ar-chäologie, die die Studenten mit auf die Insel gebracht hat-ten. Unterdessen kamen von Professor Furtwängler in Mün-chen lobende Worte über die Fortschritte der Forschung.

»Nun«, hakte Carl nach, »bist du's?«

Magdalena wandte lächelnd den Blick vom Lager ab und sah ihn an. »Ich bin so glücklich wie noch nie in meinem Leben.« Es war die Wahrheit. Die letzten Tage waren die schönsten in ihrem Leben gewesen. Sie schmiegte sich an ihn. »Manchmal glaube ich immer noch, dass ich nur träume.«

Carl lachte leise. »Nein«, sagte er, »das ist kein Traum.« Er legte seine Hand auf ihre, ihre Finger verschränkten sich ineinander. »Fühlst du das – es ist Wirklichkeit.«

Er beugte sich vor und küsste sie, dort unter den schat-tigen Bäumen an diesem sonnigen Nachmittag. Sie waren nicht vorsichtig, jeder wusste, dass sie sich liebten. Und es gab niemanden, der ihnen ihr Glück nicht gönnte. Erst ges-tern hatte Sepp ihr zugezwinkert und genuschelt: »Sehen Sie, ich habe Ihnen doch gesagt ... Ich wusste, dass Sie Ihr Wunder erleben würden.«

Und so war es. Es war ein Wunder. Magdalena fühlte

sich wie in einem Rausch. Es war nicht nur diese Anziehungskraft, die große Verliebtheit, die sie mit Carl fühlte. Sie verstanden sich auch auf einer Ebene, wie Magdalena es noch nie erlebt hatte. Sie interessierten sich für dieselben Dinge, konnten stundenlang miteinander reden und diskutieren über Dinge wie Scherbenmuster, die Siedlungsanlage, wie das Leben der Menschen damals wohl gewesen war. Sie liebten dies alles mit der gleichen Intensität, auch wenn Carl ihr natürlich mit seinem Studium voraus war. Aber die Begeisterung verband sie und ließ diesen Unterschied mehr und mehr verschwimmen. Sie waren eine Einheit, eine geschlossene Welt, zu der die anderen keinen Zutritt hatten. Und sie arbeiteten stundenlang Seite an Seite; Magdalena war schnell zu einer begabten Zeichnerin geworden und saß ganze Nachmittage im Arbeitszelt über die Notizbücher gebeugt.

Und dann waren da noch die gemeinsamen Abende, die Zärtlichkeiten, die Zeit, die sie miteinander verbrachten, ohne zu arbeiten.

Jetzt umfing Carl sie, küsste ihr Haar, hielt sie im Arm. Sie sahen beide aufs Wasser hinaus, auf dem die Fischerboote trieben, auf die grünen Hügel am anderen Ufer. »Das hier«, sagte Carl leise, »das ist unser kleines Paradies. Es fühlt sich an, als wären wir vom Rand der Welt gefallen, und hier leben wir und arbeiten und sind einfach nur glücklich.«

»Ja«, seufzte Magdalena und legte ihren Kopf an seine Schulter. Sie versuchte, zu verdrängen, dass es ein Paradies auf Zeit war. Regelmäßig brachte Barthel Briefe der Baronin auf die Insel, in denen sie sich beständig nach Magdalenas

Befinden und danach erkundigte, wie viele neue Kissenhül-
len sie schon bestickt und wie viele Gedichte sie auswendig
gelernt hatte. Außerdem berichtete sie von der Kur; meist
endeten die Briefe mit harschen Klagen über die Ärzte oder
die anderen Kurgäste. »Die meisten Ärzte hier sind Quack-
salber«, hatte sie erst im letzten Brief geschrieben, »und das
Kurhotel ist nicht so komfortabel, wie es dieser Dorfarzt von
Feldafing versprochen hat. Es gibt hier und da ein paar Kon-
zerte und Gesellschaften, aber sie sind nicht besonders interessant. Die Bergluft allerdings scheint zu wirken …«

Magdalena fürchtete diese Briefe mit der schwarzen
Schrift auf dem Kuvert. Es erinnerte sie daran, dass diese
schöne Zeit irgendwann enden würde.

Carl zog sie enger an sich. Sie beschloss, nicht mehr darüber nachzudenken.

Georg steckte den Kopf aus dem Arbeitszelt. »He, ihr beiden
Turteltauben – ich glaube, wir haben etwas Interessantes.«

»Wir kommen.« Carl küsste Magdalena noch einmal.
Dann nahm er sie bei der Hand, und sie liefen gemeinsam
hinunter zum Lager.

Im Zelt nahm Gustav etwas aus der Wasserschüssel, die
vor seinem Platz stand. »Ich habe es am Südufer gefunden.
Ich glaube, es ist Teil einer Figur. Ein Bein vielleicht oder ein
Arm.«

Carl nahm den länglichen Gegenstand und betrachtete
ihn. Dann reichte er ihn Magdalena weiter. »Was meinst
du?«

Magdalena runzelte die Stirn. Der längliche Stein war

unregelmäßig geformt, mit länglichen Linien, die sich darüberzogen. Auch sie waren unregelmäßig.

»Ist das dein Ernst?«, brauste Georg auf. »Du fragst sie? Carl, ich weiß ja, dass sie ganz toll und hübsch ist und so weiter – aber sie hat doch keine Ahnung von dem, was wir hier machen. Sie hat nicht studiert.«

»Nein«, sagte Carl ruhig, »Aber ich habe noch niemanden gesehen, der das ganze Werk Heinrich Schliemanns in ein paar Wochen gelesen hat – und auch noch alles behalten kann.« Er grinste. »Wenn mich nicht alles täuscht, hast du nicht einmal eines von ihm vollständig zu Ende gelesen. Also trag die Nase nicht so hoch.«

Georg wollte gerade eine wütende Antwort zurückgeben, als Magdalena ihm seinen Fund wieder zurückgab. »Ich wohne schon länger als du auf der Insel«, sagte sie mit einem versöhnlichen Lächeln. »Ich habe schon viele Kiesel gesehen, und manche von ihnen hatten solche Linien. Ich glaube deshalb, dass sie eher ganz natürlich entstehen.«

Georg starrte sie düster an, dann legte er den Stein zurück ins Wasser. »Ich mach dann mal weiter«, murmelte er. »Bevor sie vielleicht noch eine Vorlesung halten will oder so.«

Carl grinste. »Wollen wir ein bisschen spazieren gehen?«, fragte er. »Georg beruhigt sich gewöhnlich schnell wieder.«

Sie schlenderten nebeneinander am Nordufer der Insel entlang, vorbei an dem kleinen Rondell aus frischgrünen Lindenbäumen. Eine Zeit lang schwiegen sie einfach. Während

sie gingen, suchten ihre Blicke ganz automatisch den Inselstrand nach ungewöhnlichen Dingen ab. Einmal bückte Carl
sich und hob etwas auf, aber es stellte sich nur als flacher
Kieselstein heraus. Er holte aus und warf den Kiesel flach
über das Wasser, wo er mehrmals sprang.

Magdalena sah ihm dabei zu. »Fünf Sprünge – nicht
schlecht.«

Er lachte. »Kannst du mithalten?«

Sie schüttelte den Kopf. »Ich habe es noch nie versucht.
Mein kleiner Cousin, Toni, hat das immer gerne gemacht.«
Sie biss sich auf die Lippen. Es war das erste Mal, dass ihr
etwas über ihr früheres Leben herausgerutscht war. Bisher
hatte sie zu allem geschwiegen, und Carl hatte sie nicht danach gefragt. Sie lebten nur im Jetzt.

Carl bückte sich noch einmal und hob einen weiteren
flachen Kieselstein auf. »Versuch es. Du musst nur möglichst flach und kräftig werfen.«

Magdalena probierte es; der Stein versank jedoch nur
mit einem leisen Platschen im Wasser. Magdalena schnitt
eine Grimasse. »Das ist wohl nicht mein größtes Talent.«

Carl reichte ihr einen weiteren flachen Kiesel. »Nein –
los, gleich noch einmal.«

Dieses Mal sprang der Stein einmal bevor er unterging.
»Sehr gut. Und noch einen.«

Der dritte Versuch glückte – der Stein sprang einige Male
über das Wasser. Magdalena lachte glücklich. »Hast du das
gesehen?«

»Natürlich. Das war sehr gut.« Er fing sie ein, küsste sie,
aber Magdalena riss sich vergnügt los. »Nichts da, jetzt, wo

es einmal geklappt hat, kann ich doch nicht damit aufhören.« Sie suchte sich selbst einen flachen Stein. Wieder gelangen ihr immerhin ein paar Sprünge über die ruhige Wasseroberfläche.

»Na warte«, feixte Carl, »es darf ja nicht sein, dass ich jetzt schon übertrumpft werde ...«

Eine Weile ließen sie lachend und ausgelassen Steine über das Wasser hüpfen. Schließlich, als Magdalena sich wieder nach einem geeigneten Kiesel bückte, stutzte sie. Dort, zwischen den Kieseln, überschwappt vom Wassersaum, lag etwas, das ganz anders aussah. Schnell bückte sie sich und hob es auf. Dass ihr Rocksaum und ihre Schuhe dabei nass wurden, kümmerte sie nicht – vor lauter Aufregung bemerkte sie es nicht einmal.

»Carl, schau dir das an! Hast du so etwas schon einmal gesehen?«

Sie drehte und wendete das Ding zwischen den Fingern und hielt es ins Sonnenlicht, wo es nass glitzerte. Der Gegenstand war an einem Ende stumpf, am anderen aber sehr spitz, er sah beinahe aus wie ein Tropfen. Seine nasse Oberfläche glänzte fast cremefarben, über alles verteilten sich schuppenförmige, regelmäßige Einkerbungen ... Carl, der gerade einen weiteren Kiesel über das Wasser hatte springen lassen, kam zu ihr hinüber. Als er sah, was Magdalena da in der Hand hielt, riss er erstaunt die Augen auf. »Hast du das hier gefunden?«, fragte er atemlos. Sie nickte. »Es lag genau hier, zwischen den Kieseln im Wasser. Weißt du, was das ist?«

Carl nickte. Er war wie elektrisiert. »Ja – allerdings weiß

ich das. Ich habe es aber bisher nur in Büchern gesehen, nie selbst eine in der Hand gehalten.«

»Was ist es?«

»Das ist eine Speerspitze, eine Art Dolch. Von Menschen gemacht.« Er deutete auf die Spitze. »Siehst du, hier ist die scharfe Spitze, auch die Seiten sind geschärft. Und hier« – er tippte auf das stumpfe Ende – »war der Stein wahrscheinlich an einem Holz befestigt.« Er sah Magdalena an. »Das ist ein ganz unglaublicher Fund! Verstehst du, etwas ganz anderes als Scherben. Du hast ein prähistorisches Werkzeug gefunden.«

Magdalena lächelte spitzbübisch. »Heißt das, das kommt in dein Skizzenbuch und wird veröffentlicht?«

»Ganz bestimmt sogar. Und ich werde dich als Finderin erwähnen, namentlich – darauf kannst du dich verlassen.«

Ihre Augen leuchteten einen Moment lang stolz auf. Dann erlosch das Licht. Welchen Namen, dachte sie, er kennt ihn nicht. Er weiß nicht mehr über mich, als dass ich Magdalena heiße.

Carl, der immer noch begeistert auf die Spitze sah, bemerkte die Veränderung in ihrem Gesicht nicht. »Komm, wir gehen zurück ins Lager und zeigen es den anderen. Die werden umfallen, wenn sie das sehen. Und Georg wird wahrscheinlich ganz gelb vor Neid.« Er lachte. »Das wird dann wohl sein zweiter Wutanfall an diesem Tag.«

Hand in Hand liefen sie zurück zum Lager.


Am Abend aßen sie zu zweit in der Villa. Elisabeth hatte auf Magdalenas Bitte hin nicht im Festsaal gedeckt, sondern an einem kleinen Tisch im Gartensaal, gerade groß genug für zwei. Endlich musste sie nicht mehr an der langen Tafel sitzen. Neben den Platten mit dem Essen und dem Porzellangeschirr hatte Elisabeth auch noch Platz für einen Kerzenleuchter gefunden, dessen Kerzen hell leuchteten.

Es war der erste warme Abend in diesem Frühjahr. Die Flügeltüren zur Veranda und zum Rosengarten hin waren weit geöffnet und ließen die milde Luft in den Raum.

Carl und Magdalena genossen die Zeit miteinander. Sie redeten über so vieles, vor allem natürlich über die Speerspitze und was sie bedeuten könnte. Sie besprachen auch die Bücher, die Magdalena bisher verschlungen hatte, die interessantesten Stellen, die Fragen, die sie hatte.

»Und du hast Heinrich Schliemann selbst einmal getroffen?«, fragte Magdalena irgendwann.

»Ja.« Carl griff nach seinem Weinglas. »Das war in Mykene. Ich musste unbedingt dorthin reisen – eine der ältesten bekannten Städte der Menschheit. Und ich wollte natürlich das berühmte Löwentor sehen.«

Er beschrieb Magdalena das Tor von Mykene, über zehntausend Jahre alt, aus riesigen Steinblöcken gebaut und mit einem Relief, auf dem zwei Löwen zu sehen waren. »Und dort, in Mykene, habe ich Schliemann getroffen. Ich hatte Glück, er ist zwei Tage später abgereist.«

»Wie ist er denn?«, fragte Magdalena neugierig. »Ich meine – was für ein Mensch ist er? Ich frage es mich, wenn ich seine Bücher lese.«

»Er ist ein Getriebener. Er ist völlig besessen von der Archäologie, und er ist besessen von seinen Träumen. Als er damals zum ersten Mal auf die Dardanellen reiste und sagte, er würde dort Troja ausgraben, hat ihn jeder ausgelacht. Er musste sich eine Menge Spott gefallen lassen, aber es war sein Traum. Er war überzeugt, dass Troja zu finden war, also hat er gegraben. Heute ist er einer der bekanntesten Archäologen – und ich wäre keiner geworden, wenn ich nicht schon als Kind seine Bücher gelesen hätte.«

Magdalena lächelte. Die Kerzen flackerten im sanften Abendwind, der durch die geöffneten Türen aus dem Garten hereinwehte. »Was ist dein Traum?«, fragte sie schließlich. Carl antwortete fast sofort. »Ägypten«, sagte er. »Ich möchte unbedingt einmal nach Ägypten reisen und dort forschen. Die alten Pyramiden, die Wüste, die Sphinx, die Mumien, die Hieroglyphen – das ist mein Traum. Diese uralten Völker, die dort lebten, sind noch so wenig erforscht. Es gibt nur Legenden, aber ich würde den Legenden gerne auf den Grund gehen.«

»Ägypten.« Magdalena sah hinaus in den Garten, über dem gerade das letzte rote Abendlicht lag. Sie schmeckte dem Wort nach, fremdländisch, aufregend, es klang nach Abenteuer. »Ja, Ägypten ist ein guter Traum.«

»Komm doch mit mir.« Er beugte sich vor und legte seine Hand auf ihre. »Mit dir wäre ich noch viel lieber in Ägypten.«

»Das würde ich gerne.« Magdalena lächelte wehmütig. »Du glaubst gar nicht, wie gern – mit dir durch die Wüste ziehen, den Sternenhimmel dort sehen, die uralten Pyramiden im Sand.«

Sie sahen sich an. Stille legte sich über den Gartensaal. Die Luft roch nach dem ersten Jasmin, der schon blühte.

»Magdalena ...« Carl wurde ernst. »Ich habe dich nie nach etwas gefragt. Ich habe respektiert, dass du ein Geheimnis für mich bist. Aber willst du es denn wirklich bleiben? Wäre es nicht besser, du würdest erzählen? Ich werde niemandem etwas verraten. Du kannst mir vertrauen.«

Magdalena seufzte. Ja, sie vertraute ihm. Aber wie würde er über sie denken, wenn er die Wahrheit wüsste? Würde es etwas zwischen ihnen verändern? Ihr Herz klopfte. Schließlich gab sie sich einen Ruck.


Die Nacht lag warm und tintenschwarz über der Insel. Im Gartensaal waren die Kerzen halb heruntergebrannt; in ihrem dämmrigen, weichen Licht sah alles aus wie mit Gold übergossen.

Magdalena hatte geendet. Carl hatte sie reden lassen, sie kein einziges Mal unterbrochen. Nun schwieg sie.

»Du bist also die Tochter des Königs?«, sagte er schließlich.

»Ja.«

»Und du hast vielleicht die Krankheit deines Vaters geerbt?«

Magdalena nickte. »Und was nun?«, fragte sie schließlich beklommen. Sah er sie nun mit anderen Augen? Fühlte er sich sogar abgestoßen – schließlich wusste er nun, zu was sie vielleicht einmal werden würde. Zu einer Verrückten, wie ihr Vater es war.

Das Kerzenlicht flackerte in ihren dunklen Augen, ihre

Haare fielen in dunklen Kaskaden über ihre hellhäutigen Schultern. »Nun?« Carl war aufgestanden und streckte ihr seine Hand entgegen. »Nun – wollen wir tanzen, Königstochter?«

Sie sah ihn überrascht an. »Wie bitte?«

Er zuckte die Achseln. »Wir haben gegessen, wir haben getrunken – gewöhnlich kommt dann das Tanzen. Allerdings, das gebe ich zu, haben wir keine Musik.«

Magdalena lächelte. Sie stand auf und ging in eine Zimmerecke, in der ein Apparat stand, der noch nie benutzt worden war, seit sie hier lebte. Carl sah ihr über die Schulter. »Was ist das denn?«

»Ein Grammofon. Der Prinzregent hat es uns letztes Jahr geschickt, aber die Baronin verabscheut alles, was aus einem Apparat kommt, sagt sie. Nur Klaviermusik ist wahre Musik.«

Carl grinste. »Unglaublich, dass ihr so etwas habt. Ich habe davon gehört, aber ich habe noch nie eines gesehen ...« In diesem Moment erklangen die ersten Töne.

»Nun«, sagte Magdalena zufrieden, »nun können wir tanzen.«

Er nahm sie bei der Hand und führte sie zur Mitte des Gartensaals. Dort legte er seinen Arm um sie. Ihre Hand in seiner Hand, draußen zirpten die ersten Grillen des Jahres, die Musik spielte. Die blaue Nachtluft wehte zu ihnen in den Raum, der Schein der Kerzen erleuchtete den Saal weich und golden. Es war eine wunderschöne Sommernacht.

Sie tanzten.

Zum ersten Mal tanze ich in diesem Raum nicht mit der

Luft, dachte Magdalena, sondern mit einem Mann. Mit einem Mann, den ich liebe. Mit dem sich alles so lebendig anfühlt.

»Was denkst du?«, fragte Carl sie lächelnd.

»Dass du mein Wunder bist.«

Draußen funkelten die Sterne. Auf der ganzen Welt gab es in diesem Augenblick nur sie beide.

## Starnberger See, Bayern, Gegenwart

Später, als das Gewitter schon lange vorüber war und das Regenwasser von den Blättern der Bäume tropfte, lag Liv in Johannes' Armen auf dem schmalen Bett in ihrer Wohnung und fühlte die Wärme seines Körpers.

»Liegst du auch wirklich bequem?« Er ließ die Fingerspitzen auf ihrem Arm sanft auf und ab gleiten.

»Natürlich.«

»Und ist dir auch warm?«

»Ja, auch das.« sagte Liv lächelnd.

»Das eben, das war ...«

»Ja?«

»Wow.«

Liv drehte sich zu ihm um. »Das fand ich auch.« Ihre Blicke trafen sich. Für eine Weile lauschten sie nur auf ihren Atem, ihren Herzschlag, fühlten die Haut des anderen. »Küss mich wieder«, sagte sie dann. Er tat es.

Viel später, als es draußen schon lange Nacht geworden war, war Johannes eingeschlafen. Liv aber fand keine Ruhe. So lag sie wach da und dachte nach. Schließlich wand sie sich vorsichtig unter seinem Arm hervor, wickelte sich in ein Laken und ging leise hinüber zum Fenster.

»Hey«, Johannes setzte sich verschlafen im Bett auf. »Was machst du da?«

Liv stand immer noch da und sah hinaus in die Nacht. Die Haare fielen ihr offen auf den Rücken. Johannes wuschelte sich durchs Haar und rieb sich die Augen. »Kannst du nicht schlafen?«

Liv schüttelte den Kopf. »Nicht wirklich«, sagte sie leise.

»Liegt es an mir? Soll ich lieber gehen?«

Sie wandte den Kopf zu ihm. »Nein, bitte nicht.« Johannes stand vom Bett auf, ging die paar Schritte zum Fenster hinüber und stellte sich hinter Liv. Er legte seine Arme um sie und küsste sie sanft auf die nackte Schulter. Dann sah er auf. Ihre Blicke trafen sich in der Spiegelung der nächtlichen Scheibe.

»Willst du reden?« Zu Johannes' Überraschung nickte Liv. »Ja, ich glaube, es ist Zeit.«

»Okay.« Er wartete einfach ab, hielt sie im Arm und sah mit ihr hinaus in den dunklen Garten. Irgendwann fing Liv an zu erzählen.

»Ich habe gesagt, dass ich schon immer Ärztin werden wollte«, begann sie. »Aber ich habe nicht erzählt, warum. Es hat alles angefangen, als ich sieben war. Ich hatte damals eine beste Freundin, Emma. Sie hatte wilde braune Locken und grüne Katzenaugen, und wir haben beinahe jeden Tag zusammen gespielt. An einem Tag sind wir auf den Spielplatz gegangen. Es gab ein neues Klettergerüst, und Emma wollte es ausprobieren. Sie kletterte, ich stand unten im Sand und traute mich nicht. ›Komm hoch!‹, rief sie, ›von hier oben sieht man einfach alles!‹ Ganz oben saß sie auf dem Querbalken des Gerüsts und winkte mir zu. Ich sehe sie noch dort oben sitzen, lachen, winken. Und dann ist sie gefallen. Sie lag neben mir im Sand, als würde sie schlafen. Die Sanitäter kamen, der Notarzt. Und sie lag nur so da, und ich hielt ihre Hand. Niemand konnte ihr mehr helfen.«

»Das tut mir leid«, sagte Johannes leise.

Liv reagierte nicht, sie erzählte weiter. »Seit diesem Tag wollte ich unbedingt Ärztin werden. Ich wollte Menschen retten. Keinem sollte mehr so etwas passieren wie Emma, nicht, wenn ich dabei war zumindest.« Sie lächelte. »Also tat ich alles, um dieses Ziel zu erreichen. Medizin studieren, Praktika machen, dann die Assistenzstelle als Notfallärztin in der Charité – mein Traum. Es war alles gut.«

Sie machte eine Pause. »Bis zu diesem Abend vor ein paar Monaten. Es war warmer Sommertag. Ich hatte Spätschicht, und die Stadt war voller Leute. Es war viel los in der Notaufnahme, ständig kamen Patienten, mit Platzwunden vom Skateboardfahren, mit Brandblasen vom Grillen, mit verstauchten Knöcheln vom Volleyballspielen – die typischen Verletzungen eben für ein Juliwochenende, nichts Besonderes. Aber es war schon meine zweite Schicht, und ich war müde, hatte kaum geschlafen. Viele Kollegen waren im Urlaub, eine Kollegin schwanger, dauernd musste ich für jemanden einspringen, und an dem Abend wollte ich wirklich nur noch ins Bett. Ich war sogar zu müde, um mit dem Fahrrad nach Hause zu fahren. Christoph hat angeboten, mich mit dem Auto mitzunehmen, und ich habe sofort Ja gesagt.« Sie biss sich auf die Lippe. »Ich wünschte, ich hätte es gelassen.«

»Was ist passiert?«, fragte Johannes schließlich, nachdem Liv ein paar Augenblicke geschwiegen hatte.

»Christoph fuhr, ich saß daneben und konnte kaum noch die Augen offenhalten. Es war ein richtig schöner Sommerabend; die Straßen mitten in der Stadt mit ihren alten Gründerzeithäusern sahen hübsch aus im Licht der Straßenlaternen, auf den Balkonen saßen Leute, und die Bars waren noch voll. Alles war so leicht und fröhlich. Ich war halb eingeschlafen. Und plötzlich«, sie schloss die Augen, »Christoph bremste, vor uns in der dunklen Straße quietschten Reifen, ein Aufprall. ›Verdammt!‹, fluchte Christoph. Ich riss die Augen wieder auf, ein Unfall direkt vor uns. Ein kleines Cabrio war mit voller Wucht gegen einen der Bäume am Straßenrand gefahren. Ein Motor heulte auf, wir sahen nur noch, wie das Auto, das den Unfall verursacht hatte, durch die Nacht davonraste.« Liv schluckte. »Es war ganz unwirklich, weil es doch so ein schöner Abend war und die Straße voller Leute in Sommerkleidern. Die rannten nun alle zu dem Cabrio. ›Los komm, wir müssen da hin‹, Christoph stieg aus, schon das Handy am Ohr, mit dem er den Rettungswagen rief. Ich bin ihm hinterher. ›Einen Arzt!‹, rief einer der Schaulustigen, ›da sind drei Leute drin. Schnell, einen Arzt!‹ ›Wir sind Ärzte‹, höre ich mich noch sagen.« Sie machte eine Pause. Schließlich erzählte sie weiter. »Chris-

toph übernahm die Beifahrerseite, während ich zur Fahrer-
tür ging. Mittlerweile stieg Qualm aus der völlig eingedrück-
ten Kühlerhaube, ich hatte Angst, dass das Auto Feuer fangen könnte. Also öffnete ich die Tür und versuchte, die
Fahrerin aus dem Wagen zu ziehen. Zeit, bis der Rettungswagen und die Feuerwehr da waren, hatten wir offensichtlich nicht mehr, denn der Qualm wurde mehr und mehr.«
Liv starrte hinaus in die Dunkelheit des Rosengartens. »Die
Fahrerin war ein junges Mädchen, in Jeans und weißem T-
Shirt, nach vorne mit dem Kopf aufs Lenkrad gesunken –
der Airbag hatte anscheinend nicht funktioniert. Sie schien
nirgends eingeklemmt oder sehr verletzt zu sein, nur nicht
ganz bei sich. Also zog ich sie vorsichtig heraus und legte
sie auf den Asphalt. ›Wo bleibt der verdammte Rettungswagen?‹, hörte ich Christoph währenddessen die ganze Zeit
fluchen … Es stimmte, es hätte längst jemand da sein müssen. Aber das alles bekam ich kaum noch mit. Ich starrte
nur auf das Mädchen, das vor mir auf der Straße lag. Emma,
konnte ich nur denken, Emma. Nein, natürlich konnte sie
es nicht sein, aber sie sah ihr so unglaublich ähnlich. Dun-
kelbraune wilde Locken, und als sie die Augen aufschlug, da
hatte sie richtige Katzenaugen. In meinem Kopf ging alles
durcheinander. Die Müdigkeit, die Erinnerungen an meine
Freundin damals auf dem Spielplatz, der Grund, aus dem
ich Ärztin geworden bin, und nun dieses Mädchen vor mir.
Es war … unheimlich. Wie die richtige Emma lag sie einfach nur da. Äußerlich hatte sie keinen Kratzer abbekom-
men. Ich sah das weiße T-Shirt, die Jeans, die weißen Turn-
schuhe, auf die sie mit Filzstift eine Palme und eine strah-

lende Sonne gemalt hatte. In ihren Katzenaugen spiegelte sich das Licht der Straßenlaternen. ›Emma‹, stotterte ich. Ich strich ihr über das Gesicht und für einen Moment sah sie mich tatsächlich an. Sie lächelte.« Liv schüttelte den Kopf. »Ich war wie erstarrt, es war so unwirklich. Noch einmal Emma, und ich war wieder sieben. Ich kauerte da, ich hielt ihre Hand, so wie damals. Ich hätte sie untersuchen müssen, ihr helfen – sie retten, dafür war ich ja Ärztin, aber ich konnte gar nichts tun. Ich starrte sie nur an, und sie lächelte. Und dann begann sie zu husten.« Liv stockte. »Es war ein ganz schrecklicher Husten. Etwas Dunkles, das aus ihrem Mund kam, über das weiße T-Shirt lief, immer mehr und immer mehr – es war Blut. Und ich saß nur da und hielt ihre Hand.«

Liv hielt die Augen geschlossen, sie schien nicht mehr auf der Roseninsel zu sein, sondern an einem Sommerabend im nächtlichen Berlin, neben dem Mädchen, das ihrer Freundin so ähnlich sah. Johannes schwieg. Er drängte sie nicht, weiterzureden, bis sie selbst so weit war.

Liv schlug die Augen wieder auf. »Irgendwann hat Christoph mich beiseitegestoßen. ›Herrgott, Liv, was soll denn das? Wieso tust du denn nichts?‹ Er hat sich über das Mädchen gebeugt, versucht, sie wiederzubeleben. Er hat wirklich alles getan, alles, was ich schon längst hätte tun sollen. Aber da war zu spät – das Mädchen war tot.« Plötzlich schrie Liv beinahe: »Verstehst du? Sie ist gestorben, während ich, die ihr hätte helfen müssen, nur danebensaß. Ganz genauso wie damals auf dem Spielplatz. Es hat überhaupt nichts gebracht, dass ich Ärztin war.«

Lange sagte keiner von beiden etwas. Dann fragte Johannes: »Hättest du sie denn überhaupt retten können?«

»Nein ... ja – vielleicht, wer weiß. Sie hatte schwere innere Blutungen, das haben wir später erfahren. Aber ich hätte es doch jedenfalls versuchen müssen. Welche Ärztin sitzt einfach nur da und schaut tatenlos zu, wie jemand stirbt?«

»Du warst völlig übermüdet und unter Schock, weil das Mädchen Emma so ähnlich sah.«

Liv zuckte müde die Achseln. »Ja, das sagen mir seit Monaten alle. Aber es hätte trotzdem nicht passieren dürfen. Es gibt keine Entschuldigung dafür. Ich bin als Ärztin nicht tauglich, man kann mir nicht vertrauen. Ich kann mir nicht vertrauen.«

Wieder herrschte eine Weile Stille. Draußen rief ein Nachtvogel. Schließlich sagte Liv leise: »Weißt du, was das Schlimmste ist? Ich habe es später von ihren Eltern erfahren und noch nie jemandem erzählt.«

»Was denn?«

»Diese zweite Emma – sie hieß eigentlich Nathalie –, sie wollte auch Ärztin werden. Sie hatte ihren Studienplatz schon. Ist das nicht schrecklich ironisch?«

Sie schwiegen lange. Schließlich sagte Johannes leise: »Dann sei es für sie. Sei Ärztin für die erste Emma – und für die zweite.«

»Wie bitte?«

»Na ja, Emma konnte nicht erwachsen werden, du schon. Nathalie kann keine Ärztin mehr sein – du aber schon. Es ändert sich nichts, wenn du dich hier auf der Insel vor dem Leben versteckst, Rosen pflegst und niemanden an dich heranlässt. So rettest du garantiert niemanden in deinem Leben, so rettest du nur dich selbst – zumindest glaubst du das.« Liv zuckte zusammen. Was er sagte, war hart. »Hör auf, dich zu vergraben. Geh raus, lebe und hilf den Menschen – wirf nicht das weg, was Emma und Nathalie gerne gehabt hätten.«

Kurz spürte Liv, wie eine stachelige Wut in ihr hochstieg – was bildete er sich ein? Dann aber schluckte sie. Er hatte recht. Liv fühlte, wie ihre Augen sich mit Tränen füllten, bis sie ihr über die Wangen liefen. Sie hatte seit diesem schrecklichen Juliabend kein einziges Mal geweint, es war wie eine Befreiung, und Johannes hielt sie fest.

»Aber ... dorthin zurück kann ich nicht mehr«, sagte sie schließlich. »Nicht an die Charité, zu Christoph, nach Berlin. Ich kann es einfach nicht.«

»Dann«, Johannes küsste sie sanft, »wird es wohl Zeit für einen Neuanfang. Ärztin kann man nicht nur in Berlin sein, weißt du?«

Liv lächelte zögernd.

»Ach wirklich?« Mit einem Mal war es, als hätte Johannes ein Fenster geöffnet, das sie die ganze Zeit verschlossen gehalten hatte. Frische Luft schien hineinzuströmen, frischer Lebensmut. Er hielt sie in dieser Nacht noch lange in den Armen. Und Liv fühlte sich zum ersten Mal seit langer Zeit nicht mehr, als sei sie auf der Flucht.

## Starnberger See, Bayern, 1890

Ihr Glück konnte nicht ewig halten. Sie wussten es und versuchten trotzdem zu leben, als wäre es möglich. Mittlerweile war es Frühsommer geworden. Die Tage waren warm, ein besonders schöner, sonniger Juni brach an, und die Luft der Insel war völlig vom Duft der Rosen erfüllt. Ein ganzer Tag auf dem Steg lag hinter Magdalena und Carl. Der Großteil der Siedlung war nun kartografiert, nun würden sie beginnen können, das, was sie aufgezeichnet und vermessen hatten, zu bewerten. Die Tonscherben und andere Funde waren inzwischen mehr geworden, langsam füllten sie ein ganzes Heft, und in mühevoller Kleinstarbeit hatten Wilhelm und Richard eine kleine Amphore zusammengesetzt, von der nur der untere Teil fehlte. Das Leben der Menschen auf der Roseninsel vor so vielen tausend Jahren wurde mit jedem Tag ein kleines Stück greifbarer.

Nun aber waren sie für heute fertig. Elisabeth bereitete gerade das Abendessen vor, aus den geöffneten Fenstern der Küche im Gärtnerhaus drang ihr Singen.

Sie spazierten zwischen den Beeten entlang. Sepps Schätzchen waren in diesem Frühjahr ganz besonders gut gediehen, es war, als hätten auch sie gespürt, dass etwas anders war.

»Welche ist deine liebste?«, fragte Carl.

Magdalena ließ den Blick über die Blüten von unterschiedlicher Farbe, Form und Duft schweifen. Sie mochte sie alle, jede war schön auf ihre Art. Aber wenn sie sich entscheiden sollte …

»Diese«, sagte sie schließlich und zeigte auf eine kräftig rote Rose. »Ihre Blätter sehen aus wie Samt, findest du nicht? Purpurner Samt, wie für einen König. Man könnte sich denken, dass man auf einem Bett aus diesen Blättern ganz unglaublich gut liegen könnte – und es würde auch noch sehr gut duften.« Sie lachte. »Riech doch mal. Sie ist eine der am stärksten duftenden Rosen im ganzen Garten.«

Tatsächlich drang der blumige, intensive Duft zu ihnen. Die Blüten waren noch nicht vollständig aufgegangen, und die einzelnen Blütenblätter schimmerten in der Abendsonne samtigweich.

»Sie ist wirklich schön«, sagte Carl.

»Das klingt, als wäre sie nicht dein Favorit.« Magdalena sah ihn neckend an. »Welche Rose im Garten findest du denn am schönsten?«

Ohne zu zögern, ging er auf die Rosenpflanze mit den großen, satten cremefarbenen Blüten zu, die aussahen wie eine Mischung aus Schlagsahne und ein wenig Rosé und die sich zusammensetzten aus einer beinahe unüberblickbaren Anzahl aus leicht gewellten Blütenblättern. »Diese hier.«

Magdalena sah überrascht auf die Rose. »Die ›Souvenir

de la Malmaison‹«, sagte sie. »Sepp hat sie erst vor ein paar Jahren gepflanzt. Warum diese?«

Carl lächelte. »Weil sie mich an dich erinnert. Deine helle Haut, deine gewellten Haare, deine Klarheit – du bist wunderschön und weißt es kaum, genau wie diese Blume. Und sie duftet zart, sie muss nicht andere übertrumpfen oder ausstechen. Auch in dieser Hinsicht ist sie wie du.«

Magdalena sah ihn verblüfft an. »Du hast es dir wirklich überlegt, oder?«, sagte sie. »Das ist nicht das erste Mal, dass du über diese Rose nachdenkst.«

»Nein. Jedes Mal, wenn wir hier spazieren gehen, denke ich das. Dann sehe ich die Rose an und sehe dich.«

Sie schmiegte sich an ihn. Gemeinsam sahen sie auf die Blüte. Er hatte recht – dieser zarte Duft, unaufdringlich, aber perfekt ausgeglichen. Es war eine besondere Rose. »Dann denkst du an uns«, sagte sie. »Denk nicht nur an mich. Erinnerungen an Malmaison. Weißt du, was Malmaison ist? Es ist das Schloss, in dem sich Napoleon mit seiner großen Liebe Josephine vor der Welt versteckt hat.«

»Woher weißt du das?«

»Die Baronin hat es mir gesagt.« Magdalena schmunzelte. »Widerwillig zwar, weil sie es frivol fand. Aber sie hat es mir verraten.«

»Souvenir de la Malmaison – Erinnerungen an Malmaison«, er küsste sie. »Dann lass das unsere Rose sein. Das hier ist unser Malmaison.«

»Fräulein!«, erklang Sepps tiefe Stimme plötzlich hinter ihnen.

Magdalena sah sich um. »Fräulein!« Sepp kam dort den

Pfad vom Bootshaus entlanggerannt, so schnell, wie er es in seinem Alter noch konnte.

»Sepp, was ist denn?«

»Die Baronin!« Der alte Gärtner hatte Carl und Magdalena erreicht. »Sie kommt«, keuchte er.

Magdalena starrte ihn an. »Wie ...? Aber sie hat gar nichts davon geschrieben, dass sie abreisen wird.« Der letzte Brief der Zeiss war gewesen wie jeder andere – eine Mischung aus Klagen über die Kurärzte und Klatsch über die Kurgäste.

»Ja, aber sie ist es trotzdem. Und Barthels Boot ist schon fast am Steg.«

Magdalena sah zu Carl. »Du musst gehen, schnell.«

»Magdalena ...«

»Geh! Sie darf dich hier auf keinen Fall sehen.«

»Aber wann sehen wir uns wieder?«

»Bald. Ich werde dir schreiben. Nun geh – schnell!«

Er zögerte noch einen Moment, dann nickte er, küsste sie und ging.

»Sepp, wir müssen hinunter zum Steg. Es muss alles zu ihrer Zufriedenheit sein. Hol Elisabeth.« Sepp nickte und eilte zum Gärtnerhaus. Ein paar Augenblicke später waren sie zu dritt unterwegs hinunter zum Steg.

Dort stellten sie sich auf. Sie kamen keine Minute zu früh, Barthel war schon dabei, das Boot am Steg festzumachen. Während Magdalena ihm dabei zusah, fühlte sie, wie sich ein dunkles, schweres Gefühl um ihr Herz legte. Nun war es also vorbei. Die Zeit mit Carl, ihr kleines Paradies – einfach vorbei, ohne dass sie wirklich davon Abschied genommen hatte. Als die Baronin in ihrem schwarzen Reisekleid aus dem Boot stieg, wirkte es, als sei die Krähe der Insel zurückgekehrt.

»Frau von Zeiss, wir haben Sie gar nicht erwartet.« Magdalena knickste höflich. »Wenn Sie sich angekündigt hätten, hätten wir Ihnen einen schönen Empfang bereitet.«

Die Zeiss strich sich mit verkniffener Miene den Rock glatt. »Nun, mein Kind, es war mir schlicht unmöglich, weiter in Bad Reichenhall zu bleiben. Das Betragen mir gegenüber war eine unerträgliche Unverschämtheit. Das konnte ich mir nicht bieten lassen, und so bin ich umgehend abgereist.«

Sie bedeutete Sepp unwirsch, sich daranzumachen, ihre schweren Koffer hinüber zur Villa zu tragen.

»Worauf warten wir?« Die Zeiss nickte in Richtung der Insel. »Gehen wir ins Haus. Dort werde ich Ihnen berichten.«

Doch sie wartete nicht, bis sie die Villa erreicht hatten, schon unterwegs schnaubte die Baronin. »Es ist nun doch schon allein das eine Zumutung, dass dieser Kurpfuscher glaubte, dass ich meine Medizin nicht ordentlich einnehme. Dabei ist es Unsinn, Medizin nach vorgeschriebenen Uhrzeiten einzunehmen. Man nimmt sie, wenn man es benötigt. Und das habe ich ihm auch gesagt. Ich sagte: ›Doktor, ich nehme meine Arznei dann, wenn ich es für vernünftig halte.‹ Er wollte es nicht einsehen und sagte, dass meine Behandlung so keinen Sinn hat. Dabei geht es mir ohnehin schon viel besser, meine Lungen sind fast wie früher, und ich huste kaum noch. Was doch auch zeigt, dass ich recht habe.«

Magdalena sagte nichts, sie ging schweigend neben der Baronin und sah sehnsuchtsvoll hinüber zum nordöstlichen Ufer. Dort saßen sie jetzt im Lager beisammen und redeten über wirklich interessante Dinge, und sie konnte nicht dabei sein. Stattdessen musste sie dem empörten Geplauder der Zeiss zuhören.

»Und dann diese kalten Güsse und das ständige Wassertrinken. Ich habe den Schwestern, die mir andauernd diese kleinen Gläschen mit Bergquellwasser aufgedrängt haben, gesagt, dass ich keine Kuh bin. Nein, das mit der Wasserkur habe ich bald unterbunden.«

Sie hatten inzwischen die Villa erreicht und stiegen die Stufen zur Veranda nach oben, deren Türen geöffnet waren, wie die meiste Zeit in diesem warmen Frühsommer.

»Und ich sagte schließlich zu dieser einen, bemerkenswert robusten Schwester: ›Schwester, Sie sind wie ein Feldwebel‹, und da …« Die Zeiss blieb wie angewurzelt stehen und starrte in den Gartensaal. Magdalena folgte ihrem Blick und erschrak. Dort stand der kleine Tisch, an dem sie mit Carl in den letzten Wochen gegessen hatte – und er war für zwei gedeckt. In der Eile hatte sie ihn völlig vergessen. Auch Elisabeth, die Sepp mit den Koffern half und ihnen nun mit einem schweren Gepäckstück im Arm nachkam, erstarrte. Magdalena und Elisabeth tauschten einen schnellen Blick.

»Was soll denn das?«, fragte die Baronin mit einem gefährlich scharfen Unterton. »Welche Sitten sind denn hier eingezogen, solange ich fort war? Ich habe Ihnen doch immer gesagt, dass hier nicht gegessen wird, sondern im Speisesaal.«

»Ähm, natürlich, Frau Baronin«, sagte Magdalena schnell, »aber diese große Tafel war für mich allein doch ein wenig zu groß.«

Die Zeiss wandte sich ihr zu. Ihr Gesicht zeigte Misstrauen. »Und warum, wenn ich fragen darf, sehe ich zwei Gedecke? Wie Sie selbst sagten – Sie konnten nicht wissen, dass ich komme.«

Elisabeth sprang hilfreich ein. »Nein, Frau Baronin.« Sie knickste einen besonders tiefen Knicks. »Aber weil wir nicht wussten, wann Sie anreisen, ließ das Fräulein immer für zwei eindecken. Nur für alle Fälle.«

Die Zeiss lachte höhnisch auf. »So ein Unsinn. Sie decken jedes Mal für zwei, für den Fall, dass ich anreise – und dann glauben Sie, dass ich an einem solchen Katzentisch auch nur eine einzige Mahlzeit einnehmen würde.«

Elisabeth senkte den Blick. »Verzeihung, Frau Baronin.«

Magdalena lächelte ihr dankbar zu. »Soll Elisabeth nun im oberen Saal eindecken, Frau von Zeiss?«, fragte sie schnell. »Das Abendessen ist, soweit ich weiß, bald fertig. Stimmt das nicht, Elisabeth?«

»Oh doch. Es ist bald fertig.«

Die Zeiss nickte. »Gut, nach der langen Reise sollte ich wirklich etwas essen.« Elisabeth knickste noch einmal und verschwand. Während Magdalena und die Baronin nach oben gingen, um dort an der langen Tafel Platz zu nehmen, legte die Zeiss ihren misstrauischen Blick nicht ab.

Während des Essens redete die Zeiss weiter über die Kur. »Und dann dieser Park«, sagte sie gerade, während sie den gebratenen Fisch auf ihrem Teller zerteilte. »Es ist ja schön, dass es einen Park für die Kurgäste gibt, aber Sie machen sich gar keine Vorstellungen, wie einige sich dort verhalten. Es war von Zeit zu Zeit wirklich ordinär …«

Magdalena hörte nur mit halbem Ohr zu. Ich vermisse ihn jetzt schon, dachte sie, Carl – dabei standen wir noch vor einer Stunde im Rosengarten. Aber sie wusste, dass es nicht mehr so werden würde wie vor einer Stunde. Ab jetzt würden sie sehr vorsichtig sein müssen, verstohlene Briefe, verstohlene Treffen – etwas anderes würde es nicht mehr geben. Und keine gemeinsame Arbeit mehr an der Unterwassersiedlung. Auch das schmerzte Magdalena. Sie hatte in den letzten Wochen viel dazugelernt und konnte nun beinahe ebenso sicher Funde einzeichnen und beschreiben wie die Studenten, auch wenn sie hier und da nachfragen musste. Aber sie wollte es lernen, sie wollte diese Arbeit tun, sie hatte Feuer gefangen für all das. Und endlich hatte sie wieder einmal ihren Kopf benutzen dürfen.

»Es stimmt einfach, was man sagt – neues Geld erkennt man sofort«, redete die Zeiss währenddessen weiter. »Und ich kann Ihnen sagen, mein Kind, es ist kein schönes Bild, das es abgibt. Damen mit schreiend bunten, geschmacklosen, aber teuren Kleidern und unpassenden Sonnenschirmen, die keine Manieren haben, ständig albernes lautes Gelächter anstoßen und schamlos mit den Männern schäkern, die genauso geschmacklos und albern aufgemacht sind. Bei einem Konzert war ein Herr in einem violetten Seidenanzug, können Sie sich das vorstellen? Er war Seifenfabrikant, man stellte uns vor. Er hatte keinen Anstand, überhaupt keine Ahnung davon, wie man ein anständiges Gespräch führt. Es war, als würde ich mit einem verkleideten Fabrikarbeiter reden.« Die Zeiss nahm einen Schluck Weißwein. »Und dann die Gesellschaften ...«

Offensichtlich erwartete sie, dass Magdalena nachfragte, denn sie redete nicht weiter. »Gesellschaften?«, fragte Magdalena also desinteressiert. Solange die Zeiss redete, konnte sie ihren Gedanken nachhängen.

»Ja, Gesellschaften. Ständig wurde irgendwo in Bad Reichenhall eine gegeben. Eine schöne Sitte, könnte man sich denken, eine Möglichkeit, anregende Konversation zu betreiben und interessante Menschen kennenzulernen. Aber weit gefehlt. Bei einem Fest wurde dort das erste Elektrizitätswerk in unserem Land eingeweiht, mitten in dieser hübschen Berglandschaft, stellen Sie sich vor. Es wird zweitausend Lampen erhellen, zweitausend. Die Stadt gab ein Fest, und ich ging aus gesellschaftlicher Verpflichtung dorthin, obwohl mir an diesem Tag gar nicht wohl war.« Sie nippte an ihrem Glas. »Es war ein schrecklicher Fehler. Das Fest war zwar nett, und natürlich war alles hell erleuchtet an diesem Maiabend, aber ich hatte das schreckliche Pech, neben einer Freifrau von Mindenberg zu sitzen. Sie hatte viel zu rote Lippen und einen billigen Kaufhaushut auf dem Kopf, das sieht man gleich, wenn man Ahnung davon hat. Nun, sie sprach mich natürlich an. ›Eine Baronin‹, sagte sie, ›wie schön, und ich bin eine Freifrau.‹ Ich blieb höflich und fragte sie nach ihrer Familie, aber es stellte sich heraus, dass sie nur mit dem Freiherrn verheiratet war. ›Oh nein, meine Eltern führen eine große Schlachterei in Nürnberg‹, sagte sie.« Die Zeiss fächelte sich mit den Händen Luft zu. Im Saal war es stickig, außerdem regte sie sich offensichtlich bei der Erinnerung auf. »Zu meiner Zeit, als ich jung war, wäre so etwas wirklich undenkbar gewesen, dass …«

Und so ging es weiter, bis Elisabeth endlich das Essen abgeräumt hatte und die Zeiss sich mit der Serviette den Mund abtupfte. »Ich werde gleich zu Bett gehen«, sagte sie. »Es tut mir leid, dass Sie heute auf die Mußestunden im Gartensaal verzichten müssen, mein Kind. Morgen sehe ich mir Ihre Handarbeiten an, die Sie in den letzten Wochen fertiggestellt haben.«

Magdalena verzog den Mund. Sie hatte keine einzige der langweiligen Stickereiaufgaben erledigt, die die Zeiss ihr gegeben hatte. Aber darum würde sie sich morgen Sorgen machen. Nun stand sie auf und knickste, um der Zeiss eine gute Nacht zu wünschen. »Angenehme Ruhe, Frau Baronin«, sagte sie. Die Zeiss stand auf. Sie musterte Magdalena misstrauisch. »Darf ich Ihnen sagen, mein Kind – Sie wirken auf mich verändert. Das beunruhigt mich.«

»Verändert, Frau Baronin – wie denn das?«

»Sie scheinen mir geistesabwesend und blass. Sind Ihre Nerven angegriffen?«

»Nein, nein«, beeilte sich Magdalena zu sagen. »Ich bin vielleicht nur etwas müde.«

»So.« Die Zeiss runzelte die Stirn. »Nun, wenn Sie das sagen. Allerdings würde ich Ihnen eine baldige Nachtruhe empfehlen und Elisabeth soll Ihnen einen Melissentee kochen – das stärkt die Nerven.«

Damit verschwand sie. Magdalena wartete noch, bis sie hörte, wie die Tür zum Zimmer der Baronin ins Schloss fiel. Dann eilte sie zu Elisabeth und gab ihr einen Zettel, den sie zum Lager bringen sollte. »Und entriegle die verschlossene Tür zu meinem Zimmer«, bat sie das Dienstmädchen noch im Flüsterton.

Die Tür, seit über drei Jahren verschlossen, öffnete sich leichter, als Magdalena gedacht hatte. Im Winter war immer kalte Luft darunter hindurchgezogen, jetzt war sie froh, dass ihr Zimmer diesen verborgenen Zugang zum Park hatte. Magdalena lief über die nächtliche Wiese; es war kurz vor Mitternacht. Immer wieder drehte sie sich zur Villa um, um sich zu vergewissern, dass im Zimmer der Zeiss alles ruhig war. Dann verschwand sie zwischen den Bäumen.

Carl wartete schon beim Lindenrondell auf sie, wie sie in ihrer Nachricht an ihn geschrieben hatte. Das Laub der Sommerlinden und der kleine Platz des Rondells waren von silbrigem Mondlicht übergossen. Als er Magdalena durch die Dunkelheit kommen sah, lächelte er erleichtert und breitete die Arme aus. Sie ließ sich hineinfallen. »Oh Carl«, sagte sie, »ich habe dich schon jetzt so sehr vermisst.«

Er strich ihr die Haare aus dem Gesicht und legte seine Hände auf ihre Wangen. »So ging es mir auch«, erwiderte er. »Ich glaube, ich kann nicht mehr ohne dich sein. Wir müssen zusammen sein, hörst du? Ohne dich kann ich auch nicht arbeiten, ich kann nicht zeichnen, ich kann nicht denken … Ohne dich ist es, als würde ein Teil von mir fehlen.«

Sie sahen sich an. Das Mondlicht, die nächtlichen Geräusche der Natur auf der Insel, das leichte Schlagen der sanften Wellen des Sees gegen das Kieselufer – die Nacht war wunderschön.

»Magdalena«, sagte er ernst. »Ich hätte nie gedacht, dass ich das einmal zu einer Frau sagen würde. Es war mir nie wichtig, das Romantische. Ich war immer nur besessen von meiner Arbeit. Aber … ich liebe dich. Ich liebe dich.«

Magdalena lächelte. In diesem Moment vergaß sie die Zeiss, sie vergaß alles. »Ich liebe dich auch«, flüsterte sie. Sie versanken in einem leidenschaftlichen Kuss; das Mondlicht überfloss sie, hüllte sie ein. Die Linden rauschten leise im Nachtwind.

Eine Weile ging alles gut. Tagsüber ging der Alltag in der Villa wieder seinen gewohnten, von der Baronin vorgeschriebenen Gang. Magdalena holte unter den aufmerksamen Augen der Zeiss die Handarbeiten nach, die sie nicht erledigt hatte, tanzte an den Nachmittagen zur Klaviermusik, aß an der langen Tafel meist schweigend, während die Zeiss redete, und wartete auf die Nacht. Um Mitternacht schlich sie sich aus dem Zimmer, um sich mit Carl zu treffen. Gestohlene, verborgene Stunden in den Sommernächten, umrauscht von den Bäumen, erfüllt vom Zirpen der Grillen und von ihren geflüsterten Gesprächen über alles, was ihnen einfiel. Er erzählte ihr jede Nacht genau, was sie den Tag über entdeckt und gearbeitet hatten, brachte zu ihrem Treffen neue Karten und Zeichnungen mit, debattierte mit ihr über Funde, zeigte ihr die Briefe des Professors aus München. Sie waren glücklich, wenn sie beieinander waren. Ansonsten schrieben sie sich Briefe, kleine Zettel, die Elisabeth unauffällig in die Villa und zurück ins Lager schmuggelte und die Magdalena alle sorgfältig in ihrem Nachttisch aufbewahrte.

Doch die Zeiss wurde immer misstrauischer. Sie bemerkte, dass Magdalena ständig müde war, unaufmerksam, nachlässig. Einmal schlief sie über einem Blumengesteck ein, ein anderes Mal fiel ihr der Stickrahmen aus der Hand. Die Baronin beobachtete ihren Schützling zunehmend scharf und verordnete ihr immer mehr Melissentee. Magdalena war blass, übernächtigt, hatte Augenringe und wirkte doch so merkwürdig fröhlich, beinahe wie entrückt, argwöhnte die Zeiss. Sie erinnerte sich an das, was der Psychiater gesagt hatte, und behielt sie noch mehr im Auge als sonst.

»Schlafen Sie zurzeit nicht gut, mein Kind?«, fragte sie. »Oh nein ... Das ist wohl nur eine Art Frühjahrsmüdigkeit«, versicherte Magdalena rasch.

»Es ist kein Frühjahr mehr, mein liebes Kind.«

»Ja, aber es ist so warm draußen. Die Wärme kann müde machen, Frau von Zeiss«, erwiderte Magdalena nachdrücklich.

»Soso«, machte die Baronin, aber sie runzelte die Stirn.

In einer besonders heißen Juninacht passierte es. Magdalena kam gerade zurück von ihrem Treffen mit Carl am Lindenrondell. Die Nacht war sehr hell, es war Vollmond, und die Sterne über der Insel funkelten um die Wette. Magdalena ging barfuß, die eleganten, unbequemen Seidenschuhe in der Hand, fühlte das Gras unter den Füßen, und ihr Herz war voll von Carl, von ihrem Treffen, ihren Gesprächen, ihren Küssen.

So bemerkte sie nicht das Gesicht am Fenster im oberen Stock, das sie blass und steif beobachtete.

Als sie die Tür zu ihrem Zimmer öffnete, erschrak Magdalena beinahe zu Tode. Die hoch aufgerichtete, dunkle Gestalt der Baronin stand wie ein Schatten mitten im Raum.

»Magdalena!«

Magdalena ließ ihre Schuhe fallen. Ihr Herz raste. »Frau Baronin«, brachte sie nur heraus.

»Wo kommen Sie her?«

Magdalena biss sich auf die Lippen. »Ich habe bloß einen Nachtspaziergang unternommen. Die Nacht ist so warm und schön, und ich konnte nicht schlafen.«

»Aha!« Die Zeiss kam näher. In dem nächtlichen Raum ohne jede Beleuchtung wirkte sie wie ein Scherenschnitt – scharf und kantig. »Sie können also doch nicht schlafen. Sie geistern durch die Nacht. Das ist nicht normal, mein liebes Kind.«

»Wirklich, Frau von Zeiss, es ist nur diese Sommernacht ...«

Die Baronin schüttelte den Kopf. »Sie sind doch früher nicht im Sommer bei Nacht über die Insel gelaufen. Und jetzt tun sie es. Und was ist überhaupt mit dieser Tür – sie war immer verriegelt.«

Magdalena schwieg. Sie wusste nicht, was sie sagen sollte, ohne dass Elisabeth Ärger dafür bekommen würde.

Die Zeiss musterte sie eingehend. »Gehen Sie nun zu Bett. Wir werden morgen weiter darüber sprechen.« Sie wandte sich der Tür zu, verschloss sie und verriegelte sie fest. »Und die hier bleibt ab sofort zu.«

Am nächsten Morgen, es war der Johannistag, der längste Tag des Jahres, erwähnte die Zeiss jedoch zu Magdalenas Überraschung die nächtlichen Geschehnisse mit keiner Silbe. Sie aßen schweigend ihr Frühstück, das Klimpern des Bestecks auf dem Porzellangeschirr hallte von den Wänden des Festsaals wider und schrillte in Magdalenas übernächtigtem Kopf. Nach dem Frühstück ließ die Zeiss Magdalena weiter an einem kitschigen Bild des Sees mit Sonnenuntergang sticken. Sie sah ihr dabei zu, kontrollierte, korrigierte – es war eigentlich alles wie immer. Schließlich stand sie auf. »Macht es Ihnen etwas aus, für einen Moment alleine weiterzuarbeiten?«, sagte sie in einem merkwürdigen Tonfall. »Gerade ist mir aufgefallen, dass ich einen dringenden Brief noch nicht geschrieben habe.«

»Natürlich, Frau Baronin.«

Die Zeiss verschwand. Magdalena stickte noch ein paar Stiche, dann legte sie den Stickrahmen beiseite. »Was soll ich nur tun?«, murmelte sie zu sich selbst. Die Zeiss würde sie nicht mehr aus den Augen lassen, wahrscheinlich nicht einmal nachts. Wie sollte sie sich noch mit Carl treffen? Aber sie mussten sich sehen. Wir lieben uns, dachte sie, und selbst jetzt ließ der Gedanke sie glücklich werden, wir lieben uns doch so. Aber die Zeiss ahnte etwas ... Ihr Blick vorhin, als sie aus dem Raum gegangen war – Magdalena sprang auf. Sie war sich sicher, dass die Zeiss keine Briefe schrieb. Im selben Moment gellte schon ein Schrei durch das Haus. »Magdalena! Kommen Sie sofort zu mir!«

Magdalena folgte der Stimme. Ihr Herz schlug heftig, sie hatte eine böse Ahnung. Tatsächlich, die Stimme der Baronin war aus Magdalenas Zimmer gekommen. Dort stand sie, wie ein Racheengel mit bleichem Gesicht vor Magdalenas Schreibtisch. »Was«, zischte sie, »ist das?« In ihrer Hand hielt sie einen Brief. Magdalena wusste sofort, dass es ihre Nachricht an Carl war, die sie vor dem Frühstück begonnen und leichtsinnig auf dem Schreibtisch hatte liegen lassen.

Zeit gewinnen, dachte Magdalena, ich muss Zeit gewinnen, ich kann nicht denken. »Frau Baronin, was tun Sie hier?«, fragte sie also.

»Ich musste mich vergewissern, mein liebes Kind. Ich hatte ein ungutes Gefühl, und es hat mich nicht getrogen.« Die Augen der Zeiss blitzten dunkel. »Also – was ist das?«

Magdalena sagte nichts.

»Können Sie mir erklären, wer Carl ist?«

Magdalena schüttelte den Kopf.

»Nicht – und können Sie mir sagen, was das für Linien und Punkte sind, die sich hier so wahllos und wirr über das Papier verteilen?«

Ihre Zeichnung von der Unterwassersiedlung. Magdalena hatte Carl einen neuen Entwurf dafür geschickt, korrigiert, was sie selbst für richtig hielt. Aber das alles konnte sie der Zeiss nicht sagen.

»Nein, Frau Baronin.«

Die spitzen Finger der Zeiss, die den angefangenen Brief gehalten hatten, ließen ihn los. Das Papier war dünn, sanft trudelte es zu Boden. Magdalena verfolgte seine Bahn.

»Auch gut, Sie brauchen nicht zu antworten. Ich will Ihnen sagen, was das ist.« Die Zeiss machte einen Schritt auf Magdalena zu. »Das, mein liebes Kind, ist alles, was Doktor Grashey vorhergesagt hat. So beginnt es, der Wahnsinn. Er hat es mir genau erklärt.« Sie hob die Hand, als Magdalena etwas einwenden wollte. »Schlaflosigkeit, nächtliche Unruhe, Sie sind geistesabwesend.« Die bleichen Finger zählten die Punkte mit. »Dann das zweite Gedeck, das Sie eindecken ließen, obwohl Sie allein waren – ein absurdes Verhalten. Und nun … wahnhafte Zeichnungen von einem Irgendwas, ein imaginärer Briefpartner, den Sie mir nicht erklären können …« Die Zeiss schüttelte den Kopf. »Mein liebes Kind, es ist ganz offensichtlich. Sie sind krank. Und ich werde es umgehend melden müssen; so will es der Prinzregent.«

Sie ging an Magdalena vorbei.

»Nein, Frau Baronin – warten Sie.« Magdalena eilte ihr nach. Die Baronin beschleunigte ihren Schritt. »Seien Sie vernünftig, Magdalena«, rief sie nur, »es ist meine Pflicht.«

»Baronin, bitte!«

Die Zeiss, die mittlerweile die Veranda erreicht hatte, wandte sich um.

»Bitte, tun Sie das nicht. Ich kann es erklären. Ich bin nicht krank.«

»Nun, was ist die Erklärung?«

Magdalena zögerte. Was konnte sie sagen? Wenn sie von Carl erzählte, würde die Zeiss dafür sorgen, dass er umgehend abreisen musste, und sie würde ihn nie wiedersehen.

Die Zeiss lächelte milde. »Sehen Sie, Sie sind schon vollkommen verwirrt. Aber keine Sorge, man wird sich gut um Sie kümmern.« Sie drehte sich um und ging weiter.

»Baronin, sie werden mich einsperren!« Magdalena rannte ihr nach, raffte die Röcke, sprang die Stufen der Veranda hinunter zum Rosengarten. Aber die hoch aufgerichtete schwarze Gestalt eilte unaufhaltsam weiter.

Sie würde es wirklich tun. Sie würde telegrafieren, melden, dass Magdalena nun wahnsinnig geworden war. Und dann würde er Magdalena holen, dieser Psychiater mit den kalten Augen. Sie wegbringen hinter dicke Mauern, wo man ihr nicht glauben würde, dass sie nicht krank war.

»Bitte«, rief Magdalena, »bitte, Frau Baronin, tun sie das nicht.«

»Ich muss.« Die Zeiss drehte sich für ihre Antwort nicht einmal um. Unbeirrt, vollkommen überzeugt von sich und ihrer Pflicht, eilte sie weiter, immer weiter zum Bootssteg. Magdalena blieb stehen. Eine dunkle Hoffnungslosigkeit umschloss sie. Gerade erst hatte sie ihr Glück gefunden, nun würde man es ihr wieder nehmen. Sie durfte das nicht zulassen.

In diesem Moment sah sie, dass die Kammer zu Sepps Tür offen stand. Ohne nachzudenken, rannte sie hinüber und griff nach dem alten, abgegriffenen Jagdgewehr, das dort wie immer bereit zur Verteidigung an der Wand lehnte – ganz so, wie die Zeiss es befohlen hatte. Magdalenas Kopf war vollkommen leer. Sie ging wie durch Nebel. Ihre Finger erinnerten sich daran, wie man den Hahn spannte – so wie Sepp es ihr vor so langer Zeit einmal an dem Septembernachmittag am Ufer gezeigt hatte. Es kam ihr vor, als sei es in einem anderen Leben gewesen.

Alles war so unwirklich. Die sonnendurchflutete Insel, der wunderschöne Garten, die zwitschernden Vögel. Magdalena war nicht sie selbst, als sie die Waffe anlegte. Es war nicht sie selbst, die ein letztes Mal nach der Zeiss rief. »Frau Baronin!«

Doch die Zeiss ließ sich auch jetzt nicht aufhalten. Nichts würde sie aufhalten. Einen Augenblick später zerriss ein Schuss die warme Sommerluft. Endlich, endlich blieb die Zeiss stehen. Für einen Moment stand sie einfach nur da. Dann, ganz langsam, unwirklich langsam, ging sie in die Knie. Das schwarze Kleid bauschte sich in seinem weiten Rock über den Kiesweg, ergoss sich über das frische grüne Gras wie ein dunkler Tintenfleck.

Magdalena regte sich nicht. Sie fühlte die warmen Sonnenstrahlen auf ihrer Haut, das Gewicht der Waffe in ihrer Hand. Sie hörte das Zwitschern der Liebesvögel der Baronin, im Käfig auf der Veranda. Auf dem Balkon im ersten Stock der Villa stand Elisabeth und starrte mit vor den Mund geschlagener Hand hinunter auf die Szene. Einen Moment später tauchte Sepp hinter dem Gartenhaus auf. Er entdeckte zuerst die Zeiss am Boden, dann wanderte sein Blick zu dem Mädchen mit der Waffe in der Hand. Er stellte keine Fragen, alles war still. Von Ferne sah Magdalena Carl, der dort zwischen den Bäumen auf sie zurannte. Der Schuss war über die ganze Insel zu hören gewesen. In der Luft mischte sich der Duft der Rosen mit dem beißenden Geruch des Schwarzpulvers.

Magdalena ließ die Waffe sinken. Sie wusste, sie hätte sich schuldig fühlen müssen, erschüttert – aber sie tat es nicht. Es war vorbei. Sie war frei.

*3. Januar 1913*

*Wir haben die Zeiss unter den Rosenbeeten begraben. Sepp, Elisabeth, Carl und ich. Dann habe ich die Liebesvögel freigelassen. Ich wollte nicht, dass noch irgendjemand auf dieser Insel gefangen ist. Sie blieben noch eine ganze Weile, immer wieder sah ich sie in den Bäumen sitzen oder hörte ihr Zwitschern. Und eines Tages waren sie fort. Ich hoffe, sie sind glücklich, wo auch immer sie sind.*

*Nur wir vier wissen, was passiert ist. Und wir haben uns Schweigen versprochen.*

*Es hat sich als Glücksfall erwiesen, dass die Baronin so eine spitze, merkwürdige Handschrift hatte und ich sie so oft gesehen habe, wenn sie mir wieder Anweisungen für Stickarbeiten oder Gedichte aufgeschrieben hat. Ich konnte sie also recht gut nachahmen und schrieb in ihrem Namen einen Brief nach München in die Residenz, dass auf der Roseninsel alles zum Besten steht. Im Laufe der Jahre habe ich noch viele solcher Briefe geschrieben – es war außerdem unser Glück, dass Barthel kurz nach diesem Johannistag, über den wir nie wieder sprachen, von einem jungen Postschiffer abgelöst wurde,* der die Zeiss nicht kannte. Luitpold kam nie wieder zu Besuch; er bekam ja regelmäßig seine Briefe, also war er zufrieden.

Auch wir waren zufrieden, wobei das ein zu schwaches Wort ist. Wir waren unbeschreiblich glücklich. Nach dem Sommer reisten Carls Freunde ab, und das Lager wurde aufgelöst, aber er blieb und forschte weiter – besser gesagt, wir forschten weiter. Carl und ich, wir fanden Scherben und eine Speerspitze, wir verbesserten die Pläne der Siedlung, wir zeichneten und kartografierten und legten immer mehr Bücher an über die Insel und ihre alte Geschichte. Carl veröffentlichte im Lauf der Zeit auch einige Aufsätze darüber, die alle sehr gut aufgenommen wurden. Mein Name ist dort nirgends erwähnt, aber es macht mich stolz, dass ich sie genauso geschrieben habe wie er. Oft saßen wir an den Abenden auf der Veranda und diskutierten, und ab und zu fragten wir uns, ob in ein paar Jahrzehnten, in ein, zwei oder drei Generationen unsere Arbeit und die alten Schätze der Roseninsel noch anderen als nur ein paar bayrischen Archäologen bekannt sein würden. Es wäre schön, solche Spuren zu hinterlassen.

Elisabeth heiratete nach ein paar Jahren und zog hinüber aufs Festland. Als sie ging, versicherte sie uns noch einmal, für immer über alles zu schweigen, was hier auf der Insel passiert ist. Und sie versprach, uns nicht zu vergessen. Das Versprechen hat sie gehalten. Wir haben ein Ritual – immer am Johannistag leuchten wir uns abends mit Laternen zu und denken aneinander. So wissen wir, dass wir auch drüben am Ufer nicht vergessen sind. In einem strengen Winter starb schließlich Sepp, unser treuer, lieber Freund. Wir haben ihn hier auf der Insel begraben, bei seinen blühenden Schätzchen, aber weit genug entfernt von der Baronin, und ich habe das Gefühl, dass die Rosen auf seinem Grab besonders schön wachsen.

Vroni ist die Einzige außerhalb unserer verschworenen Gemeinschaft, die wohl erahnen kann, was passiert ist. Ich habe es ihr nie wirklich geschrieben, aber ich denke, sie hat es sich ungefähr zusammengereimt, zumal sie von Carl weiß. Sie sorgte in den ganzen Jahren dafür, dass wir ab und an eine Schiffsladung guter Sachen bekamen, nicht nur Sahnebonbons und Räucherschinken, sondern vor allem neue Forschungsbücher, Papier, Geräte, die wir für unsere Messungen und Untersuchungen brauchen, und die neuesten Ausgaben der besten Archäologiezeitschriften. Das Schiff, das sie uns schickt, kommt ein paarmal im Jahr, und meine treue und kluge Tante sorgt dafür, dass es immer nur in der Dämmerung anlegt und so, dass man vom Ufer aus möglichst wenig sieht.

In den letzten Jahren ist die Insel immer mehr verwildert, und wir taten nichts dagegen. Im Gegenteil, es hilft uns. Wie im Märchen von Dornröschen wachsen die grünen Mauern immer weiter zu und schützen uns vor allem, was unser kleines Paradies zerstören könnte. Carl und ich – das ist uns genug.

Vor ein paar Wochen ist nun der Prinzregent gestorben und damit auch der Grund, sich verstecken zu müssen. Es stand überall in den Zeitungen, die wir immer noch bekommen – das Abonnement der Zeiss haben wir nie gekündigt. Luitpolds Sohn ist jetzt König, auch wenn mein Vater es auch ist, und so hat Bayern nun zwei Könige.

Das kümmert uns nicht. Wir sind vergessen worden, und das Gute daran ist, dass wir nun frei sind. Seit Jahren haben wir uns auf diesen Moment vorbereitet, diskutiert und geplant, und nun ist es so weit. Während ich diese letzten Zeilen schreibe, blicke ich auf gepackte Koffer. Wir werden die Insel verlassen, die mir zuerst ein Gefängnis war und dann der Ort unseres Glücks geworden ist. Alle Möbel haben wir in Staubtücher gehüllt, die Villa liegt da wie im Schlaf. Morgen werden wir abreisen, zuerst über München, um die gute alte Tante Vroni nach so vielen Jahren wiederzusehen, und dann weiter nach Italien. In Genua wartet ein Schiff auf uns, das uns über das Meer bringen wird. Ägypten – unser Traum. Bald werden wir in der Wüste sein, unentdeckte Weiten, die Pyramiden, die uralten Inschriften und Kunstwerke werden wir sehen und erforschen. Neue Menschen, fremde Gerüche, Klänge – der Orient mit seiner uralten Kultur. Vielleicht die Wiege der Menschheit, und Carl und ich mittendrin. Mein Herz klopft vor Freude, wenn ich daran denke. Niemals hätte ich geglaubt, dass mein Traum vom Reisen doch noch einmal wahr werden würde.

Ich habe nie bereut, was ich getan habe. Es ist eine Schuld, die ich tragen muss, und ich trage sie wie das, was sie ist – der Preis für mein Glück und mein Leben. Mir bleibt nur zu hoffen, dass Gott mir verzeiht, und ich bemühe mich, an die Baronin in Freundlichkeit zu denken.

Die Rosen liegen draußen im Schlaf. Ich werde sie wohl nie mehr blühen sehen. Neue Abenteuer warten auf uns – es wird Zeit.

## Starnberger See, Bayern, Gegenwart

»Liv, bist du fertig?«

Johannes tauchte in der offenen Tür zu Pauls Wohnung auf. Liv stand in der Küche vor dem Kühlschrank und las noch einmal den Zettel durch, den sie eben geschrieben hatte.

»Lieber Paul, wir werden uns nicht begegnen, aber trotzdem habe ich das Gefühl, ich würde Sie kennen – immerhin habe ich ein paar Wochen in Ihrer Wohnung gewohnt. Danke dafür! Die Rosenbücher habe ich hoffentlich wieder in der richtigen Reihenfolge ins Regal gestellt. Sie waren mir eine große Hilfe – übrigens, Ihren Rosen geht es gut. Ich denke, sie sind bereit für den Winter.

Willkommen zurück in Ihrem kleinen Paradies.«

Sie schrieb ihren Namen darunter und heftete den Zettel dann mit dem Bierkrugmagneten an den Kühlschrank. Hier hat alles angefangen, dachte sie. Hier stand ich an meinem ersten Tag, vor vier Wochen, auf der Insel und habe Pauls Liste vom Kühlschrank genommen. Alles war noch so fremd und ich so schrecklich unglücklich. Jetzt waren ihr die Wohnung und die Insel vertraut, das Rauschen der Bäume, das Zwitschern der Vögel, die Stille. Und sie war glücklich – frei, verliebt. Sie brauchte ihr Versteck nicht mehr.

Liv streifte noch ein letztes Mal durch die Räume der kleinen Wohnung, um sich zu vergewissern, dass sie nichts vergessen hatte. Nein, nirgends war mehr etwas liegen geblieben. Mit Johannes zusammen hatte sie die Wohnung gestern auf Vordermann gebracht. Alles war so sauber und ordentlich, wie es bei ihrem Einzug gewesen war. Auf dem Tisch im Wohnzimmer, an dem sie so oft gesessen und in Magdalenas Buch gelesen hatte, stand nun ein frisch gepflückter Herbststrauß. Sie hätte es zu schade gefunden, die allerletzten Rosen vor dem Winter einfach so verwelken zu lassen. Jetzt würden sie Paul begrüßen, wenn er nach Hause kam.

»Liv?« Johannes rief wieder nach ihr. »Dein privater Fährmann wartet.« Er streckte den Kopf ins Zimmer.

Liv lächelte. »Ja, ich komme gleich ...« Sie tastete nach dem kleinen roten Buch in ihrer Tasche; Magdalenas Buch. Gestern Nacht hatte sie endlich entschieden, was damit passieren sollte. »Geh ruhig schon mal vor, ich komme gleich nach«, sagte sie. »Ich will mich nur noch in Ruhe verabschieden.«

»Okay. Dann schleppe ich mal im Schweiße meines Angesichts dein Gepäck runter zum Bootssteg.«

»Danke.«

Er verschwand. Sie hörte, wie seine Schritte leiser wurden. Sie war ein letztes Mal allein mit der Insel. Es stimmt, dachte sie. Immer, wenn ich jetzt noch einmal hierherkommen werde, wird mindestens Paul da sein. Oder die Sommertouristen. Oder Johannes. Nie wieder würde sie die Insel ganz für sich alleine haben.

Sie warf noch einen letzten Blick auf die stillen, bescheidenen Räume, in denen sie die letzten Wochen gelebt hatte. Dann schloss sie die Wohnungstür hinter sich ab und ging hinaus ins Freie. Der Tag war sonnig, aber inzwischen war es kühl geworden. Die ungewöhnliche Wärme des goldenen Oktobers war endgültig verschwunden und hatte Herbstluft Platz gemacht. Liv atmete tief ein. Es roch schon beinahe ein bisschen nach Winter. Während sie durch den Rosengarten hinüber zur Villa ging, glitt ihr Blick zufrieden über die Beete. Tagelang hatte sie jede Rosenpflanze einzeln in Jute verpackt; nun sahen sie aus wie im Schlaf. Bereit für Schnee und Eis und dafür, im nächsten Frühjahr wieder grün zu werden und prächtige Blüten zu haben. Sie war gespannt darauf, wie der Garten im Sommer aussehen würde. Spätestens dann würde sie bestimmt wieder auf die Insel kommen.

Die Villa empfing Liv mit derselben kühlen, staubigen Dunkelheit wie am ersten Tag. Das Parkett im Gartensaal knarrte unter ihren Füßen, das Tageslicht von draußen fiel nur gedämpft durch die Lamellen der Holzläden, die weiße Büste des Kini sah ihr unbewegt entgegen; nun war er vorerst allein. Johannes hatte sich um das zerbrochene Pendant gekümmert. Es würde eine Weile dauern, bis ein neuer Gipsabdruck von Sophie gegossen sein und hier auf die Insel gebracht werden würde.

Die Räume der Villa, durch die Liv schlenderte, schienen

leer und verlassen, aber Liv wusste es nun besser. Die Spuren sind noch da, dachte sie. Ich kann sie fühlen. Gelebtes Leben, große Liebe, Leidenschaft, Schuld und heimliches Glück – die Villa hatte das alles gesehen. Das Ende von Magdalenas Geschichte war ein Schock gewesen; ein Ende, das Liv nicht hatte kommen sehen. Sie hatte lange darüber nachgedacht. Natürlich war es Mord gewesen. Aber sie konnte Magdalena nicht dafür verurteilen. Sie hatte getan, was sie tun musste, um sich zu befreien und ihre Liebe zu retten. Ich hätte vielleicht dasselbe getan, dachte Liv nun, während sie am Fenster stand und hinaus auf den Rosengarten sah. Und sie wünschte Magdalena von Herzen, dass sie ihr Leben bis zum letzten Atemzug genossen hatte, mit Carl in Ägypten, auf Reisen – auf den Abenteuern, die sie sich hier auf der Insel erträumt hatte.

Während Liv noch einmal durch die alte Villa ging, dachte sie weiter an Magdalena und Carl, die hier gelebt hatten, während die Insel immer weiter zugewuchert war, ein vergessener, verwunschener Ort wurde, der nur ihnen gehörte, bis sie ihn endlich sicher verlassen konnten, weil auch sie vergessen worden waren. Sie hatte das Gefühl, in den leeren Räumen beinahe ihre Stimmen hören zu können, wie sie lachten, diskutierten, über die gemeinsame Arbeit sprachen, Reisepläne schmiedeten, an den Sommerabenden im Gartensaal tanzten.

Liv kannte jetzt das Geheimnis der Insel, Magdalenas Geschichte. Und sie hatte sich entschieden – sie würde das Buch mitnehmen, es öffentlich machen. Magdalena hatte vergessen werden sollen; es war Zeit, dass sich die Welt wieder an sie erinnerte – an die verborgene Tochter König Ottos von Bayern. Und sie wusste auch schon, wer als Erstes von dem Buch erfahren sollte. Sie würde es Rosa zeigen, die so endlich erfahren würde, wer die Frau in dem Prinzessinnenkleid und mit der Laterne gewesen war, die schon so lange durch die Familiengeschichten spukte. Liv freute sich schon darauf, der alten Frau unter dem gemütlichen Dach des *Seewirts* Magdalenas Geschichte zu erzählen.

Aber sie wollte auch etwas von Magdalena hierlassen, hier auf der Insel, die mit ihren duftenden Rosen schon so lange ihr Geheimnis behütet und beschützt hatte. Entschlossen ging sie genau auf die Stelle im Gartensaal zu, an der sie mit Johannes das Parkett geflickt hatte. Dort war immer noch dieses eine lockere Holzstück. Zum Glück hatte sie sich nie aufraffen können, es zu leimen. Nun war sie froh darum. Liv ging auf die Knie und suchte das eine Stück, das noch lose war. Es ließ sich leicht herausnehmen. Darunter klaffte der dunkle Hohlraum.

Liv ließ die getrocknete Rose dort hineingleiten. Dann kramte sie die Tube Leim aus der Tasche und versah die Kanten des letzten Parkettstücks damit. Als alles wieder verschlossen war, sah der Boden glatt und gewöhnlich aus. Niemand würde mehr vermuten, dass darunter etwas verborgen lag. »Souvenir de la Malmaison« – das Symbol einer großen Liebe vor hundert Jahren.

Liv richtete sich wieder auf. Sie sah sich noch einmal in dem alten Saal um, der ihr auf Anhieb so sehr gefallen hatte. Dann ging sie hinaus ins Sonnenlicht und schloss die Tür hinter sich zu, mit dem alten Schlüssel, dessen Ende eine

Rose bildete. Sie ging die Stufen der Veranda nach unten, wo einst der Käfig der Liebesvögel gehangen hatte, über den Kiesweg, über den auch Magdalena einmal gegangen war, und zwischen den Beeten entlang, unter denen irgendwo das Geheimnis der Roseninsel begraben lag. Erst als sie beinahe schon zwischen den alten Bäumen angekommen war, drehte sie sich noch einmal um und sah zur Villa zurück. Plötzlich – sie blinzelte. Was war das? Für einen Moment war es, als hätte sie zwei Schatten hinter dem Fenster des Gartensaals gesehen. Ein Mädchen und ein junger Mann, eng umschlungen, glücklich. Liv blinzelte. Der Raum hinter dem Fenster war leer, die Scheiben schimmerten im kühlen Herbstlicht.

»Leb wohl, Magdalena«, sagte Liv leise, »und danke für alles.«

Das Boot, das Johannes mit kräftigen Schlägen ruderte, glitt sanft über das Wasser des Sees. Liv betrachtete die herbstliche Landschaft. Sie dachte an das letzte Mal, als sie hier mit ihrem Gepäck auf dem Boot gesessen hatte und Johannes sie nach ihrer Ankunft zur Insel gerudert hatte. Die Bäume hatten noch mehr Laub gehabt, dachte sie. Nun waren einige von ihnen schon ziemlich kahl geworden, andere trugen gerade noch für die letzten paar Tage ihr prächtig buntes Herbstkleid. Aber nicht nur das hatte sich verändert. Alles ist anders. Ich bin ein anderer Mensch geworden, ich kann mich kaum noch an die Liv erinnern, die ich war, als ich hierherkam. Sie konnte selbst kaum glauben, was sich in den letzten Tagen alles verändert hatte. Sie würde sich immer an Emma erinnern. Aber sie wollte sich nicht mehr verstecken. Sie wollte leben, sie hatte endlich wieder Lust darauf.

In den letzten Tagen hatte sie viele Entscheidungen getroffen, viel telefoniert, viel geklärt und beantragt. Sie würde nicht nach Berlin zurückkehren.

»Wie bitte? Du bleibst in Bayern?«, hatte Anni entgeistert am Telefon gerufen. »Aber das geht doch nicht.«

»Natürlich geht das«, hatte Liv gelacht. »Keine Sorge, es gibt schnelle Züge zwischen München und Berlin. Ich werde oft zu Besuch kommen.« Bevor sie auflegte, sagte sie noch: »Ach, und sag Sophie und Noah danke für ihren Brief. Ich werde ihnen bald antworten – vielleicht finde ich eine Briefmarke mit Brezeln darauf.«

Aber die Nummer, die sie in diesen Tagen am häufigsten gewählt hatte, hatte eine Münchner Vorwahl gehabt. Die Nummer einer Klinik. Sie hatte sich dort vorgestellt, sich alles angesehen, sich schließlich entschieden. Und die Entscheidung war ihr gar nicht schwergefallen. Im November würde sie dort anfangen, wieder Ärztin sein. Ein Neubeginn, das Alte hinter sich lassen.

Und ansonsten – ich weiß es nicht, dachte Liv und hielt ihr Gesicht mit geschlossenen Augen in die Sonne. Sie fühlte, dass sie sich auf alles freute, was vor ihr lag.

»Du siehst glücklich aus«, sagte Johannes, der sie lächelnd beobachtet hatte.

»Das bin ich auch«, sagte sie. »Ich freue mich auf meinen ersten Winter am Starnberger See, mit dir.« Sie sah über das Wasser. »Kann man hier noch Schlittschuh laufen?«

»Klar, wenn wir Glück haben und es kalt genug ist …«

Sie sah ihn an. Ja, dachte sie, sie hatten Glück – egal, ob der See zufrieren würde oder nicht. Wer hätte gedacht, dass ich es hier finden würde, das Glück? Im Grünen, auf einer kleinen Insel, mit einem Mann, der so gar nicht mein Typ ist. Und doch genau der, der zu mir passt, besser als jeder andere, der Richtige – auf den zweiten Blick.

»Warum lächelst du?«, fragte Johannes.

»Weil ich gerade an etwas gedacht habe, das deine Oma Rosa gesagt hat. Und sie hatte recht – man spürt es einfach.«

»Das ist aber eine geheimnisvolle Antwort.«

Liv grinste. »Sag mal, kannst du ganz kurz eine Ruderpause einlegen?«

Für die nächsten Minuten bewegte sich das Boot nicht mehr über das glitzernde Wasser in Richtung Ufer. Es dümpelte bloß unter dem blauen Herbsthimmel dahin. Küssen war wichtiger.

# Nachwort

Romane sind ausgedachte Geschichten und ermöglichen viel dichterische Freiheit, ohne die es nur halb so schön wäre, in sie einzutauchen. Auch ich habe mir einiges an dichterischer Freiheit herausgenommen – angefangen bei Magdalena selbst, über Details, was das kleine Inselmuseum oder die Pflichten des Inselverwalters und Einzelheiten der Inselparkanlage angeht, bis hin zu der Tatsache, dass es den *Seewirt*, das gemütliche bayrische Gasthaus von Johannes' Familie, leider nicht am Feldafinger Ufer gibt.

Dennoch entspricht auch vieles der Wirklichkeit. Allem voran die Roseninsel selbst. Die einzige Insel des Starnberger Sees ist überraschenderweise nicht so bekannt, wie man es vielleicht vermuten würde. Jeder kennt wohl den See, die Villen am Ufer und auch die Geschichte des rätselhaften Todes des Märchenkönigs im Juni 1886 vor der Starnberger Gemeinde Berg. Doch die Insel mit dem wunderschönen Rosengarten und der alten Villa ist immer noch eher ein Geheimtipp.

Dabei gebührt ihr Ruhm, denn die Geschichte der Roseninsel – bis ins 19. Jahrhundert »Insel Wörth« genannt – ist sehr lang. Vielleicht ist sie sogar einer der am längsten besiedelten Orte in Bayern. Seit der zweiten Hälfte des 19. Jahrhunderts wurden hier schon archäologische Funde gemacht, zuerst von interessierten Laien, denn die Antike war nach den Ausgrabungen von Pompeji und Herculaneum groß in Mode gekommen. Später dann wurde die Insel auch von der noch recht jungen Disziplin der Archäologie ins Auge gefasst. Carl von Eich, der junge Archäologe, der auch Magdalena für sein Fach begeistern kann, ist zwar erfunden, der damalige beginnende Boom des Fachs, unter anderem ausgelöst durch Heinrich Schliemann und seine Funde in Troja und Mykene allerdings nicht. Es war die erste große Zeit der Archäologie; wen würde es wundern, wenn auch junge Frauen dieses abenteuerliche Fach für sich entdeckt hätten, auch wenn ihnen der Zutritt zu Universitäten noch eine Zeit lang verwehrt blieb. Auf der Roseninsel wurden seit dieser Zeit viele interessante Funde gemacht, angefangen natürlich bei den Überresten einer prähistorischen Pfahlbausiedlung. Scherben, ein Feuerstein-Dolch und sogar ein Einbaum, also eine primitive Form von Boot, wurden im Seegrund und am Ufer gefunden. 2011 wurden die Anlagen im Flachwasser vor der Insel zum UNESCO-Welterbe erklärt.

Professor Adolf Furtwängler war übrigens tatsächlich ein gewichtiger Name der Archäologie an der Münchner Universität Ende des 19. Jahrhunderts, allerdings erst vier Jahre später als im Buch. Ich konnte einfach nicht widerstehen, einen so bekannten Namen in Carls und Magdalenas archäologischer Arbeit unterzubringen.

Die Insel war auch in den folgenden Jahrhunderten besiedelt. Im Mittelalter standen dort eine Burg und eine kleine Kirche, später lebten dann über Generationen Fischer für den bayrischen Hof auf der Insel. Ihr bescheidenes Fischerhaus wurde schließlich Ende des 18. und in der ersten Hälfte des 19. Jahrhunderts zu einem beliebten Ausflugsziel. Die Münchner kamen an ihren Sonntagen hinaus ins Grüne gefahren und ließen im Biergarten auf der Roseninsel, ausgestattet mit Kegelbahn und riesiger Schaukel für Erwachsene, die Seele baumeln. Außerdem gab es eine mittlerweile verfallene mittelalterliche Kirchenruine zu besichtigen, die genau dem Geschmack der Romantik entsprach. So wurde schließlich auch König Maximilian II. auf den kleinen grünen Flecken im See aufmerksam und kaufte ihn 1850 als Sommerrefugium für seine Familie. In der Folgezeit ließ er dort eine Villa bauen, ganz dem Geschmack der Zeit nach mit antikisierenden Wandmalereien ausgestattet, und nannte sie liebevoll »Casino«, italienisch für »Häuschen«, denn im Sinne eines Königs war sie tatsächlich recht schlicht gehalten. Außerdem ließ Maximilian den Rosengarten anlegen; die Insel erhielt ihren heutigen Namen.

Maximilians Söhne, Ludwig und Otto, waren durchaus gerne auf der Insel. Vor allem nachdem Ludwig als Ludwig II. den bayrischen Thron bestiegen hatte – er ging als »Kini« oder »Märchenkönig« in die Geschichte ein –, nutzte er die Insel gerne als seinen romantischen Ort der Zuflucht vor den Anstrengungen des Regierens. Ludwig lud auch illustre

Gäste hierher ein, beispielsweise den von ihm verehrten Richard Wagner oder die russische Zarin Maria Alexandrowna. Auch seine Cousine, die berühmte österreichische Kaiserin Elisabeth (»Sisi«) war gerne und oft auf der Insel, über die sie auch einige Gedichte verfasste. Eines davon war eingangs zu lesen.

Mit Ludwig verbunden ist auch der andere »Wirklichkeitsaspekt« dieses Romans, nämlich König Otto und sein Schicksal. Otto, der jüngere Bruder von Ludwig, zeigte schon früh Verhaltensauffälligkeiten. In seiner Kindheit und Jugend kamen die jedoch nur sporadisch zum Vorschein, die meiste Zeit über war er ein freundlicher, beliebter, lustiger und attraktiver Junge und junger Mann. Er tanzte gerne, feierte gerne, ging gern zur Jagd und hatte eine große Schwäche für hübsche Frauen. Im Laufe seines dritten Lebensjahrzehnts zeigten sich bei ihm jedoch immer deutlichere Anzeichen für eine schwerwiegende psychische Erkrankung. Sehr im Gedächtnis blieb ein verwirrter Auftritt von Prinz Otto: 1875 stürmte er, für die Jagd gekleidet, die Fronleichnamsmesse in der Münchner Frauenkirche und bettelte den Erzbischof an, ihm seine schweren Sünden zu vergeben. In der nächsten Zeit verschlechterte sich sein Zustand zusehends; er wurde der Öffentlichkeit entzogen und schließlich in Schloss Fürstenried mehr oder weniger festgesetzt. Die Koryphäen der noch jungen modernen Psychiatrie kümmerten sich um ihn, unter anderem Bernhard von Gudden und später dessen Schwiegersohn Hubert von Grashey – ob der allerdings wirklich ein so unangenehmer Zeitgenosse war wie im Buch geschildert, sei dahingestellt. Zumindest solange Ludwig II. noch lebte, sorgte er dafür, dass seinem psychisch kranken Bruder von Seiten der Psychiater keine der damals beliebten Rosskuren der Psychiatrie aufgezwungen wurden, sodass man davon ausgehen kann, dass Otto wenigstens nicht mit Elektroschocks, Eisbädern oder Zwangsjacken malträtiert wurde. An welcher Erkrankung Otto tatsächlich litt, ist heute schwer zu beurteilen. Damals nannte man ihn offiziell zumeist einfach »schwermütig«, wahrscheinlich ist jedoch eher eine paranoide Schizophrenie.

Otto hatte zumindest offiziell keine Kinder; Magdalena ist also völlig meiner Fantasie entsprungen. Allerdings war er vor seiner Erkrankung als charmanter Liebling der Münchner Damen bekannt und hatte eine besondere Schwäche für das Ballett und seine hübschen Tänzerinnen – völlig von der Hand zu weisen ist also eine illegitime Tochter nicht. Dass ein Kind Ottos möglicherweise als Erbe seiner Krankheit angesehen worden wäre, ist ebenfalls nicht völlig weit hergeholt. Im späten 19. Jahrhundert entwickelte sich immer mehr das Interesse an Vererbungslehre, und neue Theorien wurden entwickelt. Dass die Wittelsbacher kein Interesse gehabt hätten, als »verrückte« Dynastie in die Geschichte einzugehen, wäre verständlich gewesen.

Magdalena ist erfunden, genauso wie die Baronin Zeiss, aber ihr Gegenspieler Luitpold ist es nicht. Er übernahm nach Ludwigs rätselhaftem Tod – übrigens war der Mann, der mit Ludwig im See ertrank, der Psychiater Bernhard von Gudden – die Regierung für seinen Neffen Otto. Dies wurde nicht unkommentiert hingenommen; diverse Bayern hatten zumindest zunächst den Eindruck, ein machtgieriger Onkel habe die Gunst der Stunde ergriffen oder sogar Ränke geschmiedet, um in die Position des »Prinzregenten« zu gelangen. Mit den Jahren jedoch verstummten die Verschwörungstheorien und die Kritik. Dass der wahre bayrische König Otto war, der nach wie vor sein Dasein gut bewacht in Schloss Fürstenried fristete, geriet zunehmend in Vergessenheit, und Luitpold erfreute sich wachsender Beliebtheit. Er war kunstsinnig und leutselig, und in der Retrospektive wurde die »Prinzregentenzeit« zu einem goldenen Zeitalter Bayerns verklärt, gemütlich, friedlich und von zunehmendem Wohlstand geprägt.

Luitpold starb 1912; sein Sohn Ludwig folgte ihm nach. Im Gegensatz zu seinem Vater ließ er sich tatsächlich zum König ausrufen, ungeachtet dessen, dass König Otto noch lebte. So hatte Bayern für immerhin drei Jahre zwei Könige. Otto starb 1916 im Alter von achtundsechzig Jahren. Es ist eine Ironie der Geschichte, dass er, seit 1886 nominell König, derjenige Herrscher war, der am längsten – zumindest theoretisch – auf Bayerns Thron saß.

Und die Roseninsel? Nach dem Tod Ludwigs und der Machtübernahme durch Luitpold geriet die Insel bei den Wittelsbachern – und wohl auch dem Rest der Bayern – immer mehr in Vergessenheit und verwilderte um die Jahrhundertwende zusehends. In den kommenden Jahrzehnten schlief sie einen Dornröschenschlaf, bis der Freistaat Bayern sie 1970 erwarb und aufwendig in ihren ehemaligen »königlichen« Zustand zurückversetzte. Heute blühen im Rosengarten der Insel wieder eine Fülle historischer Rosensorten, es gibt ein kleines Museum, und die Villa kann mit einer Führung besichtigt werden. Ein Besuch, komplett mit Überfahrt in einem der kleinen Holzboote, kann wärmstens empfohlen werden!

In der Hoffnung, ein wenig Zauber der Roseninsel bis zu Ihnen nach Hause getragen zu haben,

Ihre Anna Reitner